Helena Baum

Eines Tages oder nie

Helena Baum

Eines Tages oder nie

Impressum

1. Auflage 2020
Helena Baum
c/o Papyrus Autoren-Club
Pettenkoferstraße 16-18
10247 Berlin

www.helenabaum.de

Korrektorat: Enya Kummer
Lektorat: www.texpertin.de
Covergestaltung, Buchsatz: www.dare.de
Umschlagmotiv: by-studio/stock.adobe.com

Imprint: Independently puplished

ISBN: 9798584233815

»Er war ein bisschen wie du. Ständig unter Strom, immer auf der Suche nach einem Kick.«

»He, he, ich liebe nur dieses wunderbare Leben. Ich liebe es.«

1

Was für ein Chaos! Paula Petersen zog die Schublade ihrer Unterwäschekommode auf und lächelte still vor sich hin. Was für ein Chaos. Da sie nichts wegschmeißen konnte, was noch nicht vollkommen kaputt war, besaß sie einen riesigen Stapel Slips *für zu Hause*. Sie nahm einen nach dem anderen in die Hand, um sie zu begutachten: Hier war der Bund ausgeleiert, allerdings nur ein wenig. Bei dem war die Farbe verblichen, dennoch mochte sie das zarte Muster mit den Gänseblümchen. Dieser war eigentlich zu klein, ansonsten wie neu. Paula überlegte, ob sie ihn Jette vermachen sollte, verwarf den Gedanken jedoch wieder. Niemals würde Jette einen Slip ihrer Mutter anziehen, auch wenn er ungetragen war. Also packte Paula ihn zurück zu den anderen. Ganz hinten entdeckte sie die neuen, falls sie mal ins Krankenhaus musste. Wie sehr sie doch in manchen Dingen ihrer Mutter glich. Auch sie hatte immer ein paar Sachen *für gut*. Für sonntags, fürs Krankenhaus, für Feierlichkeiten.

Da Paula übers Wochenende ihre Mutter in Bayern besuchen würde, stopfte sie drei der besseren Unterhosen in die kleine Reisetasche. Nicht die *für gut*, aber auch nicht die *für zu Hause*. Zwei Shirts, die sie unter ihrem dunkelgrünen Oversize-Pullover tragen würde, eine Bluejeans. Fertig.

Ihre Mutter Marianne war vor zwei Jahren mit ihrem zweiten Mann nach München gezogen, da Ewald dort eine abbezahlte Eigentumswohnung besaß. »Er hat Heimweh«, erklärte sie Paula damals ihre Entscheidung. »Und ich gehöre nirgendwo so richtig hin. Warum nicht noch einmal etwas Neues probieren?« Sie wirkte entschlossen, und es schien ihr leichtzufallen, Berlin zu verlassen. Paula wusste, dass ihre Mutter *not amused wäre,* wenn sie einen Blick in die Kommode ihrer Tochter werfen würde. Bei ihrer Mutter herrschte Ordnung, alles war nach Farben sortiert und akkurat auf Kante zusammengelegt. Von der Unterhose bis zur Bettwäsche. »Bei mir kannst du vom Fußboden und aus dem Schrank essen«, war einer ihrer beliebten Sätze. Als ob das jemals jemand vorgehabt hätte. Aber wer weiß? Vielleicht würde sie ihrer Mutter mit zunehmendem Alter immer ähnlicher werden und den Satz erweitern. »Bei mir kannst du vom Fußboden, aus den Schränken und aus der Toilettenschüssel essen. Sogar trinken.« Paula lachte vor sich hin. Die Narbe an ihrem rechten Handgelenk juckte. Am liebsten hätte sie sich wild gekratzt, doch sie wusste inzwischen, dass das keine Linderung bringen würde. Leicht strich sie mit dem Zeigefinger darüber, und zog entschlossen den Ärmel des Pullovers darüber. Wenn die Narbe juckte, lag Veränderung in der Luft. Wetterveränderung, erinnerte sie sich. Nichts weiter.

»Mom, ich ziehe los.« Jette steckte den Kopf in das Zimmer. »Lachst du?«, fragte sie etwas ungläubig.

»Ja«, erwiderte Paula gut gelaunt und wedelte nun doch mit dem Slip, den sie Jette nicht zeigen wollte, in der Luft herum.

»Du bist schon ein bisschen komisch, oder? Erzählst du dir im Stillen Witze?«

»Nicht im Stillen, sondern laut, ich muss sie doch hören.«

»Witzig, Mom, ehrlich mal. Ich lach mich schlapp.«

Wir hatten noch nie den gleichen Humor, dachte Paula.

»Guck mal, willst du den haben? Der ist neu und auch wirklich hübsch, oder?« Jettes Gesicht veränderte sich, als hätte Paula vorgeschlagen, dass sie beide in den Urlaub fahren und in einem Bett schlafen müssten. Bitte, stieß Paula ein lautloses Gebet in den Himmel. Lieber Gott, lass die Stimmung zwischen uns nicht so rasant kippen wie üblich. Das Aufeinandertreffen mit Jette konnte in Sekundenschnelle von einem entspannten Mutter-Tochter-Gespräch zu einem feindseligen Belauern wechseln. Du bleibst freundlich, ermahnte Paula sich, egal, was sie sagen wird.

»Ihh, nein. Ich ziehe doch nicht deine Unterwäsche an und der Slip ist alles andere, aber nicht hübsch. Guck dir doch nur die Form an. Voll altbacken.« Paula stopfte ihn endgültig zurück in die Schublade und stieß sie schwungvoll mit der Hüfte zu. »Ist ja gut, ist ja gut.« Gelassen lehnte sie am Schrank und schaute ihrer hübschen Tochter in die grünen Augen, die ihren eigenen glichen wie ein Ei dem anderen.

Immer noch leicht brüskiert wechselte Jette das Thema: »Eigentlich wollte ich nur schnell sagen, dass ich bis Sonntag bei Pablo schlafe, oder bis Montag. Pablos Familie ist verreist. So haben wir endlich mal sturmfrei bei ihm zu Hause. Gustav will auf ein Konzert und bringt dann seinen Kumpel mit.« Jette bückte sich, um ihre Winterschuhe zuzubinden, und redete dabei weiter, ohne Paula anzuschauen. »Bye, bye und viel Spaß bei Oma Marianne. Grüß sie, wir sehen uns ja alle Weihnachten.« Noch während sie sprach, verschwand sie aus der Tür. Keine Umarmung, kein Abschiedskuss. Paula versuchte, ihre Enttäuschung zu verbergen.

»Alles klar und ich belästige dich nie wieder mit meinen schrecklichen Unterhosen. Viel Spaß euch!« Die Tür flog krachend ins Schloss, weg war sie. Paula lauschte Jettes Schritten nach, sie schien die Treppen hinunterzuhüpfen. Wie als kleines Mädchen, dachte Paula. Da rannte und hüpfte sie den ganzen Tag, der zarte Körper war voller Energie. Das absolute Gegenteil zu ihrem Bruder, der es schon als kleiner Junge liebte, es sich irgendwo gemütlich zu machen. Gerne mit einem Snack in der Hand. Ein Wunder, dass er trotzdem schlank geblieben war.

Paula packte ihre Tasche zu Ende, schloss ihre Zimmertür hinter sich und prüfte, ob die Tür eingeklinkt war. Wenn sie nicht zu Hause war, war das Zimmer für ihre Kinder tabu. Manchmal hatte sie das Gefühl, dass einer von beiden auf ihrem Sofa herumlungerte, obwohl jeder sein eigenes Zimmer hatte. Die Kekskrümel, die sie in den Ritzen gefunden hatte, ließen den Rückschluss auf Gustav zu. Paula brauchte das Gefühl, dass etwas in der gemeinsamen Wohnung nur ihr allein gehörte.

Bevor sie ging, legte sie für Gustav einen Zettel in die Küche und erinnerte ihn daran, wo sie war. Es konnte durchaus sein, dass er nach Hause kam und sich wunderte, wieso niemand da war, obwohl sie ihm mehrmals von ihrem Besuch bei ihrer Mutter erzählt hatte. Gustav eben.

Am Bahnhof angekommen, freute sich Paula auf die bevorstehende Zugfahrt von Berlin nach München und am Sonntag genauso auf die Rückfahrt. Das waren insgesamt mehr als zehn Stunden für die eigenen Gedanken, das neue Buch ihrer Lieblingsautorin, für das Hören von Musik und Podcasts oder einfach nur Zeit, um aus dem Fenster zu schauen. Himmlische Aussichten.

In München wurde sie von ihrer strahlenden Mutter am Bahnhof empfangen. »Wow, du siehst gut aus«, rief Paula. »Irgendetwas hier scheint dir richtig gutzutun. Die junge Ehe mit deinem alten Langzeitgeliebten? Die neue Stadt? Was ist es?« Mit ihren 69 Jahren wirkte ihre Mutter fit und dynamisch. Sie hatte schon immer viel Wert auf Mode gelegt, schneiderte ihre Klamotten selbst, aber heute war nicht die Kleidung der Blickfang, sondern ihr entspannt lächelndes Gesicht.

Verlegen, fast scheu, senkte ihre Mutter den Blick. »Junge Ehe, alter Liebhaber, neue Stadt. Vielleicht alles zusammen. Die Entscheidung, hier neu anzufangen und vor allem gemeinsam hier neu anzufangen, war goldrichtig. Auch Ewald entdeckt seine alte Heimat mit mir neu. Komm! Lass uns erst mal nach Hause gehen.« Sie zog Paula am Ärmel und fragte ihr Löcher in den Bauch. »Erzähl, was macht Jette? Stehen ihre Reisepläne noch? Was soll ich ihr zum Geburtstag schenken? Und Gustav, wie geht's dem Jungen? Hat er eine Wohnung gefunden? Und dein Thommy?«

Paula unterbrach den Fragenkatalog ihrer Mutter. »Ich erzähle dir alles, aber sag nicht immer *dein Thommy* und auch bitte nicht *der arme Thommy*. Nenn meinen Ex-Mann einfach Thomas. Geht das?« Ihre Mutter kaute auf den Lippen.

»Das geht.« Überrascht schaute Paula sie an. »Wow, keine Diskussionen? Keine Vorhaltungen? Du stimmst mir einfach so zu?«

Sie nickte in Paulas Richtung. »Keine Vorhaltungen. Ich möchte ein schönes Wochenende mit meiner Tochter.«

In ihrem schicken, blitzsauberen Appartement angekommen, wurde Paula auch von Ewald mit offenen Armen begrüßt. Lange hatte sie ihn abgelehnt und als Feigling abgestempelt. Ihre Mutter war zwanzig Jahre seine Sekretärin, rechte Hand und Dauergeliebte gewesen. Parallel hielt er die ganze Zeit die Ehe mit seiner Frau aufrecht. Das Verhältnis zu ihrer Mutter war damals ähnlich eruptiv, wie das zwischen ihr und Jette. Was hatten sie sich für endlose Diskussionen geliefert: um die Rolle der Frauen in Beziehungen, Autonomie, Abhängigkeit und Selbstwert. »Der verarscht dich doch nur. Merkst du das nicht?«, hatte Paula ihrer Mutter wütend vorgeworfen. »Bist du dir nicht mehr wert, als nur die Geliebte des Chefs zu sein? Immer in zweiter Reihe? Immer im Geheimen?« Erst vor wenigen Jahren hatte er sich endlich scheiden lassen und ihre Mutter geheiratet. »Klare Verhältnisse, endlich!«, strahlte ihre Mutter nach der Hochzeit. Paulas Freude hielt sich in Grenzen. Irgendwie traute sie dem Frieden und Ewald nicht ganz. Vielleicht gab es längst eine neue Geliebte? Seit der Hochzeit wirkten ihre Mutter und Ewald jedoch wie frisch verliebt und die alten Streitthemen waren ad acta gelegt.

Paula schaute Ewald zu, wie er Kaffee kochte. Wie gründlich er das verschüttete Kaffeepulver sofort wegwischte. Mit welcher Inbrunst er das silberne Tablett blank polierte, bevor er die Tassen darauf abstellte. An einer der drei Tassen nippte er kurz, als wollte er die Temperatur prüfen und Paula hoffte, dass das nicht ihre war. Ewald setzte das Tablett auf dem Tisch ab und ihre Mutter erhielt die Tasse, an der er genippt hatte. Mit einer Hand strich er ihr zärtlich über die Schultern. »Ich hoffe, er ist nicht zu süß.« Ihre Mutter lächelte wie eine Königin. War es doch die ganzen Jahre Liebe gewesen? Ewald lief zurück zum Küchenbuffet und suchte nach einer passenden CD für ihre kleine Kaffeetafel.

Ihre Mutter schien Paulas Irritation bemerkt zu haben. Leise, damit Ewald es nicht hörte, sagte sie: »Er schuldet mir etwas und das weiß er. Glaub mir, Paula, er gleicht es aus, wo immer er kann. Ich bitte dich: Verurteile ihn nicht weiter. Wir machen alle Fehler.«

Das Wochenende flog nur so dahin und die Tage mit ihrer Mutter verliefen außergewöhnlich entspannt. Paula fragte sich dennoch, ob sie das ewig Kritische, das Missmutige, das für ihre Mutter typisch war, nur beiseitegelegt oder ob sie es gar abgelegt hatte. Doch die Gespräche mit ihr verliefen tatsächlich anders als sonst. Neben ihren Lebensweisheiten, die sie neuerdings wie eine Tüte Blumensamen in die Winde streute, war es für Paula wichtiger, dass ihre Mutter präsent war. Mit allen Sinnen anwesend und sich nicht nur aus Höflichkeit für Paulas Leben interessierte. Sie stellte Fragen und wartete sogar die Antworten ab, ehe sie wieder von sich selbst sprach.

Endlich, endlich musste Paula sich keine Sorgen mehr um ihre Mutter machen wie als Jugendliche. Sorgen, dass sie sich an einen Mann hängte und Paula alleine ließ. Sorgen, dass ihre Mutter wieder in ihre tiefe Traurigkeit stürzte, dass das Geld nicht reichte und Paula bei den Nachbarn fragen musste, ob sie Mehl, Zucker und Eier borgen könnten. Das war vorbei.

Am letzten Abend saßen sie bei einem Glas Wein zusammen, Ewald war schon im Schlafzimmer verschwunden. Paula wusste, dass ihre Mutter sie nicht abfahren lassen konnte, ohne das Thema Liebe angesprochen zu haben. »Erzähl schon. Gibt es da jemanden?«

»Nein. Nach Thomas gab es nur kurze Affären. Da gibt es niemanden.« Mehr musste ihre Mutter nicht wissen.

»Mach es anders als ich. Häng dein Glück nicht an die Existenz eines Mannes. Sie kommen und gehen oder sie lassen dich ewig an der langen Leine verhungern.« Ungläubig fragte Paula: »Meinst du dich? Meinst du mich? Wovon sprichst du?« Ihre Mutter stand auf, holte den Weißwein aus dem Kühlschrank und blieb Paula eine Antwort schuldig. »Hab ich dir schon von Teneriffa erzählt?«, fragte sie stattdessen und berichtete ohne Punkt und Komma von ihren Weihnachtsplänen auf der Insel.

Auf der Rückfahrt von München nach Berlin lehnte Paula den Kopf an die Fensterscheibe und gab sich dem gleichmäßigen Rhythmus des Zuges hin.

Nach einer Weile fummelte sie den Laptop aus der Tasche, loggte sich im Bahnnetz ein und klickte auf den Button ihres Mailprogramms. Dreißig neue Mails, darunter viel Spam, eine Anfrage für ein Korrektorat, eine Anfrage für ein Lektorat, Potenzwerbung, ein Vorschlag für ihre Traumimmobilie und ... Paulas Puls schoss in die Höhe. Wie eine Verbrecherin schaute sie sich um, klappte den Laptop wieder zu und glaubte fest, sich geirrt zu haben. Du spinnst, Paula.

Sie sah erneut nach. Es blieb dabei:

Eine Mail mit dem Absender Hauke Hinrichsen. Die Mailadresse wirkte so fremd, so losgelöst von ihrem aktuellen Leben, dass sie erst einmal nur dasitzen konnte. Hauke.

Ein gequälter Laut entwich ihrer Kehle. Erschrocken hielt sie sich die Hand vor den Mund.

Vor langer Zeit war Hauke einmal alles, was sie sich wünschte. Vor langer Zeit hatte sie ihn geliebt, wie sie nie wieder jemanden geliebt hatte. Vor langer Zeit hatte er ihr Herz berührt, ihre Seele gestreichelt und sich in ihrem Körper eingenistet.

Was wollte er?

Seit sechs Jahren hatte sie nichts mehr von ihm gehört. Früher hatte er ihr ausführliche Mails geschrieben, später nur noch, wenn er das Land wechselte. Seine letzte Mail war aus New York gekommen. Teilte er ihr aus alter Gewohnheit mit, dass er umgezogen war?

Das WLAN der Bahn funktionierte schlecht. Ungeduldig klickte Paula immer wieder auf die Tastatur, um die Mail zu öffnen. Nichts. Sie probierte es am Handy. Kein Empfang. Erneut entfuhr ihr ein satter Seufzer. Sie tat so, als habe sie sich verschluckt und müsse heftig husten. Ein alter Reflex aus Kindertagen, wenn sie für den Geschmack ihrer Mutter zu laut war. Hör auf!, schalt sie sich. Du kannst seufzen, wo du willst und auch so laut, wie du willst.

Der Zug fuhr in einen Bahnhof ein. Sofort fischte sie nach dem Telefon, das Einloggen ging schneller als mit dem Laptop. Endlich konnte sie seine Mail öffnen. Lesebrille. Verdammt, wo war die Lesebrille? Paulas Herz pochte bis zur Schädeldecke, die Narbe am Handgelenk juckte stärker und kurz war ihr schwummrig zumute.

Nach dem Lesen seiner Mail war sie aufgewühlt wie schon lange nicht mehr und wusste, dass es sie die geballte Willenskraft ihrer 45 Jahre kosten würde, ihn nicht in ihr Leben zu lassen. Ihn in der Position zu lassen, die er seit damals innehatte: weit weg. Er war lange Zeit ihr bester Freund gewesen, ihre Freundschaft war besonders nach dem Unglück mit ihrem Vater zu einem Ankerplatz, einer Tankstelle geworden. Seit Paula denken konnte, war sie bei ihm sicher und beschützt gewesen. Ein Bollwerk aus Loyalität und Liebe.

Doch Hauke zog es in die Welt, seine Gier nach Leben und Lieben war unersättlich. Er war wie ein ewig hungriger Teenager. Paula allein war ihm nicht genug und sie hatten endlose Diskussionen um die Liebe, um Treue, um Lebenskonzepte geführt und eins wurde ihr in nüchternen Momenten klar: nicht kompatibel. Eigentlich, und dann wieder doch: total kompatibel. Hauke liebte Paula genauso intensiv wie sie ihn. Doch er verschenkte sein Herz an viele Menschen. Liebte Männer genauso wie Frauen. Er liebte seine kleinen Projekte mit Freunden, das Reisen und das Unterwegssein. Er liebte das Gefühl des Ausnahmezustandes, aber sobald es abflaute und einem lauwarmen Alltagsgefühl wich, zog er wieder los. Paula wollte damals nur ihn. Lauwarm oder heiß, das war ihr völlig egal. Hauke war ihr passendes Gegenstück. Eigentlich.

Während sein Gesicht vor ihr auftauchte, wanderte ihre Hand intuitiv zu dem wild klopfenden Herzen. Sie ahnte, wie schwer es werden würde, es wieder in den gewohnten Rhythmus zu bringen, die Sehnsucht nach der alten Intensität, die sein Auftauchen versprach, zu bändigen und die Erinnerungen in Schach zu halten. Wieso jetzt?, fragte sie sich. Wieso diese Umkehr?

Sanft strichen ihre Finger über das Handy auf ihrem Schoß, als würde da ein samtweiches Katzenjunges auf ihre Fürsorge warten. Paula Petersen! Nicht sofort antworten!, befahl sie sich in ihrem strengsten Tonfall, den weder ihre Kinder, noch sie selbst je ernstgenommen hatten. Sicherheitshalber stopfte sie das Handy in ihre riesige Handtasche, packte den bunten Schal obendrauf und die Zeitschrift, die sie gerade lesen wollte.

Um sich abzulenken, rechnete Paula den Rest ihres Lebens aus. Wenn alles glatt laufen und sie gesunde fünfundachtzig Jahre werden würde, hätte sie noch vierzig Jahre Leben vor sich. Vierzigmal den Wechsel der Jahreszeiten. Vierzigmal den Frühling mit seiner ganzen Wucht. Vierzigmal Weihnachten mit aller Sentimentalität, vierzigmal Urlaub an irgendeinem Meer dieser Welt. Vierzig Jahre. »Hauke Hinrichsen«, murmelte sie leise. »Besser wäre, du bleibst weg.«

2

Der ICE fuhr schneller, als Paula denken und rechnen konnte. Inzwischen peitschte das Regenwasser an die Scheiben, sodass sie bei jedem Klatsch zusammenzuckte. Es regnete *cats and dogs*, wie es im Englischen heißt. Der Spruch beamte sie zuverlässig in eine Kindheitserinnerung.

»It's raining cats and dogs«, liest sie langsam in einem englischen Kinderbuch und schiebt den Finger an den Wörtern entlang. Sie lächelt, kneift die Augen zusammen und stellt sich vor, wie es aussehen würde, wenn es draußen nasse Katzen und Hunde regnen würde. Ein bellender und miauender Kreislauf aus Nässe, Spaß und animalischem Geruch. Das gefällt ihr.

Paula versteht den Spruch nicht, obwohl sie die Worte bereits mehrmals hin und hergedreht hat. Also fragt sie Peter, Englischlehrer und aktueller Freund ihrer Mutter. »Paula-Kind, überleg erst mal selbst«, doziert er von oben herab und zwinkert ihrer Mutter verschwörerisch zu, als würde er der Welt einen Riesengefallen tun, indem er Paulas Unwissenheit vorführt.

Paula wiederum weiß, dass es ihn und auch ihre Mutter ärgert, wenn sie blödsinniges Zeug erzählt. Also schmückt sie ihre Geschichte weiter aus und ganz egal, wie sehr die beiden bereits ihre Stirn runzeln, sie hört nicht auf. »Paula, hör auf mit dem spinnerten Quatsch!«, schimpft ihre Mutter schließlich, die Hände in die Seiten gestemmt. Rote Flecken breiten sich an Hals und Gesicht aus. Kein gutes Zeichen. Nie steht sie hinter ihr, registriert Paula enttäuscht. »Jetzt stell dich nicht so dumm an. Und außerdem sollst du Peter beim Namen nennen, wenn du ihn ansprichst. Und ihn anschauen, wenn er mit dir redet. Schau ihn an!« Paula denkt nicht daran. »Paula! Ich warne dich. Schau ihn an!« Mit einem harten Griff am Oberarm dreht Paulas Mutter den Körper ihrer Tochter zum Englischlehrer. Doch Paula kneift reflexartig die Augen zusammen und senkt den Kopf. Nein! Sie wird ihn nicht ansehen.

Irgendwann gibt ihre Mutter auf. »Geh sofort auf dein Zimmer. Kein Abendessen und schreib einhundert Mal Peters Namen auf ein Blatt Papier! Sofort, mein liebes Frollein!« Paula verdrückt sich flink, ohne die Erwachsenen eines Blickes zu würdigen. *Englischlehrer,* schreibt sie dieses lange Wort einhundert Mal in ihr Übungsheft. *Englischlehrer. Englischlehrer. Englischlehrer.* Als sie später gerufen wird, um ihre Strafarbeit vorzuzeigen, tobt ihre Mutter wie eine Furie. Sie weint und fragt laut, womit sie dieses sture Kind verdient hat. »Ich will doch nur eine ganz normale Familie. Mehr nicht.« Der Lehrer tröstet sie, ignoriert Paula und ein paar Wochen später verlässt er die kleine Familie so lautlos, wie er wenige Monate vorher in sie eingetreten war. Paula vermisst ihn kein Stück.

Paula wischte die Erinnerungen weg. Die Eigenschaften stur und phantasievoll, die ihre Mutter gerne betonte, wenn sie von Paula als Kind sprach, hatte sie in hartnäckig und kreativ umbenannt. Das klang in ihren Ohren annehmbarer, weniger nach einem gestörten Kind.

Im Zug war es kühl geworden. Paula ruckelte sich zurecht, deckte sich mit dem hellbraunen Teddy-Wintermantel zu und schloss die Augen.

Noch zwei Stunden bis Berlin.

Hauke kommt zurück. Hauke soll wegbleiben. Er kommt zurück. Er soll wegbleiben. Kommt. Zurück. Weg. Bleiben.

Die Wörter ratterten im Takt des Zuges. Zogen an ihr vorbei, setzten sich fest. Schoben sich ineinander, vermischten sich, lösten sich wieder. Irgendwann döste Paula ein. Sie würde die Mail heute Abend noch einmal lesen. Ganz in Ruhe. Viel Ruhe. Bei einem Glas Wein.

Immer wieder schlief sie ein und schreckte hoch. Wahrscheinlich hatte sie im Halbschlaf laut geseufzt. Ihre Atmung holperte. Falls man sie ohnmächtig ins Krankenhaus bringen musste, hatte sie wenigstens die halbguten Unterhosen an.

3

Als der Zug in den Berliner Hauptbahnhof einfuhr, frohlockte es in ihr: Sonntagabend. Vielleicht war niemand zu Hause. Jette könnte noch bei Pablo sein und vielleicht war Gustav auch noch unterwegs.

Paula sinnierte auf dem Fußmarsch zu ihrer Wohnung vor sich hin: Wenn niemand da wäre, könnte sie in Ruhe duschen, ohne dass eins der Kinder an die Badtür hämmerte und »Beeil dich! Ich muss auch endlich mal ins Bad«, rufen würde. Vielleicht würde sie sogar nackt von einem Zimmer zum anderen laufen. Einfach so. Wie ein Handschmeichler lag die Aussicht auf das Unerhörte in der Luft. Auch noch, als sie aufschloss und in den Flur trat. Auch noch, als sie die beiden Zimmertüren ihrer Kinder öffnete. Leer. »Ja!«, jubelte sie. Kurzerhand schloss sie die Wohnungstür von innen ab, ließ den Schlüssel stecken, was sich sonst nur Jette erlaubte, und zog sich in einem Rutsch aus. Mit dem Fuß schob sie das Reisegepäck in ihr Zimmer und genoss die Stille. Vollkommen nackt schlenderte sie mit geöffneten Armen quer durch die Wohnung. Durch die geräumige Küche, Gustavs Zimmer, Jettes Zimmer, den Flur und in ihr Zimmer. Zufrieden schlüpfte sie ins Bad, klatschte zweimal, um das Licht einzuschalten, und dreimal für das Badradio. Gustav hatte den gemeinsamen Lieblingssender eingestellt: ein Internetradiosender fast ohne Werbung, dafür mit einem wunderbaren Mellow-Mix, der nicht nervte. Dank Gustav war die Wohnung mit der neuesten Technik ausgestattet, irgendwann wüsste kein Mensch mehr, wozu es mal Lichtschalter gegeben hatte. Paula stellte die Dusche an und fühlte schon mal vor, wie es wäre, in der Wohnung alleine zu leben.

Als sie die Dusche abstellte, mischte sich die Musik mit dem Sturmklingeln an der Wohnungstür. Paula atmete tief ein, wickelte sich in das übergroße Badehandtuch und wappnete sich, gleich die Tür zu öffnen und wieder in ihr alltägliches Leben zu plumpsen. Das dumpfe Pochen im rechten Ohr wurde sie auch mit Hüpfen auf einem Bein nicht los.

»Jette, ich weiß, dass du da bist. Mach endlich die scheiß Tür auf!«, schimpfte ihr Sohn im Hausflur und wechselte sich mit Sturmklingeln und Gegen-die-Tür-Hämmern ab. Bevor sich die Nachbarn beschweren würden, schloss Paula die Wohnungstür auf. »Ich glaub's ja nicht! Mama? Du?« Gustav sah im Moment der Erkenntnis wie damals als Dreijähriger aus, als er mit erstauntem Gesichtsausdruck den ganzen Tag »Warum?« fragte. Doch heute zischte er ihr ein altersadäquates »Geht's noch?«, hinterher und stürmte an ihr vorbei. Gustav, der in seinem ganzen 23-jährigen Leben langsamer als eine Schnecke war, knallte die Tür mit beachtlichem Schwung hinter sich zu und fluchte. »Meine Fresse!«, hörte Paula. Für seine Verhältnisse waren das viele wütende Wörter auf einen Schlag. Aber Paula kannte ihren Sohn. Er war nicht nachtragend und der friedliebendste Mensch auf diesem Planeten. Er würde seine miese Stimmung keine zehn Minuten aushalten.

Schnell schlüpfte sie in bequeme Zu-Hause-Sachen, packte die Reisetasche aus und stellte alles an seinen Platz. Ihr kleines Zimmer diente als Schlaf- und Wohnraum, war ihr Rückzugs- und Arbeitsort. Paula konnte es sich nicht leisten, viel herumliegen zu lassen. Die Wohnküche mit dem großen Tisch war das Ersatzwohnzimmer der Familie. Hier traf sie, je nach deren Laune, eins ihrer Kinder an, oder auch mal beide zusammen inklusive Pablo, der seit fünf Jahren ebenfalls zur Familie gehörte. Er und Jette waren unzertrennlich.

Paula prüfte den Kühlschrank, natürlich waren ihre Kinder nicht einkaufen gewesen. Während sie aus den kläglichen Resten von Käse und Wurst ein paar Brote schmierte, sich ein Glas Weißwein einschenkte und darauf wartete, dass Gustav sich versöhnlich zeigen würde, dachte sie an ihren Laptop in der Tasche. An die Mail, die sie noch einmal in Ruhe auf dem größeren Bildschirm lesen wollte, an Hauke.

»Wieso schließt du dich denn ein?« Gustav setzte sich zu ihr an den Tisch und schnappte sich das erste geschmierte Brot. Dieser Junge hatte immer Hunger. Schon als Kind hatte er gefühlt jede Stunde gefragt: »Mama, was kann ich jetzt essen?«

»Stell dir vor, ich wollte einfach mal mein Alleinsein in der Wohnung genießen. So oft ist das ja nicht.«

»Stören wir dich denn so sehr?«

Paula kannte nur zwei Menschen, die jedes Essen mindestens zweiunddreißigmal kauten. Einer davon war Gustav. Wie hypnotisiert schaute sie auf seinen Mund, der sich gleichmäßig bewegte, das Essen zermahlte. Langsam. Bevor sie auf seine Frage antworten konnte, fragte er mit vollem Mund weiter. »Wie war es eigentlich bei Oma Marianne?«

»Ganz gut. Sie will mit Ewald demnächst auf die Kanarischen Inseln fliegen, um zu überwintern, wie sie es nennt. Sie kommen erst im März zurück.« Paula schmierte weitere Brote. Gustav schob sich eins nach dem anderen in den Mund. »Coole Idee«, nuschelte er. »Kein Weihnachten dieses Jahr mit den beiden in München?«

»Nein. Wir sollen zu ihnen auf die Insel kommen, wenn wir Lust haben. Teneriffa.«

»Haben wir Lust?«, fragte Gustav und zwinkerte ihr verschwörerisch zu. Er wusste, dass sie keine Lust hatte.

»Ihr könnt gerne zu den beiden fliegen. Wirklich.«

»Ach nö, Jette nimmt bestimmt ihren Antonio Banderas mit, und ich bin wieder das fünfte Rad am Wagen. Außerdem«, zweiunddreißigmal kauen, »wärst du hier ganz allein.«

»Gustav-Schatz«, Paula stand auf, nahm sein Gesicht in beide Hände und gab ihrem hochgewachsenen Sohn einen Kuss auf die Stirn. »Du glaubst ja gar nicht, wie gerne ich alleine bin. Und jetzt verschwinde ich in mein Zimmer, bevor morgen mein Alltag wieder losgeht. Weißt du was von Jette? Kommt sie heute nach Hause?« Er schüttelte den Kopf, immer noch kauend. »Alles klar, ich ruf sie an.« Paula schnappte sich den Teller mit den übrig gebliebenen Broten und kleingeschnittenen Tomaten, klemmte sich noch eine Flasche Wasser unter den Arm und verschwand in das Zimmer gegenüber der Wohnküche, ihrem kleinen Reich. Mit geübten Handgriffen verwandelte sie das Sofa in ein Bett, zog die Bettwäsche aus dem Bettkasten und machte es sich mit den vielen Kissen bequem. Gerade als sie den Laptop aufklappen wollte, hörte sie den Schlüssel in der Wohnungstür und unterdrücktes Gekicher. Jette und Pablo. Er ähnelte tatsächlich dem Schauspieler Antonio Banderas und mit ihm strömte zuverlässig sein sonniges Gemüt in ihre vier Wände. Paula mochte ihn und hoffte dennoch, dass die beiden öfter als nur einmal im halben Jahr bei Pablos Familie schlafen würden.

Jette klopfte dreimal an Paulas Tür und steckte gleichzeitig den Kopf ins Zimmer. »Wir sind zurück. Gute Nacht, Mom.« Auch Pablo steckte den Kopf durch die Tür und winkte ihr mit einem breiten Lächeln zu.

Paula schüttelte leicht den Kopf. In diesen Taubenschlag hatte sie niemals einen Verehrer mitgebracht und würde es auch in Zukunft nicht machen. Zwar war das ihr eigenes Zimmer, aber es fühlte sich nicht nach Privatsphäre an, eher nach einem Durchgangszimmer in einer Wohngemeinschaft. Einem Bahnhof.

Ereifere dich nicht so, würde ihre beste Freundin Friederike sagen. Nur sie kann ereifern so aussprechen, wie es sich gehört. Ein bisschen pikiert, ein bisschen Augenzwinkern. Paula merkte, dass sich ihr Ohr immer noch verstopft anfühlte.

Erschöpft von der Reise lehnte Paula sich in die Kissen, klappte ihren Kalender auf und prüfte ihre Termine.

Die Vormittage verbrachte sie seit Jahren in einem kleinen Alternativ-Reisebüro. Dort organisierte sie individuelle Reisegruppen für Menschen, die nicht allein reisen wollten. Das Unternehmen besaß auf verschiedenen Kontinenten mehrere Busse, die zu Schlafgelegenheiten umgebaut werden konnten. Es gab eine Handvoll Reiseleiter, die die Gruppen von höchsten zehn Menschen entweder durch den Dschungel führten, diverse Amerikatouren anboten oder mit einer relaxten Reise um die Weihnachtszeit nach Südspanien lockten. Wenn Paula die neuen Angebote las, hatte sie ab und zu Lust, auch einmal mitzufahren. Eigentlich zog es sie selten in die Ferne, ihr Sehnsuchtsort war das Meer und dafür musste sie nicht weit reisen. Der Gedanke, dass sich jemand anderes um alles kümmern würde, war allerdings verlockend. Sie würde einen Zettel in die Hand gedrückt bekommen, wo draufstand, wann sie wo sein sollte und was sie einpacken musste. Mehr nicht.

Nachmittags arbeitete sie an den Manuskripten für den Verlag. Manchmal hätte sie die beiden Jobs von der Reihenfolge her gerne getauscht, denn sie war eine Kreative, die nach dem Aufstehen ihre beste Zeit hatte. Die Gedanken waren klarer und am liebsten würde sie morgens die Augen öffnen und sich gleich an ein neues Manuskript setzen.

Das Organisieren von Reisen könnte sie auch gut nachmittags erledigen. Vielleicht sollte sie das mit Jascha besprechen. Ihr guter, alter Freund hatte vor Jahren, als er noch andere Pläne für sein Leben hatte, das Unternehmen gegründet. Inzwischen leitete es Monika, die es Paula übelnahm, dass Jascha sie zuerst gefragt hatte. Doch Paula hatte dankend abgelehnt, denn es zog sie zum geschriebenen Wort wie den Fischer auf sein Boot. Sie wollte keine Karriere im Reisebüro machen.

Jascha bot weiterhin seine Lieblingsreise an: Weihnachten und Silvester in Andalusien. Obwohl er längst als Anwalt arbeitete und damit genug zu tun hatte, hielt er an dieser Reise fest. »Mein Tor zum alten Ich«, pflegte er zu sagen. »Die Reise biete ich an, bis ich nicht mehr alleine laufen kann.« Die Plätze waren begehrt und stets als erstes ausgebucht, Jaschas Leidenschaft kam bei den Gästen gut an.

Jascha fragen, Zeitfenster tauschen, gute Argumente finden, notierte sie in ihrem Kalender. Denn das konnte er wie kein anderer: gut argumentieren.

Doch noch war Wochenende. Mit zittrigen Händen öffnete Paula den Laptop, der sie schon eine Weile auffordernd anzustarren schien. Zur inneren Abkühlung trank sie einen Schluck Wasser. Denn eins war klar: Mit Haukes Rückkehr müsste sie eine nächste Entscheidung treffen. Reden oder schweigen? Doch heute, an diesem Sonntagabend im Dezember, packte sie alles, was mit Entscheidungen zu tun hatte, auf den imaginären Haufen der unerledigten Dinge.

4

Jette drehte sich im Bett noch einmal in Pablos Arme, bevor sie aufstehen musste. Der Tag begann im gleichen Hellgrau, wie er gestern schon begonnen hatte und genau wie gestern würde er sich wahrscheinlich auch heute wieder nur in der Spannweite der Grautöne bewegen. Als wären alle anderen Farben im Winterschlaf. Oma Marianne machte es richtig: ab in den Süden. Gustav hatte ihr gestern Abend davon erzählt und auch von der Einladung, Weihnachten auf Teneriffa zu verbringen. Sehr verlockend.

Sie gab Pablo einen Kuss auf die Wange und beneidete ihn wie so oft darum, dass er länger schlafen konnte als sie. Er verdiente sein Geld als Taxifahrer und gestaltete seinen Dienstplan so, dass er nur selten die Morgenschicht übernehmen musste.

Unter der Decke war es kuschlig warm und seine Haut versprach Sommer, selbst im Winter war er leicht gebräunt. Pablos lange Wimpern warfen dezente Schatten auf seine Wangen und sogar im Schlaf schien er zu lächeln. Pablo war ihre private Sonnenbank. Er wärmte sie von innen und außen. Jette beobachtete ihren Freund noch eine Weile, doch es nützte nichts: Sie musste aufstehen, wenn sie nicht wieder zu spät kommen wollte. Leider hatte sie viel zu oft die Morgenschicht im gut besuchten *Café Morgennest.* Ein letzter Kuss.

»Mehr«, nuschelte Pablo müde. »Viel mehr.«

Als sie aufstand, stieß sie sich direkt mit dem großen Zeh am Bettpfosten, als würde er neu im Zimmer stehen. »Mist!«, fluchte sie leise und schlüpfte in ihren alten Frottee-Kinderbademantel mit den gelben Enten auf rosa Untergrund. Jette liebte ihn, obwohl er viel zu kurz und zu eng war, auch der Frotteestoff hatte schon bessere Zeiten gesehen. Egal.

Wie in Trance legte sie alle Zutaten für ihren ersten Kaffee zurecht. Wasser in den Wasserkocher, sechs Löffel Kaffee in die Kaffeekanne aus Glas, heißes Wasser drübergießen, ziehen lassen, mit dem Stempel den Kaffee langsam nach unten drücken. Auch die hellblaue Lieblingstasse mit ihrem Namen stammte aus Kindertagen. Jette holte sie aus der Spülmaschine, wusch sie unter dem laufenden Wasser ab und goss sich den duftenden Kaffee ein. Endlich. Das Kaffeearoma breitete sich in der Küche aus und setzte sich in ihrer Nase fest. Herrlich. Sie liebte diesen Geruch und konnte die verschiedenen Sorten am Duft erkennen. Vielleicht mache ich später was mit Kaffee, dachte sie. Eine eigene Rösterei mit den besten Kaffeesorten der Welt. Wenn die Gäste den Raum betreten würden, wären sie sofort wie benebelt von diesen köstlichen Aromen, würden direkt in die bequemen Sessel sinken und nur noch »Kaffee, bitte«, flüstern. Jette träumte.

Wie verrückt freute sie sich auf die bevorstehende Work-and-Travel-Reise. Wenn es nur endlich März wäre. Zuerst würden Pablo und sie nach Nicaragua fliegen, um drei Monate auf einer Farm zu arbeiten und hoffentlich noch viel mehr über Kaffeesorten und das Kaffeerösten lernen. Danach wollten sie weiterreisen und schauen, wo es sie hintreiben würde, wo es Arbeit für sie gab und das Schönste: Sie wären ein ganzes Jahr zusammen und auf sich allein gestellt. Ohne ihre Familien, ohne andere Verpflichtungen. Für Jette war das der nächste große Schritt in ihrer Beziehung. Ein Schritt, der längst überfällig war, denn irgendetwas Neues brauchten sie beide, das spürte sie. Ein Jahr reisen und die Welt sehen und hoffentlich eine Idee bekommen, was sie studieren wollte. Seit dem Abitur im Sommer spielte Jette mit verschiedenen Ideen. Sollte sie in die Wirtschaft gehen? In die Politik? Etwas Soziales studieren? Etwas Kreatives, wie ihre Eltern? Der richtige Weg lag noch im Nebel.

»Oh, nein! Wieso ist schon wieder keine Milch da?« Fassungslos stand sie vor dem offenen Kühlschrank und wiederholte den Satz lauter und lauter: »Wieso ist keine Milch da? Gustav! Ich bring dich um!«

Schnell drehte sie ihre langen Haare zu einem unordentlichen Dutt und stürzte in Gustavs Zimmer, um sich zu beschweren, doch der war schon weg. Sein Glück! Dann stürmte sie in das Zimmer ihrer Mutter, die gerade ihr Bett zurück zum Sofa umbaute. »Menno! Ohne Milch schmeckt kein Kaffee dieser Welt und ein Morgen ohne Kaffee ist ein Scheiß-Morgen. Richtig, richtig scheiße!«

»Guten Morgen, mein Mädchen«, antwortete ihre Mutter seelenruhig, was Jette noch mehr auf die Palme brachte. »Ich glaube, ich habe was mit den Ohren. Höre immer nur das Wort Scheiße.« Jette pumpte. Normalerweise sagte ihre Mutter so etwas wie »Stimmt, Kaffee ohne Milch geht gar nicht.« Noch viel früher hätte sie schnell Milch besorgt und alles war wieder gut. Humor am Morgen ging gar nicht!

»Streite dich mit deinem Bruder, er war dran mit Einkaufen. Oder geh schnell selbst Milch holen oder frag Pablo, ob er dir welche besorgt. Drei Vorschläge von mir. Hast du auch einen?« Jette hasste diese neue Art ihrer Mutter, alles an sie zurückzuspielen. Bestimmt hatte sie wieder Bücher mit Erziehungsratschlägen gelesen oder einen Termin bei ihrer alten Therapeutin gehabt. Was auch immer, es nervte. Mit verschränkten Armen stand sie weiter in der Zimmertür ihrer Mutter. So richtig wusste sie auch nicht, worauf sie wartete.

»Jetteschatz. Ich bin deine Mutter und du weißt, ich kann deine Gedanken in deinem Gesicht lesen. Und nein, ich habe keine schlauen Bücher gelesen. Du bist fast zwanzig Jahre alt, dein Bruder dreiundzwanzig. Ihr solltet euch auch ohne mich ein Wochenende ernähren können. Euer Problem.« Jette stapfte zurück in die Küche. Jeder Schritt Protest. »Wieso schüttet Gustav auch literweise Milch in seinen Astralkörper? Wie ein Riesen-Baby!«, brabbelte Jette vor sich hin. Ständig war die Milch alle.

Und ihre Mutter hielt sich seit ein paar Wochen aus allem raus. Als wollte sie nicht mehr verantwortlich sein. Jette lugte aus der Küche in das gegenüberliegende Zimmer. Seelenruhig packte ihre Mutter weiter das Bettzeug weg und schenkte ihr keine weitere Beachtung. Na toll!

Gerade als Jette den Kaffee wegschütten wollte, schlurfte Pablo aus dem Schlafzimmer. Seine Boxershorts hingen auf halb acht, sein Schlafshirt hatte er verkehrt herum angezogen. »Pablo. Bitte, bitte. Kannst du Milch besorgen? Hier ist nichts da. Ich muss gleich los, sonst bin ich mal wieder zu spät.« Pablo schaute sie mit seinen braunen Hundeaugen dermaßen müde und verpeilt an, dass sie ein Einsehen hatte. »Ach, vergiss es.« Sie winkte ab und schüttete den Kaffee endgültig in den Ausguss. »Dafür gehe ich jetzt aber ins Bad. Untersteht euch. Alle!« Sie sah im Augenwinkel, wie ihre Mutter bereits die Hand nach der Klinke ausstreckte. »Jette, krieg dich mal wieder ein. Ich putze nur schnell die Zähne, ich muss heute Morgen wirklich pünktlich im Reisebüro sein.«

Schnell, pah und ich muss auch pünktlich im Café sein. Ihre Mutter schloss das Bad von innen ab und rief: »Und außerdem, wenn es dir hier zu voll ist, die Wohnung von Pablos Eltern hat zwei Bäder. Zwei! Schlaft doch bitte öfter dort. So haben wir alle mehr Platz.« Die elektrische Zahnbürste wurde eingeschaltet, das Vibrieren war durch die Tür zu hören. Jette wusste, dass niemand auf dieser Welt seine Zähne so gründlich und lange putzte wie ihre Mutter. Mindestens fünf Minuten, wenn nicht gar sieben, würde sie hier rumstehen müssen. Verdammter Mist.

Ungeduldig wartete sie vor der Tür und versuchte, ihre miese Laune in den Griff zu bekommen. Pablos Eltern hatten zwar eine Wohnung mit zwei Bädern, aber auch drei weitere Kinder, die dort lebten. Wieso blendete ihre Mutter das ständig aus?

Der Gedanke an die bevorstehende Frühschicht im *Café Morgennest* ließ ihre Laune weiter absinken, die Nachmittagsschicht war eindeutig entspannter. Gleich würden zuerst die Büromenschen mit ihren Bechern in der Hand kommen, später die Touristen. Durchatmen, Jette, befahl sie sich.

Inzwischen stand Pablo mit einem wacheren Blick und vollständig angezogen vor ihr. Jeans, Shirt und Hoodie. Ungekämmte Haare und das sonnige Lächeln im Gesicht, das Jette frühestens in einer Stunde schaffen würde. »Ich muss nur pinkeln«, versuchte er einen vagen Vorstoß. »Vergiss es!«, zischte sie wie eine Kobra im Angriffsmodus. Mit beiden Fäusten hämmerte sie gegen die Badtür. »Mom. Das machst du jetzt mit Absicht. In der Zeit, wo du Zähne putzt, bekommen andere ein Kind.« Jette hörte das laute Aufstöhnen ihrer Mutter. Genervt grummelte sie etwas vor sich hin, was Jette nicht verstand.

Endlich öffnete sie die Tür und Jettes nächster Wutschwall ließ nicht lange auf sich warten. Die Worte schossen aus ihr, als hätte sich ein Überdruckventil geöffnet.

»Ich weiß genau, dass du uns loswerden willst. Nur noch drei Monate, dann bin ich für ein Jahr unterwegs. Schneller geht's leider nicht!« Ohne Eile zog ihre Mutter sich inzwischen die Stiefel an, nahm den braunen Wollmantel von der Garderobe und stülpte sich die orangefarbene Mütze mit dem großen Zopfmuster über die rotbraunen Haare. Braun, Orange und Dunkelrot waren die Lieblingsfarben ihrer Mutter. Nur manchmal trug sie Blau oder Schwarz, obwohl ihr das viel besser stand, wie Jette fand. »Vier«, erwiderte ihre Mutter seelenruhig.

»Was?« Jette hörte selbst, wie hysterisch sie inzwischen klang. Sie fühlte sich ihren Stimmungen gegenüber ausgeliefert und machtlos wie ein kleines Schlauchboot auf dem offenen Meer. Nicht steuerbar. Hin- und hergeschleudert.

»Der Dezember hat gerade erst angefangen, also sind es noch vier Monate bis zu deiner Reise. Nun schwirr ab, das Bad ist frei. Ich muss wirklich los.« Jette registrierte das Versöhnliche in der Stimme ihrer Mutter, sah das Abwägen in ihrem Gesicht, ob sie ihre Tochter zum Abschied umarmen sollte oder besser nicht. Auch eine Tochter konnte im Gesicht ihrer Mutter lesen. In Jettes Ohren tönte in Dauerschleife der Lieblingssatz ihrer Mutter, dass man sich immer im Guten verabschieden sollte, denn man weiß nie, was passiert.

»Die Mütze steht dir übrigens kein bisschen, hab ich dir schon so oft gesagt und du trägst sie immer wieder.«

»Jette! Jetzt reicht es! Mach mal nen Punkt. Am besten stehst du nochmal auf, kaufst dir aber vorher deine beknackte Milch. Du bist ja nicht zum Aushalten heute Morgen.« Mit einem lauten Krach flog die Wohnungstür zu und Pablo, ihr harmonieliebender Freund, nutzte die Situation, um auch gleich zu verschwinden. Er verdrückte sich schneller, als sie *warte doch* sagen konnte. Dabei war Pablo der einzige Mensch, der sie wieder erden konnte. Super. Zwei Menschen, von denen sie sich heute nicht im Guten getrennt hatte. Jette konnte sich gerade selbst nicht ausstehen. Die Hexe in ihr hatte das Kommando übernommen und fegte mit ihrem dusseligen Besen durch die Wohnung.

Als sie endlich im Café auftauchte, sah sie Nikolaj entschuldigend an. »Sorry, ich bin zu spät.« Wortlos stellte er ihr einen frischen Kaffeebecher vor die Nase. Der Gast neben ihr fluchte. »Hallo, war der nicht für mich?«

»Ruhig Blut«, antwortete Nikolaj mit seinem russischen Akzent. »Glauben Sie mir, diese Frau braucht ihn dringender. Voilà, hier ist schon der nächste.« Zu Jette gewandt flüsterte er: »Was hast du heute eigentlich an?« Jette schaute an sich herunter und erschrak. Der bunte, herbstfarbene Rock biss sich mit dem viel zu grellen Oberteil in orange. Nur ihre schwarzen Schnürstiefel und die grauen Leggings passten zur Order vom Chef, im Café nur dunkle Kleidung zu tragen. »Nicht mein Tag«, flüsterte sie. Prüfend griff sich Jette an den Kopf. Alles gut. Wenigstens hatte sie ihre langen Haare zu einem hohen Pferdeschwanz gebunden. Nikolaj lächelte breit und verständnisvoll. Dann zauberte er in hohem Tempo ein Heißgetränk nach dem anderen, während Jette noch ihren Rhythmus suchte.

Nikolaj war Balletttänzer und verdiente sich, genau wie Jette, im Café etwas Geld zum Leben dazu. Manchmal glaubte sie, ihn auf Zehenspitzen hinter dem Tresen tänzeln zu sehen. Doch sobald sie hinschaute, stand er mit beiden Fußsohlen auf dem Boden, wie jeder andere auch. Trotzdem sah sie das Tänzerische in all seinen Bewegungen. Nikolaj war ein Magier. Er konnte schweben.

Jette band sich die Schürze mit dem Logo des Cafés um die Hüften, trank den ersten Schluck und schaffte ein schwaches

Lächeln. Noch weit weg von sonnig. »Danke, Nikolaj. Hast was gut bei mir.« Die Hexe schien zu Hause geblieben zu sein, stellte sie erleichtert fest und begann den Tag ein zweites Mal.

»Was darf es sein?«, wandte sie sich an den nächsten Gast in der Schlange. »Einen doppelten Espresso Macchiato bitte, mit Sojamilch.« Weiter hinten in der Schlange winkte ihr jemand auffällig zu. Papa. Er kam jeden Tag vorbei. Heute hätte sie allerdings nichts dagegen gehabt, wenn er seinen Kaffee einmal zu Hause getrunken hätte.

5

»Lass mich raten. Wie immer? Einen ordentlichen Filterkaffee?«, fragte Jette ihren Vater nicht ohne Ironie, als er an der Reihe war. »Ja, mit einem Schuss Milch und anderthalb Löffel Zucker. Du weißt schon.« Er strahlte sie an, als hätte er ein völlig innovatives Heißgetränk bestellt. Bisher hatten Jettes Baristafähigkeiten bei ihm vollends versagt. Tagein, tagaus trank er seinen einfallslosen Filterkaffee, ohne auch nur je ein anderes Kaffeegetränk ausprobiert zu haben. Ein Sturkopf und Gewohnheitsmensch, wie es keinen zweiten gab. »Thommy, was gibt es? Ich muss arbeiten, ist viel los heute.«

»Ich weiß, meine Prinzessin. Ich bin hier verabredet und setze mich ganz still in die Ecke.« Er zeigte auf seinen Lieblingsplatz. »Schon wieder ein Date?«

»Schon wieder? Das letzte Date ist drei Monate her. Wenn sie mich nervt, gebe ich dir ein Zeichen und du sagst so was wie ›Mein Herr, Telefon für Sie‹ und deutest an die Bar oder bringst mir den Apparat.«

»Papa, ich hab echt keine Zeit und solche Sätze gibt es nur in alten Filmen. Wir haben keinen Apparat an der Bar, den ich dir bringen könnte.« Er lachte sich schlapp und sah aus wie ein vierzehnjähriger Lausbub. »Jette, wo ist dein Humor? Das war Spaß.«

»Mordsspaß, Papa. Mein Humor ist heute nicht mit mir aufgestanden. Ich fürchte, der schläft noch.« Nikolaj klapperte laut mit dem schmutzigen Geschirr, die Kaffeemaschine zischte.

»Jette!«, mahnte Nikolaj, der neue Tassen, Teller und kleine Löffel brauchte. Mit einem schwungvollen Ruck öffnete sie den Geschirrspüler. Der heiße Dampf traf ihr Gesicht mit voller Wucht. Sie wusste, ohne in den Spiegel zu schauen, wie sich durch den Wasserdampf einzelne Haare kräuselten und ihr Gesicht die Farbe von Tomaten annahm. »Bis später, Papa... äh... Thommy. Ja?«

Er nickte, schnappte sich seinen Kaffee, bestellte bei Nikolaj noch ein Stück Kirsch-Sahne-Torte und steuerte seinen Lieblingsplatz am Fenster an. Jette war gespannt, was für eine Frau er sich dieses Mal angelacht hatte.

Die meisten Menschen, die sie zusammen mit ihrem Vater erlebten, dachten zuerst, Thommy wäre ihr älterer Liebhaber. Ein Freund. Für seine siebenundvierzig Jahre sah ihr Vater jugendlich aus. Kleidete sich ähnlich wie Pablo: Turnschuhe und Shirts, ab und zu ein Hemd zu den ausgewaschenen Jeans. Seine Haare waren immer noch dunkelbraun und leicht lockig, auch wenn die Geheimratsecken jedes Jahr größer wurden. Wenn er lachte, zeigte sich ein Grübchen auf der rechten Wange, was Jette von ihm geerbt hatte. Er liebte es, wenn sie Thommy zu ihm sagte und Jette bemühte sich, ihm diesen Gefallen zu tun, obwohl ihr *Papa* leichter von den Lippen ging.

Seit sie die Liebesgeschichte ihrer Eltern aus seinem Mund gehört hatte, insbesondere das Ende dieser Geschichte, fühlte sie mit ihm und hatte seine Sicht der Dinge übernommen. Für Jette war ihre Mutter diejenige, die die Familie zerrissen hatte. Da konnte ihr Vater tausendmal sagen, dass das zu einfach gestrickt wäre.

Angeblich hätte ihre Mutter nicht mehr genug Gefühle für ihn gehabt. Aber war das ein Grund, sich zu trennen? Gefühle kamen und gingen, wie ihr Vater ihr erklärte und er hatte recht. Sie liebte Pablo auch nicht immer gleich stark. Ihr Vater vermutete, dass es einen anderen Mann gab. Aber das konnte Jette sich nur schwer vorstellen. Ihre Mutter war höchstens mit ihrer Freundin Friederike unterwegs, manchmal traf sie sich mit Jascha, aber der war schwul. Ansonsten war sie zu Hause.

Jette wusste inzwischen auch, wie sehr ihr Vater nach der Trennung gelitten hatte und wie stark er Paula immer noch liebte, auf eine neue Chance hoffte. Doch ihre Mutter war stur. Wimmelte ihn bei jeder Gelegenheit ab und Jettes Versuche, die beiden wieder zusammenzubringen, scheiterten sämtlich. In den letzten zwei Jahren war Jette immer mehr zu einer Freundin für ihren Vater geworden, war immer weniger die Tochter.

Sie sah, wie er Stift und Block auspackte, die neue Lesebrille aufsetzte und den ersten Schluck vom Filterkaffee trank. Ihr Vater war Journalist. Neben Produkttexten für ein Unternehmen schrieb er leidenschaftlich witzige Kolumnen und kleine Artikel für ein Berliner Stadtmagazin. Parallel versuchte er seit Jahren, ein Buch zu Ende zu schreiben. Jettes Meinung nach war ihr Vater ein Mann für die kleinen, kurzen Texte. Bei umfangreicheren Projekten verzettelte er sich.

Doch den größeren Ehrgeiz steckte er in die Suche nach einer neuen Partnerin. Sein bisher erfolgloses Motto lautete: Wenn schon nicht Paula, dann wenigstens eine Frau, die ihr ähnlich ist.

Jette sortierte Geschirr, putzte Gläser und bestückte den Geschirrspüler neu. Inzwischen hatte sich der morgendliche Stau der Kaffeesüchtigen aufgelöst. Mit Eimer, Lappen und Geschirrtuch ausgerüstet, wischte sie alle Tische im Raum. Kurz setzte sie sich kurz zu ihrem Vater und verschwand, als sein Blick wie gefesselt an der Tür kleben blieb.

Die Frau, die zielsicher auf ihn zusteuerte, ähnelte ihrer Mutter in keiner Weise. In gar keiner. Ihre Mutter war klein, etwas runder, hatte beim Betreten eines Raumes nicht die Präsenz wie diese Frau. Zurück am Kaffeetresen schaute Jette gebannt zu, was passierte. Das schmutzige Wasser aus dem Eimer spritzte beim Ausgießen auf ihr Shirt. »Och, Jette. Süße. Was ist nur heute los? Schau, wie du den ganzen Tresen unter Wasser setzt, und dann auch noch mit diesem Schmutzwasser.« Nikolajs Schimpfen glich einer freundlichen Brise im Sommer, fast einem Streicheln. Unwillkürlich musste Jette darüber lächeln, wie angewidert er das Wort Schmutzwasser aussprach. Noch nie hatte sie ihn richtig sauer oder gar wütend erlebt und auch er kannte ihre Hexenbesen-Seite nicht. In Nikolajs Nähe mutierte sie zu einem Lamm. Sie fühlte sich von ihm weder bewertet, noch in eine Schublade gesteckt. Im Gegenteil, er gab ihr das Gefühl, etwas Besonderes zu sein, und war zudem der beste Zuhörer, den sie kannte. Jette fühlte sich bei ihm sicher. »Sorry, Nikolaj. Echt nicht mein Tag heute. Ich wische gleich alles auf, keine Sorge.«

Aus dem Augenwinkel sah sie, wie ihr Vater aufstand. Trotz seiner beachtlichen Länge war er nur einen halben Kopf größer als sein Date. Sie begrüßten sich mit Küsschen auf die Wange. Ihre glatten schwarzen Haare, die ebenfalls zu einem Pferdeschwanz gebunden waren, wippten im Takt der Küsse. Links, rechts und nochmal links, rechts. Sie setzten sich hin, doch ihr Vater stand gleich wieder auf und schlenderte mit einem infantilen Was-bin-ich-doch-für-ein-Hengst-Grinsen an den Tresen.

»Jette-Mädchen. Einen Cappuccino mit einem extra hübschen Schaumherz obendrauf und zwei Prosecco, bitte.«

»Ich mach schon«, grinste Nikolaj. »Herzen sind meine Spezialität.« Jette beugte sich zu ihrem Vater.

»Oh la la. Hast du dich da nicht etwas übernommen? Sie trinkt keinen Filterkaffee. Ich höre die Probleme bereits lautstark anklopfen.« Ihr Vater winkte ab, lehnte sich locker an den Tresen, was total albern aussah. So cool, wie er vorgab, war er nicht.

»Meinst du übernommen, weil sie so hübsch ist? Wo denkst du hin. Sie ist neben ihrer Schönheit auch klug, charmant, witzig. Zudem eine bekannte Bloggerin mit vielen Followern. Sie produziert ausgezeichnete Dokumentarfilme über Menschen, die ihr altes Leben aufgeben, um ihren Leidenschaften zu folgen: Mit dem Rad nach Asien fahren, die Welt umsegeln, in einem Van oder im Wald leben. Sie ist selbst eine Reisende und wohnt nur für einige Monate in Berlin. Wir schreiben uns schon länger. Sie hat schöne Lippen, oder?«

Jette rollte mit den Augen. »Too much information, PAPA!« Der Prosecco-Korken knallte, die Cappuccino-Tasse klapperte beim Absetzen auf der Untertasse.

»Bitte schön, der Herr Papa«, flötete Nikolaj.

Doch Jette war noch nicht fertig. »Und überhaupt, du bist kein Reisender. Du liebst deine Gewohnheiten und Rituale, deine Stadt, deine Wohnung. Du verabscheust alternative Lebensweisen. Du schreibst Produkttexte, weil sie dir regelmäßiges Geld einbringen. Mit Marion hast du damals ewig gestritten, weil sie nur Kleinigkeiten anders wollte als du. Vergessen?«

Er lachte sein Rechte-Wange-Grübchen-Lachen, strich über Jettes Arm und tänzelte, wie es sonst nur Nikolaj konnte, zurück an den Tisch. Jette konnte sein verliebtes Gockel-Verhalten nicht ausstehen. Widerlich. Nicht mal antworten konnte er vor lauter Grinsen. Sie ahnte, dass diese Geschichte nicht von Dauer sein würde. Das war am schlimmsten für ihren Vater. Wenn sie ihn wieder verließen. Dann war Jette wieder seine geduldigste Zuhörerin.

6

Paula, Liebe.

Friederike rührte in ihrem Mojito und hing Paula an den Lippen, als sie Haukes Mail vorlas. Sie hatte den Text ausgedruckt, um ihn Friederike zeigen zu können. Wie immer, wenn es etwas Wichtiges zu besprechen gab, hatten sie sich auf einen Drink in ihrer Lieblingsbar *One* verabredet. Obwohl sie zusammen arbeiteten und sich fast jeden Tag sahen, reichte die Zeit selten für ein Gespräch in aller Ruhe.

»Träum nicht, lies weiter!« Friederike schubste sie an und legte eine Hand auf ihre. Bei allem, was einem an Friederike auffallen könnte, niemand kam an ihrer Stimme vorbei, ohne an Whiskey, Tom Waits, eine verruchte Bar und die Verlockungen einer Nacht zu denken. Ihre Stimme war tief und satt. Erotik pur. Selbst der schlichte Satz: »Lies weiter!«, verbunden mit der sanften Berührung, ließ Paula leicht schaudern. Friederikes breiter Mund, der beim Lachen ganz schmal wurde, kam plötzlich näher. »Mensch Paula, nun lies doch. Sonst lese ich selbst weiter.« Ihr Atem roch nach frischer Minze und es war nicht das erste Mal, dass Paula das Gefühl hatte, dass sie miteinander flirteten. »Flirten ist die Würze des Lebens«, betonte Friederike oft und Paula wusste, dass sie es auch so meinte. Sie war die einzige Frau in Paulas Leben, die sie in diesen kribbeligen, leicht erotisch angehauchten Zustand befördern konnte. Dennoch gab es weder von Paulas noch von Friederikes Seite aus Impulse, mehr aus ihrer Freundschaft entstehen zu lassen. Es war gut so, wie es war. Paula las weiter:

Ich weiß, wir haben seit Jahren nichts mehr voneinander gehört, doch in meiner Welt gibt und gab es dich immer. Ob wir Kontakt hatten oder nicht. Geht's dir denn gut, liebe Paula? Ich hoffe, dass du nicht mehr sauer auf mich bist und wenn doch, dass du ab heute damit aufhörst.

Ich schreibe dir, weil ich dich nach all den Jahren so gern treffen würde. So, so gerne! Mein Vater ist sehr krank, die Ärzte geben ihm nur noch wenige Wochen. Ich wäre jetzt gerne bei meinen Eltern. Sie nehmen schon eine Weile voneinander Abschied. Meine Mutter überlegt, was mit dem Haus werden soll. Verkaufen, oder renovieren und einen Teil davon vermieten? Das muss alles überlegt und besprochen werden. Als ihr einziges Kind will ich sie damit nicht alleine lassen. Sie fragt immer nach dir. »Was ist denn aus Petersens Paula geworden?«, sagt sie, und ich muss immer lächeln, weil ja auch deine Großmutter Paula Petersen hieß.

Paula, Liebe. Ich bin auf dem Weg zurück nach Nordfriesland. Ich vermisse meine Heimat, die Küste, den Wind und die Weite. Sogar die Schafe und Kühe auf den Weiden. New York, wo ich gerade lebe, ist mir zu eng geworden. Ich komme nach Hause und zu Hause bist auch du. Bitte: Überwinde deinen Stolz oder deinen Ärger, oder was immer du mir vorwirfst. Lass uns endlich reden.

Ab übermorgen, also dem 8.12.19 bin ich zurück, meldest du dich? Bitte.

Dein Pauke

»Pauke?« Friederike gluckste albern, ihr Glas war leergetrunken. Trotz des hartnäckigen Schluckaufs gab sie dem Barkeeper ein Zeichen für zwei weitere Mojitos. Er nickte. Ihre braunen Augen funkelten, die Nacht war ihr Revier.

Paula hatte Friederike zur gleichen Zeit wie Thomas kennengelernt. Damals, vor vierundzwanzig Jahren, arbeiteten alle drei in einem großen Berliner Verlag. Inzwischen waren sie in der ganzen Stadt verteilt. Thomas schrieb für ein Stadtmagazin, Friederike widmete sich am liebsten Marketing und Webdesign und Paula war Lektorin und Übersetzerin. Vor vier Jahren erfüllte sich Friederike einen Traum und gründete einen kleinen Verlag, der nur Erotik verlegte. Sie überredete Paula, dort als Lektorin einzusteigen und während Paula noch dachte, dass es sich um wenige Bücher im Jahr handeln würde, wuchs die Nachfrage nach erotischer Literatur so enorm, dass beide inzwischen gut davon leben könnten. Trotzdem hatten sie sicherheitshalber noch andere Jobs. Paula hatte ihr Reisebüro und Friederike, die Unersättliche, war aktuell auf der Suche nach einer neuen Herausforderung. Am liebsten würde sie junge Leute mit einer guten Idee unterstützen. Friederike war ein Nimmersatt, liebte neue Abenteuer und Herausforderungen. Paula, die es sich gern gegen zwanzig Uhr vor dem Fernseher gemütlich machte, hatte sich daran gewöhnt, mit dem Spott ihrer Freundin zu leben. »Du verschläfst dein halbes Leben und verblödest bei dem Fernsehprogramm. Die reinste Schlaftablette! Ach komm, du bist doch keine achtzig.«

Wenn Paula in ihrem Leben ein kleines bisschen verrückt war, hatte Friederike bisweilen einen ordentlichen Schuss.

»Er nannte uns früher immer Pauke, eine Mischung aus Hauke und Paula. Du weißt schon, uns gab es nur zusammen.«

»Wie süß! Hast du ein Foto von ihm?«

»Nein«, log Paula, ohne mit der Wimper zu zucken. Alle Fotos, Briefe und anderer Krimskrams, der mit ihm und der Nordsee zu tun hatte, waren in einer Kiste in ihrem Kleiderschrank verstaut.

»Dann beschreib ihn mir!« Friederike ließ nicht locker.

»Ich habe ihn zuletzt vor fünfundzwanzig, nein vierundzwanzig Jahren gesehen. Zwischendrin hat er mir mal ein Foto geschickt, aber das letzte ist auch schon wieder fünfzehn Jahre her. Er ist ein waschechtes Nordlicht, zumindest gewesen. Blond, groß, nicht zu schlank. Er hat mich immer an die Männer aus den Wikingerfilmen erinnert. Würde mich nicht wundern, wenn er inzwischen auch so einen wilden Bart hätte. Er sah ... gut aus.«

»Aber? Mensch Paula, lass dir doch nicht jedes Wort aus der Nase ziehen! Wart ihr in den letzten Jahren nicht auf diversen Social Media Kanälen vernetzt?«

»Nein, wir hatten nur Mailkontakt und ehrlich gesagt, wollte ich ihn aus meinem Leben verbannen und nicht ständig seine aktuellen Fotos sehen. Bis zum Abi hatten wir eine wirklich gute Zeit, auch die zwei Jahre danach waren unbeschwert. Wir sahen uns so oft wir konnten, und du weißt ja, ich zog mit Jascha in meine Berliner WG und ich half ihm, das Reisebüro aufzubauen. Hauke jobbte in Hamburg und gründete mit einem Freund ein vielversprechendes Start-Up. Ganz kurz hatte ich überlegt, nach Hamburg zu ziehen, damit wir räumlich wieder näher wären. Aber mein Leben war in Berlin und ich hatte Haukes Sehnsucht im Ohr, sobald das Geld zusammen war, in Sydney zu studieren. Er war ein bisschen wie du. Ständig unter Strom, immer auf der Suche nach einem Kick.«

»He, he, ich liebe nur dieses wunderbare Leben.« Friederikes aktuell wasserstoffblonden Haare leuchteten unter der schummrigen Barlampe. Nach der roten, braunen und schwarzen Phase waren sie inzwischen raspelkurz geschnitten. Sie wirkte frech und hellwach. Heute trug sie eine eng anliegende schwarze Lederhose mit einem schwarz-grün gestreiften Shirt, was fast bieder daherkommen würde, wenn es nicht eine Nummer zu klein wäre. Wenn Paula an sich herunterschaute, sah sie Jeans und einen rot-braunen Kaschmirpullover, der gut mit ihren Haaren harmonierte. Sie beneidete ihre Freundin um die schlanke, durchtrainierte Figur und fragte sich immer, wo sie diesen Willen hernahm, auch noch täglich zu trainieren. Friederike war über fünfzig, ihr genaues Alter verriet sie niemandem und auch Paula müsste in einem alten Kalender nachschauen, wenn sie nachrechnen wollte, wie alt Friederike nun wirklich war.

»Ich verschob meine Träume, ein gemeinsames Leben mit ihm, auf die Zeit nach seinem Studium. Es zog ihn in die weite Welt und irgendwann wurde mir klar, dass er völlig andere Ideen vom Leben hatte als ich. Wie du weißt, bin ich seit Ewigkeiten in Berlin.«

»Ich weiß. Im Hauptberuf Mutter.«

»Nicht mehr lange. Jette ist auf dem Absprung und Gustav nerve ich jeden Tag mit der WG-Suche. Bald habe ich meinen Mutterjob erledigt, beide Kinder werden sanft aus dem Nest geschubst, lernen fliegen und dann bin ich auch wieder frei. Frei, frei, frei.« Paula saugte ihren Mojito leer. »Spätestens in vier Monaten, wenn Jette loszieht. Dann bin ich dran. Als erstes werde ich mein Leben neu sortieren und die Arbeit so verteilen, dass ich viel mehr das mache, was mir Spaß macht.«

»Und was ist das?«

»Mit Texten arbeiten. Tanzen. Selber ein Buch schreiben, oder auch mehrere Bücher. Mein Kopf ist voller Geschichten. Vielleicht werde ich den Reisebürojob sogar kündigen, mal sehen, was mein Konto sagt. Und dann möchte ich mich neu verlieben. Ich wünsche mir einen Partner, mit dem ich vor allem Spaß haben und albern sein kann. Der Lust an Bewegung und tanzen hat, der gut küssen kann. Hach, ja.« Friederike schnalzte mit der Zunge und zeigte mit dem Daumen nach oben.

»Yes, Baby! Fang gleich morgen damit an. Dein ewiges Warten auf Später ist doch Quatsch. Als ob nicht beides gehen würde. Eine Mutter sein und ein eigenes Leben haben, zumal deine Kinder inzwischen erwachsen sind. Per Gesetz dürfen sie Verträge unterschreiben und müssen bei Nichteinhaltung die Konsequenzen tragen.«

»... sagt die Frau, die nie im Leben Kinder wollte, weil sich dann alles um die lieben Kleinen drehen würde. Erkenne den Fehler!« Friederike warf den Kopf in den Nacken und lachte so laut, dass man fast alle Zähne sehen konnte.

»Was ist eigentlich mit deinem Ohr?« Besorgt schaute Friederike zu Paula, die sich das Ohr rieb. »Ständig berührst du es.«

»Ich weiß auch nicht. Ich würde sagen, leichter Tinnitus. Mal stärker, mal gar nicht. Gerade fängt das Summen wieder an.« Mitfühlend legte Friederike ihre Hand auf Paulas Ohr. »Ich könnte eine Reiki-Session mit dir machen.«

»Nicht heute, aber wenn es schlimmer wird, dann gerne.« Friederike kannte sich mit allen fernöstlichen Methoden aus, hatte sie sich angeeignet und glaubte felsenfest an deren Wirksamkeit. Paula dagegen genoss bei den Behandlungen einfach nur die gemeinsame Zeit, das stille Beieinandersein mit ihrer Freundin. Sie liebte an Friederike ihre völlig gegensätzlichen Facetten; die rauchige Stimme, das laute und extrovertierte Verhalten und im nächsten Moment ihre hauchzarten Berührungen, als würde man von einer Elfe gestreift. Paula verstand sehr gut, dass sich die Menschen von Friederike angezogen fühlten. Wenn man von ihr angeschaut wurde, war es, als ob man aus dem Schatten in die Sonne treten würde.

»Oh, Schatz, wir werden alt.« Friederike hauchte Paula einen Kuss auf die Wange. »Oder willst du mir nur auf andere Art sagen, dass unser Abend beendet ist?« Paula lachte. »Das schaffe ich schon noch selbst, ohne Ohrenschmerzen vorzutäuschen. Aber im Ernst. Ich bin hundemüde und morgen früh ruft wieder der Schreibtisch. Ich habe gerade viel zu tun, wie du weißt. Außerdem will ich Jette noch vor dem Schlafengehen erwischen. Sie war heute Morgen ein kleiner Teufel und wir haben uns noch nicht wieder vertragen. Lass mich heute zahlen, okay?« Paula suchte das Geld zusammen und stülpte sich die Mütze, die Jette so furchtbar fand, über die Ohren.

Draußen umarmten sich die beiden Frauen zum Abschied und Paula traute sich: »Sag ehrlich. Wie findest du meine Mütze?« Friederike stutzte kurz, hielt Paula eine Armlänge von sich weg, betrachtete sie ernst, doch um ihren Mund zuckte es verräterisch. »Unmöglich!«, prustete sie los. »Richtig unmöglich, sorry, Paula. Aber das wollte ich dir schon lange Mal sagen.« Übermütig zog sie Paula die Mütze vom Kopf und wedelte damit vor ihrem Gesicht herum. »Und deine Pauke-Geschichte ist noch nicht zu Ende erzählt. So kommst du mir nicht davon. Meldest du dich bei ihm, oder wie geht es weiter?« Sie standen unter einer Straßenlaterne. Der leichte Nieselregen verteilte sich auf ihre Gesichter, legte sich auf ihre Mäntel und die stiller werdende Stadt. Paula schob ihre Hände in die Manteltaschen. Es war unangenehm kalt.

»Wenn ich das wüsste.« Sie gähnte herzhaft. »Auf jeden Fall nicht mehr heute.«

»Na gut, meine Liebe. Dann schlaf erst mal gut und versöhne dich mit deiner Tochter.«

Sie umarmten sich noch einmal und Paula stülpte die Mütze wieder über ihren Kopf. Ihr gefiel sie.

Als Paula gegen Mitternacht zu Hause ankam, war die Wohnung still wie ein Gotteshaus und die Zimmertüren der Kinder geschlossen. Das nervige Fiepen im Ohr war wieder deutlicher zu hören als vor einer halben Stunde in der Bar. Sie überlegte, ob Rotlicht helfen würde.

Auf dem Küchentisch lag ein Zettel ihrer Tochter.

Sorry, Mom, morgen früh wird's besser. Kuss Jette

Sicherheitshalber schaute Paula in den Kühlschrank und entdeckte zwei Packungen Milch. Gut, gut.

Sie war zu müde für eine Rotlichtaktion und vertraute darauf, dass schlafen die beste Medizin war.

7

Die Woche flog dahin, ohne dass Paula Hauke geantwortet hatte. Was sollte sie auch schreiben? Sie konnte keinesfalls einfach bei ihm und seiner Familie auftauchen, auch wenn sie früher nebeneinander gelebt hatten und seine Eltern gefühlt auch ihre Eltern waren. Seit Jahren flog sie im Urlaub zu allen Meeren dieser Welt, aber nie wieder war sie nach der verstörenden Party im Sommer 1995 an die Nordsee gefahren.

Paula hatte heute früher im Reisebüro Schluss gemacht. Sie wusste, dass Monika das missbilligend registrierte, aber das war ihr egal. Zu Hause stapelten sich die Manuskripte. Paula versuchte, sich zu konzentrieren und den neuen Erotikroman einer jungen Autorin zu lektorieren. Doch ihre Gedanken wehten wie ein wirbelnder Wind durch den Kopf: Ich muss die Fenster putzen. Gustav bei der Wohnungssuche helfen. Bei Thomas nachhaken, ob er seinen Freund wegen des freien Zimmers für Gustav gefragt hat. Ein Geburtstagsgeschenk für Jette finden. Hauke schreiben. Eine Entscheidung wegen Weihnachten und Teneriffa treffen. Einen Text über das Anlegen eines Cottage-Gartens zu Ende übersetzen. Essen kochen. Nein, das nicht, sie war nicht dran. Ihr Ohr war still, kein Fiepen zu hören, wie sie erleichtert feststellte.

So ungeduldig, wie sie die geöffnete Datei des Romans wegklickte, so ungeduldig wartete sie auf später. Darauf, dass die Kinder ihrer Wege gehen würden. Darauf, dass sie endlich nicht mehr zuständig war. Darauf, dass sie die Mutterrolle abstreifen könnte wie einen vertrauten, aber inzwischen ausgeleierten Wollpullover. Darauf, ganz viel Zeit und Muße nur für sich selbst zu haben. Bald.

»Maman!«, rief Gustav quer durch die Wohnung. »Wann gibt's Essen?« Ihr Sohn steckte seinen dunkelblonden Wuschelkopf in ihr Zimmer. Wenn er zu Hause war, musste es gegen 18:30 Uhr sein. Da es bereits am frühen Nachmittag dunkel wurde, verschwammen Paulas Zeitgrenzen.

»Du sollst anklopfen, verdammt noch mal! Ich könnte auch nackt hier rumlaufen!«, versuchte sie, ihn zu schocken. Doch Gustav lächelte nur verlegen. »Maman, du doch nicht!« Inzwischen saß er neben ihr, wuschelte mit seinen Fingern durch ihre Haare und wiederholte hollywoodreif, seine aufgerissenen Augen dicht vor ihren, sein Lieblingswort: »Hunger!« Paula musste lachen und schob ihn weg. »Deine Schwester ist heute dran mit kochen. Nerv sie und außerdem, mein Sohn: Du bist erwachsen. Wie wäre es damit –« Paula legte eine dramatische Kunstpause ein und drehte sich zu ihm. »Du schmierst dir ein Brot. Krass, oder?«

»Witzig, Maman. Voll witzig. Jette kocht immer so gesundes veganes Zeugs, das schmeckt einfach nicht. Du sollst kochen, du bist einfach die Beste.«

»Hör auf zu schleimen und stell dich nicht so an. Sie macht sich viele Gedanken um die Welt, Nahrungsketten und Tierhaltung. Sie kauft nachhaltig ein, erstellt Listen mit Dingen, die wir immer im Haus haben sollten. Sie gibt sich echt Mühe.«

»So, und ich nicht?«

»Mein Sohn, wenn du mit kochen dran bist, kaufst du Pizza oder kochst Nudeln.«

»Aber immerhin gibt's bei mir etwas Warmes. Jette macht viel zu oft Salat. Hallo, es ist Winter. Aber ich seh schon, mit dir ist heute nicht viel los.« Gustav stand auf und wollte zur Tür gehen.

»Warte! Hast du mit Papa geredet?« Er setzte sich wieder hin. »Papa wollte dir eine Adresse von einem Freund geben, der einen Mitbewohner sucht.«

»Maman, Papas Freunde sind alte Leute. Ich suche mir selbst eine Wohnung und außerdem, wenn Jette im Frühjahr weg ist, wohnen nur noch wir beide hier. Du und ich. Ich bin doch ganz leise. Das wird gut.« Treuherzig wie ein frischgeborenes Kalb schaute er Paula an.

»Gustav! Jetzt noch mal ganz im Ernst. Es ist nicht normal, sich in deinem Alter mit seiner Mutter in einer Wohnung einzurichten. Du musst raus in die Welt und wenn schon nicht in die Welt, dann wenigstens in deine eigenen vier Wände. Von mir aus auch im nächsten Flur. Aber raus aus dem Nest.«

»Sagt wer? Wir haben es doch gut zusammen.«

Er meinte wirklich, was er sagte, stellte Paula nach einem Blick in Gustavs Gesicht fest. Einerseits schmeichelte es ihr, dass sie sich so gut verstanden, ein Zusammenleben mit Gustav wäre definitiv an Harmonie nicht zu übertreffen. Aber die Sehnsucht, endlich ihr eigenes Ding zu machen, wog stärker. Es tat ihr jetzt schon weh, aber ein leichtes Schubsen aus dem Nest würde bei ihrem Sohn wohl nicht reichen. Sie würde ihn stoßen müssen, wahrscheinlich sogar mit sehr viel Anlauf treten. Aber nicht heute. »Wir reden später weiter, okay?« Wie ein fürsorglicher Großvater strich er über Paulas Schulter. »Okay.«

Gustav schraubte seinen langen Körper erneut in die Höhe und machte sich auf den Weg. Wahrscheinlich würde er in seinem Zimmer wieder fremde Welten bauen, neu entdecken oder zerstören. Oder er reparierte stundenlang alle technischen Geräte, die im Freundeskreis kaputtgegangen waren. Sein Zimmer sah aus wie ein überdimensionales Cockpit. Wenn er nicht in seinem Zimmer bastelte, reparierte er Autos in der Werkstatt, die er mit seinem besten Kumpel Freddy führte. Doch bevor Gustav endgültig in seinem Zimmer verschwand, steckte er die Hände in die Hosentaschen und schlenderte auf

Nahrungssuche in die Küche. »Kannst du noch meine Tür zumachen?«, rief Paula ihm hinterher und er drehte tatsächlich um. »Das, und vieles mehr würde ich dann immer für dich machen, liebste Maman«, versuchte er sie mit seinem französischen Akzent aufzuheitern.

Paula schmiss ein Kissen Richtung Tür, zog sich die flauschige Decke bis unter das Kinn und blickte vom Sofa aus direkt in den dunkelgrauen Berliner Himmel. Wenn es nur zwei Grad kälter wäre, würde es schneien. Aber nein, an den Scheiben rannen winzige Bächlein hinab, kreuzten sich, flossen ineinander, trennten sich wieder.

Manchmal fragte sie sich, ob ihr Sohn von irgendetwas im Leben träumte. Er schien zufrieden und völlig genügsam mit dem, was war. Er war ausgeglichener als alle anderen Menschen in Paulas Leben. Wenn es nach ihm ginge, könnte alles so bleiben. Hauptsache, es gab nicht zu viele Veränderungen und genug zu essen. Hatte er Sex? Träumte er von einer Beziehung? Interessierte er sich für Frauen oder Männer? Wollte er etwas erfinden? Hatte er berufliche Pläne? Wollte er irgendetwas erreichen? Manchmal war er ihr ein größeres Rätsel als Jette mit ihrer notorischen Wut auf sie.

8

»Mama! Hörst du schwer?« Jette klopfte erneut an die Tür ihrer Mutter. Endlich hörte sie ihr »Ja, doch!« Pablo drängelte sich an ihr vorbei und steckte den Kopf unter ihrem Arm durch, um ebenfalls in Paulas Zimmer zu schauen. Sie hatten sich schon den ganzen Vormittag geneckt. Pablo, der für jeden Spaß zu haben war, fand heute kein Ende. »Hi, Paula«, blödelte er in seiner seltsamen Position mit ihrer Mutter weiter. »Hallo, Pablo. Wollt ihr los oder was drängelt so?« Bevor Pablo ihre Mutter in ein belangloses Gespräch verwickeln konnte, hielt Jette ihm einfach den Mund zu. Erbost kniff er sie in die Seiten und befreite sich. »Mom! Ich hab dich was gefragt? Kannst du mir vielleicht erst mal antworten, ehe du mit Pablo quatschst?« Jette wusste, dass es nicht leicht werden würde, ihre Mutter von ihrer Idee zu überzeugen. Aber sie hatte ihre Freunde bereits eingeladen, es gab kein Zurück. »Ich wollte dir sagen, also, dich fragen ... ob ich nächsten Freitag meinen Geburtstag hier feiern kann.« Jetzt war es raus und schnell ergänzte sie: »Wir bleiben in meinem Zimmer und in der Küche, okay?« Jette hob die Hand wie als Kind zum Indianerehrenwort, setzte ihr freundlichstes Gesicht auf und schob sicherheitshalber noch ein »Bitte, Mom« hinterher. Statt einer Antwort zuppelte ihre Mutter an der Wolldecke herum und schien nachzudenken.

Komm schon, sag ja. Geduldig beobachtete Jette das Gesicht ihrer Mutter. Zuerst sah sie das klare Nein, dann ihr Ringen um einen möglichen Kompromiss, denn ihr Ziel war immer, eine tolerante Mutter zu sein. Jette wartete gespannt, denn in letzter Zeit war ihre Mutter häufig müde und sagte Nein bei

Sachen, bei denen sie früher locker Ja gesagt hätte. »Mom?«, erinnerte sie ihre grübelnde Mutter daran, dass sie wartete.

»Du hast die Badbenutzung vergessen, alle -«, sie stutzte. »Wie viele kommen eigentlich?«

»Fünf, vielleicht sechs.« Verlegen druckste Jette herum. Eigentlich wollten noch mehr kommen, aber meistens sagte ja in letzter Minute noch jemand ab. Also konnte sie die gleich abziehen. Das Gesicht ihrer Mutter wechselte wieder zu einem Nein.

»Also mit dir, Gustav, Pablo und mir, sind dann zehn Menschen in unserer Wohnung und benutzen auch die einzige Toilette.« Noch klang die Stimme sachlich, obwohl ihr Gesichtsausdruck erste Spuren von Ekel widerspiegelte. Jette seufzte hörbar, sie kannte das ausgeprägte Kopfkino ihrer Mutter. Wahrscheinlich malte sie sich gerade aus, wie jeder der Gäste die Toilette vollpinkeln würde, stellte sich den Geruch vor, die Geräusche. Mist! Das Bad hatte Jette ganz vergessen. »Logisch, dass ich das Bad putze und Gustav pennt vielleicht bei Freddy. Einer weniger.«

»Kenne ich die Leute?«

Jette versuchte, sich zu beherrschen und ihre Gereiztheit zu verbergen. Als ob es wichtig wäre, dass ihre Mutter alle Freunde kennen würde. Würde sie ihr vertrauen, hätte sie längst zugestimmt.

»Nicht alle, aber die meisten.«

»Warum nicht bei deinem Vater?« Inzwischen brodelte es in ihr. Jede Frage fühlte sich an wie ein Verhör. Bleib cool!, befahl Jette sich.

»Der hat nur zwei Zimmer.« Sie fand, dass ihre Antwort sachlich genug war.

»In einem Club?«, insistierte ihre Mutter weiter.

»Zu teuer, nicht privat genug. Mom, es ist das letzte Mal vor meiner langen Reise. Gib dir einen Ruck.« Geduldig wartete Jette und bemerkte, wie sich ihre Mutter die Schläfen rieb, ans Ohr fasste und dann den Kopf schüttelte.

»Nein!«

Jette versuchte, ihre Enttäuschung zu händeln, doch ihre Wut nahm ungefragt Anlauf und drängte raus. »Wieso denn nein? Verdammt!« Etwas in ihr explodierte. Mit der flachen Hand haute Jette an den Türrahmen.

»Jette«, versuchte ihre Mutter einen milderen Ton anzuschlagen. »Verstehst du es kein bisschen? Es ist mir gerade alles zu viel. Es tut mir leid.« Sie ließ sich nach hinten in die Kissen fallen, drehte die Wollflusen ihrer Sofadecke zu einem unsichtbaren Muster zusammen, ließ es wieder los und strich an anderer Stelle Fussel glatt. Gustav und Jette hatten ihrer Mutter die grobmaschige Wolldecke letztes Jahr zu Weihnachten geschenkt, weil ihr immerzu kalt war. Jette versuchte es eine Spur ruhiger, setzte sich ihrer Mutter gegenüber.

»Aber könntest du nicht ausnahmsweise bei Friederike schlafen oder bei anderen Freunden? Immer hängst du hier rum und wir müssen Rücksicht auf dich nehmen. Mal hast du Rückenschmerzen, mal Ohrenschmerzen-« Mist, jeder Satz war Öl ins Feuer. Es loderte erneut auf und zwischen ihnen brannte bereits ein Stück Erde. Jette stand wieder auf, hatte kein Sitzfleisch mehr und bemerkte zu spät, wie sauer ihre Mutter wurde. »Jette. Ich warne dich!« Sie stand ebenfalls auf. Auge in Auge standen sie sich gegenüber.

»Ist doch wahr! Wie ein Schulkind muss ich ständig um Erlaubnis fragen.«

Mit gepresster Stimme antwortete ihre Mutter: »Ich wohne hier und wenn es dir nicht passt, kannst du dir gerne eine eigene Wohnung suchen. Andere Zwanzigjährige feiern Geburtstage in einem angesagten Club. Wir leben in Berlin, hier kann man ausgehen. Aber nein, für dich kommt nur eine Feier zu Hause in Frage.«

Obwohl es in Jette inzwischen kochte, bemühte sie sich, freundlich zu bleiben und Lösungsvorschläge zu machen, so wie ihre Mutter es liebte. Mit äußerster Selbstbeherrschung sprach sie weiter. »Das war jetzt ein Vorschlag von mir, dass du bei Friederike schläfst. Oder dir mal wieder einen Freund suchst. Vielleicht solltest du mal wieder-« Ehe sie aussprechen konnte, was sie wirklich dachte, verstummte sie, denn die Miene ihrer Mutter hatte sich verdunkelt. Eine schwarze Gewitterwolke hing im Zimmer und Jette hörte zwar den Donner, unterschätzte allerdings das rasante Tempo des Gewitters.

»Feiert bei deinem Vater oder bei Pablo. Andere Vorschläge habe ich leider auch nicht. Ende der Durchsage.« Ihre Mutter blieb bei der Absage, Jettes Wut und Enttäuschung kochten über. Sie dachte nicht daran aufzugeben, und sie empfand die Übermacht ihrer Mutter als himmelschreiend ungerecht.

»Und wenn ich es trotzdem mache?« Kurz erschrak sie selbst über die vermessene Idee, sich ihrer Mutter so deutlich zu widersetzen. Wieso provozierte sie Jette auch so? Doch jetzt war es ausgesprochen. Fassungslos starrten sich Mutter und Tochter an. Ein neues Level ihrer Auseinandersetzungen war mit dieser Drohung erreicht. Jette überlegte zurückrudern, doch wie eine Lore, die angeschubst wurde, rollte ihre Wut die vorgegebenen Gleise entlang. »Immerhin wohne ich auch hier! Es ist unfair, mir vorzuhalten, dass ich in eine eigene Wohnung ziehen soll. Du kennst den Wohnungsmarkt in Berlin. Da geht gar nichts. Du bist so ungerecht!«, versuchte Jette, sich zu verteidigen. Die Augen ihrer Mutter blitzten noch gefährlicher als vorhin, das Unwetter war da. Mist. Mist. Mist. Ihre Stimme wurde gefährlich leise.

»Ja, wir wohnen hier zu dritt. Meistens zu viert.« Sie tippte wie eine Irre mehrmals mit dem Zeigefinger auf sich selbst. »Aber ich zahle die Miete. Ich! Punkt.« Sie holte tief Luft. »Jette. Ich diskutiere nicht weiter. Nein! Dieses eine Mal passt es nicht.«

Jette sah ihre Felle davonschwimmen. Wieso vertraute Paula ihr nicht und freute sich mit ihr? Plötzlich ging es um Geld. Seit Monaten sparte Jette jeden Cent für ihre Nicaragua-Reise. Auf dem Flohmarkt hatte sie eine wunderschöne alte Kaffeedose gefunden. Grün, etwas verrostet und aus Blech. Sie rannte in ihr Zimmer, kramte in der Kaffeedose nach dem gesparten Geld und legte ihrer Mutter ein Bündel Geldscheine und eine Handvoll Kleingeld auf die kleine Holztruhe vor dem Sofa. »Wenn es dir ums Geld geht, dann bezahle ich eben für die Party. Bitteschön.« Sie war nicht fähig, ein weiteres Wort zu sagen ohne sofort loszuweinen, also kaute sie sich lieber die Lippen wund. Aufgewühlt hoffte Jette endlich auf Mutters Einverständnis. Mehr konnte sie nicht anbieten: Geld bezahlen, Klo putzen, nur ihr Zimmer und die Küche benutzen. Was denn noch?

Ehe sie sich versah, rastete ihre Mutter völlig aus. Nahm das Geld, die Scheine samt Kleingeld, öffnete das Fenster und schmiss alles nach draußen. Dabei schrie sie ununterbrochen: »Es reicht. Es reicht. Es reicht.« Der Blitz hatte eingeschlagen. Jette erschrak so sehr, dass sie wie paralysiert stehenblieb und die Szene wie durch eine Glaskugel beobachtete. Unfähig, zu reagieren. Unfähig, nach unten zu rennen, um ihr Geld zu retten.

Gustav und Pablo stürzten herein. Pablo schnappte sich Jette und zog sie aus dem Zimmer. Gustav blieb bei seiner Mutter.

»Sie hat ... sie hat mein ganzes Geld aus dem Fenster geschmissen.« Jettes Schultern bebten, ihre langen Haare hingen wirr im Gesicht und Pablo hielt sie fest umarmt. »Beruhige dich, Jette. Beruhige dich.« Sanft strich er ihr über die Haare. Immer wieder. Und wieder. Erschöpft legte Jette den Kopf in seine Kuhle zwischen Schulter und Hals. Sie liebte Pablos Geruch in dieser Mulde, er roch nach Trost. »Was ist denn passiert?«, fragte er vorsichtig und deutete auf die zwei Stühle. »Erzähl.« Als Jette am Tisch saß und den Schneeregen draußen sah, sackte sie in sich zusammen und ließ endlich die Tränen, die sich in ihren Augen gesammelt hatten, überlaufen. Sie hasste es, zu weinen und noch schlimmer war, zu weinen und gleichzeitig zu sprechen. Ihr Blick verfolgte den Schneeregen. Sie musste es aussprechen, auch wenn ihre Stimme dünn und hoch war. »Das ganze Geld, Pablo. Alles ist futsch.« Pablo sprang so abrupt auf, dass der Stuhl mit einem lauten Knall nach hinten umkippte.

9

Paula zitterte am ganzen Körper und hätte sich am liebsten selbst umarmt. Sie schob Gustav ein Stück von sich weg. Er sollte sie nicht trösten, das fühlte sich komplett falsch an. Gustav war von je her ein haptischer Mensch, doch im Augenblick war er ihr zu nah. Immer musste er alles anfassen, ihren Arm, den Sofastoff und wenn es nichts anzufassen gab, knetete er seine eigenen Hände. »Maman?« Unsicher strich er die grobe Wolldecke glatt, was unmöglich war, da sie an die dichten Locken eines Schafes in Nordfriesland erinnerte, die man ebenfalls nicht glattstreichen konnte. Paula holte tief Luft und rückte ein Stück von ihm ab. »Kannst du zu Jette gehen und ihr sagen, dass es mir schrecklich leidtut?« Er bewegte sich nicht.

»Maman, ich fürchte, das musst du ihr selbst sagen.« Kluger Junge. Was für ein Desaster, dachte Paula. Ihre Tochter schaffte es, ihre Zombieseiten zum Vorschein zu bringen und auszurasten. Ihr Sohn klebte an ihr, als wäre sie verrückt und flüsterte ihr, was als Nächstes zu tun sei.

»Bitte, lass mich kurz allein. Nur ganz kurz.« Gustav rührte sich nicht vom Fleck.

»Du bist so komisch. Mir wäre lieber, wenn ich bei dir bleiben könnte.«

Vielleicht hatte er wirklich Angst davor, dass sie, wie eben die Geldscheine, einfach aus dem Fenster fliegen könnte. »Dann bleib, aber rück ein Stück zur Seite und sei still.« Er blieb dicht bei ihr sitzen. Paula gab auf, versuchte gar nicht mehr von ihm wegzurücken und schloss die Augen. Angestrengt versuchte sie, ihren Pulsschlag unter Kontrolle zu bringen. Beruhige dich. Jeder darf mal ausrasten. Du bringst das wieder in Ordnung.

Paula Petersen! Beruhige dich. Die gut gemeinten Sätze jagten viel zu schnell durch ihr inneres System, hakten nirgendwo ein. Es funktionierte nicht. Ihr Blick wanderte zu den Fenstern, die wieder fest verschlossen waren. Das nasskalte Winterwetter zerrte an ihren Nerven wie die Tatsache, dass sie sich mit ihrem Leben und dieser Warterei in eine Sackgasse manövriert hatte. Sie musste dringend wenden oder rückwärts fahren.

Sie musste hier raus. Friederikes dringender Rat, dass sie sich eine Auszeit nehmen sollte, kam ihr wieder in den Sinn. Nach der Reiki-Behandlung war Paula binnen Sekunden völlig erschöpft auf ihrem Sofa eingeschlafen.

Kurz entschlossen traf sie eine Entscheidung, obwohl ihr schon als Kind eingebläut worden war, dass man in Zeiten höchster Erregung keine größeren Entscheidungen treffen sollte. Aber wann denn dann?, widersprach sie den alten Ratschlägen ihrer Mutter. In ruhigen Zeiten hatte sie noch nie etwas entschieden. Da waren Puls- und Herzschlag kaum zu fühlen. Heute jagte ein Schauer den nächsten, alles in ihr war in Aufruhr. »Gustav, vertrau mir. Ich habe mich beruhigt. Ich schreibe kurz eine Nachricht an einen alten Freund und dann gehe ich zu Jette. Okay? Du kannst mich alleine lassen.« So entschieden wie Gustav den Kopf schüttelte und lediglich vom Sofa auf den Schreibtischstuhl wechselte, so entschieden klappte Paula den Laptop auf. Sie überwand die alte Kränkung und schrieb im Nullkommanichts die Mail.

Lieber Hauke,

sie zögerte. Sollte sie ihn anders anreden? Moin Hauke? Hi Hauke? Sie blieb bei der ersten, spontanen Variante.

Ich würde gerne kommen. (Sorry, meine Antwort hat ein bisschen gedauert. Hier ist viel los.) Kannst du mir eine Bleibe ab nächsten Freitag bis über den Jahreswechsel besorgen? Gerne am Deich, irgendwo. Ich war schon ewig nicht an der Nordsee. Etwas Abstand vom Alltag wäre gut und dann können wir uns gerne treffen. Bin gespannt, was aus deinen Träumen geworden ist.

Paula

Deine Paula? Nein! Herzlich, Paula? Nein, nein, nein. Paula und Punkt.

Sie drückte auf das Senden-Symbol und als hätte sie eine starke Beruhigungspille eingenommen, wurde alles in ihr mucksmäuschenstill. Sie drehte sich zu Gustav.

»So, mein Junge. Lass uns in die Küche gehen. Ich habe eine Entscheidung getroffen und rede auch gleich mit deiner Schwester und danach mit euch beiden.« Gustavs Gesicht blieb besorgt. Seine dicken blonden Haare ließen sich, wie so oft, nicht bändigen und ein widerborstiger Wirbel stand senkrecht am Hinterkopf in die Höhe. Paula lächelte darüber. »Entspann dich. Bist du noch nie ausgerastet? Durchgedreht?« Er schüttelte den Kopf, sein Wirbel wippte hektisch. Was für Haare. »Noch nie. So wie du und Jette will ich auch im Leben nicht werden. Das ist mir viel zu stressig.«

Auf dem kurzen Weg in die Küche klingelte es an der Wohnungstür. Ehe Gustav sich entschieden hatte, ob er nun in die Küche oder besser dem Klingeln nachgehen sollte, öffnete Paula die Tür. Vor ihr standen Thomas und Pablo. Beide hielten schmutzig-nasse Geldscheine in den Händen und hatten gerötete Wangen. »Hi, Papa«, nuschelte Gustav. »Mama hat sich wieder beruhigt.« Thomas ließ sich nicht lange bitten. Hängte die Jacke an einen Garderobenhaken, zog die Schuhe aus und redete dabei ununterbrochen, als würden seine Worte alles wieder richten, wenn er nur bloß keine Pause machte.

»Jette hat mich schluchzend angerufen. Ich soll sofort kommen, du wärst nicht mehr zurechnungsfähig? Du würdest durchdrehen. Es würde um ihren Geburtstag gehen. Ist das ein Mistwetter, alles ist nass. Gustav, hast du warme Socken für mich? Paula, was ist denn nun eigentlich los?« Eilig hängte er noch seinen dicken Schal und die Mütze an den Garderobenständer und schaute sie endlich an. »Siehst eigentlich ganz normal aus.« Er küsste ihre Wange und Paula wich unwillkürlich ein Stück zurück.

In Gedanken probierte sie die versöhnlichen Worte, die sie ihrer Tochter sagen wollte, doch mit dem Erscheinen von Thomas würde sie einem kleinen Bollwerk entgegentreten müssen. Thomas und Jette. Auch das noch.

»Warte. Ich möchte kurz allein mit ihr sprechen.« Thomas zögerte. Sie schob ihn einfach beiseite, drückte ihn auf den Küchenstuhl, klopfte an Jettes Tür und ging, ohne auf ihr Ja zu warten, ins Zimmer.

So machte man das.

Wenn es nicht zu ernst wäre, würde Paula sich über die Gesichter von Thomas, Gustav und Pablo amüsieren. So bestimmend kannten sie Paula nicht.

10

Bevor Jette auf das Klopfen an ihrer Tür reagieren konnte, kam ihre Mutter ins Zimmer und setzte sich auf das Bett. Selbst zum Aufregen war es zu spät, ihre Mutter redete schon. »Es tut mir leid, Jette. Hör zu.« Sie stand wieder auf, fuchtelte mit den Händen und wanderte auf und ab. »Mach deine Party hier und sollte von deinem Geld etwas fehlen, ersetze ich es dir natürlich. Du hast recht, es ist auch dein Zuhause und dein letzter Geburtstag vor deiner großen Reise. Ich weiß auch nicht, was mit mir los ist. Doch, ich weiß es, aber darum muss ich mich selbst kümmern.« Sie setzte sich wieder hin, nahm Jettes Hand. Kurz überlegte Jette, die Hand wieder wegzuziehen, aber etwas lag in der Luft, das anders war als ihre üblichen Konflikte. »Was ist mit dir?«, fragte sie und hoffte, dass sie ein ganz normales Gespräch führen konnten. Sie suchte den Blick ihrer Mutter. »Mama, was ist mit dir? Bist du krank?« Ihre Mutter zog die Hand weg und wanderte wieder im Zimmer auf und ab. Jette wurde angst und bange.

»Nein. Oder doch, ein bisschen. Ich bin ausgelaugt, dünnhäutig. Ich brauche eine Pause. Deshalb wollte ich dich auch bitten, mit in die Küche zu kommen. Ich möchte euch etwas sagen.«

»Jetzt? Und ich darf wirklich hier feiern?«

Ihre Mutter nickte und sah plötzlich aus, als ob sie gleich weinen würde. Jette wickelte sich aus ihrer Bettdecke und fiel ihrer Mutter spontan um den Hals. Sie sollte nicht weinen und auf keinen Fall eine schlimme Krankheit haben. »Danke, Mom. Trotzdem machst du mir Angst. Du bist irgendwie komisch.«

Als sie in die Küche kamen, legten Pablo, Gustav und ihr Vater das nasse Geld zum Trocknen aus und unterhielten sich leise. Alle drei hielten kurz inne, als sie Jette und Paula wahrnahmen und wirkten erleichtert, sie so friedlich zu sehen. »Setzt euch kurz. Mama will was sagen und ich koche eine Kanne Kaffee. Wer will?« Alle hoben die Hände. »Mit deinem weltberühmten Milchschaum, Jette.« Pablo strich ihr zärtlich über den Arm. »Es sind vierhundertzwanzig Euro und 66 Cent. Wieviel war in deiner Büchse?«

»Ich weiß es nicht, um die vierhundert Euro, das Kleingeld hatte ich nicht gezählt.«

»Ich bin gleich runtergerannt, scheint alles noch da zu sein.«

In kürzester Zeit war ein familiäres Gewusel in der Küche entstanden, nur ihre Mutter war ungewöhnlich still und zuckte bei jedem lauteren Geräusch zusammen. Vielleicht war sie doch krank und würde es ihnen gleich sagen. Hoffentlich nicht, hoffentlich nicht, betete Jette im Stillen. Gut, dass Papa auch da ist, dachte Jette und setzte sich zu ihm. Auf den Gedanken, dass ihre Mutter krank sein könnte, war sie noch nie gekommen. Sie war immer gesund gewesen und der Mittelpunkt ihrer Familie. Das Zentrum.

»Also, ich will es kurz machen. Nach dem Ausraster gerade habe ich entschieden, ab dem kommenden Wochenende eine drei- oder sogar vierwöchige Auszeit zu nehmen.« Stille.

»Maman. Das ist über Weihnachten. Und du liebst Weihnachten doch so sehr.« Ihr Bruder sprach schließlich aus, was wohl alle dachten. Weihnachten und ihre Mutter gehörten zusammen wie Berlin und der Fernsehturm.

»Ich bitte euch, zu Oma Marianne nach Teneriffa zu fliegen oder was Eigenes zu machen oder die Weihnachtszeit mit eurem Vater zu verbringen. Was auch immer, aber ich bin dieses

Jahr raus. Ich werde nicht einkaufen, nicht kochen, auch nichts vorkochen, nicht putzen, keinen Baum aufstellen und keine Geschenke besorgen. Für niemanden.« Ihre Mutter richtete sich auf und strich notorisch die Fransen des bunten Tischläufers glatt.

»Schade. Weihnachten ist unser Familienfest und da waren wir bisher immer alle zusammen, auch mit Papa.« Jette hörte sich zwar wie ein kleines Mädchen an, aber sie wollte unbedingt betonen, was die Entscheidung ihrer Mutter für die Familie bedeuten würde. Weihnachten war Tradition, auch wenn alle ihre Mutter jedes Jahr belächelt und aufgezogen hatten, weil sie immer übertrieb. Aber eigentlich liebten sie es, weil sie es so liebte.

»Wir könnten was zusammen machen«, schlug ihr Vater schnell vor, aber es würde nicht das Gleiche sein. »Wenn Mama nicht will, dann würde ich lieber zu Oma fliegen.« Alle redeten durcheinander. Am Ende war klar, dass Gustav, Jette und Pablo nach Teneriffa fliegen würden. »Und du, Thommy?«, fragte Jette, die es kaum ertrug, dass ihr Vater alleine sein würde. »Feierst du zusammen mit deiner neuen Freundin?«

Unsicher blickte er zu Paula. »Das ist nichts Ernstes. Vielleicht verreise ich auch irgendwohin. Das wollte ich schon immer mal machen.« Er räusperte sich verlegen.

»Komm doch mit nach Teneriffa«, schlug Jette vor. »Oma wird sich freuen.« Er schaute in die Runde und blieb bei Paula hängen. »Willst du wirklich allein sein?«

»Unbedingt!« Ihre Mutter antworte ihm mit fester Stimme. Jette war heilfroh, dass sie nicht lebensbedrohlich krank war. Kein Krebs oder so. Alles andere würden sie wuppen. Sie konnte verstehen, dass ihre Mutter ihr Betriebssystem einmal herunterfahren und neu starten wollte, auch wenn Weihnachten ohne sie wahrscheinlich nur halb so schön sein würde.

Jette fragte sich, wie oft ihr Vater sich eigentlich noch eine Abfuhr einholen wollte. Die immer gleiche Melodie mit einem simplen Text.

11

»Und du, Thommy?« Leise äffte Paula ihre Tochter nach, als sie unbeobachtet in ihrem Zimmer war. Wenn sie ihren Ex mit Jette beobachtete, brodelte es in ihr. Etwas fühlte sich falsch an und sie könnte Thomas immer noch erwürgen, wenn sie daran dachte, wie wütend Jette vor fünf Jahren nach Hause gekommen war. »Thommy hat mir alles erzählt! Du bist schuld, dass wir keine Familie mehr sind!«, knallte ihr Jette damals an den Kopf und pfefferte die Wohnungstür ins Schloss. Schon das alberne Thommy gehörte per Gesetz verboten. Kurz danach hatte sich Jette in Pablo verliebt und seitdem waren die beiden wie zwei ineinander verschmolzene Kerzen. Unzertrennlich.

Manchmal dachte Paula, Jette hatte sich mit Pablo einen zweiten Thomas ins Haus geholt. Er war ähnlich vernarrt in Jette, wie Thomas in Paula. Pablo tat alles, um Jette glücklich zu machen, und er schien seine eigenen Interessen weit nach hinten zu schieben. Diese ganze Nicaragua-Reise war auf Jettes Mist gewachsen. Paula war sich nicht sicher, ob Pablo nur Jette zuliebe zugesagt hatte. Wann immer sie darüber redeten, spürte sie Jettes Leidenschaft, nicht seine.

Damals wollte sie wissen, wie viel Thomas der knapp fünfzehnjährigen Jette erzählt hatte. Die Antwort hallte immer noch in ihrem Kopf, kein Wunder, dass die Ohren streikten.

»Dass du nie zufrieden warst, dass ihr es zusammen richtig gut hattet, dass ihr ein tolles Team wart und du ihn ohne Grund einfach nicht mehr wolltest. Dass du die ganze Familie kaputtgemacht hast, weil du einem bescheuerten Ideal von der Liebe hinterherrennst, das es nicht gibt. Dass du-,«

Stinkwütend auf Thomas hatte sie ihre Tochter unterbrochen. Sie wollten eigentlich den Kindern sagen, sie hätten sich auseinandergelebt und dass das manchmal in langen Beziehungen vorkommen würde, dass sich die Liebe verabschiedet und bestenfalls noch eine Freundschaft übrigbleibt. Paula war erleichtert, dass sie keinen Rosenkrieg ausfochten. Sie mochte Thomas, aber sie liebte ihn nicht mehr. Das sanfte Feuer zwischen ihnen war erloschen. Aber das ging die Kinder nichts an. Trotzdem machte Thomas Jette zu seiner Vertrauten, hob sie in eine Position, die ihr nicht zustand. »Er nimmt mich wenigstens ernst«, schrie ihre Tochter damals und schrie sie heute immer noch. »Für ihn bin ich eine ebenbürtige Gesprächspartnerin. Aber mit dir kann man nicht in Ruhe reden. Du, du-«

So oft hatte sich Jette abrupt von ihr abgewendet und war im Stechschritt durch die Wohnung gedonnert, nur um sie zu provozieren.

Seit diesem Gespräch mit ihrem Vater schenkte Jette ihrer Mutter viel zu häufig die erdabgewandte Seite ihres Wesens, die dunkle.

Sobald sie aufeinandertrafen, vibrierte der Boden. An manchen Tagen bebte es nur leicht und es ging höchstens eine Tasse zu Bruch, doch an den anderen Tagen war es ein Erdbeben der Stärke 9,5 auf der Richterskala.

Paula, Liebe.

Pack deine Sachen und komm her. Ich hab dir ein schönes Zimmer in Simonskoog reserviert. Groß, luftig, ausgebaut in der alten Reetdachkate bei Thomsens. Erinnerst du dich? Das Haus fandest du immer zum Verlieben schön. Es ist frei, falls du früher kommen willst.

Dein Hauke, zurück im Norden

P.S. Ich freu mich sehr auf dich, ehrlich!

Paula strich wieder über die Schafslockendecke, immerhin hatte die Bewegung etwas Beruhigendes, als würde sie auf einer Weide stehen und ein echtes Schaf streicheln. Nordfriesland. Nach vierundzwanzig Jahren. Wenn sie sich anstrengte, konnte sie das Schaf riechen.

Als müsste sie sich aus ihrem alten Leben verabschieden, überlegte Paula, was sie alles klären musste, bevor sie abtauchte. Mit Friederike reden, im Reisebüro Bescheid geben, ihre Mutter anrufen, Auto packen, vielleicht doch noch einmal den Kühlschrank für die Kinder füllen? Die Aussicht auf die bevorstehende Pause ließ sie träumen und aufatmen. Alles in ihr wurde weit. Sie würde einen neuen Himmel sehen, andere Luft atmen, am Meer stehen und schon das allein gab ihr einen neuen Schuss Energie.

Sonntagnachmittag war Paula-Zeit. Seit einem Jahr hatte sie ihn für sich zurückerobert. Kein Übersetzen, kein Lektorieren, keine Kinder, keine Männer, keine Verpflichtungen. Jeden Sonntag ging sie tanzen. Heimlich und ganz allein. Dann war sie für zwei Stunden ein Weib. Den Tipp hatte sie eher beiläufig von Thomas bekommen, als er einen Beitrag darüber schrieb, welche unkonventionellen Freizeitangebote es in der Stadt für Singles gab. »Hör dir das an«, fing er an. »Dunkeltanzen am Sonntagnachmittag, Pyjamapartys am Donnerstag, Kuschelabende mit Übernachtung. Dein Partner denkt, du gehst Sonntagnachmittag zum Sport, dabei gehst du anonym im Dunkeln tanzen. Irgendwie seltsam, oder?«

»Was genau ist seltsam?«, wollte Paula wissen. »Und außerdem sagtest du, die Angebote wären für Singles, also gibt es keine Partner, die irgendetwas denken könnten.« Sie runzelte die Stirn und dachte nur: Thomas wieder. Alles, was er nicht selbst kannte und gut fand, wurde erst mal abgelehnt. Paulas Lust zu tanzen, sprang sofort an. Anonym und im Dunkeln, umso besser. Sie diskutierten noch eine Weile und während Thomas sich erklärte, erinnerte Paula sich wieder, warum sie nicht mehr mit ihm zusammen sein konnte. »Dieses Anonyme, Geheimnisvolle. Wenn ich das Bedürfnis habe zu tanzen, dann kann ich mich doch zeigen und muss nicht so ein Affentheater veranstalten.« Paula stellte sich vor, wie er mit angewidertem Gesicht seinen Artikel schreiben würde. Was ihn abstieß, fand sie reizend. Daran hatte sich nichts geändert. Die Tanzlust loderte auch noch, als Paula abends recherchierte, wo das Ganze stattfand.

Auf der Toilette der ausgedienten Sporthalle zog sie sich um. Das zuckende Licht unterstrich das wilde Flackern ihres Herzens.

Lippenstift: knallrot. Fertig.

Lidstrich und Mascara: dunkelschwarz. Fertig. Haare durcheinanderwuseln. Fertig. Büstenhalter und Slip ausziehen: fertig.

Paula liebte das Gefühl, ganz frei von einengenden Klamotten zu sein.

Zufrieden stopfte sie die Sachen in die Untiefen ihrer roten Umhängetasche und schloss alles in ein Schließfach. Den kleinen Schlüssel trug sie wie ein Armband am Handgelenk, ihr Outfit war ohne Taschen.

Der Weg vom Schließfach zum Eingang der Turnhalle war schummrig beleuchtet, doch nicht zu toppen mit der abartigen Dunkelheit im Tanzraum. Nur das Stroboskoplicht ließ für Sekundenbruchteile die Menge der Menschen erahnen, die hier tanzten. An der Tür streifte Paula als Letztes die Schuhe ab. Bis auf das knappe, glitzerndes Top und den knielangen, wippenden Rock war sie nackt und nur sie selbst wusste es. Ab diesem Moment war sie keine Sekunde mehr Mutter. Sie war Paula Petersen, eine Frau, die sehnsüchtig auf den zweiten Teil ihres Lebens wartete. Vielleicht könnten die vier Wochen in Nordfriesland ein kleiner Vorgeschmack sein. Eine Vorspeise. Ein Appetithäppchen.

Zufrieden schloss sie die Augen, rührte sich nicht von der Stelle, bis das Wummern der Bässe unter der Haut und den Fußsohlen angekommen war. Dann holte sie tief Luft und hüpfte im Takt von *Iggy Pops The Passenger* in die Mitte der Tanzfläche. Alles an ihr war in Bewegung. Ihr Herz, die Brüste, die Haare, Bauch, Po, Schenkel, Arme. Selbst das Ohrensausen gab Ruhe, als würde es Paula für so viel Unvernunft belohnen wollen. Sie tanzte in großen Bewegungen, anders als im echten Leben. An diesem Sonntagnachmittag holte sie zwei Stunden lang weit aus, als wollte sie die ganze Welt umarmen. Sie schwang die Arme in die Luft, streckte sich, kreiste die Hüften und drehte sich immer mal wieder wie ein wildgewordener Derwisch um sich selbst. Nur so zum Spaß ließ sie ab und zu einen Jauchzer los, der in der lauten Musik unterging.

Ihr Körper kribbelte vor Glück und Freiheit, die Aufregungen der letzten Zeit versandeten allmählich im Nichts. Paula fühlte sich wie nach einem Saunagang: bestens durchblutet. Rosig. Lebendig. Ein bisschen verrückt. Die kurzen Berührungen mit den anderen Tanzenden jagten ihr einen wohligen Schauer durch den ganzen Körper, auch wenn sie sofort ein Stück wegrückte. Nur tanzen. Nichts weiter.

Auf dem Heimweg versuchte sie, in der übervollen Berliner Straßenbahn nicht zu tief einzuatmen. Es stank dermaßen intensiv, als hätte jemand direkt hinter ihr ins Abteil uriniert. Um den Würgereiz zu unterdrücken, steckte Paula ihre Nase tiefer in den bunten Schal, inhalierte den eigenen Geruch und atmete tief ein und nur leicht aus. Ich bin meine Rettung, dachte sie amüsiert und kicherte leise über ihren eigenen Blödsinn. Wenn ich nicht wäre, würde ich sicher kotzen. Direkt hier, auf diese dunkelgrünen Boots. Sie schaute lieber nicht nach oben, um zu überprüfen, zu wem sie gehörten.

Mit einem Schwung anderer Menschen verließ sie die Straßenbahn. Als Paula schließlich hochblickte, erkannte sie, dass sie aus Versehen eine Station zu früh ausgestiegen war. Also wappnete sie sich für den längeren Fußmarsch und genoss die frische und eindeutig zu nasse Dezemberluft.

Zu Hause angekommen, öffnete sie wie jeden Tag den Briefkasten, auch wenn sonntags kein Post zu erwarten war. Routine war Routine.

Paulaschatz,

heute ist der Tag der Handschrift und da hatte ich Lust, Dir zur Erinnerung an meine Handschrift mal wieder eine Postkarte zu schicken. Dein Jascha

P.S. Hab sie heute Morgen schnell selbst eingesteckt, lag auf dem Weg. Bin Brunchen bei Daniel, du weißt schon ...

Jascha und seine Welttage: Tag der Handschrift, des Hundes, der Katzen, des Knuddelns, des Seufzens. Er zelebrierte die Themen wie ein tägliches Wunder. Paula drehte die Karte um und studierte das Motiv. »Nicht dein Ernst, Jascha«, redete sie vor sich hin, während sie versuchte, ihre Wohnung aufzuschließen. »Eine alte DDR-Postkarte aus dem Thüringer Wald. Ich glaub's ja nicht.« Ihr Freund Jascha war schon immer eine Sparbüchse gewesen, obwohl er als Anwalt mehr als genug verdiente. »Sparbüchse!«, wiederholte sie laut und hämmerte mit der Faust gegen die Wohnungstür, als wäre sie vom SEK.

»Aufmachen!«, lärmte sie.

»Ja-ha! Ich komm ja schon!« Jette zog den Schlüssel von innen ab und öffnete die Wohnungstür. Abwehrend hob sie sofort die Hände, um ihren Kopf hatte sie ein Handtuch wie einen Turban gewickelt. »Ich weiß, ich soll nicht von innen abschließen. Spar dir deinen Vortrag. Ich brauche eben auch mal meine Ruhe. Wie siehst du überhaupt aus? Was ist mit deinem Gesicht passiert?«

Paula erschrak, als sie in den Flurspiegel schaute. Sie hatte völlig vergessen, sich abzuschminken. »Eine Wette mit Jascha, nicht der Rede wert.« Ertappt wischte sie sich mit einem Taschentuch im Gesicht herum.

»Du spuckst jetzt nicht auf das Taschentuch, oder? Boah, ist das eklig.« Angewidert drehte Jette sich weg und las Jaschas Thüringer-Wald-Postkarte, die auf dem Stapel anderer Briefe im Flurregal gelandet war. »Wie krank ist das denn? Tag der Handschrift. Ihr seid echt komisch.«

Paula riss ihr die Karte aus den Händen. »Das ist meine Post, Frollein! Und hör auf, den Schlüssel von innen stecken zu lassen, wenn du weißt, dass ich nach Hause komme. Mensch, Jette. Ich will nicht schon wieder streiten.« Paula versuchte, sich an das Gefühl beim Tanzen zu erinnern und gelassen zu bleiben. Nichts zu wollen. Doch in Anbetracht ihrer ewig motzenden Tochter war das, als würde sie mit Seifenblasen die Welt verändern wollen.

»Steht dir übrigens gut, die getuschten Augen.«

Hatte Paula Halluzinationen oder war das ein Kompliment ihrer Tochter?

Sie nahm es einfach an, selbst in ihrem Zimmer lächelte sie noch darüber. Ja, dachte sie, ihre Augen wirkten geheimnisvoller, wenn sie die Wimpern schwarz tuschte. Das sollte sie öfter tun. Ein bisschen mehr Abgründiges könnte ihr Leben gut vertragen.

Gutgelaunt schrieb sie Jascha eine Nachricht, dass sie sich mal wieder treffen sollten.

Prompt schrieb er zurück, dass er demnächst auf einen Sprung vorbeikommen könnte. »Vielleicht bevor ich nach Andalusien aufbreche. In der Kanzlei ist gerade die Hölle los.«

Paula grinste, als sie sich Jascha beim Springen vorstellte. Er war über die Jahre ein bisschen rund geworden. Paula hatte Mühe, in sich beim Springen vorzustellen. Er würde nicht mal abheben.

12

Im Laufe der Woche gab es viel zu tun. Am Dienstag traf Paula Jascha zum Abendessen. Er musste wieder mindestens drei Kilo zugelegt haben. Als sie seine runden Wangen zur Begrüßung küsste, spürte sie die fleischige Spannkraft darunter. Wenn sie mit dem Finger in die Wangen drücken würde, würde sich nichts bewegen. Feste Masse.

Wie immer trug er teure Klamotten. Anzug, Weste, Hemd. Alles farblich aufeinander abgestimmt und natürlich auch die dazu passenden edlen Lederschuhe. Auf seinen ausgewählten Geschmack in der Männermode ließ er nichts kommen. Nur auf den Fotos der Weihnachtsreisen nach Andalusien sah sie den alten Jascha, mit dem sie früher zusammengewohnt hatte. Dann trug er ausgebeulte Cordhosen, Shirts und Pullover, an den Füßen simple Sportschuhe. Auf dem Kopf ein Basecap.

Sie erzählte ihm von ihren Plänen. Etwas theatralisch stellte er das Weinglas, das er für den ersten Schluck an den Mund geführt hatte, wieder zurück auf den Tisch.

»Nein!« Seine Überraschung war echt. »Wirklich? Du triffst den Typen von damals wieder? Ich glaube es nicht!« Manchmal imitierte er mitten im Gespräch Hape Kerkelings beste Sprüche. »Nein, ich glaube es gerade nicht!« Beide prusteten los. Paula nickte. »Doch!« Er legte den Kopf schief und betrachtete sie. »Aber gut. Glückwunsch! Paula-Liebe. Gut, dass mal irgendetwas in deinem Leben passiert.« Jascha rieb sich die Hände. »Abenteuer, Baby!« Sie rollte die Augen.

»Ich brauche keine Abenteuer. Ich brauche meine Ruhe.«

Der Tausch ihrer Arbeitszeiten im Reisebüro war kein Problem. Nur die vier Wochen Auszeit musste sie sich mehr erkämpfen, als sie geglaubt hatte. Am Ende setzte sie sich durch und überzeugte alle von der Notwendigkeit einer Pause. Immerhin war das kalkulierbarer, als stressbedingt auf unbestimmte Zeit auszufallen.

Donnerstag backte Paula für Jette ihren Lieblingskuchen. In der Küche roch es intensiv nach Zitronen und abgeriebener Zitronenschale, Hirschhornsalz und Vanille. Wie kleine Kinder steckte jeder einmal den Kopf durch die Tür und hoffte darauf, die Schüssel auslecken zu dürfen. Paula liebte es, den Geburtstagstisch für ihre Kinder vorzubereiten und am nächsten Morgen die strahlenden Augen zu beobachten. Auch jetzt noch, ganz gleich wie alt sie inzwischen waren. Genüsslich leckte sie den Löffel ab. Diese Rituale werden mir fehlen, wenn die beiden nicht mehr bei mir leben, dachte sie melancholisch. Immer wieder öffneten sie die Küchentür. »Raus jetzt hier!«, befahl sie streng und lachte dabei. »Nun nehmt euch, was ihr unbedingt braucht und dann raus aus der Küche! Ich muss noch ein bisschen weiter vorbereiten.«

In aller Ruhe schloss Paula die Tür und bereitete den Geburtstagstisch vor. Es war nie leicht, im Dezember einen schönen Blumenstrauß zu organisieren, aber sie hatte es geschafft. In einem alten Tonkrug tummelten sich dunkle Rosen mit einem Beerenmix und grünen, hängenden Zweigen. Ein wunderschöner Strauß.

Als alles für ihre Tochter vorbereitet war, versteckte sie die eingepackten Geschenke für Jette und begann, ihre eigenen Sachen zu packen. In den letzten zwei Tagen hatte sie bereits kleine Häufchen zurechtgelegt: Wintersachen, Unterwäsche, Bücher, Laptop, Notizblöcke, Schuhe. Obwohl ihre Reise morgen losgehen würde, empfand sie nichts. Alles in ihr war taub und fühlte sich immer noch nach dem Abarbeiten von Aufgaben an. Müsste sie nicht aufgewühlter sein? Sie würde Hauke wiedertreffen. Wieso fühlte sie nichts?

Freitagmorgen weckte sie Jette, indem sie ihr einen Kaffee in ihrer Lieblingstasse ans Bett brachte.

»Guten Morgen, mein Geburtstagskind.« Sie setzte sich an Jettes Bett und strich ihr über den Kopf. Ihre Haare lagen auf dem Kopfkissen ausgebreitet. Zwanzig Jahre, dachte Paula etwas wehmütig und betrachtete ihr hübsches Mädchen. Da Pablo neben Jette im Bett lag, wollte sie nicht zu lange stören. Die Hand schon an der Klinke, fragte sie: »Wollen wir noch zusammen frühstücken? Ich will rechtzeitig losfahren. Es wird so früh dunkel.«

»Machen wir und danke für den Kaffee ans Bett.« Jette schenkte ihr einen Luftkuss.

Nur Sekunden später schoss Jette in die Küche und inspizierte ihren Geburtstagstisch. Seit Paula sich zurückerinnern konnte, packte Jette die Geschenke immer gleich aus. Immer noch wie als Fünfjährige: Das Geschenkpapier wurde aufgerissen, regelrecht zerfetzt. Ein Geschenk nach dem anderen wurde nebeneinandergelegt. Erst wenn alles ausgepackt war, schaute sie sich das Geschenkte in aller Ruhe an und sparte nicht mit Kreischen und Kommentaren. »Krass, ein richtig guter Schlafsack. Federleicht. Danke, Mom.« Kreisch. Paula liebte es.

Nach dem ausgiebigen Frühstück, dem Auspacken der Geschenke und drei langen Umarmungen später war Paula endlich abfahrbereit. Gustav, Pablo und Jette standen noch eine Weile in der Tür und gaben ihr gute Ratschläge auf den Weg. »Fahr langsam. Pass auf dich auf. Erhol dich, Mom.«

Paula verkniff sich, darauf hinzuweisen, dass sie heute Abend nicht zu laut machen sollten und dass ihr Zimmer tabu war. Wenn sich ihre Kinder von ihr lösen sollten, musste sie es auch tun. Der Zettel mit der Ankündigung für die Geburtstagsfeier hing seit gestern im Treppenhaus. Alles würde gutgehen.

Ihr kleiner Golf stand vollgepackt in der Einfahrt direkt vor dem Mietshaus mit den vielen Innenhöfen. Sie ignorierte so gut wie möglich das empörte Klingeln und Hupen, weil sie mit dem Heck die Straße und den Radweg blockierte. Auch die Fußgänger fühlten sich behindert und schimpften. Ihr könnt mich alle mal!, dachte Paula und fluchte ebenfalls.

Völlig nassgeschwitzt setzte sie sich hinter das Steuer, rückte den Sitz zurecht und prüfte alle Spiegel. Das Ohr fiepte und nervte aufs Neue. Bis an die Nordsee würde sie laut Navigation mindestens vier Stunden und 46 Minuten fahren. Sie schätzte, dass es locker eine Stunde länger dauern würde. Ganz langsam machte sich in ihr nun doch eine Mischung aus Vorfreude, Angst und Neugier breit. Wie würde es sein, Hauke wiederzutreffen? In der alten Heimat zu sein? Keine Verpflichtungen zu haben? Sich nur um sich selbst kümmern zu dürfen? Aber erst mal musste sie raus aus dem Gewusel der Stadt, und zwar flott!

Gerade als sie das Handy in der Halterung fixierte, klingelte es. Es war ihre Mutter, die inzwischen auf Teneriffa angekommen sein müsste. Paula ignorierte den Anruf, startete den Motor und fuhr los. Sie kannte das Gespräch, das sie jetzt nicht führen würde, in- und auswendig.

»Paula, willst du nicht doch noch kommen?«

»Nein.«

»Was willst du ausgerechnet an der Nordsee? Da, wo das Unglück seinen Anfang nahm.«

»Dein Anfang, Mama. Dein Unglück.« Obwohl, blitzte es kurz in ihr auf, irgendwie fing da auch mein Unglück an. Oder? Und sie war auch abgehauen. Sie waren beide einfach abgehauen, als es schwierig geworden war. Oh Gott, eine neue Parallele zu ihrer Mutter. Tickte Jette auch so? Darüber würde sie in Ruhe nachdenken müssen. Später.

»Und die Kinder? Weihnachten ohne dich, ohne ihren Vater?«

»Hör auf, mir ein schlechtes Gewissen einzureden. Sie sind bei ihrer Großmutter, sie sind Weihnachten nicht alleine auf der Welt.«

»Aber du ...« An der Stelle würde Paula wahrscheinlich sagen: »Stopp jetzt! Bitte. Wir haben wirklich alles besprochen.«

Das andere schlechte Gewissen, das eigene, nämlich ihre Mutter derart zu ignorieren, setzte sich allerdings gnadenlos durch und ließ Paula an der nächsten Parkmöglichkeit anhalten. Genervt rief Paula zurück. Sie war gerade mal zwei Straßen weiter gekommen.

»Paula hier. Du hast angerufen?«

»Ja, ich wollte fragen ...-«

»Mama, nein ich komme nicht hinterher und den Kindern wird es bei ihrer Großmutter gutgehen und außerdem vergessen wir immer, wie alt sie inzwischen sind.«

»Ja, du hast sie auch ganz schön verwöhnt«, schwenkte ihre Mutter plötzlich um. »Hast ihnen alle Hindernisse aus dem Weg geräumt. Besonders Gustav. Der musste sich nie anstrengen. Als du klein warst ...« Was sollte das plötzlich? Begrenzen!, hörte sie ihr inneres Einsatzkommando. Nicht weiterreden!

»Mama! Aufhören, bitte. Was wolltest du mir eigentlich sagen? Bin im Auto und kann nicht ewig telefonieren.« Ihre Mutter hüstelte. »Ähm ... wenn du Haukes Mutter siehst, die Wilma, kannst du ihr sagen. Also vielleicht ...-«

»Mama, was?« Mit durchgedrücktem Rücken saß Paula hinter dem Lenkrad, dehnte sich und wollte weiter.

»... -dass es mir leidtut, dass ich ... Ach, ich weiß auch nicht, was man nach so vielen Jahren sagt. Sie war früher meine beste Freundin und auch Christian war immer ...«

»Mama, was redest du? Es ist alles lange her, aber, ich grüße sie von dir.«

»Danke und ich hoffe, du knüpfst mit Hauke leichter wieder da an, wo ihr aufgehört habt. Siehst ja, wie ich mich winde. Er war so ein guter Junge. Er hätte sich früher die Hand für dich abgeschlagen.«

Was weißt du schon, dachte Paula. Wir können nicht einfach da anknüpfen, wo wir aufgehört haben. »Na ja, so weit würde ich nicht gehen. Lass die alten Geschichten. Denk an Jette, sie feiert heute ihren Geburtstag und bald kommen die drei zu dir. Ich melde mich, sobald ich angekommen bin. Mach's gut, Mama.«

»Drei?«

»Pablo? Jettes Freund?« Paula zündete den Motor und schüttelte den Kopf über so viel Unkonzentriertheit.

»Ach stimmt, den vergesse ich immer. Die beiden sind so symbiotisch, wie du und Hauke ganz früher.« Paula rollte die Augen. Sie wollte los.

»Ich lege jetzt auf. Ciao, Mama.«

Als Paula die Stadt hinter sich gelassen hatte, atmete sie auf. Alle Überlegungen, was sie vergessen haben könnte, und Sorgen, ob die Kinder klarkommen würden, ließ sie mit jedem gefahrenen Kilometer hinter sich. Eine ewig lange Spur kleiner Behälter, gefüllt mit sinnlosen Gedanken und Sorgen. Vielleicht klapperten sie hinter ihr her, wie bei einem Hochzeitsauto die Blechdosen. Am nächsten Parkplatz würde sie das Seil durchschneiden und dann: bye, bye ihr Sorgenblechdosen.

Die Scheibenwischer flogen in hohem Tempo hin und her, immer wieder gab es heftige Regenfälle und sehr viel Wind. Paula hielt das Lenkrad mit beiden Händen so fest, als müsste sie einen riesigen Lenkdrachen steuern. Sie fuhr hochkonzentriert. Hinter Hamburg änderte sich plötzlich der Himmel, wurde immer mehr zu einem Meerhimmel und Paula erahnte bereits die Weite und Ruhe, nach der sie sich so stark sehnte. Unvermittelt schossen ihr Tränen in die Augen. Sie ließ sie laufen und machte sich auch gar nicht erst die Mühe, die Ursache zu erkunden. Ihre letzte Therapeutin sagte einmal, dass man nicht immer alles analysieren müsse. Manchmal würde es reichen, das, was gerade passierte, einfach anzunehmen. Sie lächelte, als sie an die alte Frau Winterstein dachte, die so viel Ruhe, Wärme und Weisheit ausstrahlte. Sofort fiel ihr auch der noch viel wichtigere Rat von ihr ein: »Leb jeden Moment deines Lebens voller Hingabe, Paula. Alles, was täglich passiert, das ist dein Leben. Jedes Geschirr, das du abwäschst. Jedes Brot, das du schmierst. Jeder Kuss, jede Umarmung. Jeder Streit. Gib dich dem hin.« Das Wort ›Hingabe‹ zierte über viele Monate Paulas Bildschirm und immer, wenn sie es las, schaltete sie innerlich einen Gang runter und versuchte, sich mit der größtmöglichen Gegenwärtigkeit auf das zu fokussieren, was sie gerade machte.

Paula wurde wehmütig ums Herz. Frau Winterstein war letztes Jahr in den Ruhestand gegangen, doch Paula hatte ihre Telefonnummer und eine Mailadresse. »Falls mal was ist.« Zum Abschied hatten sich beide lange umarmt und wenn sich Paula stark konzentrierte, roch sie wieder den Veilchenduft, der sie umgeben hatte.

Im nächsten Augenblick krachte es gewaltig. In einem hohen Satz flog der Golf nach vorne, rammte ein anderes Auto und drehte sich. Der Gurt federte zwar das Schlimmste ab, doch vor Schreck verwechselte Paula Gas und Bremse, würgte das Auto ab und blieb einfach sitzen, völlig handlungsunfähig. Der Wagen stand quer auf der rechten Seite der Autobahn, mit der Schnauze in der Leitplanke.

Irgendwann klopfte es an ihre Scheibe. »Sind Sie in Ordnung? Machen Sie die Tür auf oder das Fenster. Hallo!« Paula bewegte ihre Finger, die immer noch das Lenkrad umklammerten. Die Hände waren kalt und verkrampft. Irgendwann schaffte sie es, den Kopf zu drehen und die Tür zu öffnen. Zwei Männer halfen ihr beim Aussteigen. »Ihnen ist jemand hinten rein gefahren. Sind Sie okay? Polizei und Krankenwagen sind unterwegs.« Paula war zur Salzsäule erstarrt, der ewige Regen tauchte die Unfall-Szenerie in ein gruseliges Licht. Der graue Himmel mit den schweren dunklen Wolken schien direkt über der Autobahn zu hängen. »Bin ich in Ordnung?«, fragte sie die Fremden, die fürsorglich eine Decke um sie legten. »Wenn Sie Glück haben, haben Sie nur einen Schock und einen Blechschaden.«

»Ich habe sehr selten Glück.« Paulas gemurmelter Satz ging völlig unter.

Ohne Gefühlsregungen beobachtete sie das weitere Geschehen. Registrierte die blinkenden Rücklichter des schwarzen Volvos vor ihr, den verbeulten Kotflügel des Wagens daneben. Die blauen Lichter der Polizei- und Feuerwehrwagen drehten sich aufgeregt um sich selbst. Irgendwo brannte es. Hektisch liefen Menschen von einem Auto zum anderen, riefen etwas. Telefonierten. Bückten sich zu jemandem, der auf der Straße lag, packten den Menschen auf eine Trage und schoben ihn oder sie in den Rettungswagen. Paula nahm die Wortfetzen der Helfer auf. »Nur ein Schock ... Kofferraum kaputt ... Werkstatt ... jemanden anrufen?« Sie spürte die Hand an ihrem Arm. »Frau Petersen, wen sollen wir anrufen?« Paula dachte angestrengt nach und musste sich eingestehen, dass sie mit der Frage überfordert war. Völlig unvermittelt fing sie an zu schluchzen, als wäre sie wieder ein Kind. Ihr ganzer Körper zitterte, schlotterte regelrecht, Rotz und Tränen vermischten sich. Einer der Polizisten legte seinen Arm um ihre Schulter und tätschelte ihr den Rücken. Doch Paula brauchte mehr. Ungestüm warf sie sich an seine Brust. Gott sei Dank hielt er sie fest, bis sie ruhiger wurde.

Erneut hörte Paula die Frage und analysierte seine Stimme: sanft, einfühlsam, beruhigend. »Niemanden.« Entschieden schüttelte sie den Kopf. Er schaute sie ruhig an, blieb geduldig wie ein Großvater, der seiner trotzigen Enkelin beibringen muss, dass sie Gummistiefel im Regen braucht.

»Frau Petersen. Wir müssen jemanden verständigen. Wir bringen Sie ins Krankenhaus und das Auto in die nächste Werkstatt. Sie sollten jetzt nicht allein sein.«

Er würde nicht aufgeben. Na gut, Jascha? Friederike? Die Kinder? Thomas? Nichts passte. Friederike würde zwar alles stehen und liegen lassen und sofort kommen. Doch dann würde sie sagen: »Vergiss Nordfriesland im Winter. Lass uns nach Hawaii fliegen!« Jascha würde sofort die Schuldfrage klären wollen, um seinen Lieblingssatz loswerden zu können: »Paula! Den verklagen wir! Auf ein deftiges Schmerzensgeld!« Und dann würde er sich in die Arbeit stürzen, um seine Freundin Paula zu vertreten. Egal ob sie das wollte oder nicht. Thomas würde kommen und für immer bleiben wollen. Ihre Kinder würden sich Sorgen machen und Jettes Party wäre im Eimer.

»Hauke«, sagte sie schließlich. »Hauke Hinrichsen. Seine Telefonnummer ist allerdings im Anhang einer Mail. Hab sie noch nicht gespeichert. Wo ist eigentlich mein Handy? Meine Tasche?« Suchend schaute sie sich um und konnte kaum den Kopf bewegen.

Der freundliche Polizist half ihr, alles zu finden, suchte die Mail und tippte die Nummer in sein Smartphone. Dann sprach er mit jemandem, wahrscheinlich mit Hauke. Sofort schossen Paula wieder die Tränen in die Augen. Mist, ihr Wiedersehen hatte sie sich völlig anders vorgestellt. Nicht so. Sie wollte nicht gerettet werden. Mist, verdammter! Wahrscheinlich würde sie zudem eine Halskrause bekommen, fleischfarben. Ein furioser Start in deine Auszeit Paula Petersen! Besser geht's nicht!

Der Mann reichte ihr das Telefon. Im Zeitlupentempo schaffte ihr Arm die Bewegung zum Ohr. »Ja?«, fragte sie, als wäre sie der Joker bei einer Rateshow. Sie wollte auf keinen Fall weinerlich klingen, sondern wie eine Frau, die ihr Leben im Griff hatte. Selbst so ein bescheuerter Unfall würde sie nicht aus der Ruhe bringen. »Paula? Mach dir keine Sorgen. Ich komme. Sie bringen dich ins Krankenhaus nach Heide. Warte dort auf mich, zum Glück bist du okay. Bist du doch, oder? Paula? Paula?«

»Ja«, kämpfte sie schon wieder mit den verfluchten Tränen. Nach so vielen Jahren seine Stimme zu hören, gab ihr den Rest. Schnell drückte sie Hauke weg und schmiss sich erneut in die Arme des freundlichen Polizisten, der die ganze Zeit nicht von ihrer Seite gewichen war. »Mist. Mist. Mist.«

13

»Ich suche Paula Petersen. Verdammt, wo ist sie? Ihre Kollegin hat mich in ein falsches Zimmer geschickt.« Haukes Stimme. Eindeutig. Sofort stellten sich die Härchen an ihrem Körper auf und am liebsten würde sie schreien: Hier! Ich bin hier. Doch kein Ton kam über ihre Lippen. Ihr Herz schlug so heftig, dass ihr kurz schwindelig wurde.

Als sie Hauke das letzte Mal gesehen hatte, waren beide erst zweiundzwanzig Jahre alt gewesen, mitten im August. Sie hatten beschlossen, gemeinsam ihre Geburtstage zu feiern, die nur wenige Tage auseinanderlagen.

Für Paula war es der Sommer ihres Lebens. Sie hatte längst ihr Abitur in der Tasche, verdiente im Reisebüro ihr eigenes Geld und war mit jeder Faser ihres jungen Körpers in Hauke verliebt. Seine Energie, sein Unter-Strom-Stehen brachten ihre Besonnenheit völlig aus dem Takt. Sie liebte diese neue Melodie, die sie zusammenschrieben und hoffte, dass das Leben immer so weitergehen würde. Leicht, unbeschwert. Alles fügte sich wie von selbst. Sie konnten die Finger nicht voneinander lassen, kosteten die Tage und Nächte aus, als hätten sie damals schon gewusst, dass es der letzte Sommer dieser Art sein würde, denn nie wieder waren die Dinge so leicht und unbeschwert wie damals.

Als Paula versuchte, den Kopf zu drehen, stand Hauke plötzlich vor ihr. Sofort stand sie auf und der Stuhl, auf dem sie saß, kippte geräuschvoll um. Sie wunderte sich über ihren Schwung, machte aber keine Anstalten, ihn aufzuheben. Hauke auch nicht. Wie gebannt starrte er sie an. Paula wusste, dass sie heute keinen Schönheitswettbewerb gewinnen würde. Ihr Gesicht war verheult, die Augen wahrscheinlich geschwollen, der Mascara verschmiert, von der Halskrause ganz zu schweigen. Ihr Körper hatte sich über die Jahre und nach zwei Geburten verändert. Verlegen strich sie die Hände an den Seiten ab und versuchte, in seinem Gesicht zu lesen. Wie angewurzelt stand Hauke einen Meter vor ihr, schaute sie in seiner vertrauten Hauke-Art so durchdringend an, dass sie nun doch den umgekippten Stuhl wieder aufstellte. Sie musste sich setzen. Festhalten, ganz langsam. Atmen.

Aus dem blonden und braungebrannten Energiebündel von früher war ein erwachsener Mann geworden, der deutlich mehr Ruhe ausstrahlte, als sie je vermutet hätte. Seine Haare waren immer noch voll, allerdings deutlich nachgedunkelt. Die alte Angewohnheit, sich mit einer Hand nach hinten durch die Haare zu fahren, schien er nicht abgelegt zu haben. Seine Frisur wirkte, als hätte er sie eben wieder mit den Fingern gekämmt. Alles an seinem Gesicht und seinem Körper erschien ihr markant und fest. Ihre Mutter hätte gesagt, dass Hauke ein Mann mit Biss wäre.

»Immer noch Tundragrün«. Sein Flüstern war fast ehrfurchtsvoll. »Deine Augen. Ich war so gespannt, ob sich die Farbe über die Jahre verändert hat.« Paula lächelte. »Ich habe nie ganz verstanden, welchen Grünton du damit meinst.« Er kam einen kleinen Schritt näher, hockte sich, um ihr in die Augen schauen zu können. »Vielleicht wie nasses Moos.« Immer noch schaute er sie an, als hätte er vergessen, was er hier überhaupt wollte und würde in ihrem Gesicht nach der verlorenen Antwort suchen. Dann, als hätte jemand einen Schalter umgelegt, stand er auf, schlug er sich mit der Hand an den Kopf. »Oh Gott, Paula. Ich habe dich gar nicht gefragt: Wie geht es dir überhaupt? Bin ich froh, dass nichts Schlimmeres passiert ist. Um dein Auto kann ich mich kümmern. Mein Gott, wie geht es dir?« Die Worte sprudelten aus ihm heraus wie frisches Quellwasser. Er schnappte sich den zweiten Stuhl und setzte sich so, dass er ihre Hände hätte nehmen können. Sie registrierte, wie in ihm die Frage arbeitete, ob er sie berühren dürfte. Millimeterweise legte sie ihre Hände so, dass sie mehr zu ihm zeigten. Nimm sie ruhig, dachte sie beschwörend. Nimm meine Hand, wenigstens eine. Die mit der Narbe am Handgelenk.

Doch er blieb wie festgenagelt auf seinem Stuhl sitzen und schaute sie unablässig an. »Darf ich eigentlich gehen?«, fragte sie, um die Stille zu durchbrechen.

»Wie vertraut du mir sofort wieder bist. Deine Gestik, deine Mimik, wie du den Kopf zur Seite neigst, wenn du etwas fragst.« Seine Stimme brach. »Immer noch dein Glitzern in den Augen, als würdest du dich klammheimlich über einen Witz amüsieren.« Hauke schob den Stuhl zurück an seinen alten Platz. »Ich denke, wir können gleich gehen«, fügte er nach einem lauten Räuspern hinzu.

»Bringst du mich in mein Zimmer hinterm Deich?« Er nickte, schnappte sich ihre Tasche und hielt die andere Hand in ihre Richtung, sodass sie entscheiden konnte, ob sie ihn berühren wollte oder nicht. Zum Überlegen war keine Zeit. In seiner Gegenwart war die Anziehung ihrer Körper übermächtiger als jeglicher Funken Verstand. Paulas alter Bleimantel, den sie sich nach der Kränkung vor vielen Jahren um ihr Herz gelegt hatte, schmolz schneller, als ihr lieb war. Sie verlor jegliche Zugeknöpftheit und schob die Auflösung ihrer Prinzipien auf den Unfall und ihre momentane Dünnhäutigkeit.

Noch könnte sie das Ruder rumreißen. Nicht berühren!, schrien ihr die drei noch funktionierenden Gehirnzellen im Dauerton entgegen. Parallel beobachtete sie, wie sich ihre Hand wie ferngesteuert in seine legte.

Auch Hände schienen sich über die Jahre nicht zu verändern, ihre verschlungenen Hände fühlten sich heimelig an. Warm, geborgen und sicher. Während sie weiter über ihre Hände sinnierte, drückte Hauke fest zu. Eine Umarmung im Miniformat.

14

Simonskoog, der kleine Ort mit den Reetdachkaten hinterm Deich, war Paulas Zuhause bis zu ihrem zehnten Geburtstag gewesen. Hier lebte sie mit ihren Eltern und ihrer Namensgeberin, Großmutter Paula, der Mutter ihres Vaters. Sie musste nur aus dem Fenster schauen, um ihr altes Zuhause mit dem großen Garten zu sehen. Nach dem Tod ihres Vaters und nur wenige Jahre später auch dem Tod ihrer Großmutter wurde das Haus verkauft. Paula bedauerte noch heute, dass ihre Mutter sich nicht durchringen konnte, das Haus zu behalten. »Der Norden hat mir kein Glück gebracht, Paula. Er hat mir den Mann und meine Zukunft genommen.«

Hauke, ein Einzelkind wie sie selbst, lebte mit seinen Eltern nebenan und die Kinder gingen in beiden Häusern ein und aus, als wären sie alle eine große Familie. Ein wehmütiges Gefühl beschlich Paula, da die Erinnerungen an diese Zeit in einem Teil ihres Verstandes abgelegt waren, zu dem sie normalerweise keinen Zugang suchte. Doch hier, zurück an ihrem Kindheitsort, überschwemmten sie die alten Bilder einer unbeschwerten Kindheit, einem Teil der Erinnerungen.

Der andere Teil setzte bei der Beerdigung ihres Vaters ein.

Erst als die vielen traurigen, schwarz gekleideten Menschen um das ausgeschaufelte Loch im Boden versammelt sind, versteht sie, dass er wirklich weg ist. Wahrscheinlich liegt er da unten in diesem Sarg. Tot - was immer das bedeutet.

»Paula«, ihre Großmutter stupst sie leicht an, sodass sie noch näher vor diesem unheimlichen Abgrund mit dem großen Sarg aus Holz stehen muss. Die Vorstellung, dass ihr Vater darin eingesperrt ist, treibt ihr Tränen des Mitgefühls in die Augen. Armer Papa. Er war selbst schuld, hat sie aufgeschnappt. Zu viel Alkohol, zu viel gewollt vom Leben, zu wenig gewollt vom Leben. Schande. Die arme Frau, das arme Mädchen. »Verabschiede dich, Liebes. Schenk deinem Vater deine Rose.« Paulas Finger halten die rote Rose fest. Die Dornen piksen ihr schmerzhaft ins Fleisch und sie erinnert sich an die Mahnung ihrer Großmutter, dass sie die Rose weiter unter am Stängel halten soll. Doch sie kann nicht. Ihre freie Hand legt sich ebenfalls um den Rosenstiel. Sie drückt langsam zu und wartet auf den Schmerz der Dornen. Alle schauen sie an. Paula drückt noch fester. Blut tropft auf ihr Kleid, rinnt auf den Boden.

Dann spürt sie, wie jemand nach ihrer Hand greift, sie weg von den Dornen und dem Abgrund zieht und die Rose für sie in hohem Bogen ins Grab schmeißt. Stumm stehen die beiden Kinder nebeneinander. Hauke hält Paulas blutende Hand fest umschlossen. Das Ende einer unbeschwerten Kinderfreundschaft.

»Moin, mien Deern«, begrüßte sie die alte Frau Thomsen und tätschelte ihr die Wange. »Willkommen zurück in deiner alten Heimat. Du hast die ganze obere Etage für dich, wir haben sie vor ein paar Jahren ausgebaut. Mit einem eigenen Bad«, ergänzte sie stolz, falls Paula das nachher nicht bemerken sollte.

»Ruh dich aus, du musst ja völlig erledigt sein.« Paula genoss es, aus der Sicht der über achtzigjährigen Hedi Thomsen wieder ein Mädchen, de Deern, zu sein. Hauke telefonierte parallel mit der Werkstatt. »Linker Kotflügel ... auswuchten ... Rücklicht ... Teile von der Stoßstange. Okay. Was wird es kosten?« Pause.

»Ich habe uns eine Friesentorte gemacht.« Die Stimme von Hedi Thomsen. Friesentorte? Was war das nochmal? Paula wurde bei dem Gedanken, gleich eine Torte essen zu müssen, leicht übel.

»Zweitausend Euro? Gott im Himmel ...«

»Sag ich doch, kein Glück.« Paula grummelte vor sich hin. Es hätte ja auch fünfhundert Euro kosten können, aber nein: zweitausend. Seufzend versuchte sie, ihren Hals zu dehnen, doch das schmerzhafte Stechen ließ sie sofort in der Bewegung innehalten. »Frau Thomsen-,« begann Paula. »Sag Hedi zu mir, Mädchen.«

»Gerne. Hedi. Ich ruhe mich eine Weile aus und dann probiere ich ein Stück von der leckeren Friesentorte.« Unerklärlicherweise war es Paula so flau im Magen, dass sie glaubte, gleich in Ohnmacht zu fallen. Es schien, als flössen in diesem Moment ihr altes, ihr neues und ihr zukünftiges Leben ineinander. Das war zu viel.

Sie beobachtete Hauke, wie ernsthaft er sich um ihr Auto kümmerte, als würde es um sein eigenes gehen. »Gut, dann hole ich es nächste Woche ab.«

»Oh, nächste Woche erst?«, fragte sie erschrocken. Ohne Auto auf dem Land, das ging nicht.

»Es ist kurz vor Weihnachten, sie haben viel zu tun und zwei Teile müssen noch bestellt werden.«

Als könne er ihre Gedanken lesen, fuhr er fort. »Ich kann mit dir einkaufen fahren, keine Sorge.« Hedi setzte an, noch etwas sagen zu wollen. Wartete, und versuchte es erneut.

»Ähm, Paula, eins noch. Oder lieber morgen?« Unsicher schaute Hedi zu ihrem Mann Klaus, der als Zeichen seines Nichtwissens lediglich die Augenbrauen anhob. Paula erinnerte sich, dass er nie viel geredet hatte. »Also ... dann jetzt gleich. Dürfen wir dich was fragen?« Hedi zupfte verlegen ihre Schürze zurecht. »Es ist doch bald Weihnachten und wir dachten ... Also, vielleicht würdest du unsere beiden Katzen füttern und die Hühner. Dann könnten wir auch mal wegfahren und unsere Kinder besuchen. Also, nur ...«

Paula versuchte ein Lächeln. »Das mache ich. Besucht eure Kinder, ich kümmere mich um die Tiere. Ich bin nur gerade so müde, brauche eine kleine Pause.« Sie registrierte noch, wie glücklich Hedi ihren Mann anschaute, der das bisherige Treiben in seinem Haus nur still beobachtet hatte. »Danke, Paula.« Er wirkte ergriffen und sie fragte sich, wann die beiden zum letzten Mal verreist waren. Schlafen und Tiere füttern, das würde sie ja wohl hinbekommen.

Hedi tätschelte ihr vor Freude über die Zusage erneut die Wange, was Paula direkt in die Vergangenheit mit den verschwommenen Bildern katapultierte. Eine Geste, die eigentlich zu ihrer nordfriesischen Großmutter gehörte. Lange her.

»Komm, ich trage deine Sachen nach oben«, schlug Hauke vor.

»Das schaffe ich schon. Meine Tasche ist nicht schwer.« Sie wollte nicht, dass er in ihr ganz privates Reich für die nächsten Wochen eindrang, das war dann doch zu viel für einen ersten Tag. Mit eiserner Selbstbeherrschung trug Paula ihr Gepäck in die obere Etage des alten Reetdachhauses. Die aufkommenden Tränen wischte sie weg, die Schmerzen ignorierte sie. Ohne Umwege legte sie sich auf das frisch bezogene Bett. Ein Daunenbett, stellte sie fest. Ein richtiges Daunenbett, wie früher. Himmlisch. Wie still es war, das Reetdach schien alle Geräusche zu schlucken. Wieder fiel ihr nur der Begriff himmlisch ein. Das war also Tag eins meiner Pause im Leben. Tag eins meines Wiedersehens mit Hauke. Tag eins ... Die Müdigkeit, die Daunendecke und die junge Nacht lullten Paula in einen unruhigen Dämmerzustand. Mehrmals wachte sie auf, träumte wild durch alle Jahrzehnte ihres Lebens und versuchte sogar im Schlaf, die Szenen zu ordnen.

15

Jette war bereit für ihre kleine, intime Geburtstagsparty. Sie hatte nur enge Freunde eingeladen und wollte, dass ihr 20. Geburtstag in einer Art Lagerfeuerstimmung endete. Pablo könnte ein bisschen Gitarre spielen, Luna würde alle zum Singen animieren, Gustav würde ihre Freunde mit Getränken versorgen und Nikolaj wäre der geheimnisvolle, neue Unbekannte. Als sie durchzählte, kam sie auf zehn Personen.

Jette hängte die letzten Lichterketten auf, stellte in jede freie Ecke ein paar Teelichter und war zufrieden.

Ihre Haare hingen heute offen über den Rücken, die Wimpern hatte sie schwarz getuscht und dazu einen kleinen Hauch Lippenstift aufgetragen. Kein Make-up, keinen weiteren Schnickschnack. Sie mochte natürliches Aussehen, nur ihre Kleidung durfte bunter sein. Heute trug sie den langen Hippierock, den sie auf einem Flohmarkt erstanden hatte. Dazu ein dunkelgrünes, eng anliegendes Shirt. Pablo würde staunen. Er liebte es, wenn sie wie ein Blumenkind aus den 70ern aussah.

Ihre Aufregung hatte sie am Nachmittag mit der Vorbereitung kleiner Speisen für das Buffet einfach weggekocht. Sie war bereit, die Freunde konnten kommen. Pablo würde nach seiner letzten Taxifahrt noch einen Kasten Bier und Wasser mitbringen, so musste sie nicht so viel schleppen. Alles war bestens vorbereitet.

Zuerst kam ihre beste Freundin Luna mit ihrem Freund Philipp, dann Nikolaj mit seinem aktuellen Liebsten, Benny. Jette, die ihn noch nie so privat mit seinem Freund erlebt hatte, staunte über Nikolajs wachsamen Blick. Er schien alles nach einem potenziellen Konkurrenten abzuchecken. Guck an, dachte sie. Sonst gibt er sich immer so cool und sicher. Jette begrüßte auch die restlichen Gäste und fühlte sich großartig als Gastgeberin.

»Wir können in der Küche sitzen oder in meinem Zimmer«, schlug sie vor. Schnell versammelten sich alle in der Küche. Luna überreichte Jette ein großes Paket. »Wir haben gesammelt«, sagte sie und blickte zu den anderen, die aufgeregt nickten. »Für die Reise«, konnte Luna sich nicht verkneifen. Dann gratulierten sie ihr, sangen *Happy Birthday* und stürzten sich auf das Büfett, als hätten sie drei Tage extra nichts gesessen.

Nikolaj überreichte ihr ein kleines Geschenk. Erst mal anstoßen, dann auspacken. »Prost! Auf einen schönen Abend und einen fetten Dank an euch.« Sie zeigte auf die Pakete. »Gleich packe ich aus. Juli, eine Schulfreundin, suchte Jettes Blick. Sie hob den Daumen und dann reichte Juli einen Joint herum.

Als Pablo kam, änderte sich die Stimmung wie bei einem plötzlichen Wetterwechsel. Von heiter und sonnig zu bewölkt und stürmisch. »Jette, mein Geburtstagsmädchen. Wie schön du bist!« Er umarmte sie, hob sie hoch und war ungewöhnlich aufgekratzt.

»Hast du schon getrunken?«, fragte Jette alarmiert. Er lachte sein Tausend-Watt-Lächeln. »Nur ein bisschen, nur ein bisschen. Das sind Tom und Matze, sie haben mir beim Tragen geholfen.« Er deutete auf zwei Kästen Bier, und zwei große Einkaufstüten mit Wein, Schnaps und Wasser. »Das ist viel zu wenig Wasser«, moserte sie. Die Kumpels waren schon auf dem Weg zur Küche und Jette blitzte Pablo an. »Du bist echt schon besoffen, oder? Ich glaub's ja nicht.« Als sie noch mit Pablo im Flur stand, hörte sie ihren Bruder telefonieren. »Ich denke, ich könnte kommen. Ich frag mal kurz Jette.« Er hielt den Hörer weg vom Ohr. »Jette, wäre es okay, wenn ich mich verdrücke? Freddy braucht mich gleich morgen früh. Du weißt ja, der lange Weg und jetzt ist ja Pablo da ...«

»Ist okay«, unterbrach sie Gustav. Sie wusste schon, dass er sich mit ihren Freunden langweilte. Er hatte ihr viel geholfen, sollte er ruhig losziehen.

Als sie in die Küche kam, traute sie ihren Augen nicht. Einer von Pablos Taxikumpels war an den Kühlschrank gegangen, hatte die volle Milchpackung an die Lippen angesetzt und daran genuckelt wie ein Baby an der Mutterbrust. Widerlich! Die Runde hatte sich geteilt. Einige waren in Jettes Zimmer gewechselt, andere waren in der Küche geblieben. Auf dem Tisch standen nun harte Getränke, Softgetränke wurden mit Schnaps gemischt und die Musik war lauter gedreht. Ihre Freundinnen tanzten und lachten. Vielleicht wird ja alles gutgehen, dachte Jette kurz. Entspann dich. Pablo ist in den ganzen Jahren höchsten zweimal betrunken gewesen, also: Entspann dich, Jette. Doch aus den zwei Kumpels wurden in Windeseile sechs. Jeder brachte noch jemanden mit. Die Musik wurde erneut lauter gestellt, harte Getränke machten immer schneller die Runde und in Rekordzeit war jeder Raum in der Wohnung belegt. Jeder, auch der ihrer Mutter, stellte Jette mit Schrecken fest. Oh Gott, das darf sie nie erfahren. Das war der Deal, ihr Zimmer war tabu.

Die Leute tanzten und sprangen auf dem Dielenboden und Jettes Anspannung stieg mit jedem Stampfen. Sie wollte Pablo energisch am Arm in den Flur ziehen, doch er küsste sie nur überschwänglich. »Jette, mein Geburtstagsmädchen. Hipp hipp hurra!«, brüllte er mehrere Male und der Rest der besoffenen Truppe stimmte grölend ein.

Unter größter Kraftanstrengung zog und schob sie ihn endlich in den Flur. Luna kam gerade vorbei. »Brauchst du Hilfe, Jette?« Sie schüttelte den Kopf. »Geht schon.«

»Schaff deine Kumpels hier raus! Los, Pablo. Das ist kein Spaß mehr!« Sie funkelte ihn giftig an, normalerweise erkannte er die Zeichen, wenn es reichte. Heute nicht.

»Was bist du für eine Spaßbremse. Ist doch eine coole Party.« Er war völlig zugedröhnt, jedenfalls konnte er ihrem Blick nicht standhalten. Seine Pupillen rutschten weg und Jette zog immer wieder an seinem Arm. »Luna«, rief sie nun doch nach ihrer Freundin. Doch die hörte bei dem Lärm nichts. Nikolaj betrat den Flur, als es Sturm klingelte. Die Nachbarin von unten drohte damit, die Polizei zu rufen. Nikolaj versuchte, sie zu beschwichtigen. Kurze Zeit später ging alles Schlag auf Schlag. Ein anderer Nachbar hämmerte wütend gegen die Wohnungstür und einer von Pablos Kumpels, der mit dem zugepiercten Gesicht, öffnete. Nase an Nase standen sich die beiden gegenüber. Der eine sturzbesoffen und lachend. Der andere hochangespannt und genervt. »Komm rein!« Einladend lallte und winkte Pablos Kumpel und traf sich selbst an der Nase. Verwirrt glotzte er seine Hand an, als würde sie nicht zu ihm gehören. »Komm rein, Alter und entspann dich mal«, versuchte er es erneut. Ein anderer Typ aus der Taxihorde zog den Nachbarn einfach am Arm in die Wohnung. Noch ehe Jette, Luna oder Nikolaj dazwischen gehen konnten, entstand aus dem leichten Gerangel eine handfeste Schlägerei. Absolut machtlos, den Lauf der Dinge in eine andere Bahn leiten zu können, hielt Jette sich die Hände vors Gesicht. Sie hörte lautes Krachen, Geschrei, Tritte. Glas splitterte und sie hoffte, dass nur Möbel zu Bruch gingen, keine Knochen. Jemand hatte die Musik abgestellt, was die anderen Geräusche deutlicher hervorhob.

Jette war fast erleichtert, als die Polizei kam. Die Polizisten lösten die Party auf und schoben alle aus der Tür. Den lallenden Pablo genauso wie Luna, Philipp und Nikolaj. Alle.

In der leeren Wohnung rutschte Jette an der Wand im Flur auf den Boden, starrte auf die Verwüstung und stützte den schmerzenden Kopf mit den Händen ab. Ach du scheiße, dachte sie, das wird mörderischen Ärger geben. Fassungslosigkeit wechselte sich mit einer Stinkwut auf Pablo und Gustav ab. Hätte Pablo die besoffenen Taxifahrer nicht angeschleppt, wäre alles gut gegangen. Wäre Gustav geblieben, wäre die Party niemals eskaliert. Er hätte ihr geholfen, die Taxi- Typen loszuwerden. Erschöpft schloss sie die Wohnung von innen ab und legte sich auf das Sofa ihrer Mutter. Ihr eigenes Bett war klatschnass, was auch immer da ausgelaufen war, Jette wollte es nicht so genau wissen.

Sie griff nach der Schafswolldecke, zog sie über die Schultern und entdeckte das riesige Brandloch. »Nein«, jammerte sie leise. »Nein. Nicht auch noch die Decke.« Jette rollte sich zusammen und dachte daran, dass sie noch nicht einmal ihre Geschenke ausgepackt hatte. Was für eine beschissene Geburtstagsparty.

Am nächsten Morgen hatte Jette rasende Kopfschmerzen und fühlte sich mit dem Chaos in der Wohnung völlig überfordert. Wenn sie eine wäre, die heult, würde sie jetzt losheulen.

Pablo dagegen schien gestern Abend den Mordsspaß seines Lebens gehabt zu haben. Wenn sie daran dachte, könnte sie ihn würgen. Sie hätte ihn nicht mehr reingelassen, wenn er zurückgekommen wäre. Zum Glück hatte er keinen Wohnungsschlüssel. Die Wohnung sah aus, als hätte eine Rockband auf Droge nach einem rauschenden Auftritt alles zertrümmert. Einfach so: im Wahn der Ekstase.

Jette entdeckte das kaputte Geschirr, die vielen leeren Flaschen, ausgedrückte Zigarettenkippen, auch auf dem Sofa ihrer Mutter. Heruntergerissene Vorhänge, verdreckte Fußböden, wobei nicht mehr zu erkennen war, ob es sich um Essensreste oder eher ein Gemisch aus Blut, Kot und Urin handelte. Das Affenhaus im Zoo roch blumig gegen den Gestank in der Wohnung.

Bis ins Bad hatte sie sich heute Morgen noch nicht gewagt, ganz dunkel erinnerte sich Jette an die Worte der ersten Nachbarin, die gegen 23 Uhr Sturm geklingelt hatte: »Frollein Petersen, das wird ein Nachspiel haben! Darauf können Sie Gift nehmen! Unerhört ... gibt's ja nicht ... absolute Frechheit.« Seitdem war sie nicht mehr im Bad gewesen, würde es aber nicht mehr lange hinauszögern können.

Was für eine riesengroße Scheiße!

Jette schlüpfte in ihren kurzen Frotteebademantel, suchte alle Zutaten für einen Kaffee zusammen, legte Zettel und Stift auf den Tisch und hoffte, dass das Riesenbaby noch eine Packung Milch übriggelassen hatte.

Bei dem Gedanken daran, wie man als erwachsener Mann so viel Milch trinken konnte, würgte es sie. Gustav ist war zwar nicht besser, hatte aber den Bruderbonus. Vielleicht war das bei Jünglingen, die noch Männer werden wollten, wie eine zusätzliche Mahlzeit. Sie umschloss die blaue Jette-Tasse mit beiden Händen und versuchte gezielt, sich nur auf den Kaffeeduft zu konzentrieren. Doch die wild durcheinander polternden Gedanken störten den Genuss. Sie war nicht nur wütend auf Pablo, sondern auch auf Gustav. Beide hatten sie auf ihre Weise im Stich gelassen.

Bis zum Schluss hatte sie versucht, das Zimmer ihrer Mutter als Tabuzone zu erklären, verteidigte ihr Reich wie ein Heiligtum, doch Pablo lachte nur noch wie ein aufgezogener Spielzeugclown. So bekifft und zugedröhnt wie gestern Abend hatte sie ihn noch nie erlebt.

Ganz und gar unentschieden, welcher Dreckecke sie sich in der Wohnung zuerst widmen sollte, legte sie noch einmal beide Hände um die warme Tasse Kaffee und versuchte, sich zu sammeln.

Suppe eingebrockt, Suppe auslöffeln!, hörte sie die Grundsätze der Erziehungsmethoden ihrer Eltern. Da waren sich beide immer einig gewesen.

Beweg deinen Arsch hierher, egal, wie du draufbist!!!, tippte sie die Nachricht an Pablo und sparte nicht mit Ausrufezeichen. Jeder Buchstabe ein Befehl. Er sollte ihr gefälligst beim Auslöffeln helfen. Angewidert sammelte Jette zuerst alle Flaschen ein, suchte die dazugehörigen Kästen zusammen und bestückte danach die Spülmaschine für eine erste Ladung mit dem schmutzigen Geschirr. Wie gut, dass ihre Mutter nicht hier war. Inzwischen musste sie dringend auf die Toilette, wovor ihr mehr graute, als einen Teller rohen Fisch zu essen.

Es klingelte an der Tür und Jette hatte Angst, sie zu öffnen. Polizei? Pablo? Gustav? Nein, Gustav hatte einen Schlüssel, oder hatte sie wieder von innen abgeschlossen? Oh ja, hatte sie. Nachbarn? Alle Nachbarn mussten stinksauer auf Familie Petersen sein. Oh je, das würde definitiv ein Nachspiel haben.

»Wer ist da?«, fragte sie sicherheitshalber. »Thommy.« Erleichtert öffnete sie die Tür und fiel ihrem Vater um den Hals. »Dich schickt der Himmel, Papa.« Am liebsten würde Jette sich auf seinen Schoß setzen und weinen wie als Kind, wenn sie sich die Knie aufgeschürft hatte. Papa würde sie trösten und alles wieder richten. Doch diese Zeiten waren vorbei. »Ich dachte, ich überrasche euch mit einer Tüte frischer Brötchen und wir ...« Jette sah das zunehmende Entsetzen in seinen Augen, als er sich umschaute. Und was er sah, war bisher nur der Flur. »Heilige Scheiße, was habt ihr denn hier veranstaltet?«

»Nicht aufregen, ich kümmere mich darum. Mama wird nichts mitbekommen.« Doch sie wusste, dass sie nicht umhinkommen würde, ihrer Mutter von all dem zu erzählen.

»Komm in die Küche.« Sie zog ihren staunenden Vater am Ärmel. »Ich mach dir einen Kaffee, aber nicht erschrecken. Da sieht es noch schlimmer aus. Und bevor du fragst: Ja, die Polizei war hier. Ich erzähle dir gleich alles.« Ihr Vater war sprachlos, erst recht, nachdem er den Rest der Wohnung inspiziert hatte. Hilfesuchend schaute Jette ihren Vater an und sprach ihr Dilemma aus. »Ich muss so dringend auf die Toilette und habe Angst, wie es wohl da drin aussieht. Würdest du für mich nachschauen?« Als ihr Vater wenig später aus dem Bad kam, sah sie, wie er den aufkommenden Würgereflex zu unterdrücken versuchte. Etliche Male. Sobald er wieder einigermaßen sprechen konnte, ohne, dass ihm die Galle hochkam, sagte er: »Ich helfe dir gleich, aber das Bad putze ich nicht.« Würgen.

»So schlimm?« Als seine Antwort ein erneutes Würgen war, wusste sie, wer das Bad putzen würde. Sie jedenfalls nicht! »Mach die Augen zu und geh rein«, ermunterte sie ihr Vater. »Ich hab dir die Klobrille desinfiziert.« Jette hielt die Luft an und traute sich, denn sie konnte es keine Sekunde länger aushalten.

Zurück in der Küche setzte sie sich zu ihm an den Tisch. Über das Bad wollte sie kein weiteres Wort verlieren. Das würde Pablo putzen. »Meinst du, Mama wird das mit der Polizei erfahren?« Ihr Vater konnte wieder normal atmen. Nur die glasigen Augen erinnerten noch an seinen Kampf mit dem Magen.

»Ich denke schon.« Mit einem grauen Stofftaschentuch tupfte er sich über die glänzende Stirn. Plötzlich sah ihr sonst jugendlich anmutender Vater alt aus. Älter als er tatsächlich war. Was ein Stofftaschentuch ausmachen konnte, schlussfolgerte Jette und reichte ihm die Box mit den Papiertüchern. Dankend schüttelte er den Kopf und zeigte auf seinen Stofffetzen. »Wahrscheinlich gibt es eine Abmahnung vom Vermieter, sicher sogar ein Bußgeld von der Polizei.«

»Scheiße, scheiße, scheiße.«

»Wo sind eigentlich Gustav und Pablo?«

»Beide sind abgehauen. Mit Pablo habe ich einen fetten Streit. Das alles ist seinetwegen eskaliert. Ich hoffe, er kommt gleich. Frag nicht, wie sauer ich auf ihn bin. Ich könnte ihn schlagen!«

»Na, na, na. Gewalt ist keine Lösung.«

»Heute schon, meine Worte reichen nicht aus. Ich will ihm so richtig, richtig wehtun.« Ihr Vater strich ihr über den Kopf, hielt sich aber zum Glück mit seinen Das-wird-schon-wieder-Sprüchen zurück. Sie schüttelte seine Hand ab. Am liebsten würde Jette in die Tischkante beißen, sie wusste nicht wohin mit ihrer überschüssigen, essigsauren Energie. Kopfstreicheln funktionierte nicht.

»Ich werde es Mama wohl erzählen müssen«, fuhr sie fort. »Ich weiß nur nicht, ob jetzt sofort oder lieber erst, wenn sie zurückkommt.«

»Soll ich mit ihr sprechen?« Ihr Vater nutzte jede Gelegenheit, um zu vermitteln und Kontakt zu seiner Ex-Frau zu halten. Jette wusste, dass es ihm ein Vergnügen wäre, Paula anzurufen, das Chaos oder besser das Drama zu beschreiben und sich dann unverzichtbar zu machen: Ich regle das schon. Erhol dich gut. Nein, du musst auf keinen Fall kommen. Ich bin da. Immer!

»Ich mach das selbst.« Jette beschloss, ihre Mutter morgen anzurufen. Spätestens übermorgen. Vor dem Abflug nach Teneriffa.

Inzwischen trudelte auch Gustav wieder ein. »Sag nichts!«, blaffte Jette ihn sofort an. Sie registrierte, wie Gustav und Papa sich anschauten, einvernehmlich nickten und wie Gustav zischend durch die Zähne pfiff. »Gibt's noch ein Brötchen? Und einen sauberen Teller? Moin, Papa. Was machst du eigentlich hier?«

»Siehst ja, euch kann man nicht alleine lassen. Wann geht eigentlich euer Flug?«

»In zwei Tagen, am 23.«, antwortete Jette. »Bis dahin muss hier klar Schiff sein.« Am liebsten würde sie sofort ihre Sachen packen, die Wohnung abschließen und zu ihrer Großmutter nach Teneriffa flüchten. Nach ihr die Sintflut.

16

Als Paula die Augen öffnete, war es stockdunkel und still. Sie brauchte einen Moment, um alle Puzzleteile, die zu ihrem aktuellen Leben gehörten, aneinanderzufügen. Simonskoog, Hauke, Unfall, kurz vor Weihnachten, fremdes Zimmer und fremdes Bett. Vorsichtig tastete sie erst nach ihrem Hals, fühlte die Halskrause, dann nach einem Lichtschalter. Außerhalb des Bettes war es zwar eiskalt, doch sie musste aufstehen und ihr Telefon finden. Raus aus den Federn!, ermahnte sie sich. Jegliches Zeitgefühl war ihr verloren gegangen. Freitagmorgen, an Jettes Geburtstag war sie losgefahren. War immer noch Freitag?

An der Wand hing eine Uhr, die 5 Uhr anzeigte. Sie hoffte, dass es der Morgen vom Samstag und nicht der vom Sonntag war. Da ihr Telefon tot war, stöpselte sie es zum Aufladen ein. Sicher hatte sie einige Nachrichten von den Kindern, Friederike oder ihrer Mutter, die alle wissen wollten, ob sie heil angekommen war.

Samstag, 21.12.2019 zeigte der Kalender auf dem Display an. Keine neuen Nachrichten. Nicht mal von Thomas, der sonst immer nachfragte, ob sie gut angekommen war. War er sauer? Wenn ja, worauf? Enttäuscht kroch Paula noch einmal ins Bett, Arm in Arm mit ihrer Enttäuschung. »Ich bin heil angekommen«, flüsterte sie. »Naja, halbwegs heil, falls es jemanden da draußen interessiert.«

Halbwegs und heil, sinnierte sie über den eigenen Worten. Wenn sie gestorben wäre, hätte es bis jetzt niemand bemerkt.

Zwei Stunden später hatte Paula geduscht, die Heizung aufgedreht und die Enttäuschung unter ihrer Daunendecke liegengelassen. Seufzend setzte sie sich auf den bequemen Sessel, der gegenüber von ihrem Bett stand und war kurz aus dem Takt. Was mache ich jetzt? Ach ja: Pause. Nicht hetzen. Ihr lädierter Körper war still, so als würde er wollen, dass sie in sich hineinhörte. Sie begutachtete ihr Apartment für die nächsten Wochen. Es gab ein kombiniertes Wohn- und Schlafzimmer, eine kleine Küche und ein Bad mit Badewanne. So viel Raum, nur für sie. Zaghaft traute sich die Vorfreude aus ihrem Versteck. Die meisten Fenster zeigten in den Garten, nur das Badfenster war eine großflächige Dachluke, die den Himmel sichtbar machte. Paula könnte bei einem Bad die Sterne beobachten.

Als sie den Kühlschrank öffnete, sah sie etwas Käse, Butter und Marmelade. Auf dem kleinen Zettel daneben las sie den Gruß.

Moin, Paula. Mach dir Frühstück, Hedi wollte dir Brot und Brötchen an die Tür hängen. Die Eier sind von ihren Hühnern. Ich schaue gegen 9 Uhr nach dir. Dein Hauke

Immerhin, Hauke und die Thomsens kümmerten sich um sie. Und Hauke hatte in keiner Mail und nicht mal auf einem Schmierzettel im Kühlschrank vergessen zu schreiben: *dein* Hauke. Egal, ob sie seine Mails beantwortete, oder nicht. *Dein* Hauke. War das Treue? Liebe? Dummheit? Loyalität oder Ignoranz? So oder so, heute Morgen tat es gut, diese beiden Worte zu lesen. Dein Hauke. So konsequent, wie er davongeflogen war, war er zurückgekehrt.

In aller Ruhe bereitete Paula ein kleines Frühstück vor. Zeit, nur für sich allein. Frühstück, nur für sich allein. Keine nölende Jette, die nach der Milch suchte. Kein Gustav, der ihr alles wegfutterte, kein Thomas, der nur mal eben für einen Kaffee hereinschneite. Herzhaft biss Paula in ihr Marmeladenbrötchen und versuchte, lange und langsam zu kauen. Sie hatte alle Zeit der Welt und außerdem wäre das viel besser für die Verdauung, hörte sie ihren Sohn sagen. Als ob er sich jemals für Verdauung interessiert hätte. Wenn sie an Jette und Gustav dachte, war sie stolz und fühlte die Liebe zu den beiden warm in ihrem Herzen.

Nur wenig später stand Hauke mit geröteten Augen vor ihrer Tür, als hätte er bis kurz vor dem Klingeln geweint. »Heute Nacht ...«, versuchte er tapfer den Satz zu beenden, »heute Nacht ist mein Vater ... gestorben.« Er wirkte so verloren, dass Paula ihn ohne Zögern in die Arme schloss. »Hauke. Du musst dich nicht zusammenreißen.« Sie legte ihre Arme um ihn. »Das tut mir so leid«, flüsterte sie in sein Ohr. Er schluchzte laut auf. Weinte hemmungslos und stellte sich den aufbäumenden Wellen der Traurigkeit. Paula hielt ihn einfach fest.

Als Hauke wieder sprechen konnte, fuhr er fort. »Er ist ... ganz friedlich eingeschlafen. Und er war zu Hause, so wie er es sich gewünscht hatte.« In wenigen Worten fasste er die Nacht zusammen, ohne sich aus der Umarmung zu lösen. »Und ihr wart alle drei zusammen«, ergänzte Paula.

»Ja, das war sein größter Wunsch.«

»Ach, Hauke. Deine Eltern waren auch für mich immer wie Eltern. Was habe ich sie geliebt und bewundert. Ich bin auch traurig, dass Christian gestorben ist. Gerne hätte ich mich von ihm verabschiedet. Es ging jetzt alles so Schlag auf Schlag. Ich -...« Er bewegte sich und legte zwei Finger auf ihre Lippen.

»Nein, nein. Es ist, wie es ist. Behalt ihn so in Erinnerung, wie du ihn kennst. Genauso war er auch im Alter. Aber ehrlich: Du hast meine Eltern bewundert?«, fragte er schniefend und löste sich langsam aus der Umarmung.

»Für ihre Ehe, ihre Liebe, ihr Aufeinanderachten. Sie waren das einzige Paar in meinem Leben, das für mich immer ein Vorbild waren. Ich rede viel zu viel von mir. Sorry.«

»Nein, es tut gut über die beiden zu reden. Es war doch nur ein kleiner Satz von dir dabei.«

»Du musst sicher wieder zu deiner Mutter gehen, sie braucht dich jetzt. Ich komme klar hier.«

»Ihre Freundinnen sind da. Sie weiß von deinem Unfall und will dich unbedingt sehen. Aber jetzt sollten wir einkaufen fahren. Dein Auto wird erst nach Weihnachten fertig sein und ohne Auto kommst du hier nicht weit.« Selbst jetzt, dachte Paula gerührt, denkt er daran, was ich brauche.

»Weihnachten«, sagte sie. »Das klingt dieses Jahr wie ein Fremdwort. Ich kann es zwar in alle Sprachen übersetzen, aber gerade nicht mit Inhalt füllen.« Hauke nahm sie bei der Hand und zog sie zum Auto seiner Eltern. »Lass es uns hinter uns bringen, die Stadt ist bestimmt rappelvoll.«

Sie würden zuerst nach Husum fahren, um Paulas Kühlschrank zu füllen. Flüchtig schaute sie aus dem Seitenfenster, das idyllische Simonskoog jagte ihr immer wieder einen heimeligen Schauer durch den Körper. Selbst im Winter, bei einem tief liegenden, grauen Himmel, Nieselregen und gefühlten zwei Grad fühlte sie sich hier gut aufgehoben. Der haushohe Deich trennte das Dorf vom Meer, schützte es vor den rauen Winden und Sturmfluten. Paula sah in die beleuchteten Fenster. Samstagmorgen. In manchen Häusern wurde gefrühstückt, geredet, gelacht oder gestritten. Viele hatten Lichterketten an ihren Fassaden angebracht und ihre Vorgärten weihnachtlich geschmückt. Und in einem Haus wurde heute getrauert. Christian Hinrichsen war sehr beliebt gewesen, ein geschickter Handwerker, der gerne anderen Menschen geholfen hatte. Ein gutmütiger Mann, der auch über sich selbst lachen konnte. Gute Reise, lieber Christian. Paula sinnierte vor sich hin. Vielleicht triffst du meinen Vater, ihr sollt ja gut befreundet gewesen sein. Sehr gut sogar. Grüß ihn.

Hauke war ebenso schweigsam wie Paula. Weite Felder zogen an ihnen vorbei. »Woran denkst du?«, fragte er in die Stille. Paula, die sich gerade gewundert hatte, wie selbstverständlich sie in die alte Vertrautheit mit Hauke gefunden hatte und sich fragte, ob es wohl an den dramatischen äußeren Umständen lag, spulte wie bei einer alten Filmrolle einen Gedanken zurück. »Ich habe mir gerade vorgestellt, dass dein Vater auf der anderen Seite des Lebens meinen Vater treffen würde. Sie waren doch gute Kumpels und ich nehme mal an, dass sie sich noch viel zu erzählen gehabt hätten, wenn mehr Zeit gewesen wäre. Dann habe ich mich gefragt, ob mein Vater, da er ja jung gestorben ist, auch noch so jung aussieht wie damals. Und daran schließt sich die Frage, ob sich ihre Seelen vielleicht in einer völlig anderer Form als in einem menschlichen Körper begegnen.« Paula schaute Hauke von der Seite an, sah sein Lächeln und erinnerte sich an all die Dinge, die sie ihm noch sagen wollte. Vielleicht. Sagen musste. Vielleicht. Ihr Magen verengte sich, wenn sie daran dachte. Er zog sich zu einem kleinen, harten Kern zusammen und ihr Herz pochte in einem zu schnellen Rhythmus. Sie ahnte schon, dass sein Lächeln dann für eine Weile oder auch für immer verschwinden würde. Doch im Moment fühlte sie sich so wohl wie schon länger nicht.

Neben ihm, die Blicke gemeinsam nach vorne gerichtet, in der behaglichen Wärme des alten Autos seiner Eltern. Die

Trauer um seinen Vater hielt beide davon ab, die wartenden Fässer der ungestellten Fragen zu öffnen.

»Vermisst du deinen Vater?« Hauke schaute kurz zu ihr.

»Nicht mehr. Ich habe lange gebraucht, Frieden zu schließen. Das Leben von meiner Mutter und mir war nach seinem Tod wie eine lange Szene in einem Film, die man schnell vorspulen möchte, da es so weh tat, länger hinzuschauen. Erst der überstürzte Umzug von Simonskoog nach Berlin. Es fühlte sich an wie eine Flucht, ich durfte nur einen Koffer und einen Rucksack mitnehmen. Innerhalb einer Woche war mein Leben vollkommen anders. Ich vermisste meine Großmutter Paula und verstand nicht, wieso wir sie alleine gelassen hatten.« Paula wischte sich verstohlen eine Träne weg. Wenn sie an ihre Großmutter dachte, schmerzte das Herz auf immer gleiche Weise. »Ich habe es einfach nicht verstanden, meine Mutter schwieg oder sagte sinnlose Sätze wie: Weil es jetzt so ist!« Haukes Blick war konzentriert nach vorne gerichtet. »Und dann?«, fragte er. »Dann vermisste ich neben meiner Großmutter meinen Vater. Die beiden Menschen, die ich neben meiner Mutter am meisten geliebt habe, waren von einem Tag auf den anderen einfach nicht mehr da. Verstehst du?«

»Oh ja, ich glaube, deshalb warst du immer auf der Suche nach Geborgenheit. Sicherheit.«

»Oh ja. Geborgenheit war voll mein Ding. Ist voll mein Ding,« verbesserte sie sich schnell, um Missverständnissen vorzubeugen.

»Und mein Ding war das Unstete, das Neue, das Unbekannte und auch das Unklare.«

»War?«, fragte Paula, die genau auf jedes seiner Worte hörte. Er drehte den Kopf zu ihr.

»Keine Ahnung, Paula. Momentan habe ich das Gefühl, dass ich aus tauber Materie bestehe. Alles ist da wie immer, nur im

Gefühllos-Modus. Etwas in mir hat entschieden, nur zu funktionieren. Der Schmierstoff ist aufgebraucht.«

»Vielleicht, weil dein Vater gestorben ist?«

»Das Taube war schon vorher da. Ich glaube, die Endlichkeit, der Tod und das Kranksein gehen nicht spurlos an mir vorüber und ich sehe meine traurige Mutter, wie klein sie plötzlich ist. Erzähl weiter von dir, Paula.«

»Du kennst die Geschichte doch. Lass uns von dir reden.« Paula verstand nicht, wieso er nach Details fragte, die er doch kennen musste. Nachdenklich richtete sie den Blick auf die Straße.

»Du erzählst die Geschichte aber anders als früher. Reifer. Reflektierter. Als hättest du die Vergangenheit für dich sortiert, in kleine tragbare Päckchen gepackt. Du klingst vertraut und ein bisschen neu. Erzähl weiter, bitte.«

»Na gut. Ich denke, meine Mutter versuchte nach der Flucht aus Simonskoog das Fehlende in ihrem Leben mit anderen Männern zu stopfen. Keiner blieb und ich weiß nicht mehr, wie viele Männer bei uns ein- und ausgingen. Sie arbeitete sehr viel, machte Überstunden, um sich unersetzbar zu machen, wie sie mir erzählte. Sie hatte ständig Angst, ihren Job zu verlieren und die Miete nicht mehr zahlen zu können. Vor lauter Arbeit und Angst vergaß sie mich immer öfter. Ich bekam einen eigenen Wohnungsschlüssel und verbrachte die Jahre im Alter von elf bis dreizehn in einer Art Trancezustand. Zuerst war ich nur traurig und sehr allein, aber irgendwann wurde ich wütend. Auf meinen Vater, meine Mutter und später die ganze Welt.«

»Oh ja, ich weiß, als wir uns wiedertrafen, warst du die fleischgewordene Aggression. Wie alt warst du da? Vierzehn? Fünfzehn?«

»Gerade vierzehn geworden, in dem Jahr war meine Großmutter gestorben. Ich durfte bei euch schlafen. Meine Mutter hat mich alleine zur Beerdigung fahren lassen und ich habe sie dafür gehasst. Sie ist allen Problemen dieser Welt nur noch ausgewichen.«

»Wie du dem Ball beim Volleyballspielen.«

»He, he, das war nur am Anfang. Später habe ich mich nie mehr weggeduckt.«

»Stimmt, dann hast du knallhart dagegengehalten.« Paula sah sein freches Grinsen und boxte ihn auf den Oberarm.

»Ganz genau.« Wenn du wüsstest, dachte sie und die Gedanken wurden schwer. Im Grunde bin ich eine Wegduckerin.

Sie näherten sich der Innenstadt. »Husum hat sich kaum verändert, oder? Heute ist Markttag. Ich parke am Hafen, da sind wir gleich mitten in der Stadt. Vielleicht willst du ja noch ein Buch kaufen oder brauchst was anderes. Du weißt ja, die nordfriesischen Abende sind dunkel und lang.«

»Und windig und nass«, ergänzte sie. »Du denkst an alles. Gute Idee, in die Buchhandlung würde ich gerne gehen. Meinst du, das Kino hat über die Feiertage geöffnet?«

»Wir werden es herausfinden. Weihnachten ohne meinen Vater, das wird sehr hart für meine Mutter.« Als er geparkt hatte, ergänzte er noch: »Und für mich auch.«

»Warst du manchmal zu Besuch hier? Weihnachten zum Beispiel?«

»Ganz selten. Viel zu selten.«

Wie ein altes Paar, das sie nie geworden waren, gingen sie einkaufen. Stimmten sich ab, was sie brauchten würden und es so sah so aus, als ob Paula die Weihnachtstage mit Hauke und seiner Mutter verbringen würde. Der Tod seines Vaters hing wie eine Dunstglocke über den drei Menschen. Sie dämpfte alle Geräusche und Gefühle, doch sie schützte auch und wärmte.

Paula stutze kurz: Wollte sie das? Weihnachten mit Hauke und seiner Mutter verbringen? Wo war sie nur so schnell hineingeraten?

»Was ist eigentlich aus Großmutters Haus geworden?« Paula lenkte kurz von den Weihnachtstagen ab.

»Mutter sagt, es hat damals eine Hamburger Familie gekauft, die es für die Ferien und die Wochenenden benutzt hat. Sie sind inzwischen auch schon sehr alt und kaum noch da.«

»Echt? Ich hätte es dem Haus so gegönnt, wenn es wieder täglich der heimelige Ort für eine Familie geworden wäre. So eine Verschwendung, der schöne Garten! Hat ihn jemand gepflegt?«

»Es ist Dezember, so viel sieht man nicht vom Garten. Aber meine Mutter weiß alles, was hier passiert oder passiert ist. Komm mit. Es wird sie glücklich machen, dich zu sehen.« Paula dachte nach und versuchte herauszufinden, was sie wollte. Wonach ihr eigentlich der Sinn stand. Sie war es so gewohnt, die Bedürfnisse von anderen Menschen zu erspüren und auch zu erfüllen, dass sie völlig neu lernen musste, auf sich selbst zu hören. Alles, was nur ihr allein gehörte, fand in ihrem bisherigen Leben heimlich statt. Sie schwitzte unter der Halskrause, die sie sicherheitshalber weiterhin trug, obwohl die Schmerzen fast verschwunden waren. Nur bei bestimmten Bewegungen spürte sie ein metallisches Zucken.

»Lass uns zu Hause das Auto auspacken, dann gönn mir eine Pause und ich komme heute Abend zu euch. Okay?« Das war die vernünftige Paula und sie war unsicher, ob es das war, was sie wollte.

»Okay, das klingt doch gut.« Hauke konnte schon immer den Menschen ihren Freiraum lassen, doch irgendwie klang er lahm. Sie glaubte und hoffte, dass er gern gesagt hätte: Ach, komm schon! Genau jetzt ist die richtige Zeit für einen heißen Tee. Das war der Hauke, den sie kannte. Jetzt leben, jetzt küssen, jetzt verreisen. Komm schon! Jetzt!

Sein Nachgeben verletzte Paula ein wenig. Scheiß auf das Richtige. Wenn sie wirklich ehrlich zu sich wäre, sähe das so aus:

Sie packt ihre Tasche und zieht rüber ins Haus der Hinrichsens. Trauert mit ihm. Ist einfach da. Leise und präsent. Nachts folgt sie ihm in sein altes Kinderzimmer und ohne zu zögern, finden sich ihre Hände, ihre Lippen, ihre Körper. Endlich, endlich küsst er sie oder sie ihn und wenn sie wieder reden können, erzählen sie sich ihre Leben. Ihre Lieben. Ihre Fehler. Langsam, Jahr für Jahr. Einmal sie, einmal er. All das Verpasste, all das Gewöhnliche und Besondere.

Sie wären von vornherein grundehrlich, würden sich die Fehltritte verzeihen können und dann würde Hauke endlich das sagen, worauf Paula in all den Jahren immer mal wieder gehofft hatte: Paula, ich hab mich ausgetobt und bin bereit für dich. Für uns. Ich will nur dich. Meine Paula.

17

»Hi, Mama. Endlich erreiche ich dich. Gustav hat es auch schon probiert. War dein Telefon leise gestellt?«

Als Jette hörte, dass ihre Mutter einen Unfall hatte, das Auto noch in der Werkstatt war und ein alter Freund sich um sie kümmerte, entschied sie, zu lügen. Sie wollte ihrer Mutter vor Weihnachten kein neues Kopfkino bescheren.

»Alles gut hier. Wir haben gepackt und ja, wir schließen die Wohnungstür zweimal ab ... ja ... Mama, ich bin nicht zwölf. Was machst du an den Feiertagen?«

Ihre Mutter klang irgendwie beschwingt und so gut gelaunt, wie sie es in den vergangenen Monaten selten war. Vielleicht war ihr letzter Ausraster der Höhepunkt einer langen Stresskette gewesen. Jette mochte gar nicht daran zurückdenken.

»Wer ist dieser Hauke?« Obwohl Jette sich dunkel an die Erzählungen aus Mutters Kindheit in Nordfriesland erinnerte, war ihr der Name kein Begriff mehr. Vielleicht würde ihr Großmutter Marianne mehr erzählen. Jetzt, wo ihre Mutter vier Wochen dort verbringen würde.

»Wie geht's Pablo?«, fragte ihre Mutter und das Lauernde in der Stimme deutete darauf hin, dass sie sich auf eine längere Beschreibung einstellte. Was sollte sie erzählen?

»Pablo? Jo ... dem geht's auch gut.« Doch ihrer Mutter konnte sie nichts vormachen.

»Wie geht es ihm? Weihnachten ohne seine Familie? Wird er denn mit dir nach Teneriffa fliegen?«

»Ehrlich gesagt, weiß ich nicht, ob er am Flughafen sein wird.« Jetzt war es raus und Jette hörte, wie ihre Stimme zitterte.

»Wir haben uns nach meinem Geburtstag ziemlich schlimm gestritten.« Nun erzählte sie doch ein bisschen von ihrer Enttäuschung, aber bei weitem nicht den ganzen Scheiß und schon gar nichts davon, wie schlimm er sich an ihrem Geburtstag wirklich verhalten hatte.

»Er wird schon kommen. Bisher hat Pablo immer gemacht, was du gesagt hast.« Die Antwort ihrer Mutter nervte sie sofort, weil sie zwar den Nagel auf den Kopf traf, doch Jette wollte nicht, dass sie über ihn sprach, als würde sie ihn wirklich kennen.

»Er macht gar nicht immer, was ich sage. Manchmal trifft er auch eigene Entscheidungen. Aus deinem Mund klingt es so, als ob er mehr Charakter zeigen würde, wenn er nicht zum Flughafen käme. Dann hätte er eine eigene Entscheidung getroffen. Wenn er kommen wird, macht er wieder, was ich sage. Danke, Mama.« Ihre Mutter ruderte zwar zurück, doch die Stimmung zwischen ihnen war wie gehabt unterirdisch.

»Gustav!«, rief Jette nach ihrem Bruder. »Mama am Telefon, komm!« So laut sie konnte, klopfte sie an seine Tür. Er hatte sicher wieder Kopfhörer auf und bastelte an neuen Apps, um die elektrischen Geräte in der Wohnung noch besser steuern zu können. Erst vor Kurzem hatte er Thermostate installiert, um die Energiekosten weiter zu senken. Der Kühlschrank scannte seit Jettes Wutausbruch wegen der fehlenden Milch selbstständig, welche Lebensmittel fehlten und schickte ihm die Infos aufs Handy, die er dann sofort an Jette oder ihre Mutter weiterleitete.

»Ciao, Mama und schöne Weihnachten dir.«

»Warte! Jette! Warte! Ich hab das nicht böse gemeint. Pablo ist wie dein Vater. Sie sind gutmütige Menschen, die ihre Liebsten auf Händen tragen. Das kann zuweilen wundervoll, aber manchmal auch zu viel des Guten sein. Sei nicht sauer, in Ordnung?«

»In Ordnung. Ich weiß ja, dass du es nicht böse gemeint hast. Ja, ich grüße Oma ... dein Sohn kommt.«

Sie reichte Gustav ihr Telefon und hörte seine Halbsätze. »Ja ... alles gut. Thommy hat gekocht ... Mach ich ... ja ... bis bald und schöne Weihnachten ... ja.« Das Gespräch dauerte höchsten zehn Sekunden. Mit ihrem Bruder konnte man einfach nicht telefonieren. Er gab ihr das Telefon zurück und Jette verabschiedete sich ein zweites Mal von ihrer Mutter. Sie überlegte, ob Pablo und ihr Vater wirklich Ähnlichkeiten hatten.

»Übrigens cool, Gusti, dass du eine neue Decke für Mamas Sofa besorgt hast.« Er strahlte sie an. Auch wenn Gustav abgehauen war, hatte er ihr wenigstens beim Aufräumen geholfen und war ihr seitdem nicht mehr von der Seite gewichen. Pablo dagegen war erst spät abends aufgetaucht und zu nichts zu gebrauchen gewesen, weil es ihm ja so schlecht ging. Sie hatte die Wohnung fotografiert und ihm die Bilder unter die Nase gerieben. »Ach du scheiße« war sein einziger Beitrag an diesem Abend gewesen.

»Wir tun einfach so, als wäre das unser neues Weihnachtsgeschenk und die alte Decke haben wir einem Obdachlosen geschenkt. Damit wird sie leben können.« Gustav nickte zufrieden und Jette hoffte, dass er dichthalten würde. Jette ergänzte: »Alles andere, was kaputt ist, bringen wir ihr step by step bei. Vielleicht merkt sie es auch gar nicht.«, ergänzte sie.

Am nächsten Morgen sah Jette schon von weitem, dass Pablo am Flughafen auf sie wartete. »Wir können doch nicht im Krach das alte Jahr beenden.« Mit seinem ansteckendsten Lächeln und weit geöffneten Armen empfing er sie und hob sie in die Luft. Erleichtert ließ sie sich umarmen und dachte an das Telefonat mit ihrer Mutter. Machte Pablo wirklich immer alles, was sie sagte? Es gab doch immer einen in der Beziehung, der Dinge vorantrieb und einen, der eher folgte. Oder sollten sich die Rollen abwechseln? Bei ihren Eltern hatte tatsächlich immer ihre Mutter entschieden, ihr Vater hatte mitgemacht und Jette erinnerte sich an einen Streit ihrer Eltern. »Kannst du nicht einmal dein eigenes Ding machen?«, brüllte ihre Mutter ihren Vater an. »Ich kann nicht mehr atmen an deiner Seite. Das ist mir zu eng, verfluchte Axt!« Und ja, er konnte nicht gut alleine sein, noch nie. Auch nicht, als ihre Eltern zusammen waren.

Bei Pablos Eltern war es ebenfalls die Mutter, die sagte, wo es langging. Ist das eine Temperamentssache oder steckte mehr dahinter? Darüber würde sie im Urlaub mit Pablo reden. Was wollten sie beide für eine Beziehung? Sie wollte nicht immer die Bestimmerin sein, auch wenn sie diese Rolle liebte.

Bevor sie ins Flugzeug stiegen, schickte Jette noch eine Nachricht an ihren Vater.

Oma sagt, du kannst nachkommen. Denk an dich, deine Jette.

18

Am Morgen des Heiligen Abends wachte Paula auf und hatte das Gefühl, angestarrt zu werden. Jimmy, der grau getigerte Kater der Thomsens, saß auf dem Nachttisch neben ihrem Bett und glotzte sie unverwandt an. Shanti, die zweite Katze, war nicht zu sehen.

»Na, du?« Paula setzte sich auf. »Hast du Hunger? Schau mich nicht so vorwurfsvoll an.« Sie griff nach dem Handy auf dem Nachttisch. »Halb acht, alles im grünen Bereich, du kleiner Dicker.« Paula strich über Jimmys Kopf und stand auf. Der Kater sprang ihr mit einem galanten Satz vor die Füße. »Na los! Zeig mir den Weg!« Als hätte er sie verstanden, flitzte der Kater in einem Affenzahn die Treppe hinunter in die Küche. Dort wartete auch schon Shanti, die Katze mit dem samtig grauen Fell. Sie war eine Königin, niemals würde sie um ihr Futter betteln. Es gehörte sich, es ihr zu bringen. Paula füllte die Näpfe der beiden unterschiedlichen Katzen und schlüpfte, noch im Schlafshirt, in Hedis Gummistiefel und zog sich die wattierte Jacke über, die an der Garderobe hing. Als sie die Tür zum hinteren Garten öffnete, wehte ihr der Wind die Haare straff nach hinten. Puh, Nordwind, das würde kalt werden. Schnell ging sie zum Hühnerstall, öffnete die Luke, damit die Tiere ins Freie konnten, und fütterte sie mit einer Handvoll Körnern und den Resten ihres Salates von gestern Abend. Sie hockte sich hin und streckte die Hand aus. Paula mochte es, wenn die Tiere ihr aus der Hand fraßen.

Die Kälte und die ersten Regentropfen trieben sie zurück ins Haus. Tagwerk erledigt, freute sie sich und schlüpfte wieder unter ihr Daunenbett. Jimmy rollte sich an ihrem Fußende zusammen und schlief mit einem satten Schnurren sofort ein. Paula dagegen war viel zu aufgewühlt. Ihr erstes Weihnachten, seit sie Kinder hatte, das sie nicht mit ihnen und Thomas verbrachte. Manchmal überforderte sie die viele freie Zeit, und ein Hauch von schlechtem Gewissen machte sich breit. Hätte sie nicht doch mit nach Teneriffa fliegen sollen? Der Familie zuliebe?

Erlaube es dir, ein weiterer Rat ihrer alten Therapeutin, der ihr in den Sinn kam. Erlaube dir, egoistisch zu sein. Erlaube dir Pausen, Zeiten des Nichtstuns. Erlaube dir, dich gut zu fühlen um deiner selbst willen. Einfach, weil es dich gibt.

»Genau«, entschied sie feierlich und sagte es laut. »Paula! Ich erlaube es dir!« Sie überlegte. »Ich erlaube es mir!« Wie sollte sie es richtig sagen? Sie konnte sich nicht mehr erinnern und lächelte. So wird das nichts, Paula Petersen.

Paula stand wieder auf und ließ sich ein unverschämt heißes Bad ein, benutzte den teuren Badezusatz, den sie in Husum eingekauft hatte und hoffte auf dessen entspannende Wirkung. Wenn sie den Kopf an den Wannenrand legte, hatte sie einen freien Blick in den Himmel. Es regnete inzwischen stärker. Eine Weile beobachte Paula das Spiel der Tropfen und kleinen Rinnsale. *It's raining cats and dogs,* dachte sie amüsiert.

Der Tag floss dahin. Paula las einen neuen Krimi, den sie in der Husumer Buchhandlung gekauft hatte. Ab und zu kochte sie sich einen Kaffee, schmierte sich ein Brot und achtete darauf, nicht zu viel zu essen, da sie den Abend bei Hauke und seiner Mutter verbringen würde. Wahrscheinlich mit einem vollen Tisch leckerer Speisen.

Als Paula es nicht mehr aushielt, rief sie bei ihrer Familie auf Teneriffa an. Zuerst versuchte sie es bei Jette, da Gustavs Telefon meistens leise gestellt war. Es klingelte eine Weile: nichts. Also doch Gustav: nichts. Ihre Mutter. »Hallo Paula, na? Ist dir bisschen langweilig?«

»Nein«, empörte sich Paula. »Ich wollte euch mal hören. Alles gut bei euch?«

»Ja, die Kinder sind schon an den Strand gefahren.«

»So früh schon?«

»Paula? Es ist 14 Uhr.« Paula erschrak. Wo waren die vielen Stunden geblieben? Als sie aus dem Fenster blickte, sah es aus wie morgens. Grau.

»Alles klar, hab die Zeit nicht im Blick gehabt.«

»Was machst du heute? Weißt du, wie es Wilma gerade geht?«

»Ich besuche sie und Hauke später. Sie schlägt sich ganz tapfer.« Paula hatte ihre Mutter nahtlos von Christians Tod informiert.

»Kannst du sie fragen, ob ich sie anrufen darf?«

»Das mache ich.«

»Wenn ja, brauche ich ihre Nummer.« Wenn es um Wilma ging, wirkte ihre Mutter fast schüchtern. Irgendetwas hatten die beiden Frauen auch noch zu klären, war Paulas Gefühl.

»Okay. Noch ein Satz zu den Kindern? Geht's ihnen gut?«

»Mach dir keine Gedanken und genieß deine Pause. Es ist zwar alles anders als sonst, aber den dreien geht's gut.« Sollte sie ihre Mutter fragen, ob sie etwas von Thomas gehört hatte? Nein, er musste selbst klarkommen, entschied sie. Sie könnte ihm ja später eine Nachricht schicken.

Am Abend ließ Wilma es sich nicht nehmen, ein Festmahl zu kochen. Paula sah ihr an, wie glücklich sie darüber war, dass Hauke nicht vorhatte, so schnell wieder wegzugehen. »Mein verlorener Sohn ist wieder da.« Zärtlich schaute sie Hauke an.

Wilma trug ein schwarzes Kleid, schwarze Wollstrümpfe und mit ihren weißen Haaren, die sie heute nach hinten gekämmt hatte, sah sie aus wie eine alte, weise Frau auf einer griechischen Insel. Ihr Gesicht war aristokratisch schön, mit hohen Wangenknochen, kleiner Nase und einem geschwungenen Mund. Hauke ähnelte mehr seinem Vater, doch die Augenpartie hatte er von seiner Mutter. Wenn man genau hinschaute, sah man den grünen Ring um seine blauen Augen. Wilma drehte sich zu ihr.

»Paula, mien Deern, schnieke süchst ut. Grüß deine Mutter von mir und sag ihr, dass ich ihr nichts nachtrage. Natürlich kann sie mich anrufen, jederzeit! Hätte mein Mann ...« Sie stoppte, sah kurz zu Hauke, der ihrem Blick standhielt, dann wieder zu Paula. »Wäre mein Mann so früh gestorben wie ihrer, wäre ich durchgedreht.« Sie schob einen ordentlich großen Braten in die Röhre, schälte Kartoffeln und klapperte mit dem Geschirr. »Bei uns gab es Heiligabend nur Kartoffelsalat und Wiener Würstchen«, sagte Paula erstaunt. Wilma lächelte. »Ich hatte Lust auf was Ordentliches, wenn ihr schon mal da seid.« Ihr Blick huschte von Paula zu Hauke und wieder zurück. »Ihr zwei«, ergänzte sie. Zwei Worte, so zärtlich wie das Streicheln über die Fontanelle eines Neugeborenen.

Hauke, der inzwischen neben seiner Mutter stand und den Geschirrspüler füllte, legte ab und zu seine Hand auf ihren Rücken. Sie sind sich sehr nahe, dachte Paula. Mal strich Wilmas Hand über seine Wange, mal legte er den Arm um ihre schmalen Schultern. Ihre Mutter-Sohn-Berührungen fanden eher wie nebenbei statt und fügten sich nahtlos in die Konversation der beiden ein.

Automatisch wanderten Paulas Gedanken zu ihrem Sohn, wahrscheinlich würden sie beide ähnlich auf andere wirken.

Selbst Thomas und Gustav wirkten wie ein geflochtenes Tau. Verwoben, verbunden. Paula hatte die beiden oft beobachtet.

Die Berührungen mit Jette dagegen waren ruckartig, entstanden oft spontan aus einer vorherigen Emotion heraus, nie selbstverständlich.

Beim gemeinsamen Abendbrot blieb Paulas Blick an Haukes Mund hängen. An den Lippen, die sie gerne noch einmal küssen würde.

Hätte sie es ihm längst sagen sollen?

Hätte sie es sagen müssen?

19

Jette, Pablo und Gustav lagen auf ihren Handtüchern am Strand von Playa de Las Teresitas und ließen sich die Sonne auf den Rücken scheinen. »Die Strandbar ist geöffnet.« Jette, die sich bewegen wollte, zeigte auf die grün-blau gestrichene Holzhütte. »Wollen wir anstoßen? Immerhin ist heute Weihnachten.« Träge hoben Gustav und Pablo unisono die Köpfe. Beide zeigten mit den Daumen nach oben und legten die Köpfe wieder ab. »Ihr seid ein faules Pack. Pablo, hast du dein Geld dabei? Ich habe gar nichts mitgenommen.« Jette wühlte in ihrer großen Strandtasche, beförderte das Unterste nach oben, fand jedoch kein Portemonnaie. Pablo schüttelte den Kopf, ohne hochzuschauen. »Gustav, du?« Er zeigte auf seine ordentlich zusammengelegte Jeans, die er als Kopfkissen benutzte. »Hier. Nimm, was du brauchst.« Jette hatte den Eindruck, dass sich die beiden allmählich an das Alter der anderen Touristen anpassten. Pi mal Daumen würde sie schätzen, dass das Durchschnittsalter um die 65 Jahre lag. Wo waren sie hier nur gelandet? Das Wetter und das Meer waren wunderschön, aber ansonsten war hier tote Hose. Sie schlenderte zur Bar und fing mit dem Barkeeper ein Gespräch an. Pablo, der wegen seiner kubanischen Mutter fließend spanisch sprach, brachte Jette schon seit Jahren spanisch bei. Sie freute sich, es endlich anwenden zu können, und fragte den Barkeeper Löcher in den Bauch. Wo kann man tanzen gehen? Gibt es einen Club für jüngere Leute? Was machte er am Abend, am Wochenende, an Weihnachten?

Mit drei Gläsern Prosecco kehrte sie zu den Jungs zurück. »Hey, ihr Schlaftabletten. Ich weiß, wo wir abends hingehen können.«

»Aber heute Abend gehen wir doch essen.« Gustav erinnerte sie an den reservierten Tisch. »Aber danach haben wir noch nichts vor, oder? Pablo, komm. Lass mich nicht im Stich. Gustav, du kannst ja chillen, wenn du keine Lust hast.«

»Willst du mich nicht dabei haben? Gib es zu, Schwesterherz, du kleiner Feuerteufel. Wie als Kind, immer musste Action sein.« Freundschaftlich boxte er ihr auf den Oberarm. Pablo, der ungewöhnlich still war, hob den Kopf. »Och, Jette, mir ist auch eher nach relaxen.«

»Wo bin ich hier nur gelandet? Na gut. Dann eben essen gehen und danach ab ins Bett.« Pablo hob wieder den Daumen und grinste sie frech an. »Sehr gutes Programm.«

Jette stand zu sehr unter Strom, als dass sie das Veto der beiden Schlaffis einfach hinnehmen konnte. Beim Abendessen würde sie einen zweiten Vorstoß wagen. Zählte das zu dem Bestimmenden, was Pablo nervte?

Das Haus, das Großmutter Marianne und Ewald für die kommenden Monate angemietet hatten, war großzügig. Jeder hatte sein eigenes Schlafzimmer. Es gab einen offenen Wohn- und Küchenbereich, einen Kamin und einen Pool. Pablo duschte und Jette cremte sich mit After Sun Lotion ein, ihr Körper roch wunderbar nach Sommer, Sonnencreme und Meer. Sie dachte kurz an ihre Mutter, die sich im grauen Nordfriesland aufhielt und verstand nicht, dass sie der kalten Nordsee und dem Alleinsein den Vorzug gab. Hier hätte sie auch relaxen können. Ihren Vater würde sie später kurz anrufen. Immerhin war Weihnachten und sie hoffte, dass er nicht allein zu Hause hockte.

Pablo kam aus der Dusche, Haare, Wimpern und Haut wirkten noch dunkler. Er sah zum Anbeißen aus. »Pablo, bist du eigentlich glücklich?« Er hielt mit dem Trockenrubbeln seines Körpers inne. Sein Blick war fragend. »Mit mir?«, ergänzte Jette leiser.

»Ob ich glücklich mit dir bin?«, wiederholte er und dachte tatsächlich einen Augenblick nach. Jette wartete gespannt. »Ja. Meistens. Also zu 90 Prozent.« Sie hielt die Luft an. »99?«, lenkte er sofort ein.

»Nix da. Ich will alles zu den zehn Prozent wissen.«

»Puh. Jetzt? Wir gehen gleich essen.«

»Danach. Wenn schon nicht Club, dann wenigstens Beziehungsgespräche«, grinste sie. Pablo sah nicht begeistert aus.

Jette hatte es geschafft, Pablo zu überreden, mit ihr in den Beachclub zu gehen. Leicht angetrunken lümmelten sie auf den ausladenden Sofas. »Nun komm schon, was nervt dich an mir?«, ließ sie nicht locker. Pablo stöhnte. »Warum willst du dich auf die zehn Prozent konzentrieren, wenn neunzig Prozent gut sind? Nenn mir ein Paar, wo alles zu hundert Prozent Friede, Freude, Eierkuchen ist. Das nervt mich zum Beispiel, dass du mich nervst mit deiner Hundertprozentigkeit.«

Jette dachte kurz darüber nach, was er gesagt hatte. »Das Wort gibt es gar nicht. Hundertprozentigkeit.«

»Jetzt schon.« Pablo schien äußerst zufrieden mit seiner Wortschöpfung zu sein und Jette musste über ihn lachen. Er öffnete die Arme für sie. »Kommen Sie, Frollein Petersen. Entspannen Sie sich.«

20

Zwischen Weihnachten und Silvester fand die Beerdigung von Haukes Vater statt. Das ganze Dorf trug schwarz und hatte sich auf dem kleinen Friedhof versammelt. Hauke stand zwischen seiner Mutter und Paula. Einen Arm hatte er um Wilma gelegt, die neben ihm hauchzart aussah. Mit der anderen Hand suchte er nach Paulas. Jeder Satz, jede Geste, die ganze Stimmung erinnerte sie an die Szene am Grab ihres Vaters. Als hätte sie damals nicht genug getrauert, vermischten sich die aktuellen Bilder mit den alten und Paula weinte um die Zehnjährige, die sie einmal war und auch um Christian Hinrichsen.

Wilma wirkte gefasst, als sie eine Handvoll Erde auf den Sarg ihres Mannes warf, doch kaum war sie zurück an Haukes Seite, wankte sie so heftig, dass er sie stützen musste. Als Hauke zum Sarg ging, übernahm Paula das Stützen seiner Mutter. Auch er rang um Fassung, sie las in seinem Gesicht wie in einem offenen Buch. Schnell nahmen sie sich wieder an die Hände.

Jetzt sind unsere Väter tot, dachte sie. Keine männlichen Ahnen mehr in unserem Rücken. Jetzt müssen wir für alles im Leben selbst Manns genug sein.

Die Tage und Nächte flossen unangestrengt ineinander, mäanderten träge dahin. Paula dachte oft, dass Hauke genauso erschöpft war wie sie. Er schloss für Minimomente die Augen, legte den Kopf in den Nacken, um sich zu dehnen, akzeptierte jede Pause, die sie vorschlug und ab und zu unterdrückte er ein Gähnen. »Sorry, Jetlag«, schob er dann schnell hinterher oder auch, dass er schlecht geschlafen hätte. Sie beobachteten sich, statt sich Löcher in die Bäuche zu fragen. Wenn Hauke dachte, sie würde es nicht bemerken, ruhte sein Blick auf ihr. Wenn er für sich, Paula und seine Mutter Essen kochte, beobachtete Paula jede seiner Bewegungen. Er wirkte insgesamt stämmiger als früher, als hätte sein Körper gleichmäßig von oben bis unten ein paar Zentimeter draufgelegt. Er hatte sich fesch die Schürze seiner Mutter um die Hüften geschlungen, die Ärmel seines Shirts hochgekrempelt und Paula nutzte die Gelegenheit, seine behaarten, kräftigen Arme anzuschauen. Dieser Dezember bescherte ihnen einige Sonnentage und wann immer das Licht auf seine Unterarme fiel, wirkten die Haare blond und dicht, wie ein schützender Flaum.

Manchmal wirkte Hauke traurig, als hätte jemand das Licht gedimmt. Sobald er sich jedoch zu ihr wandte, kam wieder Leben in seinen Körper. Beide schienen vorzugeben, dass es ihnen gut gehen würde. Mehrmals war Paula kurz davor zu fragen, ob ihn noch etwas anderes nach Hause gezogen hatte als seine alten Eltern. Lebte er noch seine Idee von polyamorösen und offenen Beziehungen? Liebte er immer noch Männer gleichermaßen wie Frauen? Wie wollte er damit in Simonskoog klarkommen? Das kleine Dorf hielt schon bei Patchworkfamilien die Luft an oder bei der Schwangerschaft einer alleinstehenden Frau. Tausend Fragen lagen in der Luft, doch Paula hatte zu viel Angst vor den Antworten und jonglierte sich galant um die Themen.

»Willst du irgendwas aus meinem Leben wissen?«, hatte sie vor zwei Tagen einen Vorstoß gewagt und ihm das Steuer für den Verlauf des weiteren Gespräches in die Hand gelegt. Er wusste, dass sie zwei erwachsene Kinder hatte, nicht mehr mit Thomas zusammen war und immer noch viel mit Büchern und Texten zu tun hatte. Nach einer kleinen Pause fragte er schlicht: »Bist du angekommen?«

Was war das denn für eine Frage? Also nochmal.

»Ich meinte, etwas von meinem bisherigen Leben? Etwas aus der Vergangenheit?« Sie gingen auf dem Deich spazieren, der Wind wehte so stark, dass sie sich anbrüllen mussten. »Aber ja, Paula. Alles will ich wissen, alles! Lass mir noch ein bisschen Zeit, es gibt gerade so viel zu regeln und zu verdauen. Auch aus meinen letzten Jahren in New York. Ich sortiere noch das Vergangene, verarbeite den Tod meines Vaters und rutsche mit dir an meiner Seite immer wieder in unsere Kindheit und Jugend. Das gibt mir gerade Kraft, alles schien damals möglich. Du glaubst gar nicht, wie wichtig du gerade bist.« Er zeigte zum Dorf. »Wollen wir zu eurem alten Haus gehen? Ich meine, ganz nah ran? In den Garten? Ich denke, es wird niemand da sein.« Paula nickte, sie hatte es jeden Tag von weitem inspiziert. Doch je näher sie heranging, umso aufgeregter hüpfte jedes Mal ihr Herz. Die Beine schienen sich in zu weich gekochte Spaghetti zu verwandeln und trugen sie nicht mehr. Außerdem hatte sie Angst, dort den aktuellen Besitzern zu begegnen. Doch gemeinsam mit Hauke siegte der Mut.

Kurz vor dem alten Zaun nahm er ihre behandschuhte Hand. Wie Hänsel und Gretel standen sie vor dem Hexenhaus. Das Reetdach war auf einer Seite sehr hell und musste vor Kurzem neu gemacht worden sein. Paula erinnerte sich, dass man meistens nur eine Seite erneuerte, weil es dann nicht so teuer war.

Von vorne sah das Haus durch die zwei oberen Fenster und den mittig verlaufenden Schornstein immer noch aus, als hätte es ein freundliches Gesicht. Die unteren Fenster waren der Mund. Es wirkte einladend, lächelnd und gleichzeitig schrecklich verlassen. »Komm!« Hauke navigierte sie zu dem alten Schleichweg, so näherten sie sich dem Haus von hinten.

Beherzt sprangen sie über den kleinen Bach, der im Winter immer so tat, als wäre er ein Wahnsinnsfluss, doch im Sommer konnte er kein Wässerchen trüben. Stundenlang hatten die Dorfkinder hier gespielt. Stege gebaut, Steine, Fische oder Insekten gesucht und sich am Abend mit nassen Haaren, Füßen und Klamotten wieder nach Hause getraut. Immer zu spät, immer zu nass, immer zu dreckig.

Auf der Rückseite des Hauses war es windstill und eine Bank auf der Terrasse lud zum Hinsetzen ein. Obwohl es am Morgen noch grau, nass und windig gewesen war, zeigte sich jetzt ein blauer Himmel. Ein kleiner Frühlingsvorbote. Die noch schwache Sonne versuchte ihr Bestes, die beiden Menschen auf der Bank ein wenig zu wärmen. »Wenn doch jemand kommt, sage ich einfach, wer ich bin.« So ganz wohl war Paula nicht, auf einem fremden Grundstück zu sitzen. Zum Glück war das Haus von hinten nicht einsehbar.

»Yes!«, alberte Hauke. »Ich bin Paula Petersen, die Enkelin von der alten Paula Petersen. Wie hieß noch mal dein Großvater?« Paula lachte. »Hast du das etwa vergessen? Das war Opa Paul. Er war ja schon tot als wir noch Kinder waren.«

»Meine Fresse, diese Namen bei uns im Norden. Also bist du die Enkelin von Paul und Paula Petersen.« Paula nickte, lehnte den Kopf zuerst an die Hauswand und dann an Haukes Schulter. Wieder hielt er ihre Hand. Die Windstille war fast zu laut für die eben noch sturmgepeitschten Ohren. Unwillkürlich fasste Paula an ihr Ohr. Es war still.

»Weißt du«, suchte Paula erneut das Gespräch, »ich bin längst noch nicht angekommen, noch lange, lange nicht. Ich weiß nur, dass ich hier einen wunderbaren Abstand zu Berlin und meinen Kindern hinbekommen habe. Jetzt schon, nach wenigen Tagen. Ich denke kaum an die beiden und vertraue darauf, dass sie klarkommen. Ich genieße es, meinem ganz eigenen Rhythmus zu folgen. Aufstehen, wann ich will. Essen, wann ich will. Schlafen, lesen, spazieren gehen, alles tanzt nach meiner Pfeife. Zudem genieße ich die Stille, denn mein Berliner Leben ist laut. Und ich genieße einen Menschen an meiner Seite, der nicht zu viel von mir will.« Hauke drehte sich zu ihr. »Ist das etwas Gutes?« Die Sonne blendete, sodass sie seine Augen nicht sehen konnte. »Momentan ist das etwas sehr Gutes. Auf jeden Fall.« Langsam beugte er sich zu ihr, stoppte kurz vor ihrem Mund und überließ ihr die Entscheidung, ihm entgegenzukommen.

Eine Sekunde der Entscheidung. Eine halbe Sekunde nein, eine halbe Sekunde ja. Ruhig legte Paula ihre Lippen auf seine. Wenn man Herzschläge an den Lippen messen könnte, müsste sein Herz galoppieren. Paula schloss die Augen und öffnete mit ihrer Zunge ganz sanft seinen Mund. Als sich ihre Zungen trafen, hätte sie vor lauter bittersüßer Wonne, dass es sich immer noch so gut anfühlte, schon wieder weinen können. Paula zog die Handschuhe aus und nahm sein Gesicht in beide Hände, ohne den Kuss zu unterbrechen. Bloß nicht von ihm lösen. Nicht lösen.

Gott sei Dank zog er sie in die Arme, hielt sie und wiegte sie beide langsam hin und her, als müsste er sich beruhigen, oder Paula. Gefühlt vergingen Stunden. Paulas Zeitempfinden hatte sich in den letzten Tagen aufgelöst. Mal glaubte sie, es wäre erst eine Stunde vergangen, dabei waren es vier. Dann dachte sie, sie hätte mindesten zwei Stunden gelesen, aber es waren erst dreißig Minuten vergangen. Verloren zwischen Raum und Zeit, dachte Paula. Es könnte schlechter sein. Als sie wieder zu sich kam und die Augen öffnete, erschien ihr das Grelle der Wintersonne fast übernatürlich. Inzwischen stand die Sonne tief und tunkte den Garten in ein gleißend helles Licht. Paula träumte sich in eine parallele Raum-Zeit-Achse, denn genauso stellte sie sich die Stimmung nach dem letzten Höhepunkt im Leben vor, dem Tod: Eine tiefstehende Sonne, die einen in ihr Licht lockt. Friedvoll und im Einklang mit allem, was ist und jemals war.

Nach dem nächsten irdischen Atemzug beamte sie sich zurück in den Garten.

»Schau mal, Omas Rosenbogen steht da immer noch, auch die Mauer, die Opa gegen den Westwind gebaut hat.« Hauke schaute ebenfalls, als wäre er aus einer fremden Galaxie zurückgekehrt. Behutsam legte er den Arm um sie und wie ein altes, gutes Ehepaar lehnten sie sich gemeinsam zurück. Tauchten ein in ihre Seifenblase, die momentan aus den Erinnerungen ihrer Kindheitstage, dem Wetter und Nordfriesland im Allgemeinen bestand.

»Westwind«, begann er. »Nie wieder habe ich so viele Sätze über den Wind, seine Stärke oder sein Rauschen gehört wie in Nordfriesland. Ich vermisse diese Sätze, die Sturmfluten im Winter, die Springfluten, die langen hellen Abende im Sommer, das Eintauchen in das Meer bei Flut, den Geruch des Wattenmeeres und die weiten Felder mit Kühen und Schafen, die Salzwiesen ...« Erschrocken beugte er sich vor, schaute sie an. »Ich könnte ewig so weitermachen. Langweile ich dich?« Paula hoffte, dass ihre Augen Antwort genug waren, denn sie verstand genau, was er meinte. »*Büsschn Wind*, wie Oma Paula immer sagte oder der Lieblingsspruch deines Vaters: Gegenwind formt den Charakter!« Hauke grinste bei der Erinnerung. »Und vergiss nicht die Tage ohne Wind«, ergänzte er. »Wenn ganz Simonskoog auf die kleinen Windmühlen in den Gärten zeigte und die Sätze immer gleich anfingen: So windstill heute.« Sie lachte und warf den Kopf nach hinten. Die Mütze, die niemand mochte, verrutschte und Paula fühlte ihren Übermut und die Riesenpackung Lust auf das Leben, die nach wie vor in ihrer steckten. Vaters Tod hatte sie viel zu früh erwachsen werden lassen.

Doch was wird jetzt? Aus ihr, aus ihm? Mit der einen Hand angelte sie nach der Mütze, mit der anderen stützte sie sich bei Hauke ab.

»Und du, Hauke? Was ist dein Plan? Bleibst du?« Paula hielt die Luft an. Wie die Pest mieden sie die Themen, die zu viel mit ihren aktuellen Lebensplänen zu tun hatten. Und? Liebst du gerade jemanden? Wie geht's dir wirklich? Was ist dein Plan? Sprich mit mir!, setzte sie ihr Selbstgespräch fort. Als er ewig nicht antwortete, machte sie sich auf alles Mögliche gefasst. Dass er nächste Woche wieder in die Welt ziehen würde, dass ein Mann oder eine Frau, oder mehrere Menschen, die er liebte, in Kürze hier aufschlagen würden.

Doch schließlich nickte er und schaute ihr fest in die Augen. »Ich bleibe. Erst mal für ein halbes Jahr. Vielleicht länger. Vielleicht für immer.« Erleichtert atmete sie aus. Ein halbes Jahr klang wie ein halbes Leben.

21

Nach Christians Beerdigung verschwand das Dorf noch tiefer in der Winterstille als üblich. Die Menschen trauerten, die letzte Woche im alten Jahr zeigte sich nasskalt und stürmisch. Es gab mehrere Sturmwarnungen und eine meterhohe Springflut, die das Wasser ins Land drückte. Paula hielt sich daher viel in ihrer Wohnung oder bei Hauke auf. Die Tage waren kurz und die Dunkelheit begann nach wie vor am frühen Nachmittag, auch wenn die Wintersonnenwende bereits hinter ihnen lag. Paula überprüfte jeden Tag die Uhrzeit von Sonnenaufgang und Sonnenuntergang. Sie wollte sichergehen, dass die Tage allmählich wieder länger wurden.

Auch der Jahreswechsel war in Simonskoog schon immer zum Einschlafen gewesen. Paula erinnerte sich an die wenigen Male, als sie Hauke besucht hatte und froh war, dass es wenigstens private Partys in den umliegenden großen Scheunen gab. Aber dieses Jahr war Paula gegen 22 Uhr so müde und Mitternacht so weit weg, dass sie mit dem Kopf auf Haukes Schoß fast einschlief.

»Lass uns das Jahr einfach beenden«, schlug Hauke vor, der ebenfalls mit dem Schlaf kämpfte. Er schob sich eine Handvoll Erdnüsse in den Mund und kaute. Zweiunddreißig Mal. Paula beobachtete sein mahlendes Kinn von unten. Dann beugte er sich vor, nahm einen letzten Schluck vom Rotwein und lehnte sich wieder zurück.

Sie hatten es sich auf der großen Wohnzimmercouch bequem gemacht, Wilma war längst in ihrem Schlafzimmer verschwunden. »Bleibst du hier?«, fragte er und machte mit einer knappen Kopfbewegung nach oben klar, dass es nur sein altes Kinderzimmer zum Übernachten gab.

Paula rappelte sich auf und rieb sich die Augen. Sie wollte noch nicht schlafen gehen. »Lass mich vorher deinen Wunsch für das neue Jahr hören. Gibt es einen?« Hauke musste nicht lange überlegen. »Dass sich mein Leben wieder sortiert und ...« Er suchte ihren Blick. Legte eine Hand an ihre Wange. »Und ..., dass du wieder ein Teil davon bist.«

Er küsste sie ohne Vorwarnung. Nach dem Kuss auf der Gartenbank gab es zwar viele Gelegenheiten, doch beide waren zögerlich. Fast scheu. Sie hielten sich ständig an den Händen, lehnten sich aneinander und berührten sich wie selbstverständlich. Doch es gab keinen weiteren Kuss. In ihrem Innersten öffneten sich alle Türen. Und falls er sie gleich fragen würde, hatte sie ihre Neujahrswünsche parat. Doch sie kamen nicht mehr zum Reden. Fasziniert voneinander fanden sich ihre Lippen immer wieder auf ein Neues. Atemlos fragte er ein zweites Mal, ob sie bei ihm übernachten wollte und Paula rang mit sich. Seine Stimme war kratzig, sexy. Dazu roch und schmeckte er so verdammt gut. Warum eigentlich nicht?, fragte sie sich. Noch immer raubte er ihr den letzten Verstand. Seine Hände auf ihrem Körper schafften, dass sie alles vergaß. Paula zögerte den letzten Kuss hinaus. »Hab ich dir schon einen Abschiedskuss gegeben?«, fragte sie mit dem schönsten Augenaufschlag, den sie draufhatte. Sie hoffte, dass es sexy und nicht peinlich wirkte. »Nein. Was für ein Abschiedskuss? Wir brauchen keinen Abschiedskuss.« Er stutzte und küsste sie. Paula lachte.

»Ich meine, ein Abschiedskuss von diesem alten Jahr. Komm schon. Lass es uns küssend beenden.« Sie setzte sich auf seinen Schoß, die Beine in seinem Rücken gekreuzt.

»Oha«, stöhnte er kurz auf. »Dann müssen wir es auch küssend beginnen, wenn es im neuen Jahr so bleiben soll.«

»Raffiniert, raffiniert. Hauke Hinrichsen.«

Er grinste und ließ sich auf das Spiel ein. »Und ich?« Er schaute in die Luft und imitierte mit der Hand an der Stirn das Nachdenken. »Hab ich dir eigentlich schon einen Abschiedskuss gegeben?« Paula schüttelte vehement den Kopf. »Zeit wird's.«

Nach einer Verschnaufpause kletterte Paula wieder von seinem Schoß. Sie spürte einen pochenden Schmerz in ihrem Nacken. Heute Nacht würde sie wohl wieder mit der Halskrause schlafen müssen. Allein.

»Nicht heute, Hauke. Nicht jetzt, mit deiner trauernden Mama im Haus. Das passt alles nicht. Außerdem habe ich noch eine Verabredung mit Mister Jimmy, Madame Shanti und morgen früh zehn hungrigen Hühnern.« Hauke lachte. »Haben die auch alle Namen?«

»Wenn ich sie noch eine Weile füttere, dann schon.«

Paula taumelte beim Aufstehen. »Ich bring dich. Komm schon!«, widersprach Hauke ihrem unausgesprochenen Widerstand. »Wenigstens das.«

Als sie später eingekuschelt im Bett lag, Jimmy eingerollt zu ihren Füßen und Shanti auf dem Korbstuhl neben dem Bett, kramte sie ihre Neujahrsvorsätze noch einmal heraus. Hauke hatte nicht mehr danach gefragt, wahrscheinlich war er zu abgelenkt gewesen. Sie schloss die Augen und sagte die Sätze laut in die Dunkelheit des Zimmers. Die Katzen waren ihre Zeugen:

Ich werde viel mehr tanzen.
Ich werde den Reisebürojob komplett kündigen.
Ich beginne meinen ersten Roman.
Gustav und Jette werden ausziehen.
Ich werde ab April die Wohnung für mich haben.
Ich ...

Paula könnte ewig so weitermachen. Sie hatte noch so viele Wünsche. Zufrieden beendete sie das alte Jahr.

Den Neujahrsmorgen begann sie wie üblich mit der Fütterung der Tiere, einem Frühstück ganz in Ruhe und dem Wunsch, das neue Jahr doch küssend zu beginnen. Sie schrieb Hauke nur die eine Frage: *»Küssen?«*

Nur wenige Minuten später klingelte er und sie verbrachten den ersten halben Tag im neuen Jahr zusammen. Hauke wurde unruhig, wenn er seine Mutter zu lange allein ließ und Paula hatte das Gefühl, das ganze Dorf schaute ihnen bei ihren Verabredungen zu.

Sie entschieden, mehr zu unternehmen und so besuchten sie in den letzten beiden Wochen die menschenlosen Strände von Amrum, Sylt und Sankt Peter Ording. Sie spazierten auf den Deichen der Umgebung, besuchten das Kino in Husum und erfreuten sich an der altmodischen Art, den roten Knopf zu drücken, um eine Bestellung aufzugeben. »Wie früher«, flüsterte Paula im Dunkeln. Und ja, alles fühlte sich wie früher an.

Ihren letzten Tag in Simonskoog verbrachte Paula allein. Sie hatte sich schon am Abend von Wilma und Hauke verabschiedet. »Kommst du wieder?«, fragte er unsicher. »Oder soll ich dich in Berlin besuchen?« Paula überlegte. Sie hatte bisher nur an die vier Wochen gedacht. Weiter ging ihr Plan nicht. »Wir sehen uns wieder, aber jetzt muss ich erst mal zurück. Lass uns telefonieren, ja?« Ein letztes Mal lagen sie sich in den Armen.

Wehmütig räumte Paula das Zimmer auf, putzte das kleine Apartment und zog die Bettwäsche ab. Die beiden Katzen beobachteten sie aus sicherer Entfernung und rieben später ihre Köpfe an ihrem Bein. Paula freute sich über die katzentypische Geste der Zuneigung. Hedi und Klaus Thomsen bedankten sich überschwänglich bei Paula. »Komm wieder, mien Deern. Wann immer du willst.« Als sie abfahrtbereit in ihrem alten Golf saß, drückte ein schwerer Stein auf ihre Brust. Ohne sich umzuschauen, fuhr sie los und entschied: Ich werde Hauke von Gustav erzählen und alle Konsequenzen tragen.

22

Über die mehrspurige Stadtautobahn schlängelte sich Paula vom Norden kommend nach Berlin Mitte. Wie so oft auf diesem Streckenabschnitt fuhr sie wie eine Anfängerin, saß aufrecht und dicht hinter der Frontscheibe, beide Hände um das Lenkrad gelegt. Sie fürchtete, den Spurenwechsel zu vermasseln, die Ausfahrt zu verpassen und überhaupt alle anderen Autofahrer mit ihrer Langsamkeit zu nerven. Die Reparatur des Autos hatte knapp 1800 Euro gekostet und ging von ihrem Notgroschenkonto ab. Als sie wieder klarer denken konnte, fiel ihr ein, dass sie das Geld von der Versicherung zurückbekommen würde. Dennoch, sie musste es zunächst vorstrecken. Paula achtete darauf, dass ihr Notgroschenkonto immer mit 5000 Euro gefüllt blieb. Zu gut erinnerte sie sich an das ewig fehlende Geld, nachdem sie mit ihrer Mutter nach Berlin gezogen war. Der Satz, der sie viele Jahre begleitet hatte, summte immer noch in ihrem Ohr: Paulaschatz, das können wir uns nicht leisten. Dicht gefolgt von: Denk dran, eine wie wir muss Bestleistung bringen.

Eine wie wir? Bis heute überlegte Paula, was diese drei Wörter in ihrer Abfälligkeit bedeuten könnten. Kurz wanderten ihre Gedanken zu ihrer Mutter, die Wort gehalten und mit Wilma telefoniert hatte. Sie hatte sich einen Flug nach Hamburg gebucht, um Wilma bei der Trauer um ihren Mann beizustehen. »Ich muss endlich mal zurück an diesen Ort«, hatte sie Paula erklärt. »Und mich den alten Dämonen stellen.«

»Welchen Dämonen?«, fragte Paula neugierig. Sie hatte keine Ahnung, dass ihre Mutter von irgendwelchen Geistern heimgesucht wurde.

»Das erzähle ich dir alles in Ruhe. Zeit wird's. Ich bleibe eine Woche bei Wilma und dann fliege ich zurück nach Teneriffa. Wie geplant, kommen wir dann im März zurück nach Deutschland.« Paula fühlte, wie richtig es war, dass ihre Mutter Simonskoog und Wilma besuchte, ohne dass sie es näher analysieren konnte. Es war einfach stimmig. Und als würde sich dadurch auch etwas in ihr lösen, fühlte sie das Verschwinden einer Last, von der sie gar nicht wusste, dass sie sie getragen hatte.

Natürlich fand Paula keinen Parkplatz direkt vor ihrem Wohnhaus, doch sie probierte es jedes Mal wieder. Von zehn Versuchen klappten in der Regel fünf, immerhin. Doch heute fuhr sie schon die dritte Runde und gab schließlich auf. Parkte das Auto fast einen Kilometer weit weg und würde ihre schwere Tasche die ganze Strecke schleppen müssen.

Vor der Abfahrt hatte sie den Kindern eine Nachricht in der Familiengruppe mit ihrer genauen Ankunftszeit geschrieben, um eventuellen Überraschungen vorzubeugen. Paula hoffte auf ein gemeinsames Abendessen, um alle Neuigkeiten zu erfahren. Zusätzlich bat sie beide, die Wohnungstür nicht von innen abzuschließen, und schickte zwei Zwinkeremoji hinterher. Sie freute sich auf ihre Kinder, das hatte es wahrlich schon länger nicht mehr gegeben. Viel zu sehr hatten sie in den letzten Jahren aufeinandergehockt. Paula fühlte sich gut. Erholt und tiefenentspannt, auch wenn der Verkehr und die Parkplatzsuche in der Stadt bereits wieder an ihrem aufpolierten Nervenkostüm gekratzt hatten. Die Begegnung mit Hauke war zwar verwirrend, aber selbst das hatte sich wie eine Frischzellenkur auf ihren Körper ausgewirkt.

RUF MICH AN! So lautete Friederikes Nachricht, gefühlt die zwanzigste seit gestern. Paula hob gerade die schwere Tasche aus dem Kofferraum. Am liebsten würde sie schreiben: Schrei mich nicht so an! *HEUTE ABEND!*, schrieb sie stattdessen in Großbuchstaben zurück. Nein! Sie haute sich die flache Hand an die Stirn. Mist, heute Abend würde sie doch mit den Kindern essen. Das ewige Hin- und Herschreiben nervte, kurzerhand rief sie Friederike an. Endloses Klingeln, also eine Sprachnachricht:

Friederike, Liebe. Nimmt das jetzt auf? Ich glaube schon. Also, erst mal: Ereifere dich nicht so, denk an dein Herz. Wollen wir uns nicht-

Also irgendwie bin ich abgerutscht. Warte. Nochmal. Wollen wir uns nicht lieber am Wochenende vis-a-vis treffen? Heute will ich mit den Kindern zusammen essen, das hatte ich vorhin vergessen. Ähh.

Irgendwie ist mein Finger zu dick für das kleine Symbol. Plötzlich hört es einfach auf ... also aufzunehmen. Na gut. Entweder telefonieren wir heute spät oder treffen uns morgen Abend? Sag was! Ciao Bella.

Ähh, du hast jetzt drei Nachrichten von mir. Oder vier?

Paula kicherte. Sprachnachrichten waren für sie immer noch eine Herausforderung wie für Abc-Schützen das Alphabet. Völlig durchgefroren bog sie endlich in ihre Straße ein. Es war ein wuseliger Freitagnachmittag, mitten im Januar. Die Menschen erledigten mit hochgezogenen Schultern und eingezogenen Köpfen ihre Besorgungen für das Wochenende. Hoffentlich waren Gustav oder Jette einkaufen gewesen. Die Überlegung, sicherheitshalber schnell noch etwas mitzunehmen, verwarf sie wieder. Nicht mit dieser Betontasche.

»Ich bin zurück«, rief sie in die Wohnung. »Jemand da?« Paula streifte ihre Wintersachen ab, zog die Schuhe aus und schlüpfte in die warmen Filzhausschuhe. Die Tasche brachte sie in ihr Zimmer und sah sofort die neue Decke. »Unsere verloren geglaubte Mutter ist zurück.« Gustav. Sie drehte sich zu ihm und als sie ihm in die Augen schaute, bemerkte sie seine aufrichtige Freude, sie wiederzusehen. Sie konnte nur hoffen, dass ihr das schlechte Gewissen nicht im Gesicht geschrieben stand. Sie hatte seinen leiblichen Vater getroffen. Weder der eine, noch der andere wussten voneinander. Für Gustav war Thomas von Geburt an sein Vater, eigentlich schon während der Schwangerschaft und das war gut so.

»Du siehst gut aus. Was hast du denn die ganze Zeit gemacht?«, fragte ihr Sohn und folgte ihr in die Küche. »Hast du Hunger? Ich bin heute dran mit kochen und ich mache meine berühmten Nudeln mit Gemüsesoße und ganz viel Parmesan.«

»Wow. Dann leg mal los. Ich habe wirklich Hunger. Kommt Jette auch?«

»Ja, bisschen später. Sie hatte Streit mit ihrem Antonio Banderas. Wenn du mich fragst, geht das nicht mehr lange.« Paula seufzte und hoffte, dass Jette ihr davon erzählen würde.

»Und du, mein Goldsohn. Hast du eine Wohnung gefunden?«

»Nein, Maman. Ich bleibe weiter bei dir.« Frech grinste er sie an. »Aber, stell dir vor. Heute kam in der Werkstatt ein sehr alter Mann vorbei, der mich fragte, ob ich seinen Oldtimer reparieren kann. Einen Buick Reviera Spezial Coupé, Baujahr 1957. Freddy und ich haben sofort zugesagt. Das wäre ein Traum, wenn sich herumsprechen würde, dass wir das können. Reparieren, lackieren oder später damit handeln, zu Oldtimertreffen fahren und ...-«

Geschickt hatte der Bursche das Thema gewechselt. Paula hätte im Traum nicht daran gedacht, dass in Gustav so ein Feuer loderte.

Nach seinem Abitur war er sofort in der Werkstatt seines besten Freundes Freddy eingestiegen. Hatte das Büro digitalisiert, alles auf Vordermann gebracht und schraubte nun selbst an den Autos. Da die Werkstatt in Zehlendorf lag und Freddy auch dort wohnte, hatte sie Gustavs Kumpel vor gut einem Jahr nur einmal kurz gesehen. Er hatte dem mütterlichen Scan standgehalten und als sie Gustav geschickt nach ihm ausfragte, verweigerte er die Antwort. »Ich lad Freddy ein. Frag ihn das alles selbst. Ob er mal Kinder will? Weiß ich doch nicht. Wusstest du das früher sofort?«

Ja, dachte sie. Ich wollte Kinder, schon immer, da gab es nie den geringsten Zweifel.

Jette kam nach Hause. Paula sah sofort das Bedrückte in ihrem Gesicht und den angespannten Körper. Auch die Unruhe in den Augen sprach Bände. Also: Streit mit Pablo. Am liebsten hätte Paula ihre Tochter einfach in die Arme gezogen und ihr zugeflüstert, dass alles gut werden würde. Irgendwann wäre alles gut. Da das Umarmen im echten Leben nicht so einfach war, tat sie es in ihrer Vorstellung und hoffte, dass Jette es spüren würde.

»Wo sind eigentlich unsere großen Teller?« Paula hatte schon die ganze Zeit den Eindruck, dass einiges an Geschirr fehlte.

»Hab ich Freddy geborgt. Ich hoffe, er geht sorgsam damit um.« Betreten schaute Gustav auf die Tischplatte. Er konnte noch nie gut lügen. Nun hatte Paula noch mehr das Gefühl, dass hier etwas im Busch war.

»Und wo sind sie wirklich?« Paula registrierte den Blick zwischen den Geschwistern. »Also gut«, fing ihre Tochter an. »Du wirst es eh erfahren. Meine Geburtstagsparty ist völlig eskaliert.« Jette erzählte alles und Paula kam mit dem Staunen nicht hinterher. »Ach du scheiße. Und? Gab es ein Bußgeld?« Gustav nickte. »Wir drei bezahlen das. Also Pablo auch. Insgesamt 1600 Euro und ...« Gustav schaute zu Jette, wartete auf ihr Nicken. »Eine Abmahnung vom Vermieter gab es auch.« Paulas Erregungspegel schlug weit aus.

»Seid ihr völlig bescheuert? Da nehme ich mir einmal in den letzten dreiundzwanzig Jahren vier Wochen Pause nur für mich und ihr dreht hier komplett frei? Bußgeld, Polizei, die Nachbarn und eine Abmahnung! Was heißt das? Wo ist der Brief? Dürfen wir jetzt nicht mehr Piep sagen und verlieren sofort die Wohnung? Gibt es drei Abmahnungen und dann einen Verweis? Oder was?« Paula gingen die Argumente aus. Sie könnte auf der Stelle explodieren und wünschte sich zurück in die nordfriesische Ruhe. Manchmal war es eben besser, nicht alles mitzubekommen. Doch jetzt war sie wieder zurück in Berlin, wohnte wieder mit den Kindern zusammen und bekam jeden Pups von ihnen mit. Sie wollte das nicht mehr.

23

Peinlich berührt reichte Jette ihrer Mutter den Brief, den sie eigentlich unterschlagen wollte. Es war so klar, dass sie sofort ausflippen würde. Selbst Jette wusste, dass man nicht so schnell aus einer Mietwohnung fliegen konnte. »Wir regeln das alleine, du brauchst dich da nicht reinhängen.« Sie gab alles, um ihre Mutter zu beruhigen. »Wir zahlen das Bußgeld und haben dem Verwalter längst eine Mail geschrieben, dass es uns leidtut, dass es nicht wieder vorkommt, und dass du nichts damit zu tun hast.« Ihre Mutter fummelte mit fahrigen Fingern nach der Lesebrille. »Auf dem Kopf, Mom.« Jette hatte sich zum Jahreswechsel auf Teneriffa vorgenommen, die Welt gelassener zu sehen und nicht immer so schnell auszuflippen. In der ihr möglichen Ruhe wartete sie ab, bis ihre Mutter den Brief gelesen hatte. Das Thema war für sie längst abgehakt, das Bußgeld konnten sie sogar durch vier teilen, weil auch Großmutter Marianne einen Teil übernommen hatte. Sie wollte, dass Pablos und Jettes Reise wegen der finanziellen Engpässe nicht gefährdet wurde. Also blieb für jeden nur eine Summe von vierhundert Euro. Sie würde Gustav ewig dankbar sein, dass er die Toilette geputzt hatte. Nur Pablo hatte sich lange geweigert, seinen Part zu übernehmen. Er meinte, dass er gerade nichts übrig hätte. Keinen müden Cent. »Ich auch nicht!«, erwiderte Jette messerscharf. »Dann fahr öfter Taxi, oder such dir noch einen zweiten Job. Dein Anteil ist dein Anteil.«

Ich habe ganz andere Sorgen, dachte Jette. Luna hatte ihr gesteckt, dass sie Pablo mit einer anderen Frau am Arm gesehen hatte. Er hätte schick ausgesehen, in einem Anzug und polierten Schuhen. Die sonst wilden Haare waren zurückgekämmt und mit Gel fixiert gewesen. Jette fragte Luna Löcher in den Bauch, was sie mit dem Ausdruck ›am Arm‹ gemeint hätte. »Na eingehenkelt, ein bissen wie früher. Sie, also die Frau, hatte sich bei ihm eingehängt.«

»Zeig es mir!«, forderte sie ihre Freundin auf. Luna stellte sich neben Jette und hängte sich in ihren Arm. Doch auch das beruhigte Jette nicht. »Was meinst du mit Frau? Ein junges Mädchen oder eine ältere Frau?«

Luna verdrehte die Augen. »Kein Mädchen, eher eine Frau. Älter als wir. Sie sah leider auch echt gut aus, wie eine Filmschauspielerin. Sorry, Jette. Ich habe lange überlegt, ob ich es für mich behalten soll oder nicht. Aber ich finde, du solltest es wissen.«

Seitdem beobachtete Jette ihren Freund mit Argusaugen. Entgegen ihrem eigentlichen Naturell, sofort alles, was sie störte, in die Welt zu schreien, behielt sie die neuen Informationen für sich. Sie belauerte Pablo, testete ihn und war sich sicher, dass er sie belog. Doch lange würde sie es nicht mehr aushalten und ihn direkt fragen müssen. Neue Gelassenheit hin oder her.

»Nun gut«, hörte sie ihre Mutter wieder mit normaler Stimme sprechen. »Ich war ja auch mal jung und ich muss gestehen, dass ihr das alles gut geregelt habt. Wirklich.« Sie schob ihre Brille wieder auf den Kopf. Jette registrierte die verschmierten Gläser und fragte sich, wie sie mit der Dreckbrille überhaupt lesen konnte. Doch das war nun auch egal. Jette atmete hörbar aus, Gustav lehnte sich zurück. Wenn sie an ihren Bruder dachte, konnte sie nur den Kopf schütteln und grinsen. Sie hatten die Erklärung mit den ausgeborgten Tellern so oft geübt, doch ihr Bruder konnte einfach nur die Wahrheit sagen. Nichts als die Wahrheit. Bei ihm wusste man immer, woran man war. Dafür liebte sie ihn.

»Und danke für die neue Decke auf meinem Sofa. Ich vermute, mit der alten stimmte etwas nicht und ehrlich gesagt, roch sie ein bisschen zu sehr nach nassem Schaf.« Jette lehnte sich nun auch zurück und lächelte ihre Mutter an. »Jemand Kaffee?«, fragte sie in die Runde und erntete von allen ein entspanntes Nicken. Bevor ihre Mutter nach Pablo fragen würde, wechselte sie lieber das Thema.

»Oma Marianne hat ein bisschen von Nordfriesland erzählt und dass Hauke dein alter Kindergartenfreund gewesen ist. Du hast noch nie von ihm oder von der Zeit damals gesprochen.«

»Bisher hat niemand danach gefragt und erstaunlich, dass eure Großmutter davon erzählt hat. Normalerweise meidet sie alle Themen um Nordfriesland wie die Pest.«

»Warum eigentlich? Und hast du Fotos gemacht oder hast du welche von früher?« Gustav setzte Nudelwasser auf, rieb Parmesan und beugte sich währenddessen immer wieder über den Tisch, um sich irgendetwas in den Mund zu stopfen.

»Ich habe nur ein paar Fotos von dem alten Haus gemacht, dem Meer, dem Deich und dem endlos weiten Himmel. Nichts Besonderes.«

»Oma hat auch von dem Haus erzählt, lass doch mal sehen.« Jette schien es, als wolle ihre Mutter die Fotos nur widerwillig zeigen wollen. »Wow, sehr süß, ein altes Reetdachhaus. Wir waren nie dort. Vielleicht sollten wir da mal alle zusammen hinfahren. Auf den Spuren unserer Ahnen oder so.«

Als es klingelte, löste sich die kleine Runde auf und Jette war erst mal froh, dass die Sache mit der Party vom Tisch war.

Pablo. Jette begrüßte ihn an der Tür, doch sie konnte sich nicht verbiegen. Er zog sie für einen Kuss zu sich und sie drehte den Kopf so, dass er nur ihre Wange traf. Als ob nichts weiter wäre, befreite er sich von seinen Wintersachen und zog die dicken Socken über, die immer für ihn bereitlagen. »Ich hab mordsmäßigen Hunger und bin müde, morgen früh muss ich ausnahmsweise mal die Frühschicht übernehmen. Aber ich habe mich beeilt, um noch ein bisschen Zeit mit dir zu haben.« Prüfend studierte er ihr Gesicht. »Spuck's aus!« Jette konnte nicht mehr an sich halten. Entschlossen zog sie ihn am Ärmel in ihr Zimmer, schloss die Tür und feuerte ihre Frage ab wie ein Projektil. Das Ziel im Visier. Jetzt gab es kein Entkommen mehr.

»Triffst du dich mit einer anderen?« Pablo schwieg. Er schien kurz die Bedeutung seiner möglichen Antworten zu checken und entschied sich für ein knappes: »Sorry, das geht dich nichts an.«

»Was? Das geht mich sehr wohl etwas an«, gab sie scharf zurück. Er sprach ganz langsam, was die Sache noch unheimlicher machte.

»Ich bin für dich da, so wie immer. Ich liebe keine andere, falls dich das beruhigt. Alles andere ist meine Sache.« Jette verschlug es für einen Moment die Sprache. So kannte sie Pablo nicht. Bisher hatten sie sich alles erzählt, vertrauten einander. Er wirkte plötzlich so erwachsen ... und fremd. »Erzähl mir, was los ist. Erst dann bekommst du was zu essen.«

»Und wenn nicht?«

»Kannst du direkt wieder gehen.«

Auge in Auge standen sie sich gegenüber und Jette überlegte fieberhaft, ob das zu hart war. Zu absolut?

»Wir wissen beide, dass etwas nicht stimmt. Rede endlich mit mir. Bitte.« Sie versuchte es eine Spur milder. Jette verfolgte Pablos Ringen um Worte, sah, wie dunkle Wolken über sein Gesicht jagten, und dann sagte er den Satz, der den gemeinsamen Traum, auf den sie beide in den letzten Monaten hingearbeitet hatten, vernichtete. »Ich kann nicht mit dir nach Nicaragua fliegen.«

24

Paula hörte, wie Jette und Pablo erhitzt debattierten, vielleicht auch stritten, das konnte sie nicht genau feststellen. Vielleicht trennten sie sich gerade. So oder so, sie konnte nichts tun, musste die Verzweiflung ihrer Tochter aushalten und wünschte sich mehr denn je, dass sie nicht mehr so dicht mit ihren Kindern zusammenleben müsste. Es konnte nicht gut sein, alles hautnah mitzuerleben. Wenn Jette weinte, musste es schlimm sein.

Das Wochenende war vollgepackt. Sie telefonierte mit ihrer Mutter, die sie immer wieder nach Wilma ausfragte. »Und was genau hat Wilma gesagt?«

Paula hatte keine Ahnung, was sie noch antworten sollte. »Was willst du eigentlich wissen? Du klingst so, als hätte sie etwas Bestimmtes sagen oder fragen sollen?«

»Nein, nein. Ist schon gut. Ich bin nur neugierig und auch aufgeregt, weil ich sie ja bald wiedersehe.« Ihre Mutter änderte den Ton und hörte auf, sie wie ein nasses Handtuch auszuwringen.

»Wilma freut sich auf deinen Besuch.«

»Hat sie das gesagt?«

Paula rollte die Augen. »Hat sie.«

Sie redeten noch eine Weile über die Kinder. »Meinst du, Gustav ist schwul? Jette will keine Kinder, wusstest du das? Ich glaube, Pablo ist ihr hörig.« Und dann: »Wie geht‘s eigentlich dem armen Thommy? Wenn du nicht alleine alt werden willst, gib ihm eine zweite Chance. Oder wird das jetzt endlich was mit Hauke? Den hast du ja schon immer abgöttisch geliebt.«

»Mama, es reicht jetzt. Man muss nicht alles aussprechen, was man denkt.«

»Ich bin eine alte Frau. Ich darf das.« Paula lenkte den Fokus des Gesprächs auf Teneriffa, Ewald, die neuen Pläne, das Wetter und das Meer.

»Wunderbar. Kein Vergleich mit der ewig rauen Nordsee ...« Und Schwupps waren sie wieder in Nordfriesland. »Mama! Mama!« Ihre Mutter hatte schon immer das stoische Talent, einfach parallel weiterzureden, wenn sie glaubte, noch nicht alles gesagt zu haben. »Ich muss jetzt Schluss machen, denn ich will noch mit dem armen, armen Thommy telefonieren.« Paula nahm ihre Mutter auf den Arm, doch die merkte es nicht oder wollte es nicht merken. Für sie war Thomas einfach der perfekte Schwiegersohn. »Ja, Mama. Tschüss. Ja, bis bald.« Paulas Ohr fiepte im Dauerton.

Am Sonntagnachmittag ging sie zum ersten Mal im neuen Jahr wieder tanzen und ignorierte das Ohrenfiepen. Stur wie ein Ochse hörte sie den Ausspruch ihrer Mutter, wenn sie wütend auf Paula gewesen war, weil sie nicht machte, was sich gehörte. Doch Paula würde sich doch von ihrem Ohrenfiepen nicht die Lust auf das Tanzen nehmen lassen. Sie hatte sich Ohrstöpsel besorgt, die Geräusche filterten wie gute Kopfhörer. Sie brauchte es gar nicht laut, das Tanzen der anderen und ihre innere Musik reichten vollkommen, um sich ausgelassen zu bewegen.

Barfuß und halbnackt schwebte sie im Dunkeln über dem Boden, so eins mit sich, wie es ihr möglich war. Beim Tanzen fühlte Paula sich am wahrhaftigsten, am ehrlichsten und gestattete sich das absolute Glücksgefühl, sich selbst zu mögen.

Später machte sie es sich zu Hause auf dem Sofa gemütlich und entschied, die Probleme ihrer Tochter auszublenden. Bei Jette war es die beste Strategie abzuwarten, bis sie von allein kommen und erzählen würde. Paula rutschte in ihre nordfriesische Behaglichkeit. Sie schaltete den Fernseher ein, fummelte nach der Brille und schenkte sich ein Glas Wein ein. Doch die Filme, die sie anklickte, packten sie nicht, ihre Gedanken schweiften ab und sie dachte über spannende Plots nach. Vielleicht sollte sie selbst mal ein Drehbuch schreiben. Spannend, mit überraschenden Wendungen und einem guten Mix aus Tragik und Humor.

Genervt schaltete Paula den Fernseher aus, zur gleichen Zeit ging das Licht im Wohnzimmer gegenüber an. Manchmal schaute sie den Nachbarn beim Leben zu und sah das Paar beim Streiten, beim Essen, beim Sex. Beneidete sie um ihre Beziehung, die zumindest aus der Ferne sehr lebendig wirkte. Stellte sich vor, wie sie sich gegenseitig an die Dinge erinnerten, die erledigt werden mussten. Gehst du mit dem Hund? Denkst du daran, dass das Auto in die Werkstatt muss? Kochst du heute oder ich? Paula konnte die beiden sehen, wenn sie in der Küche, im Wohnzimmer und im Schlafzimmer waren. Also fast immer, nur das Bad und der Flur blieben ihrer Neugier verborgen. Im Sommer, wenn alle Fenster und die Balkontür offen standen, waren sie zusätzlich zu hören. Ihre Stimmen schwebten über den Innenhof wie Seifenblasen. Landeten hier und dort. Zerplatzten und nahmen neuen Anlauf, um in Paulas Ohren zu landen.

Am nächsten Morgen packte Paula ihr dickes Kalenderbuch, das sie fast wie ein Tagebuch nutzte, in ihre große Umhängetasche. 20.01.20., was für ein schönes Datum, dachte sie, nachdem sie ihre heutigen Termine geprüft hatte. Beschwingt, ein wenig irritiert, was das mit Hauke zu bedeuten hatte, aber dennoch erholt, nahm sie ihr altes Leben wieder auf.

Heute würde sie die liegengebliebenen Manuskripte sichten und sich erstmals nach vier Wochen Pause wieder einem Text widmen. Die Vorfreude kribbelte in ihren Fingern, denn sie liebte es, Texten den letzten Schliff zu geben. Sätze so zu verändern, dass sie einer eigenen Melodie folgten. Ganze Passagen so umzustellen, dass der rote Faden, der durch die Geschichte führte, regelrecht glühte. Zwar war das Halten des roten Fadens bei der Erotikliteratur eher leicht, doch es gab auch komplexere Manuskripte. In ihrem Mailfach hatte ihr Friederike eine Anfrage zum Lektorieren eines Familienromans weitergeleitet, den Auftrag hatte Paula direkt angenommen. Dieses Manuskript würde eine Herausforderung der anderen Art sein. Es gab mehrere Handlungsebenen, verschiedene Epochen und ein großes Tabu-Thema, was sich durch die Generationen der Roman-Familie zog. Innerlich krempelte sie schon die Ärmel hoch, spuckte in die Hände und freute sich darauf, loslegen zu dürfen. Sie konnte es auch kaum abwarten, endlich mit einem eigenen Romanprojekt zu starten. Vielleicht könnte sie darüber mit Thomas reden. Er war genauso vernarrt ins Schreiben wie sie und sie hätten dann ein neues gemeinsames Thema. Unverfänglicher als die Kinder oder ihre unvollendete Liebe, wie Thomas ihre Trennung nannte.

Am Abend saß sie mit Friederike in der Bar und erzählte ihr von Hauke und Nordfriesland. Ihre Freundin starrte sie einfach nur an. »Ehrlich, Paula. Jetzt mal *Butter bei die Fische*: Willst du ein Comeback mit ihm, oder nicht? Wie kann man es schaffen, in vier Wochen nicht ein einziges Wort über sich selbst zu reden und nur zu knutschen? Und dann noch der Unfall am Anfang! Ich bin doch deine Freundin, kein Wort von dir. Auch danach nicht. Und überhaupt, was macht dein Fiepen im Ohr?«

Friederike sprang in den Themen wie ein übermütiges Rehkitz im Frühling. Aufgedreht und unkoordiniert.

»Ich weiß doch auch nicht. Ich weiß gerade gar nichts.« Angestrengt überlegte Paula, ob sie es wagen sollte, Friederike in die ganze Wahrheit einzuweihen. Bisher gehörte die ganze Wahrheit nur zu Thomas und ihr. Wäre das ein Loyalitätsbruch Thomas gegenüber? War ihre stille Übereinkunft in Stein gemeißelt? Paulas Hirn verknotete sich.

»Paula, was ist?« Friederike wedelte mit der Hand vor ihren Augen.

»Warte. Ich überlege.« Sie schaute Friederike an. »Hast du eigentlich Geheimnisse in deinem Leben?« Friederike stutzte. »Ja, einige.«

»Solche, die nur dich betreffen oder auch andere Menschen?«

»Auch andere Menschen. Gibt es Geheimnisse, die keine anderen Menschen betreffen? Paula, ist das ein Test?« Irgendwie schon, dachte sie. Würde Friederike dichthalten? Würde sie mich verurteilen? Nein, bestimmt nicht.

»Ich möchte dir etwas erzählen, was ich seit Jahren allein mit mir herumschleppe. Naja, nicht ganz allein. Thomas trägt einen Teil davon mit. Doch jetzt, wo Hauke wieder aufgetaucht ist, ist alles kompliziert geworden.« Ein tiefer Seufzer entlud all den Kummer, den sie seit Ewigkeiten in sich trug. »Ich brauche gerade eine Freundin. Ich brauche dich, denn ich weiß nicht, was ich machen soll.« Friederike pfiff durch die Zähne. »Bin ganz Ohr.«

»Gut. Stell dir vor, du bist jung, total verliebt in deinen besten Freund und obwohl ihr seit Jahren nicht mehr am selben Ort wohnt, haltet ihr immer noch Kontakt. Ihr seid verrückt nacheinander, telefoniert jeden Tag und lebt von der Sehnsucht, euch bald wieder zu sehen. Sex gehört bei diesen Treffen genauso dazu wie das Träumen von der Zukunft. Du verstehst zwar nicht so ganz, wovon er träumt und hörst Sätze, die in deinen Ohren wie eine Fremdsprache klingen: Börse, Investment, finanzielle Freiheit, Amerika, Hongkong, Sydney. Aber auch die Liebe kommt vor in euren Träumen und da kannst du wieder mitreden, denn du liebst ihn ja und die Liebe ist das Verbindende. Liebe braucht Zeit, sagte deine Großmutter früher immer. Liebe ist nicht Verliebtheit. Liebe bedeutet, jemandem in die Augen zu schauen und Ruhe zu finden. Also gibst du ihm Zeit, denn du liebst ihn längst. Weil du die Ruhe spürst, von der deine Großmutter erzählt hat.«

Friederike hörte zu, ohne einen ihrer Witze zu machen, und als Paula zögerte, fragte sie leise: »Und wovon hat das junge Mädchen geträumt?«

Paula lächelte ihre Freundin an. »Das ist es ja, sie hatte keine großen Träume. Wenn überhaupt, dann träumte sie von der kleineren Variante des Glücks: einer Familie, einem Stück Land und finanzieller Sicherheit.« Paula dachte wieder an die Jahre des Mangels, die sie mit ihrer Mutter verbracht hatte.

»Und weiter?«, fragte Friederike. Paula tauchte seit langem das erste Mal in die Erinnerung ein. Holte sich den Sommer und die dazugehörigen Bilder vor Augen.

August 1995. Die Sommer-Geburtstagsparty von Paula und Hauke ist in vollem Gange. Seit Tagen flirrt die Luft vor Hitze, selbst im Norden hält sich das Hoch vorbildlich. Die Felder sind abgeerntet, die Geräusche der Mähdrescher, die Runde um Runde das Korn einholen, gehören im August genauso zum Leben der Dorfbewohner, wie das Rollen der Traktoren über die Dorpstreet, die Dorfstraße. Schafe und Kühe suchen wie die Menschen nach Schattenplätzen.

Auch in Haukes und Paulas Körper pulsiert die Sommerhitze. Eine Berührung des anderen reicht aus, um vollständig zu entflammen.

»Komm!« Haukes Mund an ihrem Ohr, seine sexy hingehauchte Verlockung raubt ihr den letzten Rest der Selbstbeherrschung. Hauke nimmt ihre Hand und sie landen, sich immer wieder küssend, in seinem Zimmer unter dem Dach, seinem Bett. Die Nachtluft ist schwül und seine Haut glüht regelrecht, als er sich auf sie legt. Sie haben schon unzählige Male miteinander geschlafen, ihre Körper sind vertraut und eingespielt. Eine Berührung zieht die nächste nach sich. Paula schließt die Augen, gibt sich ihm hin und genießt jeden Moment, jede Form ihrer Verschmelzung. »Schau mich an«, bittet er sie heiser. Das ist neu und Paula öffnet für einen Moment die Augen. Schließt sie gleich wieder und öffnet sie erneut. Die Intensität seines Blickes schickt ihr erst ein Kribbeln in den Bauch und gleich danach eine Gänsehaut über den ganzen Körper. »Bleib da«, hört sie seine kratzige Stimme. Er bewegt sich langsam in ihr, passt sich ihr immer wieder neu an und balanciert den gemeinsamen Rhythmus aus.

Hauke schaut sie die ganze Zeit an. Ewigkeiten. Bis Paula die Tränen kommen. Leise, unaufgeregt. Es ist das Intimste, was sie je erlebt hat. Näher kann man keinem anderen Menschen kommen. Die Tränen laufen und Paula weiß nun, was grenzenlos bedeutet. Nie hat sie sich weicher und durchlässiger gefühlt als in diesem Moment. Hingabe, Liebe und Vertrauen bilden den Grundton ihrer Begegnung.

Später bewegen sie sich schneller und sind immer noch mit den Augen, den Körpern und ihren Seelen verbunden. Paula fühlt sich kraftvoll und straff, sie drückt den Rücken durch, schiebt ihm ihr Becken entgegen und beide jagen sich, fest aneinandergekrallt, zu ihren Höhepunkten.

Eine Weile bleiben sie eng umschlungen und schwer atmend liegen. Sprachlos, weil alles gesagt wurde. Sprachlos, weil das Erlebte nicht mit Worten zu beschreiben ist. Hauke streichelt ihr Gesicht, küsst die Tränen weg und nimmt sie in den Arm. »Pauke.« Paula und Hauke, so nahe am Einssein wie nie zuvor.

Noch aufgewühlt von der intensiven Erfahrung schlendern sie Hand in Hand zurück in den Garten. Versorgen sich mit den Resten von Gegrilltem, gießen sich Wein und Bier nach und setzen sich dicht nebeneinander auf die freigewordene Hollywoodschaukel. Hauke legt den Arm um Paula, sie fühlt sich einerseits geborgen wie ein Vogeljunges unter dem Flügel seiner Mama und andererseits offenporig und verletzlich, dass ihr ein wenig angst und bange ist. Dennoch könnte sie ewig so sitzen: in Haukes Umarmung, mit dem leichten Schwingen der Schaukel. Vor, zurück. Vor, zurück. Alles ist gut. So, so gut.

Wenig später setzt sich Roy zu ihnen, auf die andere Seite von Hauke. Sie rücken noch näher zusammen, denn die Schaukel ist eigentlich nur für zwei Personen gedacht. Roy lacht vor allem mit Hauke, steht wieder auf, holt neue Getränke für alle drei und quetscht sich erneut neben Hauke. Die Stimmung ist ausgelassen, erotisiert und da einige ihrer Freunde nach dem Sommer irgendwohin in die Welt aufbrechen und die Dörfer rund um Husum verlassen werden, schwelt unterirdisch eine kollektive Aufbruchstimmung. Eine fiebrige Energie, frei flottierend und ansteckend.

Paula entdeckt ihre Freundin Ina, die verloren am Gartentisch mit den Getränken steht. Sie gibt Hauke zu verstehen, dass sie sich zu ihr gesellen wird. Auf der Schaukel ist es ihr zu eng geworden und auch der Umstand, dass Roy Hauke vollständig absorbiert, stört sie in ihrer Glückseligkeit.

Auf dem Weg zu Ina stolpert Paula über eine Wurzel und kann sich gerade noch abfangen. Wahrscheinlich sah sie eben zum Schreien komisch aus. Beim nächsten Schritt schmerzt ihr Fuß, sie humpelt leicht. Gott wie peinlich. Als sie sich noch einmal umdreht, um Hauke zu signalisieren, dass sie okay ist, stolpert ihr Herz. Erst die Füße, dann das Herz, kann sie noch kurz denken, bevor nichts mehr geht. Erschrocken hält sie die Luft an, tritt schnell in eine dunklere Ecke und beobachtet, wie Hauke und Roy sich anschauen, die Köpfe nah beieinander. Sieht, wie sie sich heimlich über die Hände streicheln. Nein! Das ist nicht wahr. Oder doch? Wenn sie das Gesicht eines anderen Menschen in- und auswendig kennt, dann war ist es Haukes Gesicht. Seinen Blick kurz vor dem Küssen, mit der ewig durchschimmernden Lust. Die Art, wie sich sein Mund verändert, weicher wird. Einladend.

Irritiert und befremdet von dem, was da passiert, kann sie einfach nur hinstarren. Alles in ihr verweigert den Dienst: Gedanken, die nichts ordnen können. Gefühle, die nichts fühlen wollen. Ein Körper, der einfach erstarrt.

Doch je länger Paula im Dunkeln steht, desto stärker regt sich ein dumpfer, drückender Schmerz in ihrer Brust. Zwar hat sie Haukes Wunsch nach freier Liebe gehört, aber doch nicht so! Genügt sie ihm nicht? Ein unbestimmtes Gefühl steigt hoch, was ihr mehr Angst einjagt, als irgendetwas anderes in ihrem jungen Leben. Etwas, das eben noch vollkommen und heilig war, zerbricht in Zeitlupe vor ihren Augen.

Hauke schaut sich rasch um, dann stehen beide kurz nacheinander auf. Sie verschwinden wie beiläufig um die andere Ecke des Hauses. Das Dröhnen der Bässe ist weiterhin zu hören, auch wenn Paulas Welt gerade zusammenbricht. Während die anderen tanzen, trinken, lachen und knutschen, folgt sie den beiden Jungs wie ein Magnet, der nichts anderes kann als anzuhaften. Sie ahnt, wohin Hauke gehen will und kann es nicht fassen. Weit hinten am Bach wachsen neben einer baufälligen Holzhütte mannshohe Brennnesseln. Kein Mensch würde sich dorthin verirren und niemand, außer Paula, weiß, dass Hauke dort eine große Stelle freigelegt hat. Sie geht zum Bach, wo sie mehr sehen kann. In der Hütte gibt es zwei alte Decken, die sie normalerweise auf den Boden legen, bevor sie sich lieben. Doch mit Roy läuft das Szenario anders ab. Kaum sind sie an der Stelle angekommen, fallen sie übereinander her. Keine Decke, nur ihre fallenden Klamotten. Sie küssen sich wie zwei hungrige Leoparden, ihre Körper biegen sich im Gegenlicht und Hauke steckt seinen erigierten Schwanz, der noch vor wenigen Augenblicken voller Lust und wie sie glaubte, voller Liebe, in ihr war, nun in Roys Körper.

Friederike legte ihre Hand auf Paulas. »Autsch, was für ein Akt des Verrats. Dein armes Herz.« Paula hatte die Geschichte bisher niemandem, nicht mal Jascha, auch nicht Thomas so ausführlich und bis ins Detail erzählt wie Friederike. Sie war heilfroh, dass Friederike ihre damalige Situation ernst nahm und fühlte sich um Tonnen leichter. »Ich hätte mir gewünscht, blind und taub zu sein. Doch diese Gnade war mir nicht gegönnt. Um mein Herz hat sich damals ein bleischwerer Mantel gelegt. Ich glaube, der liegt da immer noch. Nie wieder wollte ich mich so wund und verloren fühlen wie damals. Ja, es war demütigend. Blei schützt ganz gut.«

Sie schwiegen, nippten an ihren Getränken und Paula bemerkte die feuchten Augen ihrer Freundin. »Und dann?«, forderte Friederike sie mit ihrer rauchigen Stimme auf, weiterzureden.

»Eigentlich hatte ich ja, wie immer, wenn ich im Norden bei ihm war, im Haus seiner Eltern gewohnt, doch ich konnte in dieser Nacht nicht dorthin zurück. Zurück in sein Bett. Zurück in seine Arme. Das war mit einem Schlag vorbei. Also hatte ich so getan, als wäre ich völlig betrunken, steckte mir den Finger in den Hals, würgte und kotzte solange, bis ich mir selbst glaubte, sturzbetrunken zu sein. Beim Zurückgehen muss ich erneut mit der Hand irgendwo hängen geblieben sein. Es blutete stark aus meinem rechten Handgelenk und in meiner aufgelösten Stimmung fürchtete ich, zu verbluten. Mein hysterisches Geheule ängstigte Ina und sie zog mich zu sich nach Hause. Ihre Mutter verband gekonnt mein Handgelenk mit einem Druckverband und stellte zum Glück keine Fragen.« Paula strich sich mit leerem Blick über die Narbe und erzählte dann weiter. »Ich muss wohl ziemlich beharrlich betont haben, dass ich bei gerne bei ihnen übernachten wollte. Wenn sie sich darüber gewundert hatten, waren Ina und ihre Mutter sehr diskret.«

»Nicht so wie ich. Ich hätte dir Löcher in den Bauch gefragt: Wo ist Hauke? Wieso schläfst du nicht bei ihm? Was ist los?«

»Mir ging es so miserabel, du hättest mich wahrscheinlich auch einfach mitgenommen.«

Friederike überlegte kurz, nickte dann. »Wahrscheinlich.« Sie schaute auf Paulas Handgelenk und berührte die Stelle. »Daher die Narbe.«

»Hauke hat mich in der Nacht wohl gesucht und erfahren, dass ich sturzbesoffen bei Ina übernachtet habe. Am nächsten Morgen ging es mir immer noch schlecht, so richtig. Mir hat sich der Magen umgedreht und ich wollte nur noch nach

Hause. Nach Hause war Berlin. Ich sehnte mich nach meinem Bett und Jascha, dem die Wohnung gehörte.«

»So lange kennt ihr euch schon?«

Paula lächelte, als sie an Jascha dachte. Sie arbeiteten beide Hand in Hand im Reisebüro, um es zum Laufen zu bringen. Parallel fand sein langwieriges Coming-out statt. Paula war die ganze Zeit für ihn da. Stundenlang besprachen sie seine Hoffnungen und Ängste. Mit dem gleichen ungebrochenen Interesse, wie er anderen Menschen zuhörte, hörte Paula ihm zu. Eines Tages war es so weit. Jascha warf alle Bedenken über Bord, stand zu sich und seinem damaligen Freund. Er nahm in Kauf, dass seine Familie sich noch mehr von ihm abwandte. Dieses Mal endgültig.

»Ja, so lange. Wir beide kannten uns ja auch schon, aber es gab nie Überschneidungen mit Jascha. Jascha ist eine ganz andere Welt.«

»Er klingt sympathisch.«

»Das ist er.« Paula nickte, noch völlig in den Erinnerungen versunken. »Weißt du, ich war feige und bin mit einer Notlüge einfach abgehauen. Habe Hauke eine Nachricht dagelassen, dass ich dringend nach Berlin musste, dass es schön war und dass er sein Leben und alles, was jetzt kommen würde, genießen soll. Hochdramatisch habe ich meine Zeilen mit: »Ich gebe dich frei!« beendet. Ich hatte gerade Erich Fromm, Osho und Mascha Kaléko gelesen und alle schrieben, dass man das, was man liebt, freilassen sollte.«

Friederike runzelte die Stirn. »Okay, du warst jung und verletzt.«

»Verletzt?« Paula stütze das Kinn auf die Hände. Sie musste nur an diese Nacht denken, schon schoss ihr der Schmerz in die Lenden wie ein Peitschenhieb. »Ich hatte mein Innerstes nach außen gestülpt. Ich dachte, wir hätten etwas ganz Besonderes. Es war so unwürdig, so entehrend. «

Friederike schaute sie mitfühlend an. »Demütigend?«

»Ja. Demütigend.« Ewig hatte sie nach den passenden Begriffen für ihre Gefühle gesucht und sie war froh, dass Friederike die Geschichte nicht bagatellisierte. Im Gegenteil, dass sie mitfühlte. Schon allein dafür hatte es sich gelohnt, endlich zu reden. Dankbar schaute sie ihre Freundin an.

»Aber wie ging es weiter? Was war dann?« Paula erinnerte sich an die ersten schrecklichen Stunden allein in Berlin.

»Zwischen der Party und seinem Abflug lag nur ein einziger Tag. Also hat Hauke mich mit Anrufen bombardiert. Doch ich bin nicht rangegangen. Irgendwann hat Jascha den Hörer abgenommen, weil er das ewige Klingeln nicht mehr aushalten konnte. Er richtete mir aus, dass Hauke meine Entscheidung nicht akzeptieren würde.

Er würde mir jeden Tag Briefe, Faxe und Mails schreiben, bis ich wieder normal wäre. »Himmelherrgott«, schimpfte Jascha damals mit mir. »Nun rede endlich mit dem armen Jungen. Nur weil er fremdgevögelt hat, musst du nicht gleich eine schöne Liebe wegschmeißen.«

Paula seufzte, trank einen Schluck und wollte gar nicht so tief in der Kiste der Erinnerungen wühlen. »Kurz und gut. Jascha hatte nichts verstanden. Ich wartete auf Haukes Abflug aus Hamburg, natürlich kannte ich die Zeiten in- und auswendig, und als ich sicher war, dass er in der Luft war, wollte ich nicht mehr darüber reden. Nie mehr.

Hauke hielt Wort. Anfangs schickte er mir täglich Faxe ins Reisebüro, inzwischen war er in Sydney angekommen. Es war fast wie ein Tagebuch, was ich wieder und wieder las. Er schrieb einfach so, als wäre alles zwischen uns wie immer.

Später schrieb er Mails und erzählte mir von seinen Lebensentwürfen, der Vorstellung von Liebe, sexueller Treue und Untreue, offenen Beziehungen und seinem Wunsch, mehrere Menschen parallel lieben zu wollen, ohne jemandem etwas wegzunehmen. Er glühte regelrecht, doch mit jedem neuen Satz entfernte er sich weiter von mir. Das war nicht, was ich wollte. Überhaupt nicht. Mit keinem Wort erwähnte er ein Kind oder Familie. Seine fiebrigen Ideen überzeugten mich leider nicht, bestätigten mich eher in meinem Entschluss, ihn ziehen zu lassen.« Paula legte eine kurze Pause ein, es war spät geworden.

»Aber was ist jetzt das Geheimnis? Dass er polyamor lebt?« Paula schüttelte den Kopf.

»Knapp drei Monate später merkte ich, dass ich meine Tage schon wieder nicht bekommen hatte. Ich hatte es bisher auf den emotionalen Stress geschoben. Ich war dünn geworden, mir war oft übel und ich hatte keine gute Verbindung zu mir.«

»Du warst schwanger.« Friederike sprach es aus.

»Ich habe es ihm nie gesagt. Aber ...« Paula hielt kurz inne. »Dann gab es da den wartenden Thomas. Ein Mann, der vom ersten Tag unseres Treffens in mich verliebt war und darauf hoffte, dass ich mich ihm zuwenden würde. Du weißt das alles, da kannten wir drei uns schon. Aber wir beide waren noch nicht so eng wie jetzt.« Friederike nickte und schien in Gedanken den Film ihrer gemeinsamen Jahre zurückzuspulen. »Oh ja, du warst furchtbar dünn, fast durchsichtig. Aber wenn Thomas auftauchte, wirktest du ruhiger. Deine Augen blitzten kurz auf.«

»Er war meine Rettung. Mit der größtmöglichen Drehung, die ich damals schaffen konnte, wendete ich mich von Hauke ab und Thomas zu. Er konnte sein Glück nicht fassen, als ich mich ihm regelrecht in die Arme schmiss. Er wusste von Anfang an, dass ich schwanger war. Ihm erzählte ich, dass ich einen One-Night-Stand hatte und der Typ zurück in Amerika war. Ich habe nie einen Namen genannt. Thomas war damals wie ein junger Gott, mein Ja zu ihm schien ihn zu beflügeln. Er trug mich wirklich auf Händen und ich genoss dieses Bad aus Liebe, auch wenn ich damals nicht viel zurückgeben konnte. Bei ihm fühlte ich mich sicher. »Lass es unser Kind werden, von Anfang an«, sagte er eines Abends und wir entschieden gemeinsam, dass ich ihn als Vater angebe. Gustav denkt natürlich, dass er unser beider leiblicher Sohn ist.«

»Meine Fresse!« Friederike blieb der Mund offen stehen. »Oh, meine Fresse, Paula.« Mehr kam nicht aus ihr heraus und Paula redete weiter. Es tat immer noch gut, Friederike alles zu erzählen.

»Damals schien es mir, als hätte ich die beste Lösung gefunden. Thomas half mir, über Hauke hinwegzukommen und Gustav würde keinen bisexuellen Vater haben, der nie da wäre und die freie Liebe feierte.« Gedankenverloren nippten beide an ihren Getränken. »Tja, und Hauke war frei von jeglichen Verpflichtungen. Er wollte kein Kind.«

»Und jetzt taucht deine alte Liebe wieder auf, weiß von nichts und dein Bleigürtel ist verrutscht.«

Paula lachte. »Bleimantel, nicht Gürtel. Deine Zusammenfassung in allen Ehren, aber ich weiß nicht, ob ich jetzt allen alles sagen muss oder ob nicht einfach alles so bleiben kann, wie es seit Jahren ist?« Friederike zog ihre Stirn in Falten. »Grundsätzlich bin ich ja immer für die Wahrheit«.

»Ich eigentlich auch«, erwiderte Paula. »Aber, so einfach ist es dieses Mal nicht.«

25

»Danke, Jette.« Nikolaj schickte ihr eine Kusshand, denn heute war sie endlich einmal für ihn eingesprungen und er konnte später kommen. Vermutlich hatte er gestern Benny verlassen. Nikolaj sah zwar etwas mitgenommen aus, wirkte in seiner Melancholie allerdings unglaublich anziehend. Wenn Jette malen könnte, würde sie ihn porträtieren. Die üblichen Gäste hatten sich schon so platziert, dass sie Nikolaj ständig im Blick hatten. Doch gäbe es einen König der Ignoranz, wäre das Nikolaj. Todsicher. Er stolzierte durch das Café, als wäre es seine Bühne. Lächelte kurz hier, kurz dort, ohne einen seiner Verehrer zu bevorzugen. Jeder schien zu glauben, dass er gemeint war. Nur er. Als sie wieder nebeneinander hinter dem Tresen arbeiteten, fragte Jette ihn, ob er jemals verlassen worden war. Er hob den rechten Zeigefinger. »Genau ein Mal.«

»Dachte ich mir schon.«

»Das passiert mir nie wieder.«

»Aber da musst du ja immer auf der Hut sein, immer checken, ob dein Partner noch voll da ist, oder schon langsam aussteigt. Immer einen Zacken schneller, als der andere.«

»Ganz genau. Das bin ich auch. Bei der ersten Unverbindlichkeit, bei den ersten Anzeichen von Langeweile bin ich weg.«

»Das klingt saumäßig anstrengend.«

Nikolaj zuckte mit den Schultern. »Ich will mich nie mehr so fühlen wie damals, als - wie hieß er noch - plötzlich weg war und ich mich immer noch in unserer siebenjährigen Sicherheit wiegte wie ein Neugeborenes. Völlig naiv. Nichts im Leben ist sicher. Die Lektion habe ich gelernt.« Jette erinnerte sich, wie beschissen es Nikolaj damals gegangen war. Monatelang. Zeitweise hatte sie gedacht, dass er das ganze Drama nicht überleben würde. Hieß es nicht, dass man an gebrochenem Herzen sterben konnte?

»Ach Jette, Süße. Deine letzten Wochen hier, richtig? Du wirst mir fehlen.« Noch ein Luftkuss, nachdem er die Hände an seiner Schürze getrocknet hatte. Nikolaj klapperte mit den Tassen, stopfte den Geschirrspüler voll und stellte ihn an. »Ja, meine letzte Schicht wird Anfang März sein, ich übernehme noch so viele Dienste wie ich schaffe. Das Geld werde ich brauchen.«

»Und steht es nun endgültig fest, ohne deinen sweet Pablo? Wenn du nicht wärst«, seufzte er theatralisch. »Den würde ich mir angeln.« Immer wieder ärgerte Nikolaj sie damit und Jette konterte: »Hör auf, oder ich küsse dich.« Albern öffnete sie weit den Mund und streckte ihm die Zunge heraus. »Guck! Eine Frauenzunge in deinem Mund.« Nikolaj tat jedes Mal so, als würde er gleich würgen müssen. Frechheit!

»Ja, ohne Pablo, leider.«

Jette konnte nach wie vor nicht darüber sprechen. Sobald sie ansetzte, ausführlicher zu erzählen, wurde ihre Stimme wackelig wie Götterspeise. Die Verletzung, die sie tagtäglich tapfer unterdrückte, würde sich über ihre brüchige Stimme einen Weg nach draußen bahnen. Sie konnte es immer noch nicht glauben, er hatte einfach abgesagt.

Inzwischen waren seit Pablos Entscheidung, nicht mit ihr nach Nicaragua zu reisen, drei zermürbende Wochen vergangen. Jette hatte es weder ihrer Familie, noch ihren Freundinnen erzählen können. Nur Nikolaj wusste Bescheid. Sie redete sich ein, dass sie die Nachricht noch verdaute. Zerkleinert und geschluckt hatte sie sie schon, jetzt nur verdauen. »Und dann auskacken«, würde ihr pragmatischer Bruder sagen. »Und spülen nicht vergessen.« Jette grinste bei dem Gedanken an Gustav.

»Meine Tochter lächelt, so habe ich schon eine gefühlte Ewigkeit nicht mehr dein hübsches Gesicht gesehen.« Papa.

»Alles wie immer, Thommy?«, fragte sie ihn und hielt die Tasse hoch.

»Alles wie immer«, antwortete er. Sie bereitete ihm ein kleines Tablett mit Kaffee, Orangensaft und einem Stück Apfelkuchen inklusive Sahne vor und setzte sich zu ihrem Vater an den Tisch. »Guck nicht so, der Saft geht aufs Haus. Du musst auch mal ein paar Vitamine zu dir nehmen.«

»Danke, Mama Jette. Willst du nicht endlich erzählen, was dich bedrückt?« Ihr Vater hatte es eine ganze Woche geschafft, nicht mehr nachzufragen. Das rechnete sie ihm wirklich hoch an. »Na gut«, entschied sie aus dem Augenblick heraus. Sie hatte nicht viel Zeit, jeden Moment könnte sich das Café wieder füllen. Doch die ganze Pablo-Nicaragua-Sache zuerst bei ihrem Vater auszusprechen, fühlte sich nach einem geeigneten Übungsfeld an. »Also. Es ist so. Also ... Ich werde alleine nach Nicaragua reisen. Pablo ...« Sie schluckte. Ihr Vater stellte die Tasse, ohne etwas getrunken zu haben, zurück auf den Tisch. Er wartete geduldig, bis sie sich gesammelt hatte. »Pablo hat andere Pläne.« Sie konnte die Worte nur schnell und abgehackt herauspressen. Jeglicher Schmierstoff war ihr abhandengekommen. Bevor sie einen Rückzieher machen konnte, schickte sie die nächsten Worte hinterher. »Er will im Sommersemester anfangen zu studieren und kein weiteres Jahr vertrödeln.« Mit mir vertrödeln. Seit drei Wochen brütete Jette über Pablos abwertende Wortwahl. Wütend, gekränkt und verständnislos. Zusammen zu reisen war doch keine vertrödelte Lebenszeit. Durchatmen!, befahl sie sich im Stillen und ignorierte tapfer, dass sich die Tränen in ihren Augen sammelten. Wahrscheinlich hatte er doch eine neue Freundin in der Pipeline. Jedenfalls hatte er ihr nicht verraten, was er sonst noch so trieb. »Du musst mir vertrauen, Jette, sonst macht unsere Beziehung keinen Sinn.« Zugegeben, es schien ihm schwergefallen zu sein, ihr zu sagen, dass er nicht mit ihr reisen würde. Sie konnte sehen, wie er mit seinen Gefühlen kämpfte. Von wegen, Pablo würde keine eigenen Entscheidungen treffen. Ihre Mutter würde staunen, was für Entscheidungen er inzwischen völlig eigenständig treffen konnte. Pah!

»Habt ihr euch getrennt?« Jetzt, wo ihr Vater Bescheid wusste, konnte er seinen Kaffee weitertrinken. »Ich weiß es nicht. Wir treffen uns zwar wie sonst auch, aber irgendwie ist der Wurm drin. Wir sind beide angespannt. Angepisst.« Ihr Vater runzelte die Stirn.

»Vielleicht hat die Familie Geldprobleme und Pablo muss mitverdienen. Er hat noch drei kleine Geschwister, seine Mutter ist erst seit Kurzem mit ihrem Kosmetiksalon selbständig und der Vater ist Musiker. Nur ein Gedanke, der mir als Erstes durch den Kopf schießt. Er hatte sich genau wie du auf diese Reise gefreut und ich kann mir einfach nicht vorstellen, dass sich das plötzlich geändert hat. Da stimmt doch etwas nicht.«

»Vielleicht liebt er mich auch nicht mehr. Soll ja vorkommen.« Das abrupte Ende der Ehe ihrer Eltern vor fünf Jahren wirkte immer noch nach. Genauso fühlte es sich jetzt mit Pablo an. Aus dem Nichts heraus wendete er sich von ihr ab.

»Das glaube ich nicht. Er schaut dich an wie ein verliebter Gockel. Dafür habe ich einen Blick, denn genauso habe ich deine Mutter angeschaut.«

»Nicht Vergangenheit, Papa. Das ist jetzt noch so.« Jette konnte es sich nicht verkneifen, ihren Vater daran zu erinnern. »Aber wenn es um Geld gehen würde, warum redet er nicht mit mir darüber?«

»Vielleicht schämt er sich? Wer gibt schon gerne zu, dass er klamm ist.«

Was, wenn ihr Vater recht hatte? Sie kannte Pablos Stolz, über den sie beide häufig gestolpert waren, und erinnerte sich, wie oft er von seinem Taxigeld für die ganze Familie eingekauft hatte. Einmal hatte er einen Teil seines Geldes in einen Briefumschlag gesteckt und den Namen seiner kleinen Schwester draufgeschrieben. »Zuschuss für die Klassenfahrt«, erklärte er Jette knapp und sie fand es einfach nur süß. Ging es darum? Um Geld? Ihr fiel die Diskussion um seinen Anteil vom Bußgeld ein. Sein ewiges »Geld vergessen« auf Teneriffa. Eine neue Spur, dachte sie und war kurz erleichtert, dennoch wurde er mit einer anderen Frau gesehen. Dafür gab es keine neue Erklärung!

»Kein Date heute?« Jette hatte genug von sich geredet. Ihr Vater schüttelte den Kopf. »Mit den Frauen bin ich durch. Keine kommt an deine Mutter heran. Ich trage ab jetzt mein Schicksal des verlassenen Mannes, der unglücklich in seine eigene Frau verliebt ist, mit größtmöglicher Würde.« Er setzte sich kerzengerade hin und hielt affektiert die Tasse an die Lippen. Wenn das seine größtmögliche Würde war, na dann Prost Mahlzeit. Jette prustete los und umarmte ihren Vater spontan. Nikolaj blickte gequält zu ihr. Wie konnte man nur so viel Spaß haben?, schien sein Blick zu sagen.

26

Den ganzen Februar telefonierte Paula abends mit Hauke. Als ob sie den Schutz der Entfernung bräuchten, begannen sie über sich zu reden. Paula fühlte tausend Gefühle zur gleichen Zeit. Angefangen von der alten Liebe, dem unveränderten Sog zu ihm, der Bewunderung, wie konsequent er sich für seine Sehnsüchte eingesetzt hatte bis hin zu Ablehnung, Ekel und Wut.

Paulas Bettsofa war ausgezogen, die Bettwäsche lag obenauf. Eigentlich wollte sie vor dem Telefonat noch schnell duschen, doch sie hatte zu lange herumgetrödelt. Zum Glück trug sie bereits die bequeme bunte Schlabberhose, in der sie, laut Gustav, aussah wie Janis Joplin. Als es klingelte, schaffte sie es gerade noch, sich in die neue Wolldecke einzukuscheln. Die Kinder hatten darauf geachtet, dass es eine schwere, glatt gewebte Decke war. Sie konnte keine einzelnen Fäden mehr zusammenrollen, obwohl ihr bei den Telefonaten mit Hauke oft danach gelüstete, etwas zu kneten, zwischen zwei Fingern zu rollen und wieder glattzustreichen.

»Hi Paula, bereit für unseren Nachttalk?«, fing Hauke an.

»Bereit«, erwiderte sie und stopfte sich mit der freien Hand umständlich ein weiteres Kissen in den Rücken. Wenn sie ungünstig lag oder den Hals zu schnell drehte, schmerzte es hin und wieder. Über Fragen zu ihrem Alltag, zum Wetter, zu Wilma und den Kindern, wobei Paula darauf achtete, dass es eher um Jette und die bevorstehende Reise ging, fokussierten sie sich auf ihre Geschichte.

Heute reichte es Paula, um den heißen Brei zu reden, und in der Sicherheit ihres gemütlichen Zimmers traute sie sich einen Schritt weiter.

»Was ist eigentlich aus Roy geworden?«

Hauke holte tief Luft.

»Puh. Woher ... Du hast uns damals gesehen, stimmt's?«

»Ja.«

»Manchmal hatte ich mir das schon gedacht. Dann dachte ich wieder, dass es unmöglich sein konnte. Es waren höchstens zehn Minuten. Ach, Paula. Es war nur Lust, rein körperlich. Nur Sex. Wir haben seit damals nichts mehr voneinander gehört.« Paula schwieg, das Telefon fest im Griff. Nur Lust. Nur Sex. Nur zehn Minuten. Nur ... Es war quälend, das *Nur,* das *Nichts weiter* in seinen Aussagen zu billigen. Sein *nichts weiter* bedeutete ihre Trennung, ihr Abwenden von ihm. Glasklar hatte sie sehen müssen, was er mit freier Liebe meinte.

»Paula, nun red endlich! Frag was! Beschimpf mich! Mach irgendwas, aber bitte: nicht weiter schweigen. Du bestrafst mich seit mehr als zwanzig Jahren mit Schweigen und Ignoranz. Wann habe ich eigentlich genug dafür gebüßt?«

»Ich fürchte, das ist unverzeihbar. Wenn ich an diese Situation denke, schießt mir immer noch der Schmerz in die Glieder. Gerade zu dieser Zeit war ich dir so nahe, wie ich es nie wieder erlebt habe. In dieser Nacht war ich du. Ich dachte, ich hätte dich genauso gefühlt wie mich ... Ach, Mist! Ich muss dich anschauen, wenn wir darüber reden.« Schweigen am anderen Ende.

»Wann?«, fragte er kaum hörbar.

Sie überlegte, blätterte in ihrem Kalender und redete sich Mut zu. Los, steh zu deinen Gefühlen und Entscheidungen und dann erzähl ihm alles!

»Ich könnte höchstens mal ein verlängertes Wochenende kommen. Ich kann nicht schon wieder frei nehmen.«

»Okay. Wann?«

»Nächstes Wochenende, oder übernächstes.« Das Ohr pochte bis zur Schädeldecke, als sie sich reden und Termine vorschlagen hörte.

»Ich halte mir beides frei. Fahr mit dem Zug, das ist weniger stressig, inzwischen gibt es durchgehende Verbindungen von Berlin nach Husum. Ich hol dich ab. Und du kannst auch in unserem Haus schlafen, das Gästezimmer ist jetzt fertig geworden.« Paula hörte seinen aufgeregten Vorschlag, aber das war definitiv zu viel. »Danke, aber ich schlafe wieder bei den Thomsens. Ich ruf sie an und melde mich bei dir, wenn es feststeht.«

»Gut. Also morgen dann, wie immer.« Hauke wirkte erleichtert. »Gut.« Sie wusste inzwischen, dass er das Haus seiner Eltern renovierte und ihm selbst völlig unklar war, wie sein Leben weitergehen sollte. »Ich schwimme gerade wie ein Korken im Wasser«, erklärte er ihr. »Hüpfe auf den Wellen, tauche auch mal unter, aber ich saufe nicht ab.«

»Wo ist dein Steuermann?«, fragte sie.

»Ich glaube, der ist noch in New York.« Sein grübelndes Schweigen war nicht zu überhören.

»Magst du darüber reden?« Sie wagte sich mit ihrer Frage in die jüngste Vergangenheit.

»Noch nicht.«

»Gut.«

»Erzähl mir von heute. Was war das Schönste an deinem Tag?« So ist es oft, dachte Paula. Stockend und vorsichtig füllten sie die weißen Flecken. Nicht sicher, was sie wirklich voneinander wissen wollten.

»Das Schönste heute war, dass ich eine halbe Stunde Zeit hatte, um in Jettes *Café Morgennest* zu sitzen. Sie hat mir mit einem Lächeln im Gesicht einen Cappuccino gebracht und ich saß dick eingemummelt draußen in der Sonne.« Wenn Paula die Augen schloss, spürte sie noch einmal die Wärme auf dem Gesicht. »Und bei dir?, fragte sie zurück. »Was war das Schönste von deinem Tag?« Seine Antwort kam schnell. »Ich habe eine kleine, feine Seite im Netz für unser Gästezimmer eingerichtet. So hat meine Mutter die Option, das neue Gästezimmer zu vermieten, wenn sie mag. Ich kann das alles für sie managen, egal von wo.«

Nachdem sie aufgelegt hatten, schwand Paulas Lächeln und all das Wärmende der Sonne vom Nachmittag. Die neue Webseite für das Gästezimmer verschaffte vor allem Hauke seine geliebte Freiheit, dachte sie enttäuscht. Eigentlich konnte Paula Menschen wie Hauke nicht leiden, die sich ständig alle Optionen offen hielten. Mal in diesem Land lebten, mal in jenem, mal an der Blüte naschten, mal an einer anderen. Sie war jemand, der ein volles Ja sagte und ein volles Ja meinte. Bei ihren Jobs genauso wie bei Freunden, den Kindern und in der Liebe.

Friederike hatte sie zwar an die Wand argumentiert, dass sie Thomas nie mit so viel Herzblut geliebt hätte wie Hauke, doch es stimmte nicht. Sie hatte auch Thomas ein volles Ja gegeben, hatte ihn geheiratet, noch ein Kind mit ihm bekommen, war mit ihm zusammengezogen. Er war ihr loyaler Haltepunkt in dieser haltlosen Zeit, in der sie täglich am Rande eines Komplett-Absturzes balancierte. Von hundert Nächten hatte sie vielleicht zwanzig geschlafen. Sobald sie die Augen schloss, tauchte Haukes Gesicht auf, verfolgte sie bis in die frühen Morgenstunden. Seine Augen, tief versunken in ihren. Seine Umarmungen, seine Zärtlichkeiten, ihre Gespräche. Der Schmerz der verlorenen Intensität und Intimität lag wie ein Wackerstein auf ihrer Brust. Sie musste sich Hauke regelrecht aus dem Leib reißen und ja, sie brauchte Thomas dafür. Alleine wäre sie damals abgesoffen.

Es war ein Ja, aber eins mit einem Bleimantel, der sich über die Jahre zu einem Bleigürtel verwandelt hatte. Als Gustav geboren war, gingen sie beide in der Liebe zu diesem Kind auf. In unbeobachteten Momenten erhaschte Paula einen Blick auf das Gesicht von Thomas. Sein Lächeln breitete sich im ganzen Körper aus, wenn er Gustav anschaute, als hätte er die Schönheit der Welt in sich aufgenommen. Manchmal trug er ihn stundenlang quer vor der Brust, legte ihn beim Schreiben neben sich und schaukelte mit dem Fuß die Babywippe. Gustav machte es Paula und Thomas leicht, ihn zu lieben. Er war ein unkompliziertes, freundliches Baby und die Idee, noch ein zweites Kind zu bekommen, musste nicht lange diskutiert werden. Paula schätzte auch die unerwartete Kameradschaft, die mit ihrer Verbindung zu Thomas einherging. Ihre Liebe war nicht der große Knall, sie schwebte nicht auf Wolke sieben, sie hatte nie Schmetterlinge im Bauch, dennoch verband sie etwas Gutes, etwas Tiefes und Ehrliches.

Aber Paula fehlte etwas und je länger die Ehe andauerte, umso deutlicher zeigte sich das Fehlende. Eines Morgens nach dem Aufwachen wollte sie sich nicht mehr anfassen lassen. Thomas, der Anstalten machte, unter ihre Bettdecke zu robben, hielt in der Bewegung inne. »Was ist?«, fragte er.

»Nichts weiter. Ich muss heute früh los.« Enttäuscht robbte er zurück auf seine Seite. Paula konnte es sich nicht erklären, aber von dem Moment an fiel ihr nur noch das Trennende auf, nicht mehr das Verbindende. Sie bemühte sich, versuchte in ihre alte Haut zu schlüpfen und ihn wieder mit mehr Wärme zu sehen, doch es gelang ihr nicht. Paula zog sich immer mehr zurück, wies Thomas ab, doch er folgte ihr ungefragt. Innerhalb kürzester Zeit waren sie in einem Kreislauf von Rückzug und Abwehr gefangen. Sie nervten sich, klagten sich an und inspirierten sich nicht mehr.

Manchmal war Paula erstaunt, wie rigoros und unverzeihlich sie sich von Hauke abgewandt hatte. In stillen Momenten, wenn sie wieder eine Mail von ihm bekommen hatte, in der er bereitwillig erzählte, wo er gerade lebte und immer wieder wissen wollte, ob es ihr gut ginge, fragte sie sich, warum sie ihm nicht einfach antworten konnte. Weshalb sie nicht bereit war, Frieden zu schließen.

Weil es das Ende bedeuten würde, flüsterte ihre neunmalkluge Stimme aus dem Off. Weil diese unvollendete Liebe dann ein Ende hätte, einen Abschluss, einen Punkt. Er liebt offene Beziehungen und du liebst offene Enden.

Am nächsten Abend hatte Paula vor dem Telefonat mit Hauke alles geschafft: geduscht, bequeme Klamotten angezogen, genug Kissen auf dem Bettsofa drapiert. Selbst die Frage, was heute das Schönste an ihrem Tag war, hatte sie sich beantwortet: ein gutes Gespräch mit Thomas über seinen neuen Artikel. Wenn es um Sprache und gute Formulierungen ging, waren sie immer noch ein Team. Gleich würde Hauke anrufen und sie hatte sich längst eingestanden, dass sie sich auf ihre täglichen Gespräche freute. Sie waren der Höhepunkt des Tages, der krönende Abschluss. Eigentlich waren die Telefonate das Schönste vom Tag. Danach konnte sie schlafen wie ein sattes, zufriedenes Baby.

Das Telefon klingelte und bevor sie Hallo sagen konnte, lauschte sie Haukes aufgeregtem Redeschwall.

»Euer Haus wird wieder frei. Die Hamburger wollen verkaufen. Es ist noch nicht auf dem Markt. Schau es dir an – und hol es dir zurück. Es ist euer Haus, es gehört in deine Familie ...« Hauke klang so aufgeregt, als würde es um seine Familie und sein Haus gehen. »Was? Was heißt das? Warte. Lass mich nachdenken, das geht alles so schnell.«

»Manchmal muss man schnell sein, Paula.«

»Stimmt auch wieder. Angucken schadet ja nichts, oder?«

Paula ließ die Nachricht sacken und spürte ein winziges Frohlocken. Wirklich? Sollte sie sich das Haus zurückholen? Mit welchem Geld? Würde sie einen Kredit bekommen? Wie viel Eigenkapital würde sie zusammenkriegen? Würde ihre Mutter sie finanziell unterstützen? Nach den mageren Jahren hatte sie sich ein gutes Polster angelegt, wie Paula wusste. Aber zuallererst: Wollte sie das?

Die nächste und dringendere Frage, ob sie ihm von Gustav erzählen sollte, war immer noch unbeantwortet und schwebte über allem, was mit Hauke zu tun hatte. Paula fragte sich aber und abermals, wer von den Beteiligten einen Nutzen davon hätte, einen Zugewinn? Gustav? Hauke? Thomas? Oder ging es nur um die Erleichterung ihres schlechten Gewissens?

Paula hatte immer noch Friederikes Zusammenfassung im Ohr, nachdem sie eine klassische Pro-und-Kontra-Liste angelegt hatten:

»Also, dein Hauke wäre vielleicht entsetzt, enttäuscht und wütend. Vielleicht würde er dir nicht verzeihen und schneller wieder von Nordfriesland weggehen als du bis drei zählen kannst. Vielleicht verzeiht er dir aber doch, wenn du ihm endlich von deinen damaligen Gefühlen erzählst. Vielleicht versteht er sogar deine einsame Entscheidung.«

»Ach, Friederike,« hatte Paula geantwortet. »Sehr viele Vielleichts. Ich denke, alle meine guten und wohlgemeinten Gründe können meine Entscheidung nicht legitimieren.«

Gustav konnte Paula gar nicht einschätzen. Möglicherweise tangierte es ihn nicht sonderlich, da er ja ein Leben lang einen wunderbaren Vater hatte. Es könnte aber auch sein, dass er sich ebenfalls von ihr abwenden würde. Das wäre für sie das Schlimmste, das allerschlimmste. So schlimm, dass sie nicht bereit war, sich das vorzustellen. Vielleicht wollte er Hauke kennenlernen und Thomas wäre weniger wichtig. Paulas Kopf rauchte.

Und dann Thomas. Er könnte sich zurückgesetzt fühlen, wahrscheinlich war er in seiner Vaterrolle aber auch sicher gesattelt und nichts würde ihm weggenommen werden. Vielleicht würde er um das gemeinsame Geheimnis trauern.

Den Gedanken an Jette schob sie ebenfalls beiseite. Sie würde Paula schonungslos eine Lügnerin nennen und den Finger auf die Lüge legen. Alles andere, den Rest der Geschichte würde sie ausblenden.

Zumindest hatte sich Paula mit Friederike auf eine Reihenfolge einigen können, falls Paula sie sich entscheiden würde zu reden. Zuallererst müsste sie mit Thomas reden. Sie hatten diesen Deal gemeinsam beschlossen und sie sollten ihn auch gemeinsam wieder auflösen. Danach würden sie zusammen mit Gustav sprechen. Oder doch nur Paula und Gustav? Das Detail war noch ungeklärt. Zuletzt mit Hauke. Wann Jette es erfahren sollte, war ebenfalls unklar. Vielleicht zusammen mit Gustav?

Paula fuhr sich mit der Hand über die glühende Stirn und wischte das Thema weg. Legte es irgendwo ab, wo es bei der nächsten Herausforderung nicht störte. Denn als nächstes würde sie sich das alte Reetdachhaus ihrer Großeltern ansehen und ja, sie wollte es zurückhaben. Vielleicht nur, um verlängerte Wochenenden und Urlaube dort zu verbringen. Schnell schaute sie nach, wie lange der durchgehende Zug fuhr. Vier Stunden und neunzehn Minuten. Sie könnte Freitagmorgen hinfahren und Montag zurück. Das Haus und der Garten wären ein neues Projekt, eine neue Aufgabe. Es gäbe viel zu tun. Vielleicht könnte sie es ab und zu vermieten, aber nur an Menschen, die auch den Garten gießen würden.

Ja, entschied sie. Das Haus gehörte in ihre Familie! Vielleicht würden es auch die Kinder irgendwann nutzen.

27

Jette bereitete den Tresen für den Schichtwechsel vor. Sie gönnte sich mit Nikolaj einen schnellen Espresso Macchiato, bevor er übernahm und Jette nach Hause flitzte. Ihr Abflug war in zwei Tagen, doch sie war gut organisiert und hatte kurzfristig die Morgenschicht übernehmen können. Jeder Cent, den sie in Berlin verdienen konnte, war Gold wert.

Die Besucher im Café hatten zurzeit nur ein Thema: Corona, Covid 19, ein neuer Virus, der um sich schlug und alle in Angst und Schrecken versetzte. Sie lauschte den Gesprächsfetzen und hörte: hochansteckend, greift die Lunge an, gefährlich, schwierige Verläufe, viele Tote.

Jette packte die herumliegenden Zeitungen auf einen Stapel und registrierte die Schlagzeilen. Es gab nur noch das eine Thema und die ganze Welt schien in Aufruhr zu sein. »Ich werde heute Abend mal Nachrichten schauen«, sagte sie zu Nikolaj. »Dieser neue Virus klingt schrecklich.«

»Nicht nur die Nachrichten«, sagte Nikolaj ernst. »Informiere dich breiter. Es gibt gute Artikel unabhängig von den großen Medien.«

Jette schwang sich auf das alte Herrenfahrrad, das sie letzten Sommer auf dem Flohmarkt für kleines Geld ergattert hatte, und radelte nach Hause. Ein Hauch Frühling lag in der Luft. Vor Nicaragua wollte sie klar Schiff mit Pablo machen. Wenn er ihre Fragen nicht beantworten wollte, würde sie sich noch vor dem Abflug von ihm trennen. Ihr Wunsch, frei von Sorgen zu sein, war stärker als der nach einer Beziehung, in der sie sich sowieso nicht mehr sicher fühlte.

Pablo kam kurz nach ihr an. Sie verbrachten jede Minute zusammen, als ob Quantität ein Garant für das wäre, wonach sich Jette sehnte. Ehrlichkeit und Vertrauen.

Nicht nur der Virus brachte Unruhe in die Welt, auch Jette setzte mit ihren knappen Fragen ihre Beziehung in eine nie dagewesene Aufruhr. Vor lauter Nervosität musste sie ihre Hände permanent beschäftigen, sonst hätte sie an den Fingernägeln gekaut. Also packte sie wie nebenbei ihren Rucksack für Nicaragua. Sortierte Shirts und Unterwäsche, machte kleine Stapel, die sie, kaum zusammengelegt, wieder veränderte. Pablo starrte auf das Bett, wo sich die Wäscheberge auftürmten. Er wirkte nachdenklich und auch ein bisschen traurig, aber das konnte Jette bei ihm nie richtig auseinanderhalten.

»Also Pablo. Bevor ich abfliege noch zwei Fragen.« Sie hatte keine Nerven für das nötige Polster zwischen den Worten. »Geht es bei deiner Absage unserer gemeinsamen Reise um Geld? Und zweitens: Wer war die Frau, mit der Luna dich gesehen hat?« Sie spürte ihre rotzige innere Hexe kommen und wusste auch, dass er ihr das ansehen würde. Jette verabscheute es, bedürftig zu wirken. Los antworte! Emsig falteten ihre Hände die Aufregung weg.

Endlich setzte er zum Sprechen an. »In meiner Familie geht es nur um Geld. Geld für die Miete, Geld für neue Schulsachen, Geld für das kaputte Auto. Es fehlt an jeder Ecke, auch, wenn wir erst mal nicht so wirken.« Er hielt kurz inne, als müsste er überlegen, ob er ihr alles erzählen wollte. »Ich habe vor ungefähr einem halben Jahr ein Telefonat meiner Mutter mit ihrer Freundin belauscht. Meine Mutter weinte und sagte, dass sie nicht wüsste, wie es weitergehen sollte, wenn ich für ein Jahr auf Reisen bin. Sie wären auf mein Geld mehr angewiesen, als es ihr lieb wäre und auch auf all die kleinen Dinge, die ich für die Familie erledigen würde. Auf die Kleinen aufpassen, der Großeinkauf, das Auto in die Werkstatt bringen und abholen, eins meiner Geschwister irgendwohin begleiten. Verstehst du, Jette. Meine Eltern haben es nie ausgesprochen, aber ich glaube, sie brauchen mich und auch mein Geld, um den Alltag zu wuppen. Ich bringe es nicht übers Herz, einfach wegzufahren. Es fühlte sich an, als würde ich mich zwischen dir und meiner Familie entscheiden müssen.« Er verstummte, schaute zu ihr und Jette senkte den Blick. Sie spürte das Ehrliche und Verzweifelte in seinen Worten und auch seine Liebe. Die Hexe in ihr hatte den Besen zwar an die Wand gestellt, stand aber breitbeinig und angriffslustig bereit, denn sie wartete noch auf die andere Antwort. Was war mit der anderen Frau?

»Zu deiner zweiten Frage und das ist echt peinlich, hat aber auch wieder mit Geld zu tun.« Er hielt kurz inne, nahm Anlauf und platzierte seine Antwort neben Jettes Wäschestapel. »Seit diesem belauschten Telefonat arbeite ich zusätzlich für einen Escortservice. Manchmal fahre ich Menschen in schicken Limousinen von A nach B. Manchmal begleite ich eine Frau zu einem Event.«

Jette ließ die Wäsche Wäsche sein. »Was? Bist du ein Callboy? Hast du Sex mit ihnen?« Er schüttelte den Kopf. »Nein, ich muss nur gut aussehen und ein wenig dümmlich lächeln, sodass die Frau an meiner Seite ins rechte Licht gerückt wird. Ich hasse den Job, aber er bringt mehr Geld ein als Taxifahren.« Jette setzte sich zu ihm, nahm endlich seine Hände in ihre. »Ich weiß, was du sagen willst und was du denkst. Jette, ich ... ich schäme mich ein bisschen.«

»Vor mir?«

»Gerade vor dir. Bei euch ist das Geld ganz selbstverständlich da, der Kühlschrank immer voll. Wie oft esse ich bei euch und denke jedes Mal: Iss dich satt, dann bleibt zu Hause mehr für die anderen.« Er kratzte sich am Kopf, lächelte verlegen und Jette fragte sich, wieso sie von seinen Nöten so wenig mitbekommen hatte. War sie egozentrisch oder war er ein guter Schauspieler? Ungeduldig rutschte sie auf seinen Schoß, schlang die Arme um seinen Hals und küsste ihn. Endlich, endlich war die alte Vertrautheit wieder da. Endlich konnte sie ihn wieder spüren. »Aber«, fuhr er fort und schob sie ein bisschen weg, um ihr besser ins Gesicht schauen zu können. »Nicht mit dir nach Nicaragua zu reisen, war zum Teil auch meine ganz eigene Entscheidung.« Jette registrierte seinen Stolz. »Unabhängig davon, ob ich mir das leisten kann oder nicht. Ich hatte Lust, früher mit dem Studium zu beginnen, und habe mich letztes Jahr für ein Sozialpädagogikstudium eingeschrieben und bin genommen worden. So kann ich in Berlin bleiben und weiter Taxi fahren.« Jette nickte, endlich verstand sie, was los war. Sie rückte wieder näher zu ihm.

»Nicaragua und überhaupt das Reisen war mehr mein Traum. Ich hab dich vielleicht angesteckt, aber es war nie deiner.« Jetzt nickte Pablo.

»Ich muss hierbleiben und meine Familie unterstützen. Die Entscheidung fiel mir nicht leicht und ich redete mir ein, dass du kein Verständnis haben würdest. Deshalb-« Jette unterbrach ihn. »Deshalb dachtest du, du sitzt brav die Zeit ab, bis ich weg bin und schleichst dich von dannen? Das war ein beschissener Plan. Ein richtig beschissener!«

»Ich hab versucht, alles hinzubekommen. Meine eigenen Wünsche, die meiner Familie und deine. An manchen Tagen wäre ich am liebsten abgetaucht. Überall gab es Spannungen. Bei uns beiden war Hochspannung, meine Eltern streiten ständig, mein Escort-Job ist mir ein Gräuel. Ich habe mich nur noch auf das Studium gefreut. Das Geld, das ich für Nicaragua weggelegt habe, nehme ich jetzt für die Studiengebühren. Endlich etwas für mich.«

»Ohne Spannung.«

»Genau, ein wohliger, hoffentlich spannungsfreier Raum.«

Erschöpft von dieser Aussprache ließ Jette sich auf das Bett mit der gefalteten Wäsche fallen. Pablo war in Sekundenschnelle an ihrer Seite. Eng umschlungen lagen sie eine Weile beieinander, hingen ihren Gedanken nach. Jette drehte sich zu ihm. Ihre Gesichter waren nah, sie roch seinen Atem, küsste ihn und suchte seinen Blick. Doch sein Gesicht verschwamm vor ihren Augen, sie war zu nah. »Es tut mir so leid, Jette«, flüsterte er.

»Jetzt ist alles gut. Endlich versteh ich dein seltsames Verhalten. Mir tut es auch leid. Ich hätte das doch mitbekommen müssen.«

»Keine Chance, ich bin ein Sonnyboy, wie du weißt und versuche meine Probleme mit mir selbst auszumachen. Nie im Leben hätte ich dir davon erzählen wollen.«

»Kannst du aber. Ist dafür nicht eine Beziehung da? Um alles zu teilen? Alles-alles?«

Viel später wagte Jette die Frage, die sie am meisten beschäftigte. »Was machen wir jetzt? Übermorgen geht mein Flug. Bleiben wir ein Paar?«

Pablo stützte den Kopf auf und schaute sie nachdenklich an. »Ich liebe dich, Jette.« Er holte tief Luft, strich ihr eine Haarsträhne aus dem Gesicht und Jettes Herz lief Galopp. Auch wenn er es nicht ausgesprochen hatte, fühlte sie das Komma im Satz, sein Aber. »Ich habe auch über uns nachgedacht und will ehrlich zu dir sein. Ein Jahr ... ist lang. Richtig lang, aber lass es uns probieren.«

Jette schluckte die Enttäuschung tapfer wie eine bittere Pille. Wieso eierte er herum? Wollte er nicht mehr? Die erhoffte Klarheit sollte sich besser anfühlen. So konnte sie nicht abfliegen.

28

Paulas Tage in Nordfriesland waren vollgepackt. Morgen würde sie nach Berlin zurückfahren, um bei Jettes Abflug dabei zu sein. Doch heute stand sie im Haus ihrer verstorbenen Großmutter und registrierte, wie aufgewühlt sie war. Sie atmete kurz und flach, ihre Hände und Füße waren eiskalt und am liebsten hätte sie sofort neugierig in jede Ecke geschaut.

Sie standen im Eingangsbereich neben der Treppe, die nach oben führte. Links das ältere Ehepaar aus Hamburg, rechts Hauke und sie. »Wie ihr seht, haben wir nicht viel verändert.« Der Verkäufer hatte Mühe mit dem Laufen und erzählte, was sie erneuert hatten, aber im Großen und Ganzen hatte das alte Reetdachhaus seinen ursprünglichen Charme nicht verloren. »Lediglich das Bad und die Küche haben wir modernisiert, die alten Fliesen und Dielen sind noch gut erhalten. Die Fenster wurden vor acht Jahren erneuert, nur die eine Seite vom Dach müsste ausgebessert oder erneuert werden.« Mit einer ausladenden Armbewegung ergänzte er: »Schaut euch einfach um, wir warten hier unten. Die Treppe macht mir zu schaffen.« Hauke nickte Paula zu und sie begannen ihre Runde im oberen Stockwerk. Paula hatte früher mit den Eltern oben gelebt, die Großmutter unten. Alle Decken hatten Schrägen mit hübschen Fenstern. Es gab ein großes, weiß gestrichenes Zimmer, zwei kleinere, ein Bad und eine Kammer. Das Reetdach hatte zwei größere Dachgauben, sodass die Etage viel Licht bekam. Unten befanden sich die Küche, ein zweites Bad und zwei weitere große Zimmer. Aufgeregt wie ein Kind wuselte Paula von einem Zimmer zum anderen, um dann die untere Etage anzuschauen. Hauke folgte ihr langsamer. Er war heute definitiv der erwachsenere von ihnen beiden.

»Ach ja, und aus den zwei kleinen Räumen, die früher Küche und Vorratskammer waren, haben wir eine große Küche gebaut.« Paulas Herz hüpfte, sie liebte große Küchen. Sie schaute sich noch den großen Garten an, obwohl sie den in- und auswendig kannte, er hatte sich irgendwo in ihrem Inneren eingenistet und außerdem war sie ja schon hier gewesen. Kurz dachte sie an den ersten Kuss nach ihrem Wiedersehen mit Hauke. Scheune, Garage und Heizungsraum streifte sie nur und sah viele verpackte Kisten, die ordentlich aufgestapelt an der Wand standen. Hauke und das alte Ehepaar saßen an dem alten Holztisch in der Küche und redeten über Nordfriesland, das Haus, den Preis und von früher.

Ja, Paula wollte das Haus zurückhaben, egal, was es kosten würde. Plötzlich war sie sich ganz sicher. Noch während Hauke mit dem Verkäufer sprach, rief sie zuerst ihre Mutter an. »Hier ist Paula, ich bin gerade in unserem alten Haus in Simonskoog. Mama, ich bin ganz sicher. Das Haus gehört unserer Familie und ich möchte es unbedingt zurückkaufen. Wir hatten ja schon darüber gesprochen. Wie viel Geld kannst du mir leihen?«

Ihre Mutter stockte kurz. Paula wusste, dass sie wieder die Sonne auf Teneriffa genoss. »Als ich da war, kursierte noch ein Gerücht, dass die Hamburger verkaufen würden. Wilma hatte geahnt, dass es stimmte.«

»Und, würdest du mir was leihen? Ich zahle alles zurück und wenn ich dafür unendlich viel arbeiten muss. Mach ich!« Sie hörte ihre Mutter lachen. »So leidenschaftlich habe ich dich ja lange nicht erlebt. Paula, hör zu. Es gibt ein Sparkonto für dich, allerdings ist das Geld noch für fünf Jahre fest angelegt.

Ich muss sehen, ob ich da was ändern kann. Lass mich weiter nachdenken. Okay?«

»Okay. Ich wäre dir echt dankbar.«

Sie könnte noch Jascha oder Friederike fragen und einen Teil über die Bank finanzieren. Mit dem eigenen Ersparten käme sie vielleicht auf eine stattliche Summe Eigenkapital, je nachdem, was das Haus kosten sollte. Paula konnte ihr Glück kaum fassen. Die Vorstellung, dass sie Besitzerin dieses alten Reetdachhauses werden würde und überhaupt, dass es zurück in die Familie käme, überstieg alles, was sie sich erträumte. Ein eigenes Reich.

Hauke kam ihr strahlend entgegen. »Und?«, fragte er. »Ich will es zurück«, antwortete Paula bestimmt. »Es ist das schönste Haus, das ich jemals gesehen habe.« Hauke legte den Finger auf die Lippen. »Sag das nicht zu euphorisch. Wir verhandeln gerade den Preis.«

»Was wollen sie? Sie waren vorhin bei knapp zweihunderttausend.«

»Wir sind schon weiter unten. Lass mich mal machen.« Ihr Handy klingelte.

»Mama«, kreischte Jette in ihr Ohr. »Mein Flug wurde gerade abgesagt. Ich komme hier nicht weg! Alles wegen diesem verfluchten Corona – Scheißdreck! Ich habe schon das Internet durchforstet, aber es gibt keine Flüge. Nirgendwohin. Was soll ich denn jetzt machen?«

Paula versuchte, die neue Situation zu begreifen. Ihre Tochter schimpfte wie ein Rohrspatz und Paula hörte ihre Verzweiflung. Diese Reise war alles, worauf Jette das letzte Jahr hingearbeitet hatte. Jeden Cent hatte sie gespart, ihre Route an die Wand gepinnt, Bücher gelesen, sich auf allen möglichen Kanälen vernetzt, mit Pablo spanisch gelernt. Das konnte doch nicht sein! Das durfte nicht sein. »Schatz, wir finden eine Lösung!« Paula fiel nichts anderes ein, um ihre Tochter zu trösten. Bisher hatte es immer Lösungen gegeben, für alle Probleme.

Zum ersten Mal bekam Paula Angst. Täglich gab es neue Nachrichten, neue Zahlen von Infizierten und Toten. Die Auswirkungen des Virus betrafen nun auch ihr Leben und das der Kinder, bisher schien es weit weg zu sein.

»Ich komme morgen wie geplant zurück. Lass uns zusammen überlegen, okay? Wir kriegen das hin.«

Erneut rief Paula ihre Mutter an, die sofort sagte: »Paulaschatz, mehr Geld kann ich nicht auftreiben.«

»Darum geht es nicht. Wann geht euer Flug zurück nach Deutschland?«

»In zwei Wochen, wieso?«

»Vielleicht solltet ihr besser gleich zurückfliegen. Jettes Flug wurde gerade gecancelt.«

»Ach, wieso? Unser Rückflugticket ist bezahlt und diesen Flug nehmen wir jetzt auch. Lass dich nicht verrückt machen oder reden wir von der Pest?«

Paula seufzte und wusste, woher sie ihre Sturheit hatte.

Als sie sich zu Hauke umdrehte, wirkte er äußerst zufrieden und zwinkerte ihr zu. »Hundertsechzigtausend Euro, weiter runter konnte ich ihn nicht drücken. Sie finden es so rührend, dass die Enkeltochter das Haus der Großmutter zurückkauft. Alles ist in trockenen Tüchern.« Spontan umarmte er Paula und beglückwünschte sie zu der Entscheidung.

»Du kommst zurück nach Simonskoog.« Er wiegte sie ein wenig und für einen Moment gab sie sich der Bewegung hin, schloss die Augen und stellte sich vor, dass sie beide einen Neuanfang haben könnten. Obwohl so viel Zeit vergangen war, reagierte ihr Körper auf seinen, als lägen keine zwanzig

Jahre Pause dazwischen. Ihr wurde warm, kribbelig und am liebsten hätte sie ihn erneut geküsst.

Stattdessen löste sie sich und stürmte überglücklich zu den Besitzern. Mit einem Handschlag bekräftigten sie zunächst den Verkauf zum genannten Preis. »Toll, und ohne Makler«, freute sich der Vorbesitzer. Die nächsten Schritte waren der Notarvertrag und die Aufstellung der Finanzierung. Jascha würde ihr sicher helfen. Wenn alles passte, wäre Paula in Kürze stolze Hausbesitzerin.

»Reden wir heute Abend endlich über damals?«, fragte Hauke, als sie vor dem Haus standen. »Ich möchte so gerne reinen Tisch und Klarheit mit dir.«

»Ja. Morgen muss ich leider zurück. Meine Tochter braucht mich. Heute Abend.«

»Lass uns am Hafen was essen gehen.«

»Gut. Haben wir Ebbe oder Flut?«

»Flut, wenn wir uns um 19 Uhr treffen, ist das Wasser noch auflaufend. Hochwasser gegen zwanzig Uhr. Willst du was Lustiges hören?« Sie nickte.

»Vor ein paar Tagen war ich bei Ebbe in der Stadt. Die Schiffe im Hafen standen im Schlamm und du weißt, wie trostlos das Szenario aussehen kann. Habe mir, wie immer, ein Krabbenbrötchen am Hafen geholt, mich zum Essen auf eine Bank gesetzt und auf das nicht vorhandene Wasser gestarrt. Ein Tourist saß neben mir, ebenfalls mit einem Krabbenbrötchen in der Hand und fragte mich...« Hauke konnte vor Glucksen nicht weitersprechen. »Er fragte, wieso die Stadt Husum so oft das Wasser am Hafen ablassen würde. Ich wusste nicht, ob das ein Idiotentest war und muss wohl auch so geschaut haben.« Paula stimmte in sein Lachen ein. »Und, was hast du geantwortet?«

»Dass leider immer so viele Touristen ins Wasser stürzen würden und das Wasserablassen eine Vorsichtsmaßnahme der Stadt Husum wäre.« Hauke verschluckte sich vor Lachen und haute sich auf die Oberschenkel.

»Ach, komm. Hast du nicht! Der arme Kerl.«

Er wischte sich eine Lachträne aus den Augen.

»Nein. Hab ihm Ebbe und Flut erklärt. Aber die Idee, dass man einen Stöpsel im Hafenbecken ziehen könnte, fand ich schon wieder genial.«

Am Abend saßen sie sich endlich gegenüber. Essen und Getränke waren bestellt und Paula drehte unsicher ihr Weinglas in der Hand. Es gab keine Ablenkung mehr. Kein Aufschieben.

»Los!«, fing sie an. »Ich zuerst.«

Ein Teil von ihr wäre lieber wieder aus dem Restaurant verschwunden. Sie wollte nicht dabei sein, wenn sie ihr Leben vor ihm in Worte packte. Sie wollte sich nicht zuhören, doch dann schmiss sie alle Skrupel über Bord und begann einfach. Sie erzählte Hauke fast alles. Davon, dass er bis zu dieser Geburtstagsfeier der wichtigste Mensch in ihrem Leben gewesen war. Von diesem neuen Gefühl, als sie das letzte Mal mit ihm geschlafen hatte. Von der Hochstimmung, sich so sehr als Frau zu fühlen, wie nie zuvor. Von der Hoffnung, ihren Sehnsüchten und dem großen Glück, das sie gefühlt hatte. »Du warst alles für mich, Hauke. Einfach alles. Und dann sehe ich dich, die gleiche Lust in deinen Augen ... mit ...« Sie stockte. Schaute ihn an. »Jemand anderem. Du hast mich einfach weggewischt, zur Seite gelegt, wie eine ausgelesene Zeitung. Hast dich mit der gleichen Lust, dem gleichen Körper, dem gleichen Blick einem anderen Mann zugewendet. Innerhalb von ...« Kurz rechnete sie nach und entschied, dass es nicht auf die Minute ankam.

»Innerhalb von fünfzehn Minuten, höchstens. Dein Körper muss noch warm von meinem gewesen sein.« Sie kaute auf den Lippen, um nicht zu weinen. »Es war so demütigend.«

Der Kellner brachte ihre Pasta, schenkte den Wein nach und verschwand flink. Keiner von beiden rührte das Essen an. »Erst war ich geschockt, wie eingefroren, dann traurig, dann wütend oder umgedreht. Diese Gefühle wechselten sich immer wieder ab, bis heute. Dazu kommt die Enttäuschung und ich habe mich ständig gefragt, wieso ich dir nicht gereicht habe. Nicht mal an diesem Abend. Alles war doch ... so gut zwischen uns. So besonders gut.« Sie rieb ihr rechtes Handgelenk. Die Narbe würde sie immer an diese Nacht im Sommer 1995 erinnern, ob sie wollte oder nicht. Als Paula wieder in sein Gesicht schaute, sah sie seine Scham. Die Wärme, mit der Hauke sie anschaute, nahm ihr die Luft zum Weitersprechen.

»Das tut mir so leid, Paula. Ich wollte dir nie wehtun und ja, es war dumm. Absolut dumm und schwanzgesteuert ...« Jetzt nahm er doch einen großen Schluck vom Wein. Verlegen sprach er nach einer langen Pause weiter.

»Willst du meine Version des Abends hören?« In einem Zug trank Paula ihr Weinglas aus.

»Wollen wir nicht gleich eine ganze Flasche bestellen?« Sie deutete das schnelle Austrinken seines Glases als ein Ja und bestellte mehr Wein. »Lass uns zwischendurch essen, es wäre schade darum, wenn es kalt werden würde.« Gleichzeitig griffen sie nach dem Besteck und Paula dachte wehmütig daran, dass sie immer noch das gleiche Essen liebten. Wann immer es eine Auswahl gab, nahmen sie, ohne es abzusprechen, das gleiche. Die Pasta war köstlich und während sie kaute, hing Paula ihren Gedanken nach. Jetzt saß sie hier mit ihrer alten Liebe, dem Mann, der sie immer noch magisch anzog, und überlegte, ob sie ihm die Geschichte weitererzählen sollte. Von der Schwangerschaft, die sie zu spät entdeckt hatte, von Gustav und Thomas, von ihrer Entscheidung. Nur am ewig langen Kauen konnte man erkennen, dass Hauke Gustavs biologischer Vater war. Vielleicht noch an den dunkelblonden, dicken Haaren, die kaum zu bändigen waren. Nein, beschloss sie und erinnerte sich an die Reihenfolge: Zuerst müsste sie mit Thomas sprechen. Sie hatten die Entscheidung damals gemeinsam getroffen und sollten sie auch gemeinsam wieder auflösen.

»Woran denkst du?« Hauke hatte sich zurückgelehnt und rieb sich den Bauch.

»Dass du immer noch zweiunddreißigmal kaust, das Essen genießen kannst wie kein anderer und deine Haare sich kaum verändert haben.« Sofort griff er sich in die Haare und strich sie mit der Hand nach hinten. Hauke lachte. »Es gab eine Zeit, da habe ich mir die Haare ganz kurz abrasiert, weil sie mich so genervt haben.«

»Hast du Fotos davon?«

»Klar. Aber lass uns noch bei dem Abend bleiben. Bitte.« Stimmt. Paula lehnte sich ebenfalls zurück. »Na gut, ich bin bereit. Auch wenn mir davor graut, deine Version zu hören.« Er beugte sich wieder nach vorn, teilte den Wein auf und bestellte Wasser und Kaffee.

»Paula. Du warst und bist mir genauso wichtig, wie ich es für dich bin. Die Sache mit Roy war Mist, das hätte ich mir sparen können. Ich kann nur versuchen, es dir zu erklären.« Sie legte die Hände in den Schoß und wartete, dass er weitererzählen würde. »Wir beide hatten bei unserem letzten Sex unglaublich intensive Momente und ich dachte, dass wir gemeinsam ein neues Terrain betreten hatten. Wie ein höheres Level. Jede Zelle in mir war aufgeputscht und heiß. Die Stimmung an diesem Abend war erotisch aufgeladen und als Roy mich berührte, merkte ich, dass ich noch nicht satt war. Ich sah, wie du zu deiner Freundin gegangen bist, und ließ mich auf das sexuelle Abenteuer mit ihm ein. Ich wusste, dass es sich nur um einen Quickie handeln würde und dass ich höchstens zehn Minuten weg wäre. Ich wähnte mich so sicher, dass du es nicht mitbekommen würdest. Mein ganzes Gequatsche von freier Liebe war bis dahin Theorie. Ich wusste noch gar nicht, wie das im realen Leben zu leben wäre.« Er schwieg für einen Moment, nippte an seinem Glas. »Die Vorstellung, dass du das alles gesehen hast, ist furchtbar. Am nächsten Morgen warst du plötzlich weg und kurze Zeit später höre ich, dass du mit deinem neuen Freund Thomas zusammenlebst. Ich konnte es nicht fassen. Zwar hattest du diesen Thomas schon mal erwähnt, aber ich dachte im Leben nicht, dass es euch so ernst war, dass es um Liebe gehen könnte. Mit der Endgültigkeit, mit der du dich von mir abgewendet und dich einem neuen Mann zugewendet hast ...« Er suchte ihren Blick. »... mit deiner Endgültigkeit im Nacken stürzte ich mich in mein neues Leben und versuchte, dich nicht loszulassen. Ich wollte einfach nicht akzeptieren, dass du nicht mehr Teil meines Leben sein würdest. Ich hatte keine Ahnung was los war. Irgendwann hatte ich mich beruhigt und gehofft, dass du mir erhalten bleibst. Wenn schon nicht als sexuelle Partnerin und Lebensgefährtin, dann wenigstens als Freundin.«

»Wie hätte das denn bitte gehen sollen? Ich habe dich geliebt, mit jeder Faser meines Körpers. Ich bin durch die Hölle gegangen, um mich von dir loszureißen.«

»Immer wieder habe ich von der freien Liebe gesprochen. Von neuen, unkonventionellen Beziehungsmodellen, die uns nicht einengen sollten. Ich hätte so gerne mit dir eine Variante der Liebe gefunden, die für uns beide lebbar gewesen wäre. Doch du hast meine Ideen nicht hören wollen, hast komplett ausgeblendet, was meine Sehnsucht, meine Bedürfnisse waren.«

»Freundschaft und Liebe kann es nur geben, wenn wir ehrlich miteinander sind.« Während sie den Satz aussprach, schämte sie sich, denn sie war selbst nicht ehrlich zu ihm.

»Ich wollte dir nie weh tun, Paula. Niemals. Doch ich weiß, dass ich es getan habe.«

Paula nickte. »Ich hätte es niemals ertragen, dich mit anderen Menschen zu teilen.«

»Schade, für mich hätten andere Menschen unsere Liebe eher bereichert. Du hättest nichts vermissen müssen.«

»Doch, Hauke. Ich hätte Exklusivität vermisst, deine Nummer eins zu sein und meine Kinder.«

»Paula Petersen. Du warst die erste Frau in meinem Leben, die ich geliebt habe. Du bist und bleibst auf ewig meine Nummer eins.« Er suchte ihre Hände und sie ließ seine Berührung zu. Vielleicht hätte es eine Variante gegeben, in denen es uns beiden gut gegangen wäre. Aber auch mit Kind? Paula war plötzlich unsicher, ob das Abwenden die richtige Entscheidung gewesen war. Ihr fiel ein Satz ihrer Therapeutin ein: Nicht mit den früheren Entscheidungen hadern. Sie hatte entschieden, was ihr damals richtig erschien. Sonst hätte sie es ja anders gemacht.

29

Jette starrte auf die runde Bahnhofsuhr in der Küche. Folgte dem lauten Tick-tack, folgte den Sekunden und Minuten, die kaum vergingen. Ihr Leben fand in Zeitlupe statt, doch nicht nur ihr Leben schien stillzustehen, sondern auch die Zeit. Wann immer sie wieder zur Uhr blickte, hatten sich die Zeiger kaum bewegt. In Schlafsachen saß sie am Küchentisch, ihre Hände umklammerten die hellblaue Tasse und der Kaffeeduft waberte durch die Wohnung. Sie senkte den Kopf dicht über die Tasse, denn das Kaffeearoma beruhigte ihr aufgewühltes Inneres. Ohne Appetit biss sie in das Croissant, das sie eben im Ofen aufgewärmt hatte und überlegte, wie ihr Leben weitergehen sollte.

Henriette Petersen, zwanzig Jahre schrieb sie auf den neuen Block, der neben ihr lag. Gewillt, die leeren Seiten zu füllen.

Beziehungsstatus zu Pablo: unklar
Berufswunsch: unklar
Wohnhaft: Berlin
Sehnsucht: unklar
Interessen: alles mit Kaffee, Menschen und dem Erhalt des Planeten.

Erste Lösungsidee: weiter im Café Morgennest arbeiten. Sie malte mit einem anderen Stift einen dicken grünen Haken hinter diesen Punkt. Auch wenn das Café schließen müsste, würde es einen Außer-Haus- Verkauf geben. Erledigt, das hatte sie bereits geklärt.

Zweite Idee:

Sie malte Blümchen und eine Wiese hinter die zweite Idee, denn sie hatte keine. Je länger sie nachdachte und grübelte, umso mieser wurde ihre Laune.

Jette las Online-Nachrichten und jeden Tag gab es neue Hiobsbotschaften, die sie nicht fassen und einordnen konnte. Es war von Ausgangssperre die Rede. Nur wer einen systemrelevanten Job hatte, durfte das Haus verlassen. Kontrollen. Jette war orientierungslos, trieb durch die Tage und Nächte wie Treibholz und wurde von undefinierbaren Ängsten heimgesucht. Sie träumte schlecht, lag stundenlang auf ihrem Bett und hörte Musik, die sie noch depressiver stimmte, als sie ohnehin schon war. Was sie rettete, waren die langen Telefonate mit ihrer Mutter und ihren Freundinnen, denen es ähnlich ging. Alle, die Reisen ins Ausland vorgehabt hatten, mussten zu Hause bleiben. Alle Pläne mussten auf Eis gelegt werden. Nichts ging mehr: keine Aupair Jobs, keine Praktika. Wäre ihr Flug nur zwei Tage früher gegangen, wäre sie jetzt in Nicaragua. So wie bei Mares, einem Freund aus ihrer alten Klasse. Er postete fröhlich Fotos aus Australien und schrieb, dass er die Pandemie dort aussitzen wollte.

Jette suchte nach fröhlicherer Musik, öffnete das Zimmerfenster und ließ die frische Märzluft, die bereits den Frühling in sich trug, in ihr Zimmer. Der Himmel war blau und nichts passte mehr zusammen. Weder der Frühling mit dem Virus noch die fröhliche Musik mit ihrer Stimmung, noch ihre Jugend und die krasse Existenzangst.

Sie überlegte, ob ihr Caféjob systemrelevant war und kam zu keinem eindeutigen Ergebnis. Würden die Menschen ab jetzt ihren Kaffee nur noch zu Hause trinken? Keine Kaffeehausatmosphäre mehr? Keine Pausen vom Alltag? Kaffee ist systemrelevant, entschied sie. Was, wenn sie kein Geld mehr verdienen würde? Sie brauchte einen krisensicheren Job. Wer wusste schon, wo das alles hinführte. Obwohl sie grundsätzlich kein ängstlicher Mensch war, bewegte sich ihre Gedankenspirale gefährlich nah an einem Abgrund.

Sie schnappte sich zuerst den Stift, dann ihr Handy.

Zweite Idee: Beziehung mit Pablo klären.

»Pablo. Lass uns treffen. Oder dürfen wir das gerade auch nicht mehr?«

»Scheißegal, wir treffen uns einfach. Ich bin in einer Stunde bei dir.«

Nicht hängenlassen!, befahl sich Jette. Bezog ihr Bett neu und entmistete das Regal mit den Schulsachen. Im Rausch des Wegschmeißens füllte sie einen ganzen Sack mit alten Notizen, Ordnern und Papieren, den sie sofort zur Mülltonne trug. Zurück in der Wohnung fühlte sie sich um Tonnen leichter.

Mit neuer Energie stellte sich Jette ihrem Problem mit Pablo. Sie überlegte, was das Schlimmste sein könnte und was das Beste und, wie ihre Mutter es ihr beigebracht hatte, was sie eigentlich selbst wollte. Also notierte sie auf ihrem Block die drei Kategorien: *Ich, schlimmstenfalls, bestenfalls.*

Am Ende zeigte sich, egal, wie sie es drehte, egal, mit welcher Brille sie auf sich und ihr Beziehungschaos blickte: Sie wollte Pablo nicht verlieren. Schlimmstenfalls wäre für sie die Trennung, aber da ihr Leben sowieso gerade eine Nebenstrecke bevorzugte, würde sie auch die überstehen.

So gewappnet, überfiel sie Pablo, kaum, dass er in ihrem Zimmer war.

»Sind wir nun weiterhin ein Paar, oder nicht?« Entsetzt bemerkte sie, dass sie ihre Hände in die Hüften gestemmt hatte. Meine Fresse, die Hexe lässt grüßen. So unauffällig wie möglich, veränderte sie ihre Haltung und setzte sich. So bestand keine Gefahr, erneut so dominant dazustehen. Pablo blieb gelassen und sie war wieder einmal froh, dass er ihre unangenehmen Angewohnheiten einfach übersehen konnte. Sie nicht zum Mittelpunkt der Gespräche machte. Pablo setzte sich ans Kopfende ihres Bettes, sodass er sich an der Wand anlehnen konnte. Schob sich in aller Ruhe ein Kissen in den Rücken und antwortete endlich.

»Mensch Jette, ich hatte nie vor, mich von dir zu trennen. Ich wollte dir nur nichts versprechen, was ich nicht einhalten kann, wenn du ein Jahr weg bist. Das war alles.«

»Verstehe. Wenn ich da bin, ist alles gut. Wenn ich weg bin, gehst du fremd?« Am liebsten würde sie wieder aufstehen und die Hände in die Hüften stemmen.

»So, wie du es sagst, klingt es zu negativ. Aber, mal ehrlich, Jette. Ganz grundsätzlich: Glaubst du wirklich an Monogamie? Wir sind seit fünf Jahren zusammen, da waren wir beide gerade fünfzehn. Ich bin bisher kein einziges Mal fremdgegangen. Aber ich weiß nicht, ob das immer so bleibt. Du etwa?«

Jette dachte kurz nach. »Meine ehrlichste Antwort ist: Ich wünsche es mir, da bin ich eine Romantikerin. Aber du hast recht, viele unserer Freunde trennen sich, weil jemand fremdgegangen ist.« Sie stützte den Kopf, der sich schon den ganzen Tag tonnenschwer anfühlte, auf die Hände. »Schöner Mist, und nun?« Jette hatte schon oft darüber nachgedacht, ob sie es schaffen würden, sich niemals zu trennen. Sie kannte in ihrem Umfeld kein älteres Paar, das seit seiner Jugend zusammengeblieben ist. War das überhaupt möglich? So ganz grundsätzlich?

»Vielleicht verändern wir etwas in unserer Beziehung. So wie Luna und Philipp, oder ganz anders?« Pablo schaute sie erwartungsvoll an.

»Die Beziehung öffnen? Mit anderen vögeln?« Sie schüttelte den Kopf, der sich kaum hin- und herbewegen ließ. »Das kann ich nicht. Bei aller Liebe zu dir, das geht nicht.«

»Luna und Philipp wirken jedenfalls so, als wären sie gerne zusammen. Philipp hat mir erzählt, dass sie ein paar Regeln haben. Das weißt du sicher auch von Luna.«

»Ja.« Jette erinnerte sich sehr genau, wie sie mit Luna darüber diskutiert hatte und nicht nachvollziehen konnte, wie sie es schafften, nicht eifersüchtig zu sein. »Kein Verlieben«, war eine der Regeln. »Nur einmalige sexuelle Kontakte mit anderen, keine Treffen in ihrem Zuhause und wir erzählen uns nichts davon.« Jette dachte nach. »Ehrlicherweise kann ich mir gut vorstellen, mal den Körper und die Lust von jemand anderem zu genießen. Zu bekommen. Aber ich habe Schwierigkeiten, dich zu teilen.« Pablo nickte. »Geht mir ähnlich. Ich glaube, deshalb haben Luna und Philipp die Regel, sich nichts davon zu erzählen. Um die Eifersucht und die Bilder im Kopf klein zu halten.«

»Hattest du schon mal Lust und Gelegenheit?«, traute sich Jette zu fragen.

»Mehr als einmal, aber nie so, dass ich dem nachgegangen bin. Mir wäre lieber, wir hätten einen gemeinsamen Deal. Ich will keine neue Partnerin, ich bin glücklich mit dir. Aber wenn wir uns die Freiheit geben, erotische und sexuelle Gelegenheiten zu leben ... Das wäre ... Das wäre...« Er suchte nach Worten. »Das wäre ein Deal.. Und du, hattest du schon mal Lust auf jemand anderen?« Pablo schaute sie mit seinen braunen Augen dermaßen offen und einladend an, dass sie ihn spontan küssen musste. »Eigentlich nicht. Wenn überhaupt, dann Nikolaj, mein Kollege im Café, er hat einen traumhaften Körper und Hände, die mich wahrscheinlich in den Wahnsinn treiben würden.« Pablo schluckte und Jette küsste ihn erneut. »Schatz, erinnere dich, er ist stockschwul«, flüsterte sie in sein Ohr, lachte und ließ es zu, dass Pablo sie aufs Bett zog.

»Okay«, fasste sie für sich zusammen. »Das sind alles nette Vorstellungen, aber eins steht fest: Das kann ich nicht.« Pablo nickte und wirkte erleichtert. »Ich glaube, ich auch nicht.« Sie lachten befreit und wussten trotzdem nicht weiter. »Aber was machen wir, wenn uns jemand anderes gefallen sollte?« Jette wollte es genau wissen. Pablo dachte ernsthaft nach, was sie an seiner Stirnfalte erkannte. »Es einfach genießen, ohne es zu erzählen?« Jette nickte langsam. »Keine Ahnung, ob das funktioniert.« Sie wusste nicht mehr genau, worüber sie sprachen. Das klang doch nach dem, wie Luna und Philipp lebten? Sie war verwirrt. Sie wusste nur, sie wollte es nicht wissen, wenn er eine andere toll fand.

»Vielleicht können wir in ein paar Monaten schauen, wie es uns mit der Regelung geht. Was meinst du?«, ergänzte Pablo. Beide tapsten in unbekannter Dunkelheit und Jette hoffte insgeheim, dass es nie jemanden anderen geben würde.

»Gute Idee. Vielleicht gibt es bald das totale Ausgangsverbot, dann sind wir zu ewiger Monogamie verdonnert.« Jette zog eine Grimasse und rückte nahe zu Pablo. »Alles, alles ist infektiös und ansteckend. Bleib lieber schön in meinem Bett.«

»Aber ein weiteres großes Thema lauert noch zwischen uns.« Pablo wagte einen Vorstoß und Jette wartete, was jetzt noch kommen würde. »Ich liebe Kinder und ich möchte auch Kinder.«

»In diese kaputte Welt willst du Kinder setzen?«

»Sie können ja erst mal in unserem Bett schlafen.« Jette stutzte, lachte und wusste, da kam das nächste große Thema. »Komm her.« Pablo zog sie an seine Seite. »Step by step. Jetzt liebe ich dich erst mal.«

Später saßen sie mit Gustav in der Küche und verdrückten seine mitgebrachten Pizzen. »Die Infektionszahlen steigen rasant und einkaufen geht ab Montag nur noch mit Maske. Ich hab uns welche besorgt.« Er legte fünf verschiedene Motive auf den Tisch. Pablo spielte gedankenverloren mit einer Batman-Maske.

»Alle Konzerte meines Vaters sind abgesagt und ich fürchte, der Kosmetiksalon meiner Mutter muss auch bald schließen.« Erschrocken schaute Jette ihren Freund an. »Oh, nein!«

»Mein Vater hat schnell reagiert und im nächsten Supermarkt nachgefragt, ob er als Auffüller arbeiten kann. Die Leute hamstern und die Regale sind leer.« Pablo wirkte in den letzten Wochen so erwachsen. Manchmal vermisste Jette das Alberne, Kindliche. Plötzlich war das Leben ernst.

»Mir macht das alles wirklich angst. Ich frage mal in unserem Supermarkt, denn ich fürchte, ich brauche auch einen zweiten Job.« Sie stand auf. »Ich flitze gleich mal runter, viele werden Jobs brauchen, alle Studenten, viele Künstler ... ich mag gar nicht zu Ende denken.« Während sie noch redete, zog sie Jacke und Schuhe an und überließ Gustav und Pablo sich selbst. Sie hörte noch, wie Gustav sagte, dass sie in der Werkstatt jemanden fürs Büro bräuchten, sie hätten mehr Aufträge als gewohnt und ob sich seine Mutter das vorstellen könnte. »Ich frag sie, danke, Gustav.« Pablo klang erleichtert.

Später im Bett war Pablo in sein Handy versunken. Er bemerkte kaum, dass sich Jette an ihn kuschelte. »Was machst du?«, fragte sie leise, die Augen schon halb geschlossen. »Ich fahre gerade durch die Straßen Japans. Gestern war ich auf einer Insel im Pazifik. Wahrscheinlich werde ich im echten Leben niemals dahinkommen, aber so ist es auch fantastisch. Schau dir das an.«

Jette hörte ein Lächeln in seiner Stimme. »Lass mich mitfahren.« Sie setzte sich wieder auf und gemeinsam entdeckten sie Südamerika.

30

Paula hatte Jette versprochen zu kommen, also fuhr sie nach Berlin. Gestern Abend hatte sie ihre Mutter am Telefon überredet, den nächsten Flieger nach Deutschland zu nehmen. Ewald hatte die Formalitäten geregelt und Paula atmete auf, als sie hörte, dass sie gerade in München gelandet waren. Ihr war wohler, die beiden alten Herrschaften in Deutschland zu wissen.

Paula fuhr mit dem Zug nach Berlin und staunte nicht schlecht, wie leer er war. Die anderen Reisenden achteten darauf, Abstand zu halten. So hatte Paula ein ganzes Abteil für sich allein. Herrlich, dachte sie und packte ihren Laptop aus, um zu arbeiten.

Als sie die Wohnung aufschloss, hörte Paula laute Musik und leises Fluchen. Jette. »Hi, Mom.« Ihre Tochter sah so enttäuscht aus, dass Paula sie am liebsten persönlich nach Nicaragua geflogen hätte. Sie zog Jette einfach in die Arme, wie sie es bei jedem Menschen machte, der traurig war und ihr nahestand. »Komm her. Es tut mir so leid, Schatz.« Sie hielt ihre Tochter und überlegte, was jetzt helfen könnte, doch Jette unterbrach ihre Gedanken. »Du hättest nicht extra kommen müssen. Wir können gerade nichts machen, außer die Zeit abwarten und gesund bleiben.«

»Gar nichts? Umdisponieren? Doch ein Studium in Deutschland beginnen?« Jette winkte ab.

»Alles findet momentan online statt. Lass mal, ich jobbe einfach. Verdiene ein bisschen Geld und versuche, ruhig zu bleiben.«

»Du klingst so vernünftig. Ich bin ganz überrascht.«

»Dachtest du, ich drehe durch?«

»Das nicht, aber dass du mehr schimpfen und fluchen würdest.«

»Das mache ich genug, keine Sorge. Hast du das Haus angeschaut? Kaufst du es?«

Paula setzte sich. Sie hatte noch nicht einmal ihre braune Lederjacke ausgezogen. »Ich muss wieder zurück, um alles zu regeln. Kann ich dich denn alleine lassen?« Jette breitete die Arme aus. »Schau mich an. Ich werde es überleben. Vielleicht kann ich ja im Sommer die Reise antreten. Wer weiß? Aber, sag mal, hast du Fotos? Zeig her.«

»Kommt Gustav heute nach Hause?« Jette zuckte mit den Schultern. »Wer weiß, wer weiß. Die Sache mit den Oldtimern brummt. Sie wollen eine weitere Halle anmieten. Gustav glüht regelrecht.« Paula schmunzelte. Sie gönnte ihrem Sohn den Erfolg.

Nur wenige Tage später saß Paula wieder im Zug nach Husum, um den Hauskauf abzuschließen. Sie telefonierte mit der Bank, ihrer Mutter, den Freunden und da hier jeder jeden kannte, kam ein vorzeitiger Notartermin zustande. Jascha hatte angeboten, vorab die Verträge zu sichten, was Paula gerne angenommen hatte. »Wenn du noch Geld brauchst, kann ich dir einen zinslosen Kredit zur Verfügung stellen.« Paula staunte. »Echt, Jascha? Das würdest du tun?«

»In echt«, wiederholte er flapsig ihre Worte. »Das würde ich für eine Freundin tun. Wenn ich dir nicht helfe und vertraue, wem dann?«

»Schade, dass wir gerade nur telefonieren, sonst würde ich an dir hochspringen.«

Jascha lachte laut und herzlich. »Das holen wir nach! Den Spaß lasse ich mir doch nicht entgehen.«

»Friederike hätte mir auch Geld geborgt. Ich habe tolle Freunde. Zwar spare ich auch, aber ich könnte nicht viel Geld verleihen, da alles für einen bestimmten Zweck ist: Das Notgroschenkonto, die Ausbildung der Kinder, für meine Rente später. Verstehst du?« Jascha lachte. »Klar. Aber ich verdiene dreimal mehr als du und habe nur mich zu versorgen. Und außerdem ...« Er machte eine dramaturgische Pause wie bei einem Dreiakter, kurz vorm Schluss. »Ich bin eine Sparbüchse.« Paula erschrak, hatte sie das jemals laut gesagt? Jascha lachte noch lauter. »Paula-Sweety, ich weiß, dass du mich so nennst.«

»Ertappt. Jetzt guckst du wahrscheinlich wie ein Kaninchen vor der Schlange. Aber im Ernst. Wenn du was brauchst, dir gebe ich es gerne. Punkt.«

»Danke, Jascha.« Mehr konnte sie nicht sagen. »Danke.«

Die Hamburger Familie hatte das Haus leergeräumt und ihr sogar schon die Schlüssel überreicht. Das geht nur auf dem Dorf, dachte sie und war ganz aufgedreht. Die Angst, dass die ganze Corona-Geschichte ihr einen Strich durch die Rechnung machen könnte, hatte sich nicht bestätigt. Der Hausverkauf lief wie am Schnürchen. Möglicherweise hatte Corona den Verkaufsvorgang sogar beschleunigt, der nahende Lockdown schockte die Menschen. Was würde in nächster Zeit überhaupt noch funktionieren? Welche Geschäfte konnte man ohne Ansteckungsgefahr abwickeln?

So oder so. Paula hielt die Hausschlüssel in der Hand wie eine Trophäe. Das Haus der Familie Petersen war zurückerobert und es fühlte sich einfach nur gut und richtig an. Einerseits. Andererseits dachte sie an den Schuldenberg und die vor ihr liegenden Ratenzahlungen. Die Miete der Berliner Wohnung. Oder würde sie ganz aus Berlin weggehen? Das konnte sie sich nicht vorstellen, sie liebte die Stadt. Das wird schon, machte sie sich Mut. Vielleicht spezialisiere ich mich auf das Lektorieren von Texten und gebe den schlecht bezahlten Job im Reisebüro endlich auf. Oder ich biete Schreibkurse an, oder Coaching für Autoren. Ihr würde etwas einfallen.

Etwas verloren stand Paula im leeren Haus, schaute sich um und notierte im Geiste, was sie alles besorgen musste. Die Hamburger hatten ihr den Kühlschrank und die Waschmaschine dagelassen, die Heizung funktionierte tadellos. Am dringendsten brauchte sie eine Matratze, Bettzeug und einen Herd. »Mach's gut, altes Haus«, sagte sie laut und kicherte, weil es klang, als würde sie sich von einem alten Freund verabschieden. »Bald komme ich wieder und dann mache ich dich richtig hübsch.« Seinem Alter angemessen, antwortete das Haus mit würdevoller Stille. Stille, die sich wohltuend auf Paulas Ohren legte. Der Tinnitus war heute ebenfalls friedlich. Sie schloss die schwere Haustür ab und legte die rechte Hand behutsam auf die rote Klinkermauer, ehe sie sich umdrehte, um zurück nach Berlin zu fahren.

Als sie ins Auto steigen wollte, schoss ihr der Schmerz messerscharf in den Rücken. Sie konnte sich nicht bewegen und war heilfroh, dass Hedi Thomsen am Zaun stand, um ihr zum Abschied zu winken. Gebückt wie eine alte Frau versuchte Paula rückwärts zu gehen und sich ein wenig aufzurichten. »Warte Paula, ich hol dir meine Gehhilfe, da kannst du dich aufstützen.« So schnell sie konnte, flitzte Hedi in ihren Pantoffeln ins Haus.

»Mädchen, Mädchen, was machst du nur für Sachen.« Langsam, Schritt für Schritt, lotste Hedi Paula in ihr Haus und durchforstete anschließend ihre Hausapotheke nach einem Schmerzmittel. Paula suchte nach einer Haltung, in der sie sitzen konnte und schluckte Hedis Tablettenfund, ohne genau zu prüfen, was sie da einnahm. Bei Gott, sie hätte alles genommen! Der Schmerz war unerträglich. »Hedi, ich muss meine Kinder anrufen. Sie denken, ich komme heute nach Hause.« Hedi brachte ihr umständlich das klobige Telefon und Paula versuchte, sich an ihre Festnetznummer in Berlin zu erinnern. Wer weiß, ob die Kinder auf das Klingeln überhaupt reagieren würden. Aber ehe sie Hedi lang und breit erklärte, dass sie ihre Handtasche aus dem Auto und das darin liegende Handy brauchen würde, wählte sie lieber die Nummer.

»Hallo?« Paula sah Gustavs erstauntes Gesicht direkt vor sich. Wahrscheinlich würde er irritiert den Hörer anschauen und sich fragen, ob er halluzinierte. »Mein Sohn. Wie oft habe ich dir erklärt, dass man sich nicht mit Hallo am Telefon meldet. Und ja, der Hörer hat geklingelt.« Er gluckste und es klang, als ob er gurgeln würde.

»Maman, du? Altmodische, klingelnde Plastikteile in unserer Wohnung. Was ist los? Ich dachte, dieses Telefon funktioniert gar nicht mehr und du wärst nur zu nostalgisch, um es wegzuschmeißen.«

»Gustav, hör zu. Ich habe einen Hexenschuss, kann mich nicht bewegen und liege hier bei Hedi Thomsen auf dem Sofa.«

»Ihr habt lustige Namen da oben«, gluckste er schon wieder und schien etwas zu kauen.

»Ich kann jetzt unmöglich fünf Stunden Auto fahren. Vielleicht klappt es morgen oder spätestens übermorgen. Habe schon Schmerzmittel genommen und-«

»Maman, du verpasst gar nichts. Kurier dich in Ruhe aus. Hier hast du es mit deiner schlechtgelaunten Tochter zu tun, unserem Vater, der fast täglich vorbeikommt und fragt, ob wir etwas brauchen und mit deinem Sohn, der stundenlang in seinem Zimmer oder in der Werkstatt bei Freddy hockt. Die Corona-Infektionszahlen steigen stündlich und es gibt schon viele Tote, vor allem in Italien. Verdoppplungszeit und ...«

»Gustav, was redest du da?«

»Die Verdopplungszeit ist die Zeitspanne, in der sich die Zahl der Infizierten verdoppelt. Ein wichtiger Gradmesser, genauso wie die Reproduktionszahlen. Die beschreiben, wie viele Menschen eine infizierte Person im Mittel ansteckt. Hörst du da oben keine Nachrichten?«

»Das weiß ich alles und nein, ich habe mich nicht ausgiebig damit beschäftigt. Es ändert sich ja fast alles im Stundentakt. Außerdem musste ich ein Haus kaufen.«

»Alle rechnen mit einer kompletten Ausgangssperre. Wenn es in Nordfriesland schön ist, bleib lieber da. Hier müssten wir drei die nächsten Wochen alle zusammen in der Wohnung verbringen. Man darf wohl nur mit einer Person spazieren gehen.«

»Was? Ist Jette zu Hause?«

»Sie räumt im Supermarkt Regale ein.«

»Was?«

»Den Job hat sie sich schnell ergattert. Sie sagt, sie muss ihr eigenes Geld verdienen. Das Geld aus dem Café würde nicht mehr reichen, da sie in letzter Zeit weniger Schichten hat. Seit heute ist es komplett geschlossen. Auch kein Coffee to go mehr. Wenn sie zu Hause ist, mistet sie ihr Zimmer aus, als wäre sie nicht ganz dicht. Frag nicht, wie viele Müllsäcke sie schon runtergebracht hat.«

Paula musste das Gehörte zunächst verarbeiten und suchte nach einer Schonhaltung, in der sich der Schmerz aushalten ließ. »Wann kommt sie nach Hause? Sag ihr, sie soll mich bitte anrufen. Am besten unter der Nummer, die ich dir gleich sage. Ich werde wohl heute Nacht bei Hedi bleiben. Im neuen Haus gibt es noch kein Bett.«

»Ich kann es immer noch nicht glauben. Du hast es echt getan, oder? Maman, du bist die Beste. Kaufst du einfach mal so ein altes Haus. Schickst du Fotos? Sobald man wieder reisen darf, würde ich es gern sehen. Maman, ich muss los in die Werkstatt. Wir haben Aufträge ohne Ende und die Oldtimersache läuft gerade richtig gut.«

Einfach mal so ein altes Haus gekauft, dachte Paula. Ich werde dem Jungen mal etwas Realität beibringen müssen und ihm Kaufpreis, Nebenkosten und Ratenzahlung erklären. Dazu die Mietkosten in Berlin. Zum Glück hatte sie einen uralten Mietvertrag und die Kosten hielten sich in Grenzen. Das Schmerzmittel schien zu wirken, Paula dämmerte weg und hörte noch, wie Hedi auf Plattdeutsch telefonierte und jemandem erzählte, dass Petersens Paula bei ihr auf dem Sofa lag.

Paula wusste nicht, wie viel Zeit vergangen war. Langsam richtete sie sich auf, um sich wieder zu orientieren. Der Rücken schmerzte zwar noch, doch sie konnte sich wieder besser bewegen. »Heiß duschen, Paula«, hörte sie Hedis Stimme. »Und bewegen, bewegen, sagt Doktor Krämer. Ich habe ihn vorhin angerufen, und Hauke natürlich auch.«

Inzwischen dämmerte es, die Märztage waren noch ziemlich kühl, aber seit gestern wunderbar sonnig. Hedi stand zögerlich in der Tür. »Soll ich dir oben wieder alles herrichten oder willst du rüber zu Wilma und Hauke gehen? Beide lassen ausrichten, dass das Gästezimmer vorbereitet ist.« Sie zwinkerte Paula lustig und umständlich zu. Die Brille rutschte komplett über das Nasenbein und fiel fast zu Boden. »Auch für Lahme und Gebeugte, sagte dein Hauke.« Sie lachte, wie sie wahrscheinlich schon vorhin am Telefon über Haukes Witz gelacht hatte. »Dieser Junge, ob der mal sesshaft wird?«

»Danke, Hedi. Am liebsten würde ich ja in Großmutters Haus wechseln, aber da gibt es noch kein Bett.« Sie zupfte ihre Sachen zurecht und legte die Decke ordentlich zusammen. Sie hatte das Gefühl, dass Hedi es gut fände, wenn Paula zu den Hinrichsens wechseln würde. »Ihr solltet euch zusammenschmeißen, der Hauke und du. Er hat keine Frau, du keinen Mann. Ihr versteht euch immer noch so gut wie früher. Wo liegt das Problem? Wollt ihr alleine alt werden? Menschen sind nicht dafür gemacht, allein zu sein.«

»Ach, Hedi. Hauke und ich haben uns über zwanzig Jahre nicht gesehen. Dazwischen ist so viel passiert. Ich weiß gar nicht, ob wir uns wirklich noch kennen.«

»Glaub mir, ihr kennt euch. Euch zwei zusammen zu erleben, das war immer ein bisschen magisch, als ihr noch Kinder wart. Einer hat einen Satz angefangen, der andere hat ihn beendet. Und die Blicke, die ihr getauscht habt. Unbeschreiblich. Bei deinen Eltern war das ähnlich.«

»Was war ähnlich?«

»Das Gefühl, dass sie zwei alte Seelen waren, die sich auf Erden wiedergetroffen haben. Schade, dass dein Vater ...« Sie stockte und Paula bekam eine Gänsehaut. »Was?«, erinnerte sie Hedi daran, weiterzuerzählen. »... dass er so früh gegangen ist.«

So, wie Hedi darüber redete, hatte die Geschichte um ihre Eltern ein Geheimnis. Sie nahm sich vor, ihre Mutter über ihre Liebesgeschichte zu ihrem Vater auszufragen. Bisher hatten sie nie über den Anfang gesprochen, nur über das Ende. Aber das auch nie richtig.

Paula und Hauke hatten den Tag damit verbracht, Lebensmittel einzukaufen – mit Maske und reichlich Abstand – und einen Internetanschluss für Paulas Haus in Auftrag zu geben. Später spazierten sie mit langsamen Schritten die Runde um den Dockkoog, Husums Badestelle. Das langsame Bewegen tat Paulas Rücken gut, obwohl sie noch weit weg von ihrer normalen Haltung war. Noch standen keine Strandkörbe am Wasser, auch die Strandbar »Wunderbar« war geschlossen und niemand wusste, ob sie diesen Sommer überhaupt öffnen würde. Der Corona Virus bestimmte den Puls der Zeit und der Puls war niedrig, fast tot. Nichts ging mehr.

Der Wind am Dockkoog tobte kräftig und Paula hatte das Gefühl, dass ihr das Durchgepustetwerden half, sich wieder auf sich selbst zu besinnen. Der Blutkreislauf wurde angekurbelt, das Atmen ging leichter und verband ihre hitzigen Gedanken mit dem gleichmäßigen Rhythmus der Füße. Sie vermisste das Tanzen und das dazugehörige Gefühl von Hingabe. »Wo bekomme ich so eine Box her, du weißt schon, so eine, die sich mit meinem Handy über Bluetooth verbindet. Ich brauche Musik.«

»Der Onlinehandel boomt, kannst du dir sicher bestellen. Und installiere dir die eBay App für den ganzen Kleinkram, den du noch brauchst.«

»Das mache ich. Heute hat mir Jette erzählt, dass es Kontrollen geben wird, ob man wirklich aus Schleswig-Holstein kommt. Vielleicht sollte ich mein Auto mit dem Berliner Kennzeichen lieber verstecken.«

»Fahr es in die Garage, wenn es dich beunruhigt. Eine seltsame Zeit.« In gewohnter Geste fuhr sich Hauke mit den Fingern durch die Haare, die der Wind sofort in eine andere Richtung pustete. Paula hatte ihren Kindern gegenüber ein latent schlechtes Gewissen. Sie mussten in der Stadt hocken, sie selbst hatte das Meer und viel Natur. Sie nahm sich vor, engen Kontakt zu ihnen zu halten. Wenigstens.

Paulas Rücken schmerzte wieder. Eben hatte Hauke eine Matratze ins neue Haus geschleppt. Sie selbst schaffte es nur, ein Kopfkissen zu tragen. Der Raum im oberen Stockwerk war wunderbar hell. Im Dämmerlicht entdeckte sie die Baumwipfel vom Grundstück der Hinrichsens. Hauke hatte die Matratze so an die Wand gerückt, dass Paula sich anlehnen konnte. Er stopfte ihr die Kissen in den Rücken, packte die mitgebrachte Pizza aus und zündete die großen Altar-Kerzen an. Ihre Großmutter hatte immer Respekt vor Kerzenlicht im Haus gehabt oder auch vor einem Feuerwerk und dem Grill der Nachbarn im Sommer. Eigentlich vor jedem offenen Feuer. »Nicht, dass das Reetdach anfing anfängt zu brennen.« Unwillkürlich musste Paula daran denken. Am liebsten würde sie sich einen Wassereimer neben das Bett stellen. Nicht, dass das Reetdach anfängt zu brennen. Sie setzte sich so, dass sie die Kerzen im Blick behielt.

»Nicht, dass das Reetdach anfängt zu brennen«, machte Hauke Paulas Großmutter mit Gestik, Mimik und Stimme nach. »Unglaublich, ich fühle immer noch, was du denkst. Einmal Pauke, immer Pauke.« Sie lächelte, nur umgekehrt war es nicht mehr so. Paula hatte keine Ahnung, was Hauke dachte oder fühlte. Die neue Mischung aus Vertrautem und Unbekanntem fand sie interessant und anziehend.

31

Paula schob sich die Kissen zurecht und rückte neben Hauke. Sie schauten nun beide zu den Kerzen und passten auf, dass sie nicht umkippten. Paula biss herzhaft in die Pizza, nahm allen Mut zusammen und begann das Gespräch, auf das sie schon so lange wartete. »Hauke-Pauke. Lass uns endlich darüber reden, wie wir die vielen letzten Jahre verbracht haben. Warst du glücklich? Hast du gefunden, was du gesucht hast und wieso bist du so bedrückt, seit du wieder da bist?«

»Ich soll anfangen?«

»Yes, Sir.«

»I can boogie ...«, sang er die bekannte Liedzeile.

»Nicht ablenken!«

»Wie fasse ich nur die vielen Jahre zusammen? Also: Als klar war, dass du Thomas geheiratet hast und nichts mehr von mir wissen wolltest, dachte ich: Du kannst mich verlassen, aber ich verlasse dich nicht. Ich habe endlich eingesehen, dass du unbedingt dieses heterogene Familiending wolltest und du solltest es haben. Für mich war das einfach nichts.«

»Wieso eigentlich nicht?«

»Es war mir zu eng. Die Rollen zu festgelegt. Allein der Gedanke daran, so leben zu müssen, schnürte mir alles zu. Also, dachte ich, die Paula lebt in Berlin ihren Traum und ich lebe meinen, und irgendwann werden wir beieinander sitzen, vielleicht auf Nordstrand, vielleicht auf Amrum und werden uns alles erzählen. Vielleicht darf ich sie dann auch wieder küssen, weil, wenn Menschen aus ihrem Leben erzählen und ernsthaft interessiert am anderen sind, entsteht oft diese wunderbare Nähe.«

»So hast du gedacht?«

»Ja.«

»Und dann?«

Hauke legte seine Pizza zurück in den Karton. »Ich habe nicht mit deiner Sturheit gerechnet, dabei hätte ich es wissen müssen. Wenn es Noten für Sturheit geben würde, hättest du eine eins plus. Aber was deine Sturheit war, war mein langer Atem. Also schrieb ich dir, hielt dich die ganzen Jahre grob auf dem Laufenden. Mal hast du geantwortet, mal nicht. Selten hast du geschrieben, wie es dir geht. Wie es dir wirklich geht. Du hast mir wie eine Sekretärin geantwortet, die den Eingang der Mail bestätigt und dem Absender einen schönen Tag wünscht. Der Subtext war: Verpiss dich, schönes Leben noch!«

Paula lachte. »Mehr ging einfach nicht. Und weiter?«

»Als erstes zog ich in eine Kommune in einem abseits gelegenen Vorort von Sydney. Ich suchte Gleichgesinnte, was nicht einfach war, denn einerseits war ich der angehende Finanzheini im dunklen Anzug, der große Summen Geld hin und herbewegen sollte und von dem ein korrektes Auftreten erwartet wurde. Andererseits lebte ich in dieser Kommune ein ungezwungenes Lotterleben. Teilte meine Gedanken, Gefühle und meine Lust mit den Menschen, die mir gerade nahe waren.«

»Davon hast du mir nie geschrieben.«

»Ich wusste, dass du nichts damit anfangen kannst, dass du die Art zu leben nicht nur ablehnst, sondern auch abwertest. Ebenso wie meine Eltern und ganz Simonskoog. Was sage ich, ganz Nordfriesland. Das wollte ich mir ersparen. Von Anfang an hast du das, was ich über Freiheit und Liebe dachte, beiseitegeschoben. Einfach ignoriert. Schau, wie du jetzt guckst.« Ertappt senkte sie den Blick.

»Es ist mir so fremd.«

»Kein Wunder, überall wird einem vorgelebt, welche Beziehungen in Ordnung sind und welche nicht. Wir kannten nichts anderes. Trotzdem hatte ich mir gerade von dir etwas mehr Offenheit gewünscht. Ich hatte es erwartet, wenn ich ehrlich bin.«

»Also warst du auch enttäuscht von mir.« Auf die Idee war Paula vorher nie gekommen.

Hauke drehte sich etwas zu ihr, sodass sie sich besser anschauen konnten. »Nimm den Moment jetzt. Die Kerzen flackern, es ist eine gemütliche Stille im Haus und du bist mir gerade sehr nahe, weil alles so ehrlich ist zwischen uns. So echt. Am liebsten würde ich dich in den Arm nehmen, küssen, bisschen weiterreden, vielleicht auch miteinander schlafen. Dann wieder reden. Was soll an dieser Nähe falsch sein, selbst, wenn du verheiratet wärst?«

Paula dachte kurz an Friederike, die das Leben aus einer ähnlichen Perspektive betrachtete. Die Frauen in ihrer Familie hätten dagegen durchaus Argumente: weil wir uns die Treue geschworen haben, weil das der Anfang vom Ende ist, weil sich das nicht gehört, weil du zu mir gehörst, weil ich ein Exklusivrecht auf dich habe. Doch dann fiel ihr ein anderes Argument ein. »Tja, wenn ich noch mit Thomas verheiratet wäre, hätte ich ihm gegenüber ein schlechtes Gewissen.«

»Das hat man nur, wenn alles heimlich stattfindet. Stell dir vor, ihr habt die einvernehmliche Abmachung, dass Thomas solche Momente auch genießen darf?« Hauke nahm ihre Hand, streichelte erst über die Narbe, dann über den Ringfinger, drehte den Ring und Paula hielt die Luft an. Als wäre diese Berührung die selbstverständlichste von der Welt, redete er weiter. Wollte sie es so hören oder klang seine Stimme rauer, aufgewühlter? »Wenn ihr es euch erlauben würdet und ganz offen und klar damit wärt? Wenn du Thomas nichts wegnehmen, sondern dir nur einen zusätzlichen intimen Moment schenken würdest?« Längst hatten sie die Gesichter einander zugewandt, was auf der schmalen Matratze nicht so einfach war. Paula lehnte immer noch mit diversen Kissen rückenschonend an der Wand. Die Pizzakartons lagen auf dem Boden, den Wein tranken sie aus uralten Wassergläsern. Wenn es nicht so unwahrscheinlich wäre, würde Paula glauben, dass die Gläser aus der Zeit ihrer Großmutter stammten. Seit einer gefühlten Ewigkeit schaute er sie mit dem altvertrauten Hauke-Blick an. Offen, klar und voller Liebe. Paula schmolz dahin, ließ die Leinen locker und pfiff auf Selbstkontrolle, Bleimäntel und Prinzipien. Wenn sie den Kopf wendete, sah sie das aufgewühlte Hin- und Herpeitschen der Baumwipfel. Der Wind hatte gedreht. Während sie kurz davor war, wieder mit ihrer alten Jugendliebe zu schlafen, die Stille im Haus leise knisterte, ging draußen die Post ab.

Ohne weitere Worte rückte sie näher zu ihm. »Dann schenke ich mir doch mal einen intimen Moment.« Sie konnte den Satz kaum zu Ende sprechen, da fühlte sie schon seine Lippen auf ihren, ihre Hände um seinen Kopf, seine Hände um ihre Hüften.

Hauke flüsterte in ihr Ohr: »Verarsch mich nicht, das war mein bisheriges Leben. Die Sehnsucht nach intimen Momenten.«

»Ein Intime-Momente-Sammler.« Paula erwiderte seinen Kuss voller Lust. Sie halfen sich, einander auszuziehen.

»Vorsichtig, mein Rücken«, murmelte sie und hatte er wirklich ›war‹ gesagt? Es war sein bisheriges Leben? Fragen über Fragen. Und ein Funken Hoffnung.

»Nicht reden«, sagte sie schnell, als er zu einer Antwort ansetzte.

»Doch«, flüsterte er. »Rede ruhig mit mir und schau mich an.« Hauke hielt inne, strich ihr eine Haarsträhne aus dem Gesicht. »Nein.« Paula hielt die Augen fest geschlossen. Nicht noch mal. Mit eindeutigen Bewegungen gab sie ihm zu verstehen, dass sie die Position ändern wollte.

»Autsch. Ich setz mich besser auf dich. Ganz langsam, mein blöder Rücken.« Sie übernahm das Tempo, bewegte sich auf ihm, ohne die Augen zu öffnen. Fühlte ihren alten Freund mit jeder Faser ihres Körpers. Er keuchte, atmete schwer und war längst nassgeschwitzt. Vorsichtig beugte sie sich zu ihm, um ihn zu küssen. So weit wie möglich kam er ihr entgegen. Paula wusste nicht, wohin mit sich. Als sie sich ihrem Höhepunkt näherte, öffnete sie schließlich doch die Augen und verlor sich in seinen, die unverwandt auf ihr ruhten. Ein stechender Strahl fuhr durch ihren Körper und Paula wusste im ersten Moment nicht, ob es ihr Rückenschmerz oder ein Seelenschmerz war. Sie weinte vor Erschöpfung und legte sich in seine Arme. Beruhigte sich allmählich und konnte bald wieder langsamer atmen. »Übrigens«, begann sie und setzte sich vorsichtig auf. »Heute Abend gehst du nirgendwo hin. Wenn du noch nicht satt bist, dann machen wir da weiter, wo wir gerade aufgehört haben. Rückenschmerzen hin oder her. Heute gehörst du mir.« Sie versuchte einen strengen Blick und packte mit beiden Händen Haukes Hintern.

»Autsch«, grinste er wie ein Honigkuchenpferd. »Schön hiergeblieben!«, drohte Paula.

32

Am nächsten Morgen lag Hauke halb auf dem Fußboden, halb auf der Matratze. Er versuchte, sich aufzurichten, und stöhnte sofort. »Ich fürchte, jetzt habe ich auch Rücken.« Paula reichte ihm die Hand und zog ihn unter die körperwarme Decke. Sie bewegten sich vorsichtiger als letzte Nacht und zogen sich damit auf, dass sie jetzt ein altes Liebespaar waren.

»Sind wir das?« Paula wollte nach der gemeinsamen Nacht nicht zu euphorisch sein. Auch wenn sie miteinander geschlafen hatten, bedeutete das nicht den Beginn von etwas Neuem. Vielmehr fühlte es sich an wie der Abschluss von etwas Altem. Sie setzte sich auf.

»Ich glaube«, begann Hauke. »Ich glaube, in unserem Fall können wir von Liebe sprechen. Wir liebten uns schon als kleine Kinder, wie das ganze Dorf weiß. ›Hier kommt dein Hauki‹, hat deine Mutter immer gesagt, sobald sie mich erblickt hatte.« Paula lächelte bei der Erinnerung. Er schien eine nie versiegende Paula-Liebesquelle in sich zu tragen. Immer wieder gab es Nachschub, immer wieder betonte er, dass er nie aufgehört hatte, sie zu lieben.

»Hauki, meinst du, du bekommst es hin, in meiner wunderbar leeren Küche Kaffee für uns zu kochen? Ich denke, es ist alles da.« Er wühlte sich aus dem Bett, schaute zur Decke und zeigte nach oben. »Oh Gott. Ich fürchte, du brauchst eine neue Lampe.« Paula blickte hoch. Ein schweres, fünfarmiges Ungetüm aus dunklem Holz hing an der Decke. Sie schnappte sich ihr Handy und fotografierte die Lampe.

»Ich setze sie gleich mal zum Verschenken in die Verkaufsapp. Weg mit dem dunklen, schweren Holz.«

»Verschenken? Verkauf sie!« Hauke empörte sich. Seine Schritte und die Stimme hallten in den leeren Räumen, die alten Dielen knarzten in seinem Takt. Paula blieb im Bett. Wie lange war es her, dass ein Mann, mit dem sie die halbe Nacht geredet, geflüstert und gestöhnt hatte, für sie am Morgen Kaffee gekocht hatte? Thomas war der letzte und das war mehr als fünf Jahre her. Alles in ihr surrte vor Zufriedenheit. War das der Start in das nächste Kapitel ihres Lebens? Das alte Haus, die alte Heimat, die alte Liebe? Sie seufzte und zog sich die Decke bis unters Kinn. Wer weiß?

Vielleicht übernehmen die Kinder inklusive Pablo die Berliner Wohnung als Wohngemeinschaft und ich bleibe einfach hier, überlegte Paula. Die ganze Welt arbeitet momentan online, das kann ich auch.

Der Blick aus dem angekippten Fenster zeigte ihr einen blauen Frühjahrshimmel, die Bäume bogen sich kräftig nach Westen. Also hatten sie Ostwind. Jetzt hörte sie auch das Rauschen der Windräder. Hedi hatte ihr erklärt, dass man sie nur bei Ostwind hören würde, als sie nach dem seltsamen, gleichmäßig brummenden Geräusch gefragt hatte.

Sex wirkt Wunder, dachte sie, meinem Rücken geht's viel besser, und sie versuchte, sich noch mehr zu bewegen.

»Alles da«, brüllte Hauke nach oben. »Sogar ein Wasserkocher steht hier und in der alten Vorratskammer habe ich Tassen gefunden.« Sie hörte sein Klappern im unteren Stockwerk, was sie rührte. Alles fühlte sich so heimelig an.

Auf einem uralten, ebenso hässlichen Tablett aus dunklem Holz wie die Lampe, balancierte er ihre zwei dampfenden Kaffeebecher. Vielleicht stelle ich die Lampe und das Tablett als Set ins Netz, überlegte Paula. Als Hauke sich bückte, knackte es irgendwo in seinem Körper fürchterlich laut. »Na, ist was zerbrochen?«, neckte sie ihn. »Kommst du jemals wieder hoch?« Er lachte gequält und setzte das Tablett vorsichtig ab. Paula hielt inne. »Sag nicht, dass du jetzt einen Bandscheibenvorfall oder so was hast!«

Er schüttelte den Kopf. »Nein, nein. Bei mir sind es eher die Knie. Lass uns jetzt nicht über unsere Wehwehchen reden, dafür ist der Morgen zu schön.«

»Aber es interessiert mich brennend. Was machst du eigentlich mit deinen intimen Momenten, wenn die körperliche Attraktivität nachlässt?« Hauke nahm einen Schluck vom heißen Kaffee und hatte ihren genauso zubereitet wie seinen. Einen Hauch Milch, nicht zu viel, kein Zucker. Auch Gustav trank seinen Kaffee so und fast wäre ihr die Parallelität rausgerutscht. Dabei hatte sie sich vorgenommen, mit ihm nicht über ihre Kinder zu reden. Viel zu dünnes Eis. Er sollte sie als Frau sehen, nicht als Mutter. Doch das Bedürfnis, Hauke wirklich alles zu erzählen, wuchs mit jeder Minute, die sie miteinander verbrachten.

»Ach Paula, es gibt so viele Arten, miteinander intim zu sein. Nicht nur die sexuelle. Es ging mir immer um die Freiheit der Liebe. Mehrere Menschen lieben zu dürfen, nicht nur die sexuelle Lust zu teilen. Vielleicht war der Einstieg in diese sexuelle Freiheit nicht der beste, und du hast mich dabei auch noch gesehen. So sollte es nie sein.«

»Dein Einstieg war rückwärts«, entfuhr es Paula. Schnell hielt sie sich die Hand vor den Mund. Peinlich. Doch Hauke lachte herzhaft und schließlich stimmte sie mit ein. »Du bist ganz schön frech.« Er kniff sie in die Seite, ihr Kaffee schwappte über und bekleckerte das Bettzeug. Sie schreckte hoch und schimpfte wie ein Rohrspatz. »Mensch, Hauke! Das ist meine einzige Bettdecke und Bettwäsche.« Tapfer hielt sie den Kaffeebecher hoch, um zu retten, was zu noch retten war. Hauke drehte die Decke einfach so um, dass sie sich mit der trockenen Seite weiter zudecken konnte. »Ich glaube, du brauchst ein Bett.«

»Und Bettzeug und Handtücher und Geschirr und einen Tisch und einen Stuhl, aber von allem nur ganz wenig. Ich will es hier schön leer lassen. Du ahnst ja nicht, wie schwer es mir fällt, etwas wegzuschmeißen.«

In Gedanken hatte sie längst notiert, was sie brauchte, um hier leben zu können. Viel war es nicht und ihretwegen könnte das Ausgangsverbot noch eine Weile andauern. Der Gedanke war so neu, dass er nur kurz bleiben durfte. Vom Genießen war sie weit entfernt.

»Erzähl mir von jemandem, mit dem oder der du anders intim warst als sexuell«, setzte Paula das unterbrochene Gespräch fort. Kurz überlegte sie, ob sie das wirklich wissen wollte, und stellte fest, dass sie ihm jede andere Intimität mit einem anderen Menschen lassen könnte, nur nicht die sexuelle. Das war ihr zu intim. Sie amüsierte sich über ihre Gedanken und gluckste. »Du siehst wieder aus, als hätte dir jemand einen Witz erzählt. Hast du einen Stöpsel im Ohr und empfängst Nachrichten?«

Paula lachte. »Der Mann im Ohr quatscht die ganze Zeit. Manchmal ist es auch eine Frau. Aber lenk nicht ab. Erzähl!«

Hauke sprach von einer älteren Frau, Lydia, die regelmäßig zu einer Art Kunstabend einlud. Dort trafen sich einmal im Monat diverse Künstler, um über ihre neuesten Werke zu berichten, sich zu vernetzen, Ausstellungen oder Lesungen zu planen. »Lydia und ich hatten einen guten Draht zueinander und es dauerte nicht lange, da kam ich früher und blieb länger. Noch später besuchte ich sie regelmäßig. Da sie im Rollstuhl saß, hab ich sie zu kleinen Ausflügen begleitet. Sie hat mich inspiriert, weil sie einen offenen Geist hatte. Mit ihr konnte ich über die Liebe reden, über Gleichberechtigung, über Feminismus, Kunst, Geld, Filme. Wir erdachten uns Lebensmodelle und philosophierten. endlos darüber. Was wäre, wenn. Jeder andere wäre längst ausgestiegen oder hätte die Ideen als Spinnerei abgetan. Doch sie schrieb drei Drehbücher aus unseren Gesprächen.«

In Gedanken schien er bei Lydia zu sein. »In unserer intensivsten Zeit war ich sicher an fünf Abenden der Woche bei ihr und genau diese Freiheit meine ich. Das wäre nie gegangen, wenn jemand eifersüchtig zu Hause sitzen würde, um auf mich zu warten. Leider ist sie letztes Jahr gestorben.«

»Oh, das tut mir leid.« Paula fiel kein anderer Satz ein. »Das heißt, du hast dein Leben genossen, so wie du es dir vorgestellt hast. Warst du glücklich?« Sie wartete lange auf seine Antwort. Immer wieder nippte er am Rest seines Kaffees und legte sich dann mit dem Kopf auf ihren Schoß.

»Ja und nein«, sagte er ehrlich und jetzt war es Paula, die ihn küssen wollte, doch sie kam nicht an sein Gesicht, ohne sich den nächsten Hexenschuss zu holen.

»Die letzten Jahre in New York war ich fast ausschließlich mit Jolanda zusammen. Sie ist Mitte dreißig, also deutlich jünger als ich und plante ein Leben im Wohnmobil. Sie wollte quer durch Amerika reisen, das ganze Land in sich aufsaugen. Von der Ostküste an die Westküste. Ihre Augen leuchteten, wenn sie davon erzählte. Während sie die Reise plante, spürte ich, wie müde ich war. Ich wollte plötzlich nicht mehr mitkommen und war überglücklich, als sie unverhofft schwanger wurde. Glaubte einen kurzen Moment, dass sie sesshaft werden würde. Dass wir eine Familie gründen würden. Ich war sowas von bereit dafür.« Er schloss die Augen. »Doch sie hat das Kind nicht behalten. Ohne mit mir zu sprechen, hat sie ihre Entscheidung getroffen.« Pause. Atmen. »Danach war unsere Beziehung im Eimer. Als sie zu ihrer Reise aufgebrochen ist, bin ich nach Hause geflogen. Hierher.«

Paula strich ihm sanft über den Kopf. Seine Augen waren wieder geschlossen und am liebsten hätte sie ihm gesagt, dass er dennoch einen Sohn hatte. Sie wollte ihn damit trösten. Da gab es jemanden, der aus seinem Samen und ihrem Ei entstanden war. Einen wunderbaren Jungen. Sie biss sich auf die Lippen und entschied, heute noch Thomas anzurufen.

»Von daher ja und nein. Einerseits ging es mir über viele Jahre sehr gut und ich bin dankbar, dass ich dieses unkonventionelle Leben leben durfte. Doch es waren kaum langjährige Beziehungen dabei, vieles davon war flüchtig und der Preis ist meine aktuelle Einsamkeit. Vielleicht klingt es dramatischer, als es ist, aber so fühle ich mich gerade. Jeder scheint irgendwo hinzugehören und für mich war es für lange Zeit Jolanda. Seit sie weg ist und auch das Baby abgetrieben hat, schwebe ich zwischen allen Welten. Ich bin leer, traurig und ein bisschen schwermütig.«

»Ich weiß.« Paula legte ihre Hand auf seine Brust. Sie fühlte seine Traurigkeit und auch die Liebe zu der anderen Frau und sie konnte beides einfach lassen. Jetzt wusste sie, warum er wirkte, als würde er mit angezogener Handbremse durch die Tage stapfen.

Als Hauke über die Terrassentür zu seiner Mutter gegangen war, lief sie noch einmal in das Schlafzimmer. Jetzt wäre er bereit für ein Kind gewesen. Mit 47 Jahren, meine Güte. Jetzt, wo Paula sich darauf freute, endlich allein zu sein. Wieder waren sie inkompatibel.

Während sie über Haukes Leben sinnierte, prüfte sie ihr Reisegepäck und schaute nach, ob sie genug frische Unterwäsche dabei hatte. Hatte sie, die letzten Slips und einen letzten sauberen BH aus der Kollektion *für zu Hause.* Sie bewegte sich noch vorsichtig in dem leeren Haus. Beobachtete ausgiebig den Lichteinfall und überlegte, wo sie einen Tisch und einen bequemen Stuhl hinstellen würde. Das Wohnzimmer war um die 25 Quadratmeter groß und sollte ein Tanzraum werden. Den würde sie auf jeden Fall so leer lassen.

33

Jette hatte alle Schränke in der Küche leergeräumt, ausgewischt und deren Inhalt in der ganzen Küche verteilt. Gustav war in der Werkstatt, Pablo fuhr Taxi und ihr Vater wollte später für einen Kaffee vorbeikommen. Seit das Morgennest geschlossen war, hatte er den täglichen Ausflug zu seinen Kindern verlegt. Oft dachte Jette, dass ihr Vater einsam aussah und dass ihm eine neue Partnerin guttun würde. Auch sein Job, das Schreiben, war einsam und die Ausgangssperre schien ihm den Rest zu geben. Er fragte sie jeden Tag nach ihrer Mutter und ob es was Neues gab. Seine Angst, dass Paula für immer an der Nordsee bleiben würde, war greifbar. Jeden Tag aufs Neue schluckte Jette ihre pampige Antwort, dass er sie doch selber fragen solle, wieder hinunter. Gerade jetzt hatte sie das Gefühl, ihren Vater beschützen zu müssen.

Das Aufräumen und Ausmisten der Wohnung gab Jette ein unerwartet befriedigendes Gefühl. Sie konnte sich in aller Ruhe und Gründlichkeit mit sich selbst beschäftigen und Gedanken zu Ende denken, für die sie früher kaum Zeit gehabt hatte. Wie will ich sein? Wer will ich sein? Was möchte ich studieren? Oder doch lieber nicht studier en? Was will ich für eine Beziehung führen? Was könnte mein Beitrag für eine bessere Welt sein? Wie könnte unsere Familie noch plastik- und fleischfreier leben?

Parallel hörte sie Podcasts über Kommunikation, psychische Störungen, den Klimawandel und Minimalismus. Letzte Woche hatte sie sich mehrere Folgen über Heilkräuter, veganes Kochen und altes Körperwissen angehört.

Immer wieder überlegte sie, was nun aus ihrem Leben werden sollte. Wollte sie die Nicaragua-Reise überhaupt noch? Wollte sie sich weiter mit dem Thema Kaffee beschäftigen? Bei ihrer Recherche war sie auf Lupinenkaffee gestoßen, was sie hochspannend fand. Die Lupinen wurden in Deutschland auf Bio-Bauernhöfen angebaut. Der Kaffee sollte magenfreundlich sein und keinerlei anregende Stoffe enthalten. Das Aroma war wohl dennoch kraftvoll und erinnerte an einen klassischen Kaffee. Voller Enthusiasmus hatte sie den Kaffee bestellt und mehrere Höfe angeschrieben, ob sie im Spätsommer, wenn Corona hoffentlich kein Thema mehr sein würde, ein Praktikum machen dürfte. Alle hatten nett geantwortet: Gerne, wegen Corona ... können wir leider keine verbindliche Zusage machen ... Gerne.

Jette konnte es nicht mehr hören. Die meisten Sätze enthielten neuerdings den Zusatz: wegen Corona, nach Corona, wenn Corona. Sie hatte einen Biohof im Allgäu im Visier. Die Fotos im Netz versprachen absolute Postkartenidylle. Lauschig und unwirklich schön.

Die leeren Müllsäcke standen bereit. Jette drehte die Musik lauter und begann ihre Ausmist-Aktion. Es durfte nur wieder in die Schränke, was sie wirklich benutzten.

Am Nachmittag nistete sie sich im Zimmer ihrer Mutter ein. Sie hatte hart um ihre Zustimmung gekämpft, aber da ihre Mutter gerade ein latent schlechtes Gewissen hatte, weil sie nicht wie ihre Kinder die Ausgangssperre in Berlin erleben musste, nutzte Jette das schamlos aus.

»Ich habe eine neue Falttechnik für alle Klamotten. Danach hast du viel mehr Platz in den Schränken und alles wirkt viel übersichtlicher.«

»Nein.«

»Ach, komm schon, Mom. Du hast es gut da oben, hast einen Garten, ein ganzes Haus für dich. Ich drehe durch, wenn ich nicht viel zu tun habe.«

»Ach, Mensch, Jette. Das ist alles mein persönlicher Kram.«

»Bitte.«

»Es bleibt dabei: nein.« Ihre Mutter schwieg angestrengt. Jette wartete.

»Ich will dir doch nur eine Freude machen, Mom. Bei dir lohnt es sich wenigstens. Deine Schränke sind proppenvoll.« Das Argument hatte gewirkt.

»Na gut. Aber was du wegschmeißen willst, zeigst du mir vorher. Schick Fotos.«

»Versprochen.«

Jette fing mit dem Kleiderschrank an und wie sie es in den Videos gesehen hatte, schmiss sie die ganzen Klamotten auf den Boden und sortierte danach alles in drei Haufen. Ja, nein, vielleicht. Als der Schrank ihrer Mutter komplett leer war, entdeckte sie einen bunten Karton. Pauke, stand mit dunkler, großer Schrift auf dem Pappdeckel. Hatte ihre stille Mutter die Pauke geschlagen? War sie früher in einem Orchester gewesen? Davon hatte sie nie etwas erzählt. Gerade als sie einen kurzen Blick in den Karton werfen wollte, klingelte es an der Tür. Papa.

»Komm rein, die Küche ist fertig. Tada.« Sie zog ihn in die blitzblanke Küche. »Meine Güte, diese Pandemie bringt völlig neue Seiten von dir ans Licht. Machst du bei mir weiter, wenn du hier durch bist?«

»Deine zwei Minizimmer schaffst du selber. Aber ich kann dir die Grundzüge der Philosophie des Minimalismus erklären.« Ihr Vater winkte ab.

»Lass mal. Ich bin heute extra später dran, weil ich hoffe, auch Gustav endlich mal zu Gesicht zu bekommen. Machst du Kaffee?«

Jette wollte ihren Vater mit dem Lupinenkaffee überraschen. Sein Handy klingelte. »Deine Mutter«, sagte er kurz, sein Gesicht hellte sich auf und er nahm das Gespräch an. Jette hörte nicht viel, denn ihr Vater gab nur grummelige Urwaldlaute von sich. »Hmm. Aha. Ha. Hm.«

»Was war das denn?«, fragte Jette neugierig, als ihr Vater aufgelegt hatte.

»Ich habe nur Bahnhof verstanden, sauschlechte Verbindung.«

»Hast du deshalb dein Handy so geschüttelt?« Verständnislos schaute er sie an. »Hab ich das?«

»Hast du.« Jette stellte für sich die blaue Lieblingstasse, für ihren Vater einen großen Becher hin und schenkte ihm vom frisch gebrühten Lupinenkaffee ein. Er drehte den Kaffeebecher in den Händen. »Der fliegt nicht in den Müllsack? Ich finde diese vielen bunten Streifen schrecklich, davon bekommt man Augenflimmern.«

»Noch ein Wort und ich schenke ihn dir.« Ihr Vater tat, als würde er seine Lippen mit einem Reißverschluss für immer schließen.

»Ich vermisse das *Café Morgennest* so sehr. Überhaupt vermisse ich alles, was mit vielen Menschen oder einer Bühne und Kunst zu tun hat. Ja«, bekräftigte er sich selbst. »Ich kann es nicht anders sagen, ich vermisse die Menschenmengen, das typische Gewusel in den Straßen und die typischen Großstadtgeräusche. Es ist so still in Berlin. Gespenstisch still. Ich weiß gar nicht, worüber ich schreiben soll.« Er trank den ersten Schluck und Jette hielt die Luft an. Ihr Vater setzte den bunten

Becher ab. »Das ist aber nicht mein üblicher Kaffee, oder?« Noch überlegte er, was anders war als sonst. »Bisschen schwach heute.« Ihr Vater, das Gewohnheitstier. Ich muss also mehr Löffel zum Aufbrühen nehmen, schlussfolgerte Jette und lenkte ab.

»Schreib über die Stille.« Der Lupinenkaffee hatte den Test noch nicht bestanden. Ihr Vater war mit seinem Festhalten am Alten die perfekte Testperson, er durfte nur nicht wissen, dass er etwas Neues probierte. »Über die Stille«, sinnierte er noch über Jettes Vorschlag und machte sich sofort Notizen. »Oder schreib über uns, die jungen Menschen, die nach der Schule naturgemäß in eine Aufbruchsstimmung kommen. Hinaus ins Leben wollen und plötzlich da stehenbleiben müssen, wo sie gerade sind. Als hätte man einen Film angehalten. Wir stehen alle im Pausenmodus und warten darauf, dass jemand auf den Play-Knopf drückt. Es soll endlich weitergehen.«

»Du hast recht, es gibt genug Themen, über die ich schreiben könnte. Ist mit dir und Pablo eigentlich alles wieder in Ordnung?«

»Ja, diese Pandemie hat uns einander wieder nähergebracht.« Und sexuelle Untreue ist gerade kein Thema, dachte Jette. Die Menschen schauen sich aus zwei Meter Entfernung kritisch an. Bist du verseucht? Oder du? Jette wusste, dass eine Menge Privatpartys bei Freunden stattfanden, völlig illegal. Ihr Freundeskreis war mittlerweile gespalten. Es gab die eine Gruppe, die völlig unmöglich fand, was die Regierung beschlossen hatte und ein ganzes Volk samt Wirtschaft lahmlegte und die andere Gruppe, die sich an alle Vorgaben hielt, die große Angst vor einer Ansteckung hatte. Jette und Pablo gehörten weder zu der einen noch zu der anderen Kategorie. Gustav war pragmatisch wie immer und Jette erinnerte sich an die Diskussion von gestern Abend. »Weißt du, Pablo, ich werde irgendwann ohne Corona sterben und vielleicht irgendwann mit Corona. So ist das Leben. Man kann sich nicht immer vor allem schützen.« Pablo erwiderte, dass er schon gerne noch ein bisschen leben würde, bevor es mit dieser Welt zu Ende ginge, und hatte die Idee, das Ganze andersherum aufzuziehen. »Wieso tragen nicht nur die Menschen Masken, die sich als gefährdet einschätzen. Wieso alle?«

Später, in Jettes Zimmer, erzählte er ihr eine kleine Episode, die sie zum Nachdenken brachte und ihr wieder zeigte, wie sehr sie Pablo liebte. »Heute im Supermarkt stand vor mir in der Kassenschlange eine junge Frau mit einem kleinen Kind im Sitz des Einkaufswagens. Ich versuchte, mich in das Kind hineinzuversetzen. Es sah nur Menschen mit Masken und Handschuhen. Es streckte die Arme zu jemandem in der Schlange aus und lächelte alle an. Doch die Menschen schreckten vor der Berührung zurück. Irgendwann setzte ich meine Maske ab und lächelte das Kind an, machte Faxen und es gluckste vor Übermut. Das kleine Gesicht dehnte sich vor Lachen und ich hatte Angst, dass die prallen Wangen aufplatzen würden. Es war so süß. Ich habe es einfach nicht mehr ausgehalten.« Jette umarmte ihn. »Und bist du angepflaumt worden?«

»Aber hallo. Jeder kleine Popel war plötzlich Wachtmeister Krause. Aber ich habe es auf die Spitze getrieben, hab diskutiert, erklärt, dass ich den Mindestabstand einhalte und mir nur erlaubt habe, ein Kind anzulächeln. Sie sollten mal alle auf dem Teppich bleiben. Na ja, frag nicht! Sowas halte ich aus.«

»Ich kann es mir vorstellen.«

Gustav, Pablo und Jette lebten schon mehrere Wochen zu dritt in der Berliner Altbauwohnung und die beiden Jungs unterwarfen sich gerne Jettes strengem Regime von Einkauf, Kochen und der neuen Lebensform des Minimalismus.

Pablos Eltern hatten zwar beide damit zu kämpfen, dass ihre alten Jobs auf Eis gelegt waren. Doch sie hatten schnell reagiert. Die Zweitjobs brachten für die Familie genug Geld ein. Pablo war erleichtert und konnte den Escort-Dienst wieder einstellen.

Jette folgte stoisch dem Flow des Cafés. Nach der kompletten Schließung war alles so umgebaut worden, dass es eine Verkaufsluke gab, an der bestellt werden konnte. Nikolaj und Jette gehörten noch zum Personal. Viele andere hatten sich während der Schließzeit etwas Neues gesucht. Sicherheitshalber behielt Jette den Job im Supermarkt. Drei Schichten im Café, zwei Abende Regale auffüllen. Man wusste ja nie, was noch kommen würde.

Als Jettes Vater wieder gegangen war, arbeitete sie sich weiter durch das Zimmer ihrer Mutter. Sie schickte ihr die Fotos des Haufens, den sie wegschmeißen wollte, doch ihre Mutter wollte ein Bild von jedem einzelnen Teil sehen. Später! Entschieden räumte sie den Schrank wieder ein. Als Jette die Pauke-Kiste erneut in den Händen hielt, ging die Neugier mit ihr durch. Sie entdeckte jede Menge Fotos, Briefe, Kassetten und CDs, vollgeschriebene Heftchen, eine blonde Haarsträhne und diverse Eintrittskarten.

Die Fotos zeigten ein junges, total verliebtes Paar. Mal hielten sie sich an den Händen, mal küssten sie sich, mal lag sein Arm lässig um ihre Schultern, aber immer strahlten sie wie zwei Tausendwattlampen. Die junge, glückliche Frau war ihre Mutter, doch wer war der Mann? Sie schaute auf den Absender der Briefe: Hauke Hinrichsen. Was für ein Name und ja, dieser Hauke lebte im Norden. Da, wo ihre Mutter gerade das Haus gekauft hatte. Jette hatte immer gedacht, ihr Vater wäre die erste große Liebe ihrer Mutter gewesen. Ihr Interesse war geweckt. Vielleicht war ihre Mutter auch erst fünfzehn Jahre alt gewesen, als sie mit diesem Hauke zusammenkam. So, wie sie und Pablo. Jette würde sie fragen, warum sie nicht zusammengeblieben waren.

Als Gustav nach Hause kam, erwischte er sie über den Fotos ihrer Mutter. »Hey, Schnüffeltante. Was machst du da?« Er setzte sich neben sie und nahm ebenfalls ein Foto nach dem anderen in die Hände. »Unsere Maman, sie sah gut aus neben diesem Wikinger.« Er drehte die Fotos um. »Aus welcher Zeit sind die?«

»1994, 1995«, las er laut und schien zu rechnen. »War sie da nicht schon mit unserem Vater zusammen?«, fragte Jette.

»Wer weiß, vielleicht ging das eine ins andere über.« Gustavs Neugier war befriedigt. »Pack das weg. Du willst schließlich auch nicht, dass man in deinen Sachen rumwühlt.«

34.

Paula hatte viele Dinge gefunden, die sie zum Verkaufen oder Verschenken ins Netz gestellt hatte. So lernte sie Menschen aus der Umgebung kennen, hielt einen kurzen Schnack, und war froh, den unnützen Kram für wenig Geld loszuwerden. Genauso suchte sie sich andersherum ihren Haushalt zusammen. Sie hatte einen schönen alten Tisch gefunden, Küchenstühle, einen Sessel mit Fußhocker und ein altes Kanapee. Paula fragte die Verkäufer immer, ob sie morgens das Gewünschte abholen könne. Da viele Menschen zu Hause bleiben mussten, war das kein Problem. Manchmal fand die Übergabe konspirativ statt. Der Tisch wurde auf die Veranda gestellt und das Geld steckte Paula in einem Umschlag in den Briefkasten. So oder so, sie liebte es, in diesen stillen Frühlingstagen in ihr Auto zu steigen und in ein Dorf in der Nähe zu fahren, um etwas für ihr Haus abzuholen. Morgens störte sie auch das Berliner Kennzeichen nicht, sie fuhr die meiste Zeit Nebenstrecken über kleine Dörfer. In Rantrum entdeckte sie ein Storchennest, stieg aus und sah zu, wie der Storch zum Fliegen abhob, die weiten Flügel ausbreitete und kurz zu ihr hinunterschaute. Sie beobachtete, wie die aufsteigende Sonne das Reet auf den Dächern zum Dampfen brachte und die Blumen in den Vorgärten ihre Blüten der Sonne entgegenstreckten, den Tau der Nacht abschüttelten. Die Weite in Nordfriesland und die Idylle in den Dörfern ließen sie glauben, in eine andere Sphäre eingetreten zu sein. Danke, liebes Schicksal, dass ich hier oben sein darf, dachte sie. Ihre Ohren hatten sich schon länger nicht gemeldet und auch alle anderen Körperteile verhielten sich altersgemäß.

Ihre Kinder vermisste Paula kaum. Sie hielten sich regelmäßig über Telefon und WhatsApp auf dem Laufenden. Alles war gut so. Sie sollten mich in Zukunft weniger brauchen und ich sie auch, stellte sie zufrieden fest.

Wer ihr wirklich fehlte, war ihre Freundin Friederike, beide überlegten schon eine Weile, ob es eine Möglichkeit gab, dass Friederike zu ihr kommen könnte.

»Ich versuche es einfach und du weißt, meinem Charme ist bisher jeder erlegen.«

»Naja, Männer erliegen deinem Charme. Lass es im Zug eine Schaffnerin sein, da brauchst du eine Top-Geschichte und viel Demut.«

»He, he, ich bin Autorin. Ich kann Geschichten erfinden, die dich zum Weinen bringen.«

»Ich dachte, du schreibst nicht mehr.«

»Jetzt ist es raus, ich habe wieder angefangen. Aber keine Erotik. Ich schreibe unter einem geschlossenen Pseudonym die kitschigsten Romanzen ever. Und hey, ich bin Verlegerin. Ich werde sie demnächst rausbringen.«

Paula freute sich. »Friederike, Friederike. Los! Komm her. Dann erzähl der Schaffnerin eine herzerweichende Liebesgeschichte.«

»Hast du inzwischen mit Thomas geredet?«

»Ich hatte angesetzt, habe ihn sogar angerufen und dann, noch während des Telefonats habe ich mich umentschieden. Also nein. Alles wie immer.«

»Wieso hast du dich umentschieden?«

»Das will ich ja mit dir besprechen. Ich hatte plötzlich Zweifel. Denke jeden Tag hin und her und habe mich in ein bescheuertes Dilemma manövriert. Entweder denke ich falsch oder ich sehe plötzlich nur noch zwei Optionen für mich. Friederike, du musst kommen, das ist zu viel fürs Telefon.«

»Ich schick dir später eine Nachricht, wie ich es mache. Schreiben kann ich ja auch bei dir.«

Paula atmete erleichtert auf. Wenn Friederike zu Besuch kam, brauchte sie eine zweite Matratze. Bisher hatte sie sich geweigert, das Haus für zwei oder noch mehr Personen einzurichten. Es war ihr Haus.

Als es an der Haustür klingelte, das seltene Geräusch ließ sie immer noch zusammenzucken, wusste sie, dass es der Mann sein würde, der die hässlichste Lampe aller Zeiten abholen wollte.

»Moin«, begrüßte er sie schwungvoll. Paula scannte ihn amüsiert. Er trug ein weißes Hemd, schwarze ausgestellte Cordhosen und eine schwarze Weste, ebenfalls aus Cord. Seine weißen Haare waren lang und zu einem Zopf gebunden, die schmale Nase gebogen. Ein Indianer in Nordfriesland. »Moin«, antwortete sie und bat ihn ins Haus. »Hier ist das gute Stück.« Sie zeigte auf das dunkelbraune Ungetüm.

»Sie wissen gar nicht, wie sehr ich mich über die Lampe freue. Und dann auch noch geschenkt!« Fast schüchtern überreichte er ihr eine Flasche Rotwein. »Ich habe genauso eine Lampe, nur ein Glasschirm ist gesprungen. Seit Ewigkeiten suche ich nach Ersatz. Die Lampe erinnert mich an meine Großeltern.«

Was für ein sympathischer Mensch, das höfliche Sie fühlte sich unpassend an. »Du. Wir können uns gerne duzen. Ich bin Paula.« Sie durften sich nicht die Hand geben, nickten stattdessen und hielten gebührenden Abstand zueinander. »Ich bin Marten.« Paula versuchte, sich nicht vorzustellen, wie seine Wohnung aussehen könnte.

»Lass mich raten: Marten Martensen?« Er lachte. »Marten Hansen.«

»Zimmermann?«, fragte sie neugierig weiter und zeigte auf seine Klamotten.

»Dachdecker. Reetdachdecker. Ich komme gerade von einem Kundentermin.« Er zeigte nach oben, Richtung Dach und meinte, dass er auch das Dach dieses Hauses gut kannte. »Willst du einen Kaffee?« Paula staunte über sich selbst, aber sie wollte den Indianer noch ein bisschen im Haus haben. Er nickte und stellte die alte Lampe, die er kurz angehoben hatte, wieder auf den Boden. Fast liebevoll. Als er Paulas großes Wohnzimmer sah, staunte er nicht schlecht.

»Was für ein schöner, großer Raum.« Seine Augen scannten alles. »Und so hell. Das würde doch kein Mensch in einem Reetdachhaus vermuten, oder?« Er war regelrecht begeistert. »Brauchst du noch Möbel?«

»Auf keinen Fall!« Die Antwort schoss wie ein Pfeil aus Paulas Mund. »Bloß nicht zustellen. Das soll mein leerer Raum bleiben und mein ganz persönlicher Tanzraum.«

In seinen Augen blitzte der Schalk. »Soso, ein ganz persönlicher Tanzraum«, wiederholte er und wahrscheinlich überlegte er schon, wie er am besten wieder fliehen könnte. Paula könnte ja eine völlig durchgeknallte Irre sein.

Doch er blieb. »Bist du Tänzerin?« Sie schaute ihn an. Er schien die Frage ernst zu meinen. Paula hatte definitiv nicht den Körper einer professionellen Tänzerin. »Nein. Ich tanze nur für mich und hier kann ich die Lautstärke aufdrehen, niemanden stört es. Und sag ehrlich, wann hast du zuletzt irgendwo getanzt?« Er überlegte. »Vor zwei Jahren Silvester, oder waren es drei Jahre?«

»Siehst du, viel zu lange her.«

Sie tippte mit dem Zeigefinger auf den Lautstärkeregler der Box und drehte die Musik etwas auf. Das Zimmer wurde von der Sonne beschienen, die es heute durch die Wolken geschafft hatte. Auf dem Boden lag ein heller Teppich und in einer Ecke stand ihr bequemer Ohrensessel mit Fußbank. Wenn sie nicht tanzte, saß sie gerne dort. »Soll ich?«, fragte sie ihn. Er nickte.

Paula fühlte sich, als würde sie etwas total Verbotenes machen. »Wollen wir tanzen? Einfach so?«

Sie war barfuß und als sie die Musik etwas lauter drehte, zog er ebenfalls Schuhe und Socken aus. Paula war unsicher, ob sie glauben konnte, was sie sah. Ein Fremder, der mit ihr tanzen würde. Wirklich? Sie nahm ein leichtes Wippen an ihm wahr. So, als wollte er gerne, traute sich aber nicht. Kurz entschlossen winkte sie ihn herbei und drehte die Musik noch weiter auf. Inzwischen hatte er überhaupt keine Scheu, sich zu bewegen. Erst blieben sie mit den Blicken verbunden, dann drehte er sich um sich selbst und jeder tanzte für sich. Der Raum war groß genug für zwei ausschweifende Tänzer. Seine fliegenden Haare, die schwarze Dachdecker-Kluft, das weiße Hemd, die nackten Füße und sein offenes Lächeln brannten sich in Paulas Gedächtnis ein. Ihre Wangen glühten. Am Ende des Songs klatschten sie sich ab. Albern und aufgekratzt.

»Jetzt Kaffee, bitte, und wenn du willst, werfe ich völlig kostenneutral einen Blick auf dein Dach.«

»Soso, kostenneutral.«

Sie blödelten weiter miteinander herum. Etwas ernster erklärte er ihr dann das Dach des Hauses. »Deine vordere Dachhälfte ist erst drei Jahre alt, von meiner Truppe neu gemacht. Das Dach zum Garten hin kann nochmal gewartet werden, muss aber in den nächsten Jahren erneuert werden. Die Giebelseiten sind in Ordnung.«

»Was wird die Seite zum Garten hin kosten?«

»Zwischen zehn- und fünfzehntausend Euro.« Paula stöhnte. »Jetzt weißt du, warum ich keine Möbel habe. Ich spare jeden Cent für das Dach.« Er überlegte kurz. »Ich habe Möbel übrig.«

»Bitte nicht. Dann kann ich die Lampe ja gleich behalten.« Sie zeigte in den Flur.

»Du bist ganz schön frech. Keine Sorge, ich restauriere nebenbei alte Möbel und verpasse ihnen einen Touch Moderne. Wusstest du eigentlich, dass du russisches Reet auf deinem Dach hast? Dem deutschen und zunehmend auch dem polnischen Reet fehlt der Frost.«

»Wozu braucht es Frost?« Geschickt hatte er von den Möbeln abgelenkt.

»Damit es aushärtet, ist ein bisschen wie bei Grünkohl. Wenn der keinen Frost abbekommt, schmeckt er nicht.«

»Reet muss ja auch nicht schmecken. Aber egal. Gut, dass ich meinen Reetdachdecker nun persönlich kenne. Ich habe noch viele Fragen.« Paula schoss die Röte ins Gesicht und überlegte, ob er ihr ansah, dass sie ihn am liebsten über sein ganzes Leben ausfragen würde.

»Wann gibt es eigentlich den Kaffee, auf den du mich eingeladen hast?«, fragte er und schaute sich nach der Küche um. Die Musik lief leiser im Hintergrund weiter.

»Oh Gott, was für eine Gastgeberin. Jetzt! Jetzt! Komm mit.«

Da Paula in der Küche viel Zeit verbrachte, war der Raum schnell zu einem gemütlichen Ort geworden. Unter einem der beiden Fenster, die auf die kleine Straße zeigten, stand ein alter Holztisch. Drei verschiedene Stühle, die ebenfalls alt, aber neu in unterschiedlichen Farben bezogen waren, standen um den Tisch. Ein rot-schwarz gepunkteter Krug mit ein paar weißblühenden Zweigen schmückte das Fensterbrett. Auf dem Tisch sah es wild aus: Laptop, Notizblöcke, Stifte, Bücher. Mit einem Wisch schob Paula alles beiseite und stellte zwei Kaffeebecher, Zucker und Milch hin. Das Wasser kochte und sie entschied sich, Jettes Kaffee zu nehmen. Wie zwei alte Bekannte saßen sie in Paulas Küche, nippten an ihren Bechern.

»Der Kaffee ist ziemlich ... hmm ...anders. Welche Sorte ist das?« Paula lachte. »Der schmeckt ein bisschen wie Kinderkaffee, oder? Ohne alles.« Er stimmte in ihr Lachen ein. »Ich wollte mir unbedingt die Sorte merken, damit ich den nicht aus Versehen kaufen werde.«

»Das war Lupinenkaffee, den hat mir meine Tochter Jette geschickt.« Auch das Reden über die Kinder ging wie von selbst. »Sie experimentiert gerne mit Kaffee und Lupinenkaffee gibt es auch mit verschiedenen Gewürzen. Nächstes Mal bekommst du einen anderen.«

»Versprochen?«

»Versprochen!«

Sie redeten ungezwungen miteinander.

Ab und zu entstanden kleine Gesprächspausen.

Paula legte die Hände übereinander, drehte an einem ihrer Ringe. »Jetzt weißt du ziemlich viel von mir. Und wer bist du? Hast du Kinder? Bist du liiert? In welcher Ecke wohnst du?« Oh Gott, dachte sie kurz. Hab ich das wirklich gefragt? Ich kenne den Mann erst zwei Stunden. Aber Marten, den nordischen Indianer, brachte nichts aus der Ruhe. »Du hast vergessen zu fragen, wie alt ich bin«, ergänzte er ihren Fragenkatalog lakonisch. »Aber im Ernst: Ich habe zwei erwachsene Kinder, bin seit vier Jahren Single und würde dich gerne wiedersehen, denn ich muss jetzt leider weg. In einer halben Stunde habe ich noch einen Kundentermin.«

»Sorry, ich weiß auch nicht, was mich geritten hat, dich dermaßen auszuquetschen. Sonst bin ich nicht so. Sonst, sonst ...-«

»Alles ist gut.« Er nahm ihre Hand, schenkte ihr einen altmodischen Handkuss und suchte in aller Ruhe seine Socken und Schuhe zusammen. In der Tür standen sie sich noch einen

Augenblick gegenüber. Sie stellte sich auf die Zehenspitzen und er zog sie in eine Umarmung.

»Danke für alles«, sein Dreitagebart kitzelte an ihrem Ohrläppchen. »Ich hatte lange nicht so einen schönen Nachmittag.« Als Paula die Tür hinter ihm geschlossen hatte, fiel ihr Blick auf die alte Lampe im Flur.

35

»Friederike, Gott sei Dank, du bist angekommen«, rief Paula und winkte ihr zu. Die Freundinnen umarmten sich stürmisch am Bahnhof. »Hast du gar kein Gepäck dabei?« Paula lief um Friederike herum und prüfte den Rücken, doch auch da war keine Tasche, kein Rucksack. Lediglich eine kleine Umhängetasche baumelte über ihrer Schulter. »Zum Glück. Ich hatte vorher gelesen, dass alle, die mit einem Koffer reisen, besonders geprüft werden. Denn Reisen zum puren Vergnügen sind nach wie vor verboten. Und glaub mir, so war es auch. Also habe ich die gestresste Businessfrau gegeben, viel telefoniert und geschlafen. Tada, da bin ich!«

In Paulas Haus schnupperte Friederike in die Luft. »Es riecht wunderbar nach Meer. Zeig mir alles. Gott, ist das Haus süß.« Paula führte Friederike herum, später saßen sie auf der Terrasse und bestaunten den Garten.

»Meine Großmutter Paula hat ihren Garten geliebt. Das ganze Jahr blühte etwas anderes. Sie hatte damals schon einen Cottage-Garten, auch wenn es den Begriff noch gar nicht gab. Rosenbögen, Bauernrosen, Clematis, Phlox, Hortensien, Jasmin, Hopfen und ich glaube, das hier ist Fingerhut, der blüht den ganzen Sommer. Ich freue mich schon drauf. Und hier«, Paula zeigte einen großen Bogen, »das sind alles blühende Büsche. Rhododendron ...-«

»Paula!«, Friederike rüttelte an Paulas Arm. »Paula! Ich bin eine Stadtpflanze. Ich fühle zwar deine Begeisterung, aber all die Pflanzennamen kannst du auch deinem Wasserkocher aufzählen, unsere Gehirnzellen sind da ungefähr auf einem Level.« Eine schwarze Katze mit einem roten, völlig zerfransten

Halsband, spazierte ihre übliche Runde durch Paulas Garten. Als sie die Frauen lachen hörte, blieb sie kurz auf dem quer im Garten liegenden Holzstamm sitzen und spitzte die Ohren. »Sie sitzt da jeden Tag ein bisschen länger. Ich nenne sie Blacky.«

»Wie einfallsreich, Frau Petersen.«

Paula knuffte Friederike in die Seite. Himmel, war sie froh, ihre Freundin zu Besuch zu haben. Sie mussten gemeinsam eine Lösung für ihr aktuelles Dilemma finden. Friederike sah umwerfend aus. Da alle Friseure geschlossen hatten, waren die Haare gewachsen und ihre dunkle Naturhaarfarbe mischte sich mit den blonden Resten. Was bei anderen schlampig gewirkt hätte, sah bei Friederike nach einem neuen Trend aus. Sie hatte alle Haare nach hinten gekämmt und entweder die Sonnenbrille oder auch ihre Lesebrille lässig in die Haare geschoben. Ihr Gesicht wirkte frisch wie eine weiße Leinwand und die braunen Augen schimmerten darin wie Bernstein.

»Erzähl mir alles von Berlin. Wie geht's dir?«

Da es kühler wurde, verzogen sie sich in die Küche. Paula setzte Nudelwasser auf und Friederike schnippelte Gemüse. »Berlin ist schnell erzählt. Die Leute scheinen viel zu lesen, unser eBook Umsatz ist in die Höhe geschossen, dafür ist der Verkauf der Prints rückgängig. Aber alles noch im grünen Bereich. Meine eigenen Bücher habe ich gerade ins Lektorat gegeben und ich hätte nicht gedacht, dass mir Romanzen zu schreiben so viel Spaß macht.« Sie lachte dreckig. »Ich bin gespannt, ob mir die Leserinnen den einen oder anderen Ausrutscher ins Skurrile übelnehmen werden oder es genauso mögen wie ich.«

»Apropos Romanzen und Liebe und Sex. Und?« Paula testete eine Nudel und wartete geduldig, bis Friederike weiter erzählte.

»Ich vermisse die ganze Clubszene, aber inzwischen finden trotzdem wieder Partys statt. Regelrechte Orgien, manchmal jedenfalls. Man kann den Leuten nicht alles verbieten, dann werden sie erfinderisch.« Sie seufzte und entkorkte eine Flasche Rotwein. »Ich treffe mich regelmäßig mit Nicklas, der ist ungefähr zwanzig Jahre jünger als ich, und lass mir von ihm erzählen, wovon seine Generation träumt. Manchmal habe ich das Gefühl, allen geht es nur noch um die eigene Freiheit. Die Selbstverwirklichung hat fast nur noch mit Relaxen zu tun und steht ganz oben auf der persönlichen Prioritätenliste.« Sie nahm einen kräftigen Schluck und Paula fühlte sich immer, als säße sie in einer Bar, wenn sie mit Friederike redete. In einer Bar, irgendwo auf der Welt. Vielleicht in San Francisco, Amsterdam, Seattle, aber nicht in Simonskoog. Ihre Freundin brachte mit ihrer rauchigen Stimme eine Atmosphäre von: ›Du kannst mir alles erzählen, Baby‹ in ihre gemütliche Küche. Geheimnisse, Orgien, Fehltritte: her damit!

»Naja, ich glaube, es gibt auch eine andere Bewegung in der nächsten Generation. Sie setzt sich für den Erhalt dieser Erde ein und für Gerechtigkeit. Da brauche ich nur an Jette denken: Nachhaltigkeit ist ihr zweiter Vorname. Was willst du überhaupt mit so einem jungen Typen? Ist dir das nicht zu langweilig?«

»Ich habe einfach den Absprung verpasst und dann kam diese blöde Pandemie.«

»Also lieber dieser Jüngling als gar keiner?«

»Guck nicht so! Du siehst aus wie meine strenge Lehrerin, Frau Seibold, aus der Grundschule: Friederike Rössler, aufstehen! Dann musste ich den Rest der Stunde an meiner Bank stehen und wehe, ich hatte ein Bein eingeknickt und die Hüfte vorgeschoben.«

»Dabei kannst du deine Hüften echt gut vorschieben.« Friederike lachte. »Jahrelang geübt, immer von Frau Seibold verboten, trotzdem gemacht.«

»Frau Saufbold«, gackerte Paula albern und Friederike stimmte ein. »Prost. Auf Frau Saufbold, meine Hüften und die Beweglichkeit!« Wieder ernsthafter erzählte Friederike weiter.

»Und nein, eigentlich brauche ich niemanden, um mich gut zu fühlen. Ich will nur eine Aufgabe. Deswegen kann ich mit dieser Idee von Dauerrelaxen nichts anfangen.«

»Ich weiß, du brauchst immer wieder neue Projekte. Übrigens, das Essen ist fertig.« Sie schaufelten sich die Teller voll, zündeten Kerzen an und dann wollte Friederike alles von Paula wissen. »Du siehst umwerfend gut aus, meine liebe Paula. Du strahlst aus jeder Pore und die langen Haare stehen dir auch.«

»Hast du gesehen? Jetzt kommen sie, die ersten grauen.«

Friederike winkte ab. »Nicht der Rede wert. Wie ich sehe, hast du dich hier sehr spartanisch eingerichtet. Zwei Teller, zwei Mal Besteck, zwei Handtücher, kein Sofa zum Rumlümmeln. Du gibst alles, damit sich hier ja niemand breit macht, oder?« Paulas Gesicht glühte vom Kochen. »Erwischt. Ja. Endlich, endlich mein eigener Raum. Für dich habe ich extra eine zweite Matratze organisiert, bisher gab es nur eine.«

»Also keine Nächte mit Hauke oder Martin?«

»Marten, nicht Martin. Und nein, alle sollen schön wieder gehen. Hauke hat nur einmal hier übernachtet und lag morgens mit Rückenschmerzen. auf dem Boden. Marten zeigt mir die Gegend, liebt es, mit mir zu tanzen, und ich würde sagen, dass wir heftigst flirten. Immer kurz davor, zu weit zu gehen.«

»Zu weit?«

»Vielleicht nicht zu weit. Wir spielen mit einer Grenze. Kosten sie aus, loten sie aus. Balancieren.«

»Ihr Borderliner.«

»Ich bin gerne mit beiden zusammen. Hauke, dem alt Vertrauten und Marten, dem unbekannten Neuen.« Paula musste sich eingestehen, dass sie Haukes Lebensphilosophie ein wenig nachvollziehen konnte. Aber das war ja nur die eine Seite der Medaille. Mehrfach umworben zu werden, war wunderbar. Aber allein der Gedanke, einen von beiden mehrfach zu teilen, schnürte alles in ihr zu.

»Meistens verfällt man ja dem Glanz des Neuen. Was ist nun dein Dilemma? Bin ganz Ohr.«

»Die Lüge um Gustavs Vaterschaft belastet mich zwar, aber wenn ich allen Beteiligten alles erzählen würde, beträfe es auch Haukes Mutter, die keine Ahnung von ihrem Enkel hat. Das ganze Dorf würde davon erfahren, was ich für eine gemeine Lügnerin bin, und ich könnte wahrscheinlich nicht weiter hier leben.

Lasse ich alles, wie es ist, kann ich die neu aufkeimende Liebesgeschichte zu Hauke nicht vertiefen. Wenn ich jeden Tag mit ihm viel Zeit verbringe, muss ich es doch irgendwann erzählen.

Haus aufgeben oder Hauke, das ist mein Dilemma.«

»Und wenn du es dem einzigen Menschen erzählen würdest, wegen dem du damals diese Entscheidung getroffen hast und er entscheidet, wie er damit umgehen will?«

Paula stand auf dem Schlauch. »Thomas?« Friederike rollte die Augen. »Wem wolltest du einen zuverlässigen Vater schenken?«

»Menno. Gustav natürlich.« Paula klatschte sich an die Stirn.

36

Wie so oft in letzter Zeit saßen Jette und Gustav am Samstagabend zusammen. Da die Stimmung zwischen ihnen sehr entspannt war, fragte Jette ihren Bruder, was sie schon immer mal fragen wollte. »Warst du auch mal so verliebt wie unsere Mutter auf dem Foto, das ich gefunden habe?«

»Welches Foto?« Hatte er es wirklich vergessen oder wollte er ablenken? Mit wenigen Schritten war sie im Zimmer ihrer Mutter, kramte erneut die Pauke-Kiste hervor und fand das Foto. »Hier!« Sie zeigte es ihm und er schaute kurz hin, rührte dann wieder schweigend in seinem Kaffee. »Gustav?« Jette erinnerte ihren Bruder daran, dass sie auf eine Antwort wartete. »Und? Warst du nun schon einmal volle Kanne verliebt, oder nicht?« Er betrachtete wieder das Foto und schien zu überlegen, ob er mit ihr darüber reden wollte. »Hallo? Jemand zu Hause? Oder wollen wir lieber eine Runde spazieren gehen? Einmal um den Block?« Sie wusste, das waren für ihren Bruder zu viele Fragen auf einmal. Gustav lebte sein Leben gern der Reihe nach, mit möglichst wenig Gleichzeitigkeit.

»Spazieren?«, wiederholte Gustav mit hochgezogenen Augenbrauen und tat, als hätte sie gefragt, ob sie heute ein Würmer-Wettessen veranstalten würden. »Hallo. Ich geh doch nicht spazieren!« Für seine Verhältnisse rastete er förmlich aus.

»Ist ja gut, ist ja gut. Dann lass uns hier quatschen. Komm schon, ich bin deine Schwester. Mit mir kannst du über alles reden.«

»Ich will über gar nichts reden. Du willst was von mir. Ich überlege noch.« Er stand auf, steckte eine Hand in seine ausgewaschenen Jeans und Jette schaute ihm beim Überlegen zu.

Sie fand, dass ihr Bruder total gut aussah. Er hatte sich in den letzten Wochen, eigentlich seit dieser Corona-Pandemie-Welle, zu seiner vollen Größe aufgerichtet. Wirkte selbstsicherer und ruhte noch mehr in sich als sowieso schon. Da war bestimmt eine Liebschaft im Spiel.

»Dann beantworte wenigstens die eine Frage, du weißt ja, wie nervig ich ansonsten sein kann.«

»Boah. Du nervst jetzt schon.« Er steckte die zweite Hand in die Tasche, lehnte lässig am Türrahmen und schaute aus dem Fenster.

»Gusti«, versuchte es Jette schmeichelnd weiter. Seit sie hier mehr oder weniger alleine wohnten, verstanden sie sich viel besser. Sie konnte sich gar nicht erinnern, wann sie das letzte Mal »Ich bring dich um!« zu ihm gesagt hatte.

»Nix, Gusti.« Immerhin grinste er jetzt. Jette hatte sich festgebissen und blieb an seiner Wade hängen.

»Komm schon. Was gibt's Schöneres, als über die Liebe zu reden?«

»Über Oldtimer«, ärgerte er sie.

»Ich koche auch was Leckeres für uns beide, obwohl ich heute nicht dran bin.«

»Das ist eher eine Drohung«, lachte er endlich. »Vorschlag!« Gustav bewegte sich zurück in die Küche. »Wir bestellen Pizza, der Lieferservice funktioniert ja trotz aller Auflagen.«

»Du und deine Pizza, na gut«, lenkte Jette ein und deckte geschwind den Tisch mit dem Geschirr, das den Weg zurück in die Schränke gefunden hatte. Gustav bestellte beim Italiener um die Ecke.

In der Zwischenzeit rief Nikolaj an. »Soll ich deine Schicht übernehmen?«, begrüßte Jette ihn, da er in letzter Zeit öfter gefragt hatte, ob sie tauschen können. Doch darum ging es heute nicht. Nikolaj fragte, ob sie ein Bett für eine Nacht hätte. Oder ein paar mehr? Ohne Zögern sagte Jette: »Komm her.« Sie weihte ihren Bruder ein, der sofort die Bestellung auf drei Pizzen erhöhte. »Er kommt wohl erst in einer Stunde, aber vielleicht hat er später noch Hunger.«

Ungeduldig aß Jette ihre Pizza und wartete immer noch darauf, mit Gustav über die Liebe ins Gespräch zu kommen. Endlich. Er war satt, knickte die Pizzakartons, sodass sie in den Müll passten und räumte sogar das Besteck weg. »Nein, neugierige Schwester«, ging er endlich auf ihre Frage ein. »Ich war noch nie in jemand anderen so verliebt wie unsere Mutter auf den alten Fotos.«

»Jemand anderen? Also er oder sie?« Er verdrehte die Augen und kaute immer noch an einem Stück Pizzarand. »Sie.«

»Äh, kein Sex?«

»Nö.«

»Vermisst du es?«

»Nö.«

»Willst du es überhaupt?«

»Wird sich zeigen.«

Jette stöhnte. »Mensch, Gustav. Lass dir nicht jedes Wort aus der Nase ziehen. Über die Liebe reden, geht anders.« Er lehnte sich zufrieden zurück.

»Viel mehr gibt's dazu auch nicht zu sagen. Wo steht, dass man Sex haben muss, um glücklich zu sein? Mir geht's saugut und noch etwas Futter für deine Neugier, meine liebe Schwester: Zur Zeit treffe ich mich mit einer Frau, die ist achtzehn Jahre älter als ich.« Er beugte sich wieder vor, kam mit dem Gesicht nahe an ihres und flüsterte diabolisch: »Atmen!«

Jette rechnete schnell nach. »Krass, dann ist sie ja einundvierzig. Fast so alt wie unsere Mutter.«

Gustav nickte, sichtlich amüsiert. »Vor zwei Wochen brachte sie den Oldtimer ihres Vaters in die Werkstatt und kommt seitdem jeden Tag vorbei. Mit ihr war ich sogar *spazieren*.« Er betonte jeden Buchstaben des Wortes und riss dabei die Augen weit auf, als würde er ihr den Geheimcode für den Weltfrieden verraten.

»Oh la la, großer Bruder.«

»So, alle Fragen beantwortet?« Jette überlegte und hob den Zeigefinger als Zeichen, dass sie noch nicht fertig war. »Bist du in sie verliebt?«

»Keine Ahnung. Ich freue mich, wenn sie kommt. Ist das schon Verliebtheit?«

»So könnte eine Verliebtheit beginnen. Wie sieht sie aus?« Gustav überlegte. »Nett. Sympathisch. Groß. Schlank. Braune Haare.«

Jette lachte. »Das üben wir auch nochmal. Was magst du an ihr am meisten?«

»Das ist jetzt die allerletzte Frage. Klaro?« Gustav wartete ihr Kopfnicken ab, ehe er weiterredete. »Sie hat immer, wirklich immer gute Laune. Wenn ich es nicht besser wüsste, würde ich glauben, ich hätte es mit Buddha persönlich zu tun, dem lachenden Buddha.« Die Antwort kam schnell und Jette erinnerte sich, wie genervt Gustav oft war, wenn sie sich mit ihrer Mutter Wortgefechte lieferte.

»Aber ... warte!« Gustav machte Anstalten, in sein Zimmer zu verschwinden. Sie musste schnell fragen. »Entsteht bei so viel Harmonie trotzdem so etwas wie erotische Spannung zwischen euch? Ich meine, ein bisschen Aggression braucht eine Beziehung, also angehende Beziehung, ja schon. Oder?« Sie sah Gustav an, dass er kein Wort verstanden hatte. »Für den Sex«, erklärte sie ihrem begriffsstutzigen Bruder. »Sex und Feuer gehören doch irgendwie zusammen, oder nicht?« Sein Handy tanzte auf dem Tisch und das Foto ihrer Mutter erschien auf dem Display. So schnell konnte Jette gar nicht Luft holen, wie er auf den Annehmen-Button gedrückt hatte. »Hey, Maman. Ja, alles bestens hier. Jette ist auch da. Warte, ich gebe sie dir.« Obwohl Jette deutlich gestikulierte, dass sie jetzt nicht mit ihrer Mutter sprechen wollte. Sie rief jeden Tag an. So viel gab es gar nicht zu erzählen. Gustav reichte ihr grinsend das Telefon. »Hey, Mom«, begann Jette und dann fiel ihr der Pauke- Pappkarton ein. Ihre Neugier war größer als die Befürchtung, dass ihre Mutter glaubte, sie würde in ihren Sachen schnüffeln.

»Sag mal, wer ist eigentlich Hauke und was bedeutet Pauke?« Sie hörte das Seufzen am anderen Ende der Leitung.

»Eigentlich müsste ich stinksauer mit dir sein, weil du in meinen Sachen rumgeschnüffelt hast.«

»Vielleicht kannst du den Teil überspringen. Ich weiß, dass man das nicht macht. Ich dachte erst, Pauke bedeutet wirklich Pauke, das Instrument.« Ihre Mutter lachte herzhaft. »Ich war neugierig, wer du vor uns Kindern warst.«

Jette erfuhr, dass Hauke ihre Jugendliebe gewesen war. Am liebsten wollte sie sofort die ganze Geschichte hören, doch ihre Mutter unterbrach das interessante Gespräch und schlug vor, demnächst nach Hause zu kommen. Das Reisen war wieder erlaubt.

»Für immer?« Jette hatte sich daran gewöhnt, dass sie sich mit Gustav und Pablo die Wohnung teilte. Kurz bekam sie einen Schreck, würde jetzt alles so weiterlaufen wie vor dem Lockdown? »Mom. Das geht nicht. Nikolaj schläft ab heute in deinem Zimmer und direkt danach kommt Oma Marianne nach Berlin.«

»Oma Marianne?«

»Ja, sie sagt, die Decke fällt ihr auf den Kopf und seit Wochen wäre sie immer nur mit Ewald zusammen, das würde ihr auf den Zeiger gehen. Oder er. Er würde ihr auf den Zeiger gehen.« Jette grinste, als sie an das Telefonat mit ihrer Oma dachte. »Quatsch«, widersprach ihre Mutter. »Du veräppelst mich, oder? Oma würde nie sagen, dass ihr was auf den Zeiger geht.«

»Mom, ick schwöre!«

»Aber Jette, ich brauche hier endlich mal Klamotten, muss nach meiner Post schauen und wenn ich hier richtig leben soll, müssen wir über die Berliner Wohnung reden.«

»Vielleicht kommen wir alle zu dir und bringen Post und Klamotten mit. Ich muss jetzt los, Mom, Regale auffüllen. Ciao, bis bald.«

Als sie aufgelegt hatte, klingelte es an der Tür. Sie wartete, bis Nikolaj die oberste Etage erreicht hatte, und öffnete die Wohnungstür. »Ach du Scheiße!« Jette erschrak über die drastische Veränderung ihres Freundes und Nikolaj senkte beschämt den Kopf und zog das Basecap ins Gesicht. »Ich weiß, ich sehe aus wie ein Monster. Darf ich hier unterkriechen, bis ich wieder normal aussehe?«

Jette nickte und zog ihren Freund in den Arm. »Ich hoffe, es ist nur Botox und keine Komplettoperation deines Gesichtes.« Er wand sich aus der Umarmung. »Das ist mein Lächeln.« Jette sah keine Veränderung der Mimik. »Shit, Nikolaj.«

37

Blacky, die scheue schwarze Katze, sonnte sich auf Paulas Terrasse. Sie drehte sich auf den Rücken und zeigte sogar ihren Bauch. »Danke für dein Vertrauen«, sprach Paula halblaut mit der Katze, ohne sie zu berühren. So weit waren sie noch lange nicht. Friederike war gestern Abend wieder abgereist, wollte aber wiederkommen. Ihr gefiel die Friesenruhe, wie sie es nannte. »Was hältst du davon, wenn wir ein kleines Schreibretreat veranstalten? Wir erzählen uns davon, wo wir gerade sind, schreiben, essen lecker, schreiben wieder und setzen uns ein Ziel, wie weit wir kommen wollen. Was meinst du?«

»Gute Idee und dann wirst du auch endlich Hauke kennenlernen. Ich weiß ja, du platzt vor Neugier.«

»Und deinen Indianer?«

»Erst mal den einen, der schon so lange in meinem Leben ist. Schön der Reihe nach.«

»Manchmal klingst du, wie dein Gustav lebt. Eins nach dem anderen. Schön der Reihe nach.« Friederike lachte. »Paulaschatz. Ich würde auch verkraften, zwei neue Menschen kennenzulernen.« Zum Abschied am Bahnhof umarmten sie sich innig. Friederike setzte ihre Maske auf und stieg in den Zug nach Berlin. An der Tür drehte sie sich noch einmal um, behinderte andere, die einsteigen wollten und ignorierte deren Fluchen. »Sag mal, Paula, vermisst du etwas aus Berlin?«

Paula überlegte kurz und schüttelte den Kopf. »Sorry. Nichts und niemanden. Schlimm?« Oh Gott, schoss es Paula in den Sinn. Nicht mal die Kinder vermisse ich. Ab und zu telefonieren, ab und zu mal treffen, würde ehrlich gesagt ausreichen. Friederike streckte als Antwort nur den rechten Daumen in die

Höhe und lachte. »Bis nächste Woche, Paula. Ich liebe deine Ehrlichkeit.«

Ehrlichkeit. Paula zerpflückte das Wort auf dem Nachhauseweg. Eigentlich bin ich ein sehr ehrlicher Mensch. Eigentlich immer, außer das eine Mal.

Auch Hauke würde nächste Woche zurücksein. Noch war er bei einer früheren Freundin in Hamburg, um sich verschiedene Anbieter von Dachterrassen anzuschauen. Paulas Eifersucht meldete sich in Sekundenschnelle. Er musste nur erwähnen, dass er eine alte Freundin besuchen würde. Zack. Ein Schalter wurde umgelegt, und alles, was er erzählte, beäugte sie durch die Brille des Misstrauens und der eigenen Unsicherheit.

War die Frau eine frühere Gespielin, eine intime Freundin oder nur eine platonische Freundin? Sie zermarterte sich den Kopf und versuchte, weniger zu klammern, weniger in meins und deins zu denken. Sie probierte ernsthaft, ihren Geist offenzuhalten und ihre chaotischen Gedanken mit Haukes Satz zu beruhigen, dass immer genug Liebe für alle vorhanden sei. Genug. Liebe. Für. Alle. Und um ehrlich zu sein, ließ sie nicht auch einen zweiten Mann zu? Marten.

Die Sonne setzte sich jeden Tag etwas mehr durch und wärmte nicht nur Blackys Bauch, sondern auch Paulas Gesicht. Die Vorstellung, dass Jette, Gustav und ihre Mutter in ihr Haus nach Simonskoog kommen würden, behagte ihr überhaupt nicht. Wahrscheinlich würden sie auch noch Thomas mitschleppen. Gleich darauf schämte sie sich. Müsste sie sich nicht freuen, dass ihre Familie sie besuchen wollte?

Ihr Bedürfnis nach Ruhe, Stille und absolutem Alleinsein übernahm täglich stärker das Kommando. Am liebsten waren ihr die leisen Tage, ohne Termine, ohne Einkauf, ohne Verabredungen. Tage, an denen sie morgens auf ihrer Einzelmatratze aufwachte und dem Sonnenaufgang beim Starten zusehen konnte. Nur eine Tasse Kaffee und die Beschaulichkeit reichlich freier Stunden im Visier. Wenn es die Morgensonne um die Ecke geschafft hatte, wickelte sie sich in eine Decke und setzte sich auf die Terrasse. Nach dem Kaffee lief sie barfuß über den taufeuchten Rasen und hielt vor Kälte die Luft an. Mit kribbelnden Füßen, die sich wieder aufwärmten, und glasklarem Kopf setzte sie sich an ihren neuen Roman und hämmerte die Geschichte in die Tasten. *Lebenslüge* hieß ihr Buch um eine junge Frau, die sich entschieden hatte, dem Zusammentreffen von Sperma und Eizelle nicht so viel Bedeutung zu geben. Die sich, dem entstehenden Kind und sich selbst zuliebe, für ein sicheres Nest entschieden hatte. Wahrheit hin oder her. Es tat ihr gut, die Geschichte einer anderen Protagonistin auf den Leib zu schneidern.

Marten, mit dem sie sich mindestens zweimal in der Woche traf, hatte ihr ein Trampolin geschenkt. »Ich denke, du solltest mehr hüpfen«, war sein lapidarer Kommentar dazu. »Tanzen und hüpfen.« Geduldig zeigte er ihr seine Heimat. Die Bilderbuchidylle der Dörfer, die üppigen Gärten, den weiten Strand von Sankt-Peter-Ording, die Naturschutzgebiete rund um das Wattenmeer und immer wieder den Himmel mit seinen spektakulären Sonnenuntergängen an der Westküste. Sie liebte die Stunden mit ihm, doch sie konnte nicht mit zwei Männern gleichzeitig intim sein, wie sie es Friederike gegenüber nannte. »Intim sein«, prustete ihre Freundin ungeniert los. »Himmel, Paula. Schreib bloß keine Erotikromane.«

Hauke, den sie wie früher fast täglich sah, tolerierte die neu entstehende Freundschaft zu ihrem Reetdachdecker. »Du magst diesen nordfriesischen Indianer. Ich sehe es dir an.« Zärtlich streichelte er ihr Gesicht. Anfangs druckste Paula herum, doch Hauke gab ihr zu verstehen, dass er damit kein Problem hätte, sie solle nur ehrlich zu ihm sein. Bei aller Freude über seine Großmütigkeit störte sie es immer mehr, dass er nicht ein klitzekleines bisschen eifersüchtig war.

»He, he, holde Maid. So nachdenklich an diesem schönen Tag.« Hauke war zurück und schloss sie in die Arme. Er roch vertraut und sobald er physisch wieder da war, vergaß sie all ihre tausend düsteren Gedanken. Egal, welcher Art Freundin er besucht hatte. Er war wieder da. »Darf ich dich heute *Sieben Meter über den Alltag* entführen?«, fragte er und wirkte anders als sonst. Marten hatte sie schon oft nach Sankt-Peter-Ording in die Bar mit dem schönen Namen *Sieben Meter über dem Alltag* entführt. Sie mochte den Platz über dem Meer und sagte zu. „Jetzt gleich?", fragte sie.

„Jetzt gleich. Ich muss mit dir reden«, fügte er ernster hinzu und manchmal vermisste sie die Erinnerung an Leichtigkeit, die sie früher verbunden hatte.

»Jolanda kommt mich besuchen.« Wie ein Pfeil, den er aus Versehen zu früh abgeschossen hatte, pfiff ihr die Neuigkeit um die Ohren. Erschrocken über seinen Schnellschuss schien er auf ihre Reaktion zu warten. Paula schluckte und versuchte, den Boden unter den Füßen nicht zu verlieren, was bei der Bar auf den hohen Stelzen, ganze sieben Meter über dem Meer, fast unmöglich war.

»Was?« Sie hatten sich doch gerade erst hingesetzt und Getränke bestellt. Sie war noch nicht mal richtig angekommen. „Was?", fragte sie erneut und drehte nervös das leere Glas in der Hand. Stellte es zurück auf den Tisch und hielt sich an dem

Besteck fest. Drehte es hin und her, stopfte es zurück in die Serviettenhülle. Holte es wieder heraus. Ließ es fallen. Als sie sich bückte, um es wieder aufzuheben, blickte sie durch die Ritzen der Holzbohlen auf das Meer und wäre gerne für immer in dieser Haltung geblieben.

38

Jette freute sich riesig, als feststand, dass die Familie ihre Mutter in Nordfriesland besuchen würde. Endlich mal wieder eine Reise. Raus aus Berlin, raus aus dem klein gewordenen Radius ihres Lebens. Euphorisch empfing sie ihre Oma Marianne und bot vor lauter Überschwang an, am nächsten Morgen für alle den Frühstückstisch zu decken, Brote für die Reise zu schmieren, Kaffee zu kochen und auch alles wieder wegzuräumen. In den letzten Monaten hatte sich Jette die Berliner Wohnung einverleibt und mutierte immer mehr zu einer jungen Frau, die zwar keinen Plan für ihr Leben, aber immerhin die Wohnung im Griff hatte. Sie mahnte die Jungs, wie sie Pablo, Gustav und Nikolaj nannte, den Müll mitzunehmen, das benutzte Geschirr wegzuräumen und sich beim Pinkeln hinzusetzen. Wie durch ein Wunder gehorchten sie ihr aufs Wort und das Zusammenleben lief wie am Schnürchen.

Vor zwei Tagen hatte sie Pablo gefragt, ob sie vielleicht wirklich eine Spur zu dominant wäre? Doch Pablo, immer bereit für einen Scherz, antwortete unbekümmert: »Ich stehe auf Frauen, die wissen, was sie nicht wollen.« Er küsste sie flüchtig, lachte und verschwand kopfüber in sein vollgepacktes Leben. Tagsüber studierte er, nachmittags fuhr er Taxi und abends stürzte er sich dank Google Maps in fremde, aber reale Welten. Das war so neu, dass sie ihren Freund, der sonst immer auf dem Sprung war, nun völlig versunken betrachten konnte. Er verbrachte viele Stunden in Australien, Asien oder Südafrika, in den Bergen oder auf unbekannten Inseln. Er beamte sich dahin, wo es ausreichend Aufnahmen gab und der Datenschutz niedriger hing als in Deutschland. Die Besuche in diesen fremden Welten schienen ihn zu entspannen, selten war sein Gesicht so gelöst und frei. Fast schutzlos.

Gustav, dem Jette die gleiche Frage gestellt hatte, antwortete mit einem Augenzwinkern: »Definitiv! Du bist eine miese, kaltherzige Domina!« Sie schlug ihm mit der zusammengerollten Zeitung auf den Arm. »Den Unterschied zwischen kaltherziger Domina und leicht dominantem Verhalten klären wir beide noch. Du Gusti, du«, ärgerte sie ihn mit dem Spitznamen, den er nicht ausstehen konnte. Geschickt entwand er sich ihrer zeitungsklopfenden Entrüstung und lachte sich scheckig. »Schwesterherz. Wer fragt, sollte mit den Antworten umgehen können.«

Während sich Jette und Gustav auf die Abreise nach Nordfriesland vorbereiteten, blieb Nikolaj zu Hause und hatte vor, sich mit seinem aufgepolsterten Gesicht vor der Welt zu verkriechen. »Nun schwirrt alle ab, dann kann ich hier in Ruhe vor mich hin leiden.« Er wedelte sie aus der Tür und auch wenn sein Gesicht eingefroren war, der Rest seines Körpers tänzelte wie immer. »Nie wieder«, schwor er sich und fragte Jette ständig, ob schon wieder Spuren von Mimik zu sehen waren. Er veranstaltete irgendetwas mit seinem Gesicht und sie sollte es beobachten. »Jetzt?«, fragte er zum hundertsten Mal. »Leider nein.« Jette nahm sein Gesicht in beide Hände. »Corona hin oder her. Botox hin oder her. Dein Gesicht braucht eine Berührung.« Kurzerhand küsste sie ihn auf beide Wangen. »Spürst du das wenigstens?« Jette nahm an, dass er ein Lächeln versuchte. Die Gegend um die Wangen bewegte sich unkoordiniert.

Pablo musste am Wochenende arbeiten und Jette war froh, dass sie einen triftigen Grund für ein wenig Abstand hatte.

Über ihre Beziehung hatten sie nicht weiter gesprochen. Die mögliche sexuelle Untreue, vor der sie beide Respekt hatten, war kein Thema mehr. Der Lockdown hatte ganze Arbeit geleistet und auch ihre Beziehung, ihre Lust und Leidenschaft füreinander heruntergefahren. Das ganze Leben fühlte sich einfach nur dröge an. Jette hoffte, eine Weile bei ihrer Mutter bleiben zu können, um sich klarer zu werden, wie alles weitergehen sollte.

Später, in Oma Mariannes Auto, meckerte Gustav die ganze Zeit, dass er nur für zwei Tage mitkommen würde, denn er hätte *den Arsch voll zu tun.* »Alles klar«, grinste Jette, denn es war offensichtlich, dass er bis über beide Ohren in Julia, die neue Frau an seiner Seite, verliebt war. »Meinst du, das wird wieder mit dem Gesicht deines Monster-Freundes?«, erkundigte er sich bei Jette. »Ich möchte ihm gerade nicht im Dunkeln begegnen.«

»Red nicht so über Nikolaj. Er bereut längst, was er da gemacht hat. So kann ihn ja kein Mensch ernstnehmen.« Oma fluchte am Steuer. »Himmelarschundzwirn, nun fahr endlich!« Jette und Gustav unterdrückten ein Lachen.

»Komm, geh! Also! Das gibt's doch nicht!« Weit vorgebeugt saß Oma Marianne am Lenkrad und wedelte unkoordiniert mit den Händen. »Mein Junge, kannst du das Steuer übernehmen? Hier sind mir zu viele Idioten unterwegs und auch zu viele Baustellen auf der Strecke. Ich will durchtreten und ankommen.« Gustav grinste breit. An der nächsten Raststätte setzte er sich schweigend, einen fetten Lacher unterdrückend, nach vorne ans Steuer, Oma daneben und Jette rückte auf den hinteren Sitz. Sie sah, wie ihr Bruder um Contenance kämpfte. »Komm, geh!«, half sie nach und um Gustavs Selbstbeherrschung war es geschehen. Alle Dämme brachen. Er prustete los und schleuderte eine Ladung Spucke an die Frontscheibe. Oma wischte den Schmadder weg und schüttelte den Kopf. »Mensch, Gustav!«, ermahnte sie ihren Enkel. »Reiß dich doch mal zusammen.« Gustavs und Jettes Lachsalven konnte Oma Marianne nicht nachvollziehen, über so viel Albernheit schüttelte sie nur den Kopf. Jette erlöste ihren Bruder und wechselte das Thema.

»Mom sagt, sie hätte nicht genug Matratzen und Friederike wäre auch gerade zu Besuch. Wie machen wir das denn mit dem Schlafen?« Ihre Großmutter drehte sich etwas steif zu ihr, auf dem Beifahrersitz musste sie den ganzen Oberkörper drehen, um ihre Enkelin zu sehen.

»Keine Sorge, Mädchen. Ich habe alle Argumente deiner Mutter, meiner Tochter, widerlegt. Ich schlafe drüben bei Wilma und da wäre auch noch mindestens ein zusätzliches Bett frei. Für Gustav habe ich eine Luftmatratze im Kofferraum. Die ist zwar uralt, funktioniert aber tadellos. Das passt schon.«

»Meinst du, sie will gar nicht, dass wir kommen?«

»Doch, doch. Sie will.«

»Wir haben unsere Mutter auch echt lange nicht gesehen. Papa war jeden Tag da-« Oma schnitt Gustav das Wort ab. »Euer armer Vater. Wie kann man sich nur so kopflos in eine Frau verlieben, die offensichtlich nicht mehr will.« Verständnislos schüttelte sie erneut ihren grauen Bob.

»Er wird sich schon wieder verlieben und er ist nicht arm.« Jette hatte das Gefühl, ihren Vater verteidigen zu müssen. »Momentan schreibt er ein Porträt über mich. Die Jugend und der Stillstand der Welt, oder so.«

»Oma Marianne«, fing Gustav an und summte einen Song von seiner Playlist mit. »Erzähl mal, was hat es mit diesem

Hauke und seiner Familie auf sich?« Gustav drehte in Erwartung dessen, dass Oma gleich loslegen würde, die Musik leiser. »Ach, Gott, die alten Zeiten«, war allerdings erst mal für eine Weile der einzige Satz. »Bekomme ich einen Schluck Kaffee?« Jette reichte die Thermoskanne nach vorne. Umständlich goss sich Oma Marianne ein und kleckerte dabei auf ihre helle Bluse. Mitten in der Abwisch-Aktion fing sie an zu erzählen. »Paula und Hauke waren von Kindesbeinen an unzertrennlich, wie siamesische Zwillinge. Zusammen teilten sie sich ihre Gehirne, ihre Spielsachen und schließlich auch die Familien. Die Kinder gingen in beiden Häusern ein und aus und wir Erwachsenen schließlich auch. Mal saß Wilma in meiner Küche, mal ich bei Christian in der Werkstatt und so weiter. Wie eine große Familie. Dann starb plötzlich Paulas Vater, euer unbekannter Großvater, meine erste große Liebe. Gott hab ihn selig.«

»War er krank?«, fragte Jette. Ihre Großmutter zerpflückte die Serviette, die sie noch vom Fleck-Abwischen in den Händen hielt, und suchte nach Worten.

»Ich weiß es nicht so genau. Er hatte Höhen und Tiefen, doch seine Tiefen waren tiefer als der dunkelste Brunnen, den ich kenne.«

»Du meinst, er war depressiv?«

»Keine Ahnung. Früher gab es dieses Wort gar nicht. Aber egal, wie es hieß, er ist ertrunken.« Abgehackt erzählte sie weiter. »In so einer dunklen Phase. In der Nordsee ertrunken. Dann bin ich mit Paula nach Berlin abgehauen. Ich konnte einfach nicht mehr dort sein. Das Gefühl, dass mir alle im Dorf die Schuld an seinem Tod gaben, war erdrückend.« Schweigen. Gustav hatte die Musik inzwischen abgestellt.

»Aber wieso?«, wagte er, die gespenstische Stille zu unterbrechen.

»Es wurde gemunkelt, dass er ein Verhältnis mit Wilma hatte. Haukes Mutter, meiner besten Freundin. Die beiden hatten schon immer eine besondere Verbindung zueinander. Sie kannten sich bereits, bevor ich aufgetaucht bin. Manchmal war ich wahnsinnig eifersüchtig auf ihre Nähe und dann wieder hat es mir wirklich nichts ausgemacht. Aber an diesem Abend war alles anders.« Oma zögerte, als würde sie etwas auslassen. »Seine Mutter, die ebenfalls mit uns im Haus wohnte, hatte alles mit angehört-«

»Was? Euren Streit?«

»Ja, der war ziemlich lautstark, anders als sonst. Ich habe euren Großvater aus dem Haus geworfen.«

»Bist du ausgeflippt?«, fragte Jette weiter, die manchmal überlegte, ob das explosive Temperament der Frauen in ihrer Familie bereits in ihren Genen lag. Oma druckste herum, das war Jette Antwort genug.

»Was heißt ausgeflippt?«

»Schon gut, Oma. Erzähl weiter.«

»Die Mutter eures Großvaters hieß übrigens auch Paula Petersen, wie eure Mutter. Wir haben sie nach ihr benannt. Naja, und dann ist sie rüber zu Wilma und Christian, hat ihnen von unserem Streit erzählt und sie haben entschieden, ihn zu suchen.« Schweigen. Gustav steuerte das Auto, Jette hielt die Luft an. »Und dann?«

»Erst am übernächsten Morgen wurde er gefunden. Tot. Ertrunken.«

»Wie schrecklich, Oma Marianne.« Jette legte von hinten die Hand auf die Schulter ihrer Großmutter. Sie neigte zwar den Kopf etwas zur Seite, doch ihr Blick ging ins Nirgendwo. Jette wusste nicht, was sie sagen sollte. Gustav auch nicht. Sie verhielten sich still, bis ihre Großmutter weiterredete.

»Wisst ihr, eigentlich wollte ich das alles eurer Mutter erzählen, nicht euch. Sie muss endlich die ganze Geschichte hören. Ich glaube, sie hat furchtbar gelitten, als wir plötzlich nach Berlin abgehauen sind. Dort lebten damals eine Freundin von mir und eine entfernte Verwandte. Wir konnten nur dorthin gehen.«

Jette stellte sich ihre Mutter als Zehnjährige vor. Auf den alten Fotos sah sie mit ihren Locken und Pausbäckchen niedlich aus. Sie kannte das Leben ihrer Mutter nur in groben Zügen. In Nordfriesland aufgewachsen, Vater gestorben, nach Berlin umgezogen. Doch all die Details, die Großmutter gerade erzählte, stopften die Löcher in der Geschichte. Sie musste ihre Mutter unbedingt fragen, ob sie noch mehr Fotos aus der Zeit hatte. »Arme Paula«, sagte Gustav. »Vater tot, Großmutter weg, bester Freund Hauke weg. War bestimmt nicht einfach für die Kleine.«

Oma wühlte in ihrer Handtasche und fand schließlich die Wasserflasche.

»Oh, nein. Es war nicht einfach und ich glaube, sie hat mir nie verziehen, dass ich ihr alles genommen habe. Ihr Zuhause, die Großmutter und ihren besten Freund.«

»Aber die Fotos, die ich gesehen habe, zeigen Paula und Hauke doch als Liebespaar. Wie ging die Geschichte weiter?« Jettes Neugier war angefacht. Warum war ihre Jugendliebe zerbrochen?

»Gustav, Junge. Ich muss pinkeln. Können wir irgendwo anhalten?« Manchmal glaubte Jette, sich verhört zu haben. Seit Neuestem redete ihre Großmutter manchmal in diesem Jugendslang. Pinkeln. »Ich muss auch pinkeln«, fügte sie schnell hinzu. Nicht, dass Gustav durchbrettern wollte, wie es früher bei allen Ausflügen die Eigenart ihres Vaters gewesen war.

Als alle wieder im Auto saßen, erzählte ihre Großmutter weiter.

»Also. Paula und Hauke. Sie ließen sich einfach nicht trennen. Anfangs telefonierten sie jeden Sonntag, mehrere Stunden. Erzählten sich die Woche und wenn ich lauschte, konnte ich kaum glauben, wie-viel sie sich zu erzählen hatten. Wie ein altes Ehepaar. Nein...«, korrigierte sie sich,. »sSo viel reden alte Ehepaare dann doch nicht. Eher wie frisch Verliebte im Kleid einer alten Vertrautheit, oder so. Nur wussten beide noch nichts von den trügerischen Facetten der Liebe. Als sie älter wurden, fingen die Besuche an. Das heißt, Paula fuhr meistens zu Hauke. Ich glaube, Hauke ist nur wenige Male in Berlin gewesen. Und dann verliebten sie sich wirklich. Eure Mutter hat mir nie viel erzählt, aber ich habe ihr angesehen, wie glücklich sie war.«

»Nur noch 120 Kilometer. Fast geschafft.« Das war Gustav. »Jette, gibt's noch ein belegtes Brot?« Schnell reichte sie ihm das Brot nach vorne. Sie wollte Großmutters Erzählfluss nicht unterbrechen.

»Was dann passiert ist, weiß ich nicht genau. Da müsst ihr eure Mutter selber fragen. Nach diesem letzten Sommerfest gingen beide konsequent getrennte Wege, als hätte jemand das Band zwischen ihnen zerschnitten. Den Rest kennt ihr. Eure Mutter schmiss sich mit eurem Vater zusammen und von Stund an, wart ihr vier meine Lieblingsfamilie.« Einen tiefen Seufzer später ergänzte sie noch: »Wer weiß, ob das mit Hauke funktioniert hätte. Der Junge war ein Getriebener, ein Ausbund an Zu-viel-Energie.« Oma biss herzhaft in das Brot, das Jette ihr gerade nach vorne gereicht hatte. »Gibt's mehr Kaffee?« Sie drehte erneut den Oberkörper, so gut es ging, nach hinten. »Du bist eine gute Versorgerin, Jetteschatz. Deine zukünftige Familie wird nicht verhungern. Ich habe das mit der Familie nicht so gut hinbekommen.« Sie schraubte sich wieder in die richtige Position und Jette lehnte sich zurück. Ihre zukünftige Familie. Pah. »Ich will keine Kinder«, posaunte sie in die Fahrerkabine. »Das wird sich noch ändern«, orakelte ihre Großmutter. Gustav kaute genüsslich und sagte schließlich in Jettes Richtung: »Ah, komm, geh!« Jette feixte und gab ihm von hinten eine Kopfnuss, die sich gewaschen hatte.

39

Paula hatte das eindeutige Gefühl, dem riesigen Sturm in Form ihrer Familie, der im Anmarsch war, nicht gewachsen zu sein. Noch war es um sie herum gespenstisch still. Doch jeder Sturm fing mit einer leichten Brise an.

Aufrecht, im Lotussitz, saß sie in ihrem großen Tanzraum und versuchte, sich zu zentrieren. Das Flatterige in ihrem Inneren zu beruhigen, den Magen und die wieder fiependen Ohren zu entspannen. Die Terrassentür stand sperrangelweit offen und der heftige Mairegen peitschte an die Scheiben der Fenster auf der Westseite. Die Blumen, Stauden und Bäume bogen sich unter der Wucht der Schauer. Normalerweise zwitscherte es von früh bis spät in ihrem Garten, doch bei diesem Unwetter hielten selbst die Vögel den Schnabel und hatten hoffentlich trockene Verstecke.

Aus dem oberen Stockwerk hörte sie Friederikes Schritte. Sie schien ihre üblichen kleinen Runden zu drehen, während sie über die nächste Szene nachdachte. Wie eine Besessene schrieb sie an ihrem neuen Roman und noch bevor heute Mittag Paulas Familie eintrudeln sollte, wollte sie das Wörtchen Ende geschrieben haben. Disziplin, Ziele und Ehrgeiz waren das eine Trio in Friederikes Leben. Abenteuer, Freiheit und Sex das andere. Paula genoss Friederikes Gegenwart. Sie war der einzige Mensch, mit dem sie momentan über alles, wirklich alles reden konnte. Hauke, Marten, Jolanda, die Kinder, die Pandemie, die Zukunft und die Vergangenheit. Auch über den Verlag, das Schreiben und Lektorieren und ihre weitere Zusammenarbeit. Friederike war ein fester Bestandteil ihres alten und auch ihres neuen Lebens. Paula liebte sie und wäre sie mutiger, würde sie auch den

Hauch Erotik, der zwischen ihnen immer mal wieder aufblitzte, ausleben. Paula musste an Haukes Leitmotiv im Leben denken. »Manchmal funkt es zwischen zwei Menschen, da kannst du nichts machen. Diesem Funken muss ich folgen, diese Menschen möchte ich in meinem Leben haben, die kommen doch schließlich nicht von ungefähr. Und es geht nicht immer um Sex. Vielleicht funkt es ein Mal im Leben, vielleicht zwei, drei Mal, aber nicht oft. Meistens springt nämlich kein Funke über und du triffst eher Leute, die deine Energie fressen oder dich zu Tode langweilen. Dann nichts wie weg, ehe sie dich ausgesaugt haben.« Zwischen Paula und Friederike hatte es schon vor Jahren gefunkt, keine Frage. Sie liebten und inspirierten sich, alle möglichen Liebhaber in Friederikes oder Paulas Leben spielten keine Rolle, denn ihre Verbindung war unzerstörbar.

Wieso gelang ihr diese Einstellung nicht mit Hauke und seinen anderen Lieblingsmenschen? Wenn Paula daran dachte, dass in wenigen Tagen Jolanda in Hamburg landen und bis auf Weiteres bei Hauke wohnen würde, könnte sie schreien, heulen oder beides.

»Nichts ändert sich zwischen uns, Paula. Du wirst sehen.« Sanft hatte er sie bei ihrem Treffen in der Strand-Bar gebeten, wieder aufzutauchen. »Geh nicht wieder weg, Paula. Ich liebe dich nach wie vor.« Es dauerte noch einen Moment, ehe sie wieder aufrecht am Tisch sitzen konnte. Einerseits schmeichelte ihr sein Liebesbekenntnis, andererseits könnte sie ihn umbringen. Unfähig darüber zu reden, was Jolandas Besuch in ihr auslöste, hatte sich Paula seitdem in sich zurückgezogen, antwortete nur noch kurz angebunden und legte einen neuen Bleigürtel um ihr Herz.

Plötzlich stand Hauke vor ihrer geöffneten Terrassentür. Nass und entschlossen setzte er sich ihr gegenüber in den Regen, ebenfalls im Schneidersitz und schaute sie an. »Ich gehe erst weg, wenn wir über Jolandas Besuch und über uns geredet haben. Schweigen und Rückzug hatten wir schon mal. Lass es uns jetzt besser machen. Bitte, Paula.« Entgeistert schaute sie ihn an. Sie trennten keine zwei Meter. Er draußen, pitschnass. Sie drinnen, völlig trocken. »Es gibt nichts zu reden, Hauke. Hör auf und komm rein.« Er schüttelte den Kopf, die Tropfen flogen umher wie bei einem Hund, der sich das Wasser aus dem Fell schüttelte. »Oh doch!« Er klang fast bedrohlich. »Es gibt viel zu reden.«

Schweigend starrten sie sich in die Augen. Hoffentlich hört es bald auf zu regnen, betete Paula. Er wird sich den Tod holen. Sie rückte näher an die Tür. Wenn sie wollte, könnte sie ihn berühren.

»Ich kann Jolanda nicht im Stich lassen. Die Corona-Geschichte hat ihr alles genommen. Sie ist pleite, hat alles verkauft, was sie verkaufen konnte und fragt, ob sie bei mir eine Pause einlegen darf. Luft holen, neuen Schwung holen, um dann wieder zu gehen. Wie kann ich da nein sagen?« Paula hob den Blick.

»Hast du ihr die Abtreibung eigentlich verziehen?«

»Inzwischen ja. Warum sollte sie mir zuliebe etwas leben, das nicht ihr Traum war?« Vielleicht könnte er mir auch verzeihen, dass ich das Kind behalten habe, überlegte Paula. Das ich, ohne ihn zu informieren, behalten habe. Oh nein, das wog deutlich schwerer.

»Und könntest du wieder mit ihr zusammen sein?« Er überlegte. Lange.

»Ich weiß es nicht.« Kein nein, speicherte Paula ab. Mit klarem Blick schaute er sie an. Da war nichts Verborgenes, keine Abgründe. Alles war sichtbar. Paula senkte den Blick.

»Wieso darf sie überhaupt einreisen?« Die Frage brannte ihr schon lange auf der Seele. Er wartete mit der Antwort, druckste herum, dann schaute er sie erneut fest an. Suchte in ihren Augen nach Verständnis. »Wir sind verheiratet. Auf dem Papier ist sie meine Ehefrau.«

„Was?", stammelte Paula. Mit einer Hand suchte sie nach Blacky, wollte sie streicheln und ihr sagen, dass alles gut sei. Doch da war nichts zum Streicheln. Der Schmerz über den neuen Fakt nistete sich bereits ein. Mitten ins Herz.

Am liebsten würde Paula wieder unter einem Tisch verschwinden und durch Bodenritzen auf das Meer schauen, doch dieses Mal gab es kein Entweichen. Unverwandt schaute er sie an, ließ keinen Millimeter locker. Also gibt es doch noch Verborgenes, dachte sie, auch wenn du mich so direkt anschaust. Der Regen tropfte inzwischen nicht nur von seinen Haaren, sondern auch von den Wimpern, den Ohren, der Nase. Rinnsale, wohin sie schaute. Als würde sein ganzer Körper aufweichen und dabei zerfließen. Ihre Gedanken flatterten wie kaputte Neonröhren. Ich liebe ihn, ich hasse ihn. Liebe, Hasse. Liebe. Liebe. Sie gab sich einen Ruck.

»Ich schaff das nicht, Hauke. Ehrlich. Ich würde gerne ein bisschen anders sein. Offener, großzügiger, moderner. An all das glauben, woran du glaubst.« Sie suchte seine Hände, legte ihre in seine. Er umschloss ihre Finger und hielt sie in der vertrauten Miniumarmung. Ein tropfnasses Knäuel aus vier Händen. »Ich kann es nicht. Es tut mir so leid. Und ...« Jetzt konnte sie seinem Blick standhalten, denn es war die Wahrheit. »Ich liebe dich auch.«

Sie rückte zu ihm auf die Terrasse, ganz nah und unternahm nichts, um die Tränen zurückzuhalten. Sie schlüpfte in seine weit geöffneten Arme, presste sich an den vom Regen durchweichten Oberkörper und weinte endlich. Um die nicht lebbare Liebe, um all das Verpasste von früher und um all das, was auch in Zukunft nicht möglich sein würde.

Irgendwann hörte sie seine Flüsterstimme an ihrem Ohr. Sein Atem kitzelte. »Schlaf heute Nacht bei mir, Paula. Lass uns zusammen einschlafen. Komm rüber, wie früher.« Sie wischte sich den Rotz und den Regen aus dem Gesicht und zitterte mindestens genauso stark wie er. Die schwarze Katze schlich an ihnen vorbei ins Haus. Setzte sich auf den trockenen Teppich neben Paula und putzte sich ausgiebig. Da bist du ja endlich, dachte Paula. Wenn sich Katzen wundern könnten, würde sie sich definitiv wundern, wieso die beiden Menschen da draußen im Regen saßen. Völlig bekloppt.

»Jetzt siehst du wieder aus, als hätte dir jemand einen Witz erzählt. Ich war es definitiv nicht.« Hauke war ein Stück weggerückt, um sie besser anschauen zu können. »Ich habe mich gefragt, was die Katze wohl über uns denkt.« Haukes Gesicht verzog sich zu einem breiten Grinsen. »Das hast du früher schon gemacht. Jedem Tier, jedem Gegenstand, jeder Pflanze um dich herum Leben eingehaucht und dann völlig ironiefrei darüber gesprochen.«

»Tja. Es gab Jahre, da war ich wohl zu viel alleine und außerdem habe ich eine blühende Phantasie, wie du weißt.«

»Ich weiß.« Paula versuchte aufzustehen. Hauke war schneller und reichte ihr die Hand.

»Gleich kommt doch meine Familie. Meine Mutter, meine Kinder, und Friederike ist bereits oben, die hast du auch noch nicht kennengelernt. Sie schreibt an ihrem neuen Buch. Wenn mein Exmann noch kommen würde, wäre die Familie komplett. Na gut, Pablo fehlt auch noch. Jettes Freund. Bestimmt klingelt es jeden Moment und ich muss noch unter die Dusche.« Inzwischen zitterte Hauke wie als Kind, wenn er zu lange im Meer war und die Lippen schon blau anliefen. »Und du musst auch heiß duschen, du Verrückter.«

Sie umarmten sich und am liebsten hätte Paula ihm jetzt erzählt, wie bange ihr vor dem Besuch war. Wie viel Angst sie hatte, dass Gustav und Hauke sich begegneten, dass alles aufflog. »Dann komm heimlich«, flüsterte er verschwörerisch weiter. »Wenn die ganze Bagage schläft.« Ein Lächeln huschte über Paulas Gesicht. Es könnte so einfach sein. Seine Liebe so zu nehmen, wie sie ist. Ohne Eifersucht, ohne Besitzansprüche, ohne Misstrauen. Völlig frei.

Hauke legte die schlotternden Arme um seinen Körper, ein kläglicher Versuch, sich aufzuwärmen. »Ich muss wirklich heiß duschen und bitte, lasst uns heute Abend alle zusammen essen. Ich möchte deine Kinder und deine Freundin kennenlernen. Deine Mutter kenne ich ja längst. Ich frag Wilma, ob sie Lust hat, was Einfaches zu kochen. Einen großen Topf Nudeln mit einer Gemüsesoße oder so. Okay, Paula? Okay?«

Sie nickte ihm zu. Die Augen dick und geschwollenen, am ganzen Körper bibbernd. Sie hatte keine Kraft zu widersprechen. Komm Wirbelsturm, komm ruhig. Sollen sie doch alle an einem Tisch sitzen. Das alte Leben und das neue.

40

»Da, da!« Jette zeigte mit ausgestreckter Hand nach vorne. »Da ist das Haus, ich erinnere mich an die Fotos.« Schon auf den letzten Kilometern hatte sie gestaunt, wie anders die Welt vier Autostunden nördlich von Berlin aussah. Endlose Weite, wohin sie schaute. Große Kuh- und Schafherden grasten in aller Ruhe auf den großzügigen Weiden. Jette musste einfach ihr Fenster einen Spalt öffnen. Hielt die Nase in die klare, frische Luft des Nordens und schloss die Augen. Sie bildete sich sogar ein, den hohen Salzgehalt der Luft zu schmecken. Als sie wenige Minuten später die Augen wieder öffnete, hatte jemand den Lichtschalter umgelegt oder, wie in der Berliner Wohnung, jemand zweimal geklatscht. Der Himmel war dunkelgrau, es hatte heftig zu regnen begonnen und die Welt außerhalb des Autos sah ungemütlich aus. Die Scheibenwischer kämpften mit den Regenmassen und Gustav war gezwungen, langsam zu fahren. So kamen sie eine gefühlte Ewigkeit nur minimal weiter. Manchmal im Schritttempo, weil der Wind das Auto schaukelte und die Straße kaum zu erkennen war. Manchmal im zweiten Gang.

Doch sobald sie in Simonskoog in die Dorfstraße eingebogen waren, entspannte sich auch der Himmel wieder. Der Regen zog sich zurück und machte einer schüchternen Sonne Platz. Schwungvoll parkte Gustav Großmutters Wagen in der Auffahrt und rief noch beim Aussteigen: »Maman, wir sind da.«

Jette dagegen stieg aus und rannte den Deich hoch. Sie vermutete das Meer dahinter, doch da war nichts. »Wo ist das Meer, verdammt nochmal?«

Oma Marianne lachte. »Ebbe, mein Schatz. Das Meer hier oben ist nie da, wenn man es braucht. Es hat seinen eigenen

Rhythmus und seinen eigenen Kopf. Ich mochte die Nordsee noch nie.« Jette flitzte zurück zum Haus. Schnappte sich ihren Rucksack aus dem Auto und folgte den anderen ins Haus. Gustav umarmte schon ihre Mutter, hob sie kurz hoch und wiederholte ständig sein französisches »Maman, endlich!« Oma Marianne hielt sich dezent zurück und Jette schaute sich neugierig im Haus um. »Jette, komm her, meine Große«, hörte sie ihre Mutter rufen. Sie hatte feuchte Augen, als hätte sie gerade geweint. Ihre Haare waren lang geworden und umrahmten tropfend ihr Gesicht. Als Jette genauer hinschaute, sah sie, dass sie klatschnass war. »Mom, bist du in den fiesen Regen gekommen?« Sie umarmten sich und Jette freute sich wirklich, ihre Mutter wiederzusehen. »Wer schläft wo?«, fragte Gustav, der plötzlich mit Friederike im Raum stand und laut durchzählte. »Ich habe nur zwei Matratzen gesehen. Schlafe ich hier oder bei den Nachbarn?« Sie lösten ihre Umarmung. Schade, viel zu kurz, dachte Jette. Gustav hatte ihre Mutter länger umarmt und außerdem hatten sie doch schon im Auto über die Schlafplätze gesprochen.

»Friederike schläft drüben, im Appartement bei den Thomsens.« Nun erklärte ihre Mutter den Schlafplan. »Oma Marianne nebenan bei Wilma und meine Kinder hätte ich gerne hier, bei mir.« Oma kam mit einem großen Handtuch aus dem Bad, legte es ihrer Mutter über die Schultern und fing danach an, ihr die Haare trocken zu rubbeln. »Nein, Mutter. Lass das.« Sie wand sich aus der Berührung und Oma schimpfte. »Du tropfst alles voll.« Ihre Mutter schaute in die Runde und rubbelte selbst die Haare trocken.

»Übrigens, heute Abend essen wir alle zusammen drüben bei Wilma. Wir sind eingeladen.« Gustav, der schon wieder hungrig aussah, rieb sich den Bauch. »Oh prima«, antwortete er. »Lernen wir dann auch endlich diesen Hauke kennen? Wir haben ihn auf den alten Fotos gesehen und Oma hat im Auto ein wenig von früher erzählt. Wird Zeit, ihn kennenzulernen. Hast du hier auch etwas Essbares?« Oma Marianne zeigte in eine Richtung, wo vermutlich die Küche war. Sie hielt ihren kleinen Reisekoffer fest in der Hand, als würde sie auf einem Bahnsteig stehen und gleich in den nächsten Zug einsteigen. »Paula, ich geh dann mal rüber zu Wilma. In Ordnung?«

»In Ordnung«, antwortete ihre Mutter und an Gustav gewandt: »Komm mit, ich zeig dir die Küche.«

»Ich mach das schon«, mischte sich Friederike ein. »Und du hüpf endlich unter eine warme Dusche.« Sie schickte Gustav in die Küche und zeigte mit dem Finger Richtung Bad, als wüsste ihre Mutter gerade nicht, wo das Bad sein könnte. »Wer will einen Kaffee?« Jette folgte Friederike in die gemütliche Küche und fragte leise, ob ihre Mutter Geldsorgen hatte, weil das Wohnzimmer nicht eingerichtet war. Friederike stutzte und lachte dann herzlich. »Keine Sorge, Jette. Das ist ihr Tanzraum.« Gustav und Jette schauten sich irritiert an und verstanden nur Bahnhof.

»Sie wird euch sicher alles erzählen. Fragt ihr Löcher in den Bauch.« Das werde ich, dachte Jette und schaute sich weiter um. »Oh, hier steht mein Lupinenkaffee, den ich ihr geschickt habe. Na ja, viel hat sie davon nicht getrunken. Ich habe eine neue Sorte mitgebracht. Wartet.« Sie kramte in ihrem Rucksack. »Ich sehe genau, dass du die Augen verdrehst, Gustav. Auch, wenn ich nicht hinschaue.« Unschuldig hob er die Hände, als sie wieder auftauchte, doch sie registrierte sein dämliches Grinsen im Gesicht. »Ich erzähle gerne jedem, womit du dich gerade beschäftigst«, drohte sie ihm und formte mit den Händen ein Herz.

41

Paula stand unter der heißen Dusche und versuchte, ihre Gedanken und Gefühle zu ordnen. Dass Hauke Jolanda geheiratet hatte, setzte ihr zu. Sie war sich so sicher, wenn er jemals heiraten wollte, dass er dabei an sie gedacht hätte. Aber wieso eigentlich, sie hatte ihm ja ständig die kalte Schulter gezeigt. Paula war völlig durcheinander.

Jette und Gustav endlich wiederzusehen, hatte sie glücklich gemacht. Beide Kinder waren gesund und schienen sich ebenfalls zu freuen, ihre Mutter zu sehen. So sollte Familie doch sein, oder? Zusammenhalten, sich freuen, wenn man sich sieht. Sich das neueste erzählen und auftanken. Tanken, Tankstelle assoziierte sie weiter und schrubbte ihren Körper, bis er rot wurde.

Sie schauderte, wenn sie an den bevorstehenden Abend dachte. Wie wird es sein, überlegte sie, wenn Gustav und Hauke aufeinandertreffen? Gibt es ein unsichtbares Band? Werden sie wie selbstverständlich beieinander sitzen, den ganzen Abend quatschen und eine seltsame Vertrautheit spüren?

Hauke und Gustav sahen sich bis auf die Haare nicht besonders ähnlich. Sie mixten ihren Kaffee ähnlich, aßen beide unheimlich gern ... und sehr, sehr langsam. Das war schon alles an Gemeinsamkeiten. Mit seiner Trägheit, seiner geringen Flexibilität und seiner Figur könnte Gustav durchaus der Sohn von Thomas sein. Immer wieder fragte sich Paula, ob es wichtig im Leben war, wirklich alles zu wissen. Der Junge schien glücklich zu sein und so, wie er gerade strahlte, ging es ihm gut. Er sollte wissen, wer ihn gezeugt hat, war Friederikes Meinung, die sie inzwischen deutlicher vertrat als am Anfang.

»Hauke ist verheiratet«, murmelte Paula, »ich lebe mit seinem Sohn.« Erneut schrubbte sie ihren Körper von oben bis unten. Ihre Haut brannte und die Narbe am rechten Handgelenk setzte sich farblich deutlich vom Rest des Körpers ab. Die Narbe war ihre Achillesferse und würde sie immer an Hauke und ihre Verletzlichkeit erinnern.

Es klopfte an der Badtür und Paula wurde schlagartig in die Berliner Wohnung gebeamt. Bestimmt wollte jemand ganz dringend und sofort ins Bad. »Ja?«, fragte sie angespannt.

»Kann ich reinkommen?«, hörte sie Friederike leise fragen. Paula kicherte und ließ ihre Freundin ins Bad. »Und? Hast du dich wieder gesammelt? Ich dachte vorhin, ich sehe nicht richtig, als du allein im Regen auf der Terrasse gestanden hast.« Paula trocknete sich ab. »Du bist ja knallrot«. Friederike schlug die Hände vor ihrer Brust zusammen. »Dich kann man gerade nicht alleine lassen.«

»Geht schon. Halb so schlimm. Und ja, ich weiß, das eben auf der Terrasse sah sicher leicht irre aus, aber glaub mir, ich bin noch ganz bei Trost.«

»Sicher?«, fragte Friederike und schaute Paulas roten Körper an. Dann grinste sie zum Glück wieder. »Sicher! Es ist zwar alles gerade etwas viel. Aber weißt du, ich habe eben beschlossen, den Dingen ihren Lauf zu lassen. Ich kann jetzt nicht in fünf Minuten Gustav erklären, dass Hauke sein biologischer Vater ist. Wie sollen sie sich denn da drüben begegnen?« Energisch trocknete sie die Beine ab und wickelte sich wieder in das große Handtuch. »Gut, dass du da bist, Friederike. Dann fühle ich mich nicht so alleine. Ich ziehe mich jetzt an und dann schauen wir mal.«

»Guter Plan, lass dem Leben seinen Lauf. Ich habe gerade auch keine andere Idee. Bin gespannt, ob sie sich mögen werden.«

»Ich auch. Hoffentlich vergesse ich nicht auszuatmen. So eine beschissene Situation.«

»Übrigens, noch was anderes, unter meinem Roman steht das Wörtchen Ende. In dem oberen Zimmer kann ich wunderbar schreiben. Was macht deine Geschichte?«

»Meine Protagonistin weiß nicht, was sie machen soll.«

»Ach, guck an. Und was sind ihre Vermeidungsstrategien?« Paula dachte nach.

»Sie zerdenkt alles bis ins Kleinste und weiß dann nicht mehr, wo Anfang und Ende sind. Sie liebt ihren alten Freund, tanzt sich die Seele aus dem Leib und schreibt ein Buch.« Friederike lachte und wurde dann ernst. »Die Arme, dabei wollte sie doch alles richtig machen. Gerade der Part mit der Familie war ihr fast heilig.« Paula cremte sich in aller Ruhe ein und schenkte besonders dem vernarbten Handgelenk ihre Aufmerksamkeit. Nackt, nur mit einem Handtuch umwickelt, vor Friederike zu stehen, wirkte seltsamerweise keine Spur befremdlich. »Zu heilig. Ich dachte, ich muss den Kindern einen Vater geben, auf Biegen und Brechen.« Friederike saß inzwischen auf dem Klodeckel im Muscheldesign, den sie Paula und dem Haus vor Kurzem spendiert hatte. »So oder so, Paula. Du bist ein guter Mensch, sonst wärst du nicht meine Freundin.«

Paula hielt mit dem Eincremen inne. Ihre Blicke kreuzten sich im Spiegel. »Danke, Friederike.«

Wenig später klingelte Paula bei Wilma und Hauke. Sie wollte schnell nachfragen, ob sie noch etwas mitbringen sollten. Die Einladung zum Essen für so viele Personen kam ja doch sehr spontan und war auf Haukes Mist gewachsen. Da sein Auto nicht am üblichen Platz stand, machte er wohl letzte Besorgungen. Auf ihr Klingeln reagierte niemand. Ein Blick durchs Fenster verriet, dass Wilma und ihre Mutter in der Küche hantierten. Paula nahm, wie früher als Kind, den vertrauten Hintereingang. Die Verandatür stand offen und der Wind, der immer noch leicht wehte, ließ sie in einem gleichmäßigen Rhythmus klappern. Paula schlüpfte ins Haus und hörte das angeregte Erzählen der beiden Frauen. Da Familie Petersen in puncto Sturheit nicht zu toppen war, hatten die beiden dreißig Jahre Funkstille nachzuholen. Töpfe klapperten und das alte Küchenradio lief.

»Ich glaube, ich sollte Paula endlich die ganze Geschichte erzählen.« Das war ihre Mutter. Sie lauschte und war neugierig, welche ganze Geschichte sie wohl erfahren sollte.

»Ach, Marianne. Was hat das Mädchen davon, wenn du ihr mehr sagst? Außerdem wissen wir nichts. Alles ist nur Spekulation. Ein Wahrscheinlich!«, betonte Wilma das letzte Wort. »Vielleicht! Niemand weiß es so genau.« Schweigen. Paula trat in die Küche und die Gesichter der beiden Frauen erstarrten. »Was soll ich erfahren?« Sie schauten sich unsicher an. Schließlich nickte Wilma ihrer Mutter zu. »Es geht um den Tod deines Vaters. Du warst noch so klein und die Nachricht, dass er ertrunken war, stimmte auch und sollte erst mal als Todesursache reichen.« Hilfesuchend schaute Marianne ihre alte Freundin an. Wilma fuhr fort. »Doch dein Vater hatte immer wieder schlimme Phasen von dunklen Wochen und undefinierbaren Schmerzen. Dann zog er sich komplett aus dem Leben zurück.«

»Was denn für Schmerzen?«, wagte sie zu fragen. Ihr Vater war doch ein junger Mann und auf allen Fotos sah er gesund und fröhlich aus. Ihre kindliche Erinnerung hatte eher die guten Geschichten über ihren Vater abgespeichert und die fröhlichen Fotos, auf denen sie beide zu sehen waren. Sie mal auf seinen Schultern, mal an seiner Hand, sie beide bei einem Ausflug auf einer Fähre. Fotos, auf denen er sehr vorsichtig Baby Paula in den Armen hielt und selig lächelte.

Ihre Mutter übernahm wieder das Erzählen. »Angefangen von harmlosen Kopfschmerzen bis hin zu tagelangen Migräneanfällen, in denen er nur im abgedunkelten Zimmer liegen konnte. Alle im Haus mussten flüstern oder sich schattenhaft bewegen. Schlimmstenfalls ging das wochenlang so.« Ihre Mutter knetete das Geschirrhandtuch in ihren Händen und klammerte sich daran. Wilma sprach weiter.

»Marianne und deine Oma Paula haben Friedrich in solchen Zeiten versorgt wie ein weiteres Kind. Alle haben Rücksicht genommen.« Paula erinnerte sich. »Sei still, Kleines. Papa ist krank.«

»Und dann«, fuhr ihre Mutter fort und ihr Gesicht veränderte sich. Wurde hart und die Linien um ihren Mund vertieften sich. »Sobald es ihm besser ging, feierte er das Leben. Partys, andere Frauen, Alkohol. Ich war so oft so sauwütend auf ihn. Habe meine Wut geschluckt und geschluckt.« Pause. »Und dann hörte ich, dass er ein Verhältnis mit Wilma haben sollte.« Die beiden Frauen schauten sich an. Sie wirkten, als hätten sie inzwischen öfter darüber gesprochen. Jedenfalls lag keine negative Spannung in der Luft. Wilma schüttelte den Kopf. »Das stimmte natürlich nicht. Aber dein Vater kam oft zu mir, um sich Tipps zu holen, wie es zwischen ihm und Marianne wieder besser laufen könnte. Er redete, ich hörte zu. Wir haben nichts Falsches gemacht.« Paulas Mutter legte beruhigend die Hand auf Wilmas Arm und holte Anlauf, um weiter zu erzählen.

»Um die Geschichte zu beenden: Als ich das mit Wilma hörte, sind bei mir alle Sicherungen durchgebrannt. So laut und so heftig hatten dein Vater und ich uns noch nie gestritten. Alles drehte sich immer nur um ihn. Immer«, wiederholte sie bitter. »Ich habe ihn rausgeschmissen und am übernächsten Morgen wurde er tot aufgefunden. Christian sagte damals, dass Friedrich schon öfter vorhatte, bei Ebbe weit raus ins Meer zu laufen und sich von der Flut mitnehmen zu lassen. Es sollte mich wohl trösten.« Jetzt legte Wilma den Arm um Marianne, tätschelte ihre Schultern.

»So oder so ähnlich muss es wohl passiert sein.« Wilma bekreuzigte sich. »Sollen beide Männer jetzt in Frieden ruhen. Mein Christian und dein Friedrich.«

Paula schaute die Frauen erneut an und blieb bei ihrer Mutter hängen.

»Hätte ich es nicht erzählen sollen?«, fragte sie vorsichtig. Paula überlegte, was die Nachricht in ihr auslöste. Ihr Vater, an den sie sich kaum erinnerte, hatte sich eventuell selbst das Leben genommen. Sie war nicht so geschockt, wie sie es erwartet hätte. »Ich verstehe zumindest viel mehr, wieso du hier so dringend wegwolltest und auch, dass du nie wieder zurückkommen wolltest. Ich verstehe auch besser, wieso du so oft gesagt hast: eine wie wir. Dieser Ausdruck war mir ein ewiges Rätsel.« Paula überlegte weiter.

Das, was die zwei Frauen gerade erzählt hatten, gehörte auch zu ihrem Vater und machte das Bild um ihn vollständiger. Das Dunkle und das Helle schmolzen ineinander. Wurden zu einem Ganzen.

Paula zögerte. Sollte sie sauer sein? Sie fühlte es nicht. Vorsichtig nahm sie die Hand ihrer Mutter und konnte sich nicht erinnern, wann sie das zuletzt gemacht hatte. Die Hand war federleicht und eiskalt, obwohl in Wilmas Küche der alte Holzofen bollerte. Paula drückte sie leicht und umschloss sie, wie Hauke es bei ihr machte. »Ich konnte dich als Kind und Jugendliche oft nicht ausstehen. Du warst in Gedanken ständig woanders, nie präsent, nie bei mir. Hast in anderen Männern etwas gesucht, was ich nicht verstanden habe. Irgendwie warst du seit dem Tod meines Vaters auch weg.« Sie ließ die Hand ihrer Mutter nicht los, auch wenn diese Paulas Blick kaum standhalten konnte. Ihre Augenlider flatterten wie die Flügel eines Kolibris. »Aber ich verstehe auch deine Wut, die Eifersucht und auch den Punkt, wenn es dann endlich reicht. Wenn man regelrecht ausflippt.« Paula überlegte, ob es noch mehr zu sagen gab, doch es fiel ihr nichts mehr ein. »Du hättest mir das ruhig früher erzählen können. Am Tod meines Vaters ändert es nichts, aber vielleicht hätten wir ein besseres Verhältnis gehabt. Danke, dass du es jetzt erzählt hast.« Unvermittelt brach ihre Mutter in Tränen aus. Wilma setzte sich zu ihr, rückte ganz nah und Paula war erleichtert, dass die beiden Frauen es geschafft hatten, Frieden zu schließen.

Paula entfernte sich langsam. »Nicht das Essen vergessen, ihr zwei Hübschen. In einer guten Stunde rücken wir alle an.«

Gerade, als Paula wieder gehen wollte, kam Hauke vom Einkauf zurück. »Was ist denn hier los?«, fragte er, als er ihre weinenden Mütter so nah beieinander sitzen sah. Er schaute Paula an. »Haben sie es dir endlich erzählt?« Sie nickte und stutzte. »Du wusstest es?« Er setzte den Einkauf ab. »Ja. Aber es war nicht meine Geschichte und es war nie wirklich klar, was passiert war. Deine Mutter musste entscheiden, was sie dir wann erzählen würde. Da hätte ich mich niemals eingemischt.«

42

Was war richtig? Was war falsch? Wann erzählte man den Kindern was, und wie viel? Paulas Gedanken rasten wie Sternschnuppen durch ihren Verstand. Mal blitzten sie hell auf, leuchteten ihr den Weg. Mal blieben sie im Dunkeln oder verglühten direkt vor ihrer Nase. Niemand schenkte ihr eine nachvollziehbare und eindeutige Argumentationskette darüber, was richtig war. Mit aller Macht probierte sie, sich vor allem in Gustavs Perspektive einzudenken. Wie Thomas oder Hauke mit der ganzen Wahrheit umgehen würden, könnte sie aushalten. Aber das gute Verhältnis zu ihrem Sohn wollte sie nicht riskieren. Mensch, Paula, schimpfte sie mit sich. Schreib dein Buch weiter, denk dich in deine Protagonistin. Vielleicht hilft dir das weiter.

Bis zum Abendessen blieb ihr nicht mehr viel Zeit. Zurück im eigenen Haus sah sie, dass Jette mit jemandem an der Haustür sprach. Marten. Mist, den Ausflug hatte sie völlig vergessen. Er stand vor ihrer Tochter. Ruhig, selbstsicher, völlig relaxt. Marten trug die schwarze Motorradkluft, seine coole Easy Rider stand abfahrbereit vor der Haustür. Mist, Mist, Mist. Marten hatte die Maschine, eine Indian Chopper, auf Hochglanz poliert. Sie funkelte mit der Sonne um die Wette. Er hatte den Helm abgesetzt, hielt ihn in der Hand, einen zweiten für sie in der Armbeuge.

»Meine Mutter ist gerade bei Hauke«, hörte sie Jette arglos erzählen. Bevor sie Marten weiter ausfragen konnte, sprintete Paula zur Tür. »Bin schon zurück. Das ist übrigens Henriette, meine Tochter. Das ist Marten.« Sie stellte die beiden einander vor und sie schienen zu erwarten, dass sie noch einen Satz mehr sagen würde. Paula überlegte, zögerte und schaute erst zu Marten, dann zu Jette. »Er ist Reetdachdecker.« Sie zeigte nach oben zum Dach des Hauses, als müsste sie den beiden erklären, was ein Reetdach ist und wo es sich am Haus befand. »Und ein Freund«, ergänzte sie für ihn und für sich. Und das war die Wahrheit. Marten fühlte sich an wie ein neuer Freund in ihrem Leben. Den neugierig bohrenden Blick ihrer Tochter im Nacken, versuchte sie eine Entschuldigung in Martens Richtung. »Ich kann heute leider nicht mitfahren, meine Kinder sind gekommen. Und meine Mutter. Etwas überraschend ... und ich ...« Hilflos suchte sie nach Worten.

»Er kann doch bleiben Mom, wir essen später alle zusammen«, erklärte ihre Tochter dem sprachlosen Marten, als wäre es völlig in Ordnung, allen Besuchern eine Mahlzeit anzubieten. »Drüben bei Hauke und Wilma. Friederike, Moms beste Freundin ist auch da.« Paula könnte vor Scham im Boden versinken. Sie hatte Marten nichts von Hauke erzählt und nun tauchte sein Name in jedem zweiten Satz auf. »Sorry, Marten, das passt gerade alles nicht.« Er hatte immer noch kein Wort gesprochen. Seine Augen wanderten zwischen Mutter und Tochter hin und her, als hätte er einen genetischen Abgleich per Augenscan gestartet. Doch irgendwann ruhten seine warmen Augen wieder auf ihr und Paula sah, was er fühlte: Schade, ich hätte deine Kinder gerne kennengelernt. So leicht und selbstverständlich, wie sie ihn vor einigen Wochen tanzend in ihr Leben gelassen hatte, so umständlich und schwerfällig versuchte sie jetzt, ihn außen vorzulassen. Sie musste sich noch mehr Klarheit verschaffen, was das mit Hauke war. Marten nickte nur, schenkte ihr ein undefinierbares Lächeln und verabschiedete sich freundlich von Jette. »Alles klar, dann eine schöne Zeit euch.« Er stülpte sich den Helm über den Kopf, schloss das Visier und knatterte davon. Die weißen Haare wehten ungebändigt über seinen Rücken. Auch das noch. Paula stieß ein stilles Gebet gen Himmel: Bitte keine Disharmonien mit Marten. Beim Hineingehen grübelte sie, ob das ein »Alles klar« im Sinne von *alles ist gut,* war, oder eher ein *Alles klar, schönes Leben noch?*

»Der ist ja cool, Mom. Ein Verehrer? Ich dachte, da läuft wieder was mit deinem Jugendfreund Hauke?« Ihre Tochter stutzte. »Oh, nein. Beide?« Sie hielt sich kichernd die Hände vor den Mund. »Ich dachte, in deiner Generation ist alles ein bisschen ...« Sie suchte nach dem passenden Wort. »Geordneter?« Paula lachte. »Du wolltest sagen langweiliger, spießiger, verstaubter?« Jette stimmte in das Lachen ein. »Naja. Oldschool eben.« Jette plapperte inzwischen pausenlos und lotste Paula in das Tanzzimmer. Sie erzählte von Berlin, von Nikolaj, von ihren zwei Jobs, von Pablo. Paula hatte Mühe mitzuhalten.

»Jetteschatz, wir müssen so viel besprechen.«

»Keine Sorge, Mom, ich bleibe ein bisschen länger als Gustav, der will morgen schon wieder los. Ich glaube, er ist verliebt.«

43

»Verliebt?«, wiederholte ihre Mutter mit aufgerissenen Augen. »Echt? In wen? Erzähl!« Gustavs neue Liebe eignete sich hervorragend für ein vertrautes Gespräch, sie unterhielten sich wie zwei alte Freundinnen. Noch vor einem halben Jahr hatte Jette ungeduldig die Tage gezählt, um endlich ausziehen zu können. Weg von den Streitereien mit ihrer Mutter, den explosionsartigen Entladungen, weg von der Sorge und Verantwortung um ihren Vater. Und jetzt? Saß sie friedlich in einem Zimmer mit ihrer Mutter. Ohne Wut, ohne verbale Angriffe, ohne genervt zu sein. Zugegeben, dieses Zimmer war riesig und leer und hier zu sitzen, war noch ungewohnt. Dennoch, es fühlte sich warm an zwischen ihnen. Gut warm, nicht zu heiß. Das neue Haus und der Abstand zu Berlin schienen ihrer Mutter gutzutun. Sie wirkte gelassener und vielleicht lag es auch an den beiden Männern. Wer weiß.

Ihre Mutter freute sich so sehr über Gustavs Freundin, als hätte ihr fünfjähriger Sohn nun auch endlich, wie alle anderen in seinem Alter, gelernt, aufs Töpfchen zu gehen. Aber es war nicht wie bei allen anderen, den Zahn musste sie ihr gleich wieder ziehen. Lieber schnell und Zackzack, kein langes Drumherumreden. »Mom, warte. Die Frau ist etwas älter als Gusti.« Ihre Mutter stockte. »So, wie du das betonst, ist sie deutlich älter als er. Wie alt?« Ihre Stimme bekam einen aufgeregten Unterton. »Fast dein Alter. Anfang vierzig.«

»Ach, du ... Anfang vierzig?« In einer fließenden Bewegung gelangte ihre Mutter aus der sitzenden Meditationshaltung in eine entspannte Rückenlage. Arme und Beine weit ausgebreitet, lag sie wie ein Schneeengel auf dem Dielenboden und starrte an die Decke. »Ich fasse es nicht. Kann nicht mal irgendwas normal sein. Meinst du, er hat einen Mutterkomplex?« Jette brach in Gelächter aus. »Selbst wenn, kennst doch Gustav. Er macht nur, was ihm gefällt. Und wenn das Mutterkomplex heißt, dann heißt das eben so.« Jette saß bequem auf dem einzigen Möbelstück im Raum: einem hellgrünen Sessel mit Fußhocker. Er stand in einer Ecke und war so ausgerichtet, dass der Blick automatisch in den Garten ging. Ihre Mutter drehte sich auf den Bauch und stützte den Kopf auf. »Falls ihr beiden später Therapeuten für eure seelische Heilung braucht: Ich zahle!« Jette tat so, als würde sie sich den letzten Satz ihrer Mutter auf einen imaginären Notizblock schreiben.

»Du bist schuld und zahlst die Therapie, ist notiert und ich werde darauf zurückkommen. Aber viel mehr interessiert mich, wieso du damals nicht mit deiner Jugendliebe zusammengeblieben bist. Und warum dein Haus so leer ist und dieser Raum. Was bedeutet das alles? Meinst du, Pablo und ich schaffen es?« Jette hatte tausend Fragen.

Ihre Mutter kam wieder in den Stand, schlenderte zu ihr und hockte sich vor den Sessel. »Vielleicht schafft ihr beide es. Erzähl mir in den nächsten Tagen mehr von euch. Ich weiß gar nicht, ob ich auf dem neuesten Stand bin. Aber jetzt lass uns rübergehen. Ich habe schon riesigen Hunger.« Jette fand es gerade gemütlich und wollte den Platz gar nicht freiräumen. Sie schaute sich ein weiteres Mal um. »Mom, der Raum ist toll. Auch wenn er so leer ist.«

»Hier tanze ich jeden Tag. Siehst du die Box? Die Rollos? Mein Handy? Mehr brauche ich nicht.«

Jette kicherte. »Mom, ich glaube, du bist ein bisschen verrückt.« Ihre Mutter zuckte nur mit den Schultern und sagte, dass sie ihren Bruder vom Handy weglotsen sollte.

Jette sprang auf, schickte Pablo ein Foto vom Tanzraum ihrer Mutter und schrieb, dass sie ihn vermisste. *Ungelogen, Pablo,* ergänzte sie. Und es war wirklich schön, ihn zu vermissen. »Dich hab ich auch vermisst, Mom. Ungelogen!« Ihre Mutter drehte sich an der Tür noch einmal um. Das Gesicht butterweich.

44

Wilma und Marianne hatten eine riesige Tafel vorbereitet. Ihre Gesichter waren rot geschwitzt und ein freudiges Leuchten lag in ihren Augen. Um draußen zu sitzen, war es noch zu kalt. Also würden alle in der guten Stube bleiben. Hauke nickte Paula zu, krempelte die Ärmel seines Hemdes hoch und begrüßte freundlich einen nach dem anderen, dann setzte er sich an den Tisch. »Du bist also Paulas Tochter. Herzlich Willkommen, Henriette. Such dir einen Platz.« Er zeigte auf die Tafel und Jette wählte den Stuhl direkt neben ihm. Als Gustav auf Hauke zuging, hielt Paula die Luft an und kniff Friederike in den Arm. Los, Karma, schlag zu. Vielleicht fühlen beide das Besondere. Vielleicht werden sie wie zwei Magnete angezogen und hängen den ganzen Abend zusammen ab. Vielleicht ...

Doch nichts dergleichen passierte. Der Boden öffnete sich nicht, der Blitz schlug nicht ein, Paula fiel nicht in Ohnmacht. Nichts. Hauke und Gustav lächelten sich freundlich an und danach setzte sich Gustav ans andere Ende des Tisches, neben seine Großmutter, die noch eifrig Teller hin und her schob.

Der Blitz schlug erst ein, als Friederike und Hauke sich begrüßten. Paula beobachtete die Szene wie in Zeitlupe. Sein Stutzen, ihr Blick, sein Kopf, der sich zur Seite neigte, ihr Mund, der sich öffnete. Ihre rauchige Stimme.

In diesem Moment starb Paula tausend Tode und ein unsäglicher, stechender Schmerz flammte in ihrem Inneren auf. So sah es also aus, wenn es zwischen zwei Menschen funkte. Sie senkte den Blick, versuchte, ihrem inneren Toben mit Würde zu begegnen. Legte beide Hände auf den Bauch und atmete heimlich dorthin. Tief. Ruhig. Atmen, Paula. Doch nichts reichte aus.

Kurzerhand schenkte sie sich von dem eiskalten Weißwein ein und trank das Glas auf ex. Die kühle Flüssigkeit rann die Speiseröhre hinunter und löschte den ersten Brand. Die Tränen, die sich bereits in den Augen sammelten, blinzelte sie weg.

Völlig unerwartet beugte sich ihre Mutter zu ihr, tat so, als würde sie Fusseln von ihrem Shirt zupfen und flüsterte: »Lass ihn los, mein Mädchen. Lass ihn endlich, endlich los.« Paula ahnte, wenn sie hochschaute und dem Blick ihrer Mutter begegnete, würde sie heulen wie ein Schlosshund. Es wäre endlos. Sanft spürte sie die Hand ihrer Mutter auf dem Rücken. Die Berührung war so ungewohnt, dass sie für einen Moment den Rücken durchbog. Dann fühlte sie das zarte Streicheln und wehrte sich nicht mehr dagegen. Noch nie im Leben war ihr ihre Mutter so nah gewesen.

Während rundherum Essen verteilt und Stühle gerückt wurden, sammelte sich Paula. Sie nickte ein wenig, nur für sich selbst, um die eben getroffene Entscheidung zu bekräftigen. Danach schaute sie mit klarem Blick zu ihrer Mutter und lächelte sie an. Kurz fragte sie sich, ob ihre Mutter wohl ahnte, dass Hauke Gustavs Vater war? Sie hatte über all die Jahre nie etwas gesagt, aber man weiß ja nie. Auch ihre Mutter nickte leicht, den Blick voller Verständnis und Wärme.

Paula richtete sich auf. Der Wackerstein, der schon ein ganzes Leben auf ihrer Brust lag, war verschwunden. Der Knoten im Bauch hatte sich aufgelöst. Nur das Ohr fiepte noch unruhig und schien auf weitere Anweisungen zu warten.

Das war's!, entschied sie. Ich bin frei. Endlich frei. Danke, Mutter. Danke, Hauke. Danke, Friederike.

Friederike und Hauke saßen nebeneinander, redeten, lachten und schauten immer mal wieder zu ihr. »Komm rüber, Paula.

Komm rüber.« Auch Jette hing an Haukes Lippen, wollte alles über sein Leben wissen, seine Reisen, seine Arbeit. Je weiter der Abend voranschritt, umso forscher fragte Jette nach. »Aber wieso seid ihr denn nicht zusammengeblieben? Habt ihr es überhaupt probiert?« Stille am Tisch. Paula ahnte, dass sie mit einer plausiblen Erklärung an der Reihe war. Hauke hatte sich zurückgelehnt. »Will jemand Nachtisch?«, fragte Wilma forsch in die Stille. »Aber ja doch.« Gustav sprang auf, griff nach einem Schälchen Mousse au Chocolat, das Wilma auf einem Tablett über dem Tisch hielt. »Jette?«, fragte er seine Schwester. »Ja, Mann. Kannst meins haben.« Jette brannte offensichtlich auf eine Antwort und wollte nicht über Banalitäten wie Nachtisch reden.

»Maman?« Gustav war längst noch nicht fertig.

»Meins kannst du auch haben«, antwortete Paula. »Ich platze gleich, da passt nichts mehr rein.«

»Danke. Ihr seid die Besten.« Zufrieden plumpste Gustav zurück auf seinen Stuhl. Die Großmütter lächelten milde und Paula stutzte, als sie wie selbstverständlich die Mehrzahl benutzte. Die Großmütter. Oh, Gott, schoss es Paula erneut wie Blitze durch den Verstand. Sie hatte immer noch keine Idee, wie sie damit umgehen sollte, dass sie Wilma um ihren Enkelsohn gebracht hatte. Es war inzwischen fast unmöglich, die Wahrheit und nichts, als die Wahrheit zu sagen.

»Hallo? Antwortet mir mal jemand?« Jette schaute Paula und Hauke erwartungsvoll an. »Okay, Jette. Im Grunde ist es schnell erzählt. Wir hatten total unterschiedliche Vorstellungen vom Leben, trotz aller Liebe und Freundschaft, die uns von Kindheit an verbunden hatte. Es passte einfach nicht. Niemals wollte ich im Ausland leben und ich wusste auch früh, dass ich unbedingt Familie und Kinder wollte. Und wenn du Haukes Leben kennst, weißt du, dass er das gelebt hat, wofür er gebrannt hat. Und das war nicht das Leben in Simonskoog als Familienvater.« Paula hoffte, dass sie nicht angepisst klang, denn das war sie überraschenderweise nicht mehr. Jette schmiss die nächste Frage in den Raum und wirkte plötzlich ganz lebendig. »Heißt das, wenn einer Kinder möchte und der andere nicht, hat man als Paar keine Chance?« Friederike mischte sich ein. »Aber nein. Paare sind so individuell und einzigartig wie Fußabdrücke. Sind zwar alles Füße, aber kein Abdruck gleicht dem anderen. Da gibt es keine pauschale Antwort. Ihr müsst über eure Lebenswünsche reden.«

Hauke ergänzte, wahrscheinlich aus eigener Erfahrung: »Aber große Lebenswünsche haben enorm viel Kraft, manchmal ist es fast wie ein Sog und man muss ihnen folgen. Ob man will oder nicht. Sie sollten der Beziehung zuliebe nicht hintenan gestellt werden.« Hauke schaute bei diesen Worten zu Paula. Er wirkte, als ob er noch etwas sagen wollte, stattdessen legte er seine rechte Hand auf das Herz und schaute Paula an. »Paula war meine erste Liebe und sie wird immer von mir geliebt werden. So ist das nun mal.« Gustav hörte kurz auf zu kauen. Paula befürchtete, dass Hauke mitgezählt und sich wiedererkannt hatte. Doch ihre Sorge war unbegründet. »Gibt's noch mehr Nachtisch, bevor dieser hungrige junge Mann am anderen Ende des Tisches erneut zuschlägt?« Wilma und Marianne standen zur gleichen Zeit auf und stießen sich die Köpfe. »Das werden zwei saftige Beulen«, lachte Jette und schien für einen Moment alles andere vergessen zu haben. »Alle im Dorf werden morgen denken, ihr habt euch gekloppt.« Sie kringelte sich vor Lachen, während Wilma und Marianne ihre Köpfe rieben.

Friederike und Paula räumten das benutzte Geschirr weg und Friederike raunte leise in Paulas Richtung, dass Hauke ein faszinierender Mensch sei. »Ich weiß«, antwortete Paula. »Das ist er. Und er findet dich auch toll, definitiv.« Sie beluden den Geschirrspüler, in Gedanken versunken. Paula sprach zuerst. »Gegen diesen Sog gibt es kaum eine Chance. Das weißt du selbst. Ihr seid zwei Menschen, in deren Nähe man sich gerne aufhält. Was soll ich sagen? Eure gegenseitige Faszination ist nicht zu übersehen.« Friederike hielt in ihrer Bewegung inne und ließ dann die Arme hängen. »Ich reise morgen wieder ab und du, meine liebe Freundin, bist mir tausendmal wichtiger als alles andere auf der Welt.« Friederike küsste Paula spontan auf die Wange. »He, he, wir dürfen uns nicht berühren.« Paulas Hand wanderte zu ihrer Wange. Friederike fuhr unbeirrt fort. »Wenn ich jemanden liebe, dann dich, Paula Petersen, und meine tausend Projekte und abertausend Projektideen. Hauke ist ein Zugvogel, er wird weiterziehen, nachdem er hier aufgetankt hat. Dennoch, er hat was, dein Pauke.«

»Für mich hat es sich ausgepaukt. Ganz ohne Groll. Es war zwar schmerzhaft, aber auch ungeheuer heilsam, euch bei eurer ersten Begegnung zuzusehen. Eure Neugier aufeinander, das gegenseitige Interesse, dann der Funke und später euer Strahlen.

So würde das Leben mit ihm sein. Bei jeder Person würde ich denken: Na? Jemand Neues im Bunde oder nicht? Ich bin müde. So, als hätte ich lange Zeit hohes Fieber gehabt, aber jetzt habe ich es überstanden. Ich bin kuriert.«

»Komm her«, Paula ließ sich in Friederikes Arme fallen. »Lass uns noch ein bisschen trinken, Friesentorte essen und den Abend genießen.«

»Oh, nein. Nicht noch Friesentorte. Dieser Bausatz aus Blätterteig, Pflaumenmus und Sahne.«

Tatsächlich ging Paula, den Arm um Friederikes Schulter gelegt, beschwingter zurück in die gute Stube. Sie fühlte sich gelöster und schaute nicht mehr eifersüchtig auf Hauke und Friederike. Für den Rest des Abends saß sie zwischen den beiden. Mitten in den sprühenden Funken und ließ sich anstecken. Beide Menschen liebten sie. Sie liebte beide und heute Abend liebten sich Hauke und Friederike ebenso. So what.

Nach der Friesentorte wirkten Wilma und Marianne plötzlich hundemüde. Beide hatten so viele Schnäpse getrunken, dass es an ein Wunder grenzte, dass sie nicht sturzbesoffen vom Stuhl rutschten. »Ab mit euch, in die Betten. Wir räumen hier auf.« Hauke schnappte sich seine Mutter, Jette ihre Großmutter. Unter erbostem »Das können wir alleine!«, eierten die beiden die Treppen nach oben und giggelten um die Wette.

Gustavs Handy vibrierte am anderen Tischende und er sprintete dahin, weil es nicht nur vibrierte, sondern sich auch Richtung Tischkante bewegte. Ein erster Blick auf das Display ließ sein Gesicht aufleuchten. »Gute Nacht allerseits. Ich verschwinde auch gleich. Muss noch telefonieren.« Ohne nachzudenken, folgte er den anderen die Treppe nach oben. Plötzlich stutzte er und fasste sich an die Stirn. »Äh? Schlafe ich hier oben, oder wo?« Paula und Friederike amüsierten sich über Gustavs traumwandlerische Abwesenheit. »Geh ruhig, da ist noch ein weiteres bezogenes Bett für dich. Grüß sie.« Den letzten Satz konnte Paula sich nicht verkneifen. Gustav runzelte die Stirn. »Jette, stimmt's? Sie kann aber auch nichts für sich behalten, wie ein altes Waschweib.«

»Schlaf gut, mein Sohn und bevor du wieder abreist, möchte ich morgen eine Runde Zeit mit dir alleine haben. Okay?«

»Wird gemacht: eine Runde Zeit!« Er salutierte albern und verschwand, das Telefon fest am Ohr, im oberen Stockwerk.

»Deine Kinder sind toll«, hörte sie Hauke sagen, der sich wieder zu ihnen gesellte. Ja, das sind sie, dachte Paula. Und das ist nicht dein Verdienst, obwohl du für eins der Kinder den Samen gespendet hast. Danke, dafür. Das ist allein unser Verdienst, meiner und der von Thomas. Wir beide haben das gut gemacht.

»Mom, ich geh rüber zum Schlafen. Kommst du dann auch?«, fragte Jette mitten in ihre Gedanken hinein. Paula überlegte kurz. Sie war noch nicht müde und neugierig, wie der Abend zu dritt weiter verlaufen würde. »Ich komme gleich nach«, entschied sie kurzerhand. Jette zögerte, und schien zu überlegen, ob sie auch noch bleiben sollte. Vielleicht hatte sie aber etwas Angst in Paulas neuem, alten Haus. So ganz allein.

»Ich komme doch mit. Warte, Jette.« Und an Friederike und Hauke gewandt: »Gute Nacht, ihr zwei.« Und sie könnte schwören, dass das so cool klang, wie sie es meinte. Erleichtert atmete sie tief aus und verschwand mit ihrer Tochter durch den hinteren Ausgang.

45

Jette stolperte im Dunklen hinter ihrer Mutter her und war froh, dass sie nicht allein gehen musste. Das Haus war ihr fremd und sie hätte wahrscheinlich gewartet und das Licht angelassen, bis ihre Mutter gekommen wäre. Und überhaupt, was wollte ihre Mutter zwischen Friederike und Hauke? Das sah doch ein Blinder, dass die beiden flirteten. Ach du Scheiße, hatten die auch alle eine offene Beziehung? Und der Motorradfahrer von heute Nachmittag? Welche Rolle spielte er? Jette schob ihre Matratze in das Schlafzimmer ihrer Mutter.

»Kann ich bei dir schlafen?«

»Aber ja, rutschen wir zusammen. Wie aufregend. Wann hatten wir das zuletzt, dass wir beide in einem Zimmer geschlafen haben?« Jette rechnete kurz nach. »Im letzten Urlaub mit Papa. Ihr hattet euch heftig gestritten und dann bist du in mein Zimmer gekommen. Weißt du noch?« Jette erinnerte sich genau. Schon damals fand sie, dass ihre Mutter eine himmelschreiend ungerechte Person war. Ihr Vater tat ihr leid.

»Lass ihn in Ruhe! Was willst du denn von ihm?« Wie eine Furie wirbelt ihre Mutter herum und blitzt Jette an. »Halt dich da raus, mein Frollein. Das geht dich alles einen Scheißdreck an. Das ist meine Ehe und dein Vater kann für sich selbst sprechen. Oder? Thommy? Brauchst du Hilfe von deiner Tochter?« Türenknallend und sauwütend zieht Jette sich in ihr Zimmer zurück. Sie hasst ihre Mutter aus vollem Herzen und schwört, dass sie niemals so werden wird wie sie. Niemals! Später in der Nacht hört sie Schritte im Flur. Zögerliche Schritte. Die Klinke von ihrer Zimmertür wird leise heruntergedrückt und sie hätte schwören können, dass ihr Vater samt Bettzeug hereinschleicht. Doch er ist es nicht. An dem leisen Schluchzen erkennt sie ihre Mutter.

»Oh je«, erinnerte sich auch ihre Mutter. »Das war eine schwierige Zeit für uns, so kurz vor der endgültigen Trennung. Ich habe immer gehofft, dass Thomas mir einmal Kontra geben würde, einmal seinen Mann steht, wie es so schön heißt. Aber du, ganz die loyale Tochter, warst immer schon da, ehe er nur ausgeatmet hat. Das ist kein Vorwurf an dich, um Gottes Willen. Eher an ihn.«

»Stimmt. Ich habe eure Spannungen kaum ausgehalten und Papa hätte nie etwas gesagt. Nie und nimmer.«

»Ich weiß, aber ich wollte einen Mann mit einer eigenen Meinung, einem persönlichen Standpunkt. Das hat mir gefehlt. Oft sogar. Thomas ist einfach zu gut.«

»Aber er ist ein toller Vater!«, hielt Jette automatisch dagegen.

»Das ist er. Er war die beste Wahl.«

Ihre Mutter hatte beide Matratzen auf den Boden gelegt und von irgendwoher Kissen und Decken gezaubert. Ein richtig gemütliches Schlaraffenland. Beide lagen inzwischen entspannt auf dem Rücken, schauten an die Decke, die Arme hinter den Köpfen verschränkt und lauschten den ungesagten Worten.

»Bist du hier oben glücklich, Mom?« Ihre Mutter drehte sich zur Seite, stützte den Kopf auf und leuchtete. »Ja, Jette, das bin ich. Und du, bist du glücklich?« Jette freute sich über das Interesse ihrer Mutter, doch bevor sie antwortete, löschte sie das Licht. »Ehrlich gesagt: geht so. Momentan habe ich keine Ahnung, wie mein Leben weitergehen soll. Ich weiß nicht, ob Kaffee wirklich mein Ding ist. Kein Mensch mochte den Lupinenkaffee. Weder den mit Gewürzen noch den ohne. Und ich weiß auch nicht, ob Pablo der Richtige für mich ist. Er will Kinder, ich nicht. Das Thema stresst mich jetzt schon, obwohl es noch viel zu früh für Kinder ist. Und ...« Jette könnte heulen, je länger sie sich selbst zuhörte. »Und dann haben wir über Jugendlieben und Monogamie gesprochen, ob das überhaupt realistisch ist. Es ist alles total verworren. Und dann noch die ganze Corona-Kacke.« Obwohl sie mit ihrer Mutter in den letzten Monaten viel telefoniert hatte, war es doch ein intensiveres Gefühl, mitten in der Nacht zu reden, mit einem echten Gegenüber. Mit einem Menschen, der sie anschaute und ernst nahm. Plötzlich hob ihre Mutter die Decke für sie. Wirklich? Jette schob alle Bedenken beiseite und kroch einfach darunter. Sie lehnte sich mit dem Rücken an den Oberkörper ihrer Mutter, drückte den Po in ihren Schoß und ließ sich halten. Genau danach war ihr jetzt. Mal kurz wieder Kind sein, beschützt werden, nicht nachdenken müssen. Mama macht das schon. Sie spürte das Streicheln, das Wiegen und ließ sich kurz fallen.

»Kann ich irgendetwas tun?«, fragte ihre Mutter. Die Antwort tauchte prompt in ihr auf. »Nein, Mom, da muss ich wohl alleine durch.«

46

Paula sog den Duft ihrer erwachsenen Tochter ein. Sie staunte, wie entschlossen sie klang, allein durch diese Lebenskrise gehen zu müssen. Ohne die Hilfe ihrer Mutter. Ihre Jette nabelte sich ab. Sie wusste, dass dieser Moment, mit Jette in einem Bett zu liegen und sie in den Armen zu halten, kostbar war. Die nächsten Arme, in die sich ihre Tochter legen würde, wären wahrscheinlich die von Pablo.

Wenn Paula an ihre Zwanziger dachte, war ihre Zukunft bereits angedeutet. Das Kind im Bauch, die Trennung von Hauke, das überstürzte Ja zu Thomas, das Familienleben, Arbeiten im Reisebüro und im Verlag, Leben in Berlin. Das alles war vorskizziert und sie hatte den Weg nicht verlassen, bis Hauke wieder auftauchte. Erst jetzt gab es eine Abzweigung. Neuland, das sie betreten würde: Sie würde in Nordfriesland bleiben. Selig, wie lange nicht, schlief Paula ein.

Schon am nächsten Morgen war Jette aus ihren Armen entschwunden. Hoffentlich war es ihr nicht zu peinlich, dachte Paula, aber da balancierte Jette schon zwei Tassen mit frisch gebrühtem Kaffee ins Schlafzimmer. »Du schnarchst fürchterlich.« Sie setzte sich zu ihr auf den Boden und grinste keck. Paula konnte es nicht glauben. »Wirklich? Ich schnarche? Das wusste ich gar nicht.«

»Du wirst alt. Trotzdem danke, Mom. Das tat gut gestern, aber jetzt sortiere ich mein Leben neu. Alleine!«

»Ist ja gut. Ich kann noch gar nicht denken.« Jette reichte ihr die Tasse und sprudelte los. Paulas Ohren hatten Mühe, so viel Text am Morgen zu verarbeiten. »Zuerst werde ich nochmal

Klartext mit Pablo reden ... will keine offene oder halboffene Beziehung, falls das nochmal Thema wird ... in Berlin bleiben ... Wohnung ... Praktika ... freiwilliges soziales Jahr ... mit Nikolaj zusammenwohnen ... Mom?«

»Ja?«

»Hörst du mir zu?«

»Ich gebe alles.« Sie rieb sich mit den Händen kräftig das Gesicht.

»Meine letzte Frage war, ob ich mit Gustav und Nikolaj in der Berliner Wohnung bleiben kann. Wir teilen uns die Miete. Dir ist schon klar, dass wir beide nicht mehr zusammenwohnen können, oder?« Paula stutzte, dachte nach und musste plötzlich laut lachen.

»Was amüsiert dich so?« Die alte Jette war zurück. Ihre Augen blitzten und die kleine Hexe war startklar.

»Warte, warte. Reg dich nicht auf. Da freue ich mich schon so lange darauf, endlich meine zweite Lebenshälfte zu beginnen. Darauf, dass meine Kinder ausziehen und ihrer Wege gehen werden. Darauf, dass ich die Wohnung für mich allein haben werde und was passiert? Die Kinder bleiben im Nest hocken und die Mutter zieht aus.« Sie amüsierte sich weiter, obwohl Jette ihren Humor natürlich nicht teilte. »Und dann fragt mich meine Tochter, ob mir klar ist, dass wir nicht mehr zusammenwohnen können. Ehrlich, Jette. Ich finde das saulustig.« Paula hielt sich ihren Bauch vor Lachen.

»Und«, fragte Jette bierernst, als hätte es Paulas Lachanfall in den letzten Minuten nie gegeben, »machen wir das so?« Paula japste schon wieder nach Luft und versuchte, sich zu beruhigen.

»Ja, mein Kind. Das machen wir so, die Details besprechen wir noch. Puh, ich könnte schon wieder lachen. Sorry.« Der

Blick in Jettes junges, entschlossenes Gesicht half Paula leider nicht, den Lachdrang loszuwerden.

»Will Gustav denn auch in der Wohnung bleiben?« Jette rollte die Augen. »Mama! Was ist das denn für eine Frage!«

»Ist ja gut, ist ja gut.« Paula trank einen Schluck Kaffee und hielt sich die Hand vor den Mund. Nicht lachen!

Jette setzte sich auf die breite Fensterbank. »Meinst du, sie sind alle wach? Und meinst du, Friederike hat drüben übernachtet?« Neugierig schielte Jette zum Nachbarhaus. »Geh ruhig rüber, das war früher gang und gäbe. Es gab nur offene Türen.« Ob Friederike da übernachtet hatte, würde Paula zwar auch interessieren, doch noch lieber wäre ihr, gar nichts davon mitzubekommen.

»Kommst du mit?« Jette drehte sich zu ihr.

»Ich gehe erst meine Runde durch den Garten und gebe Blacky ihr Frühstück. Morgens brauche ich viel Zeit, um in die Gänge zu kommen. Ich komme später nach.«

Als Jette nach nebenan gegangen war, zog Paula wie jeden Morgen ihre Schuhe aus und lief barfuß über den taunassen Rasen. Bewaffnet mit einer kleinen Gartenschere schnippelte sie hier und da eine verwelkte Blüte ab und überprüfte jede Pflanze, jeden Busch, jeden Baum nach neuen Austrieben. Der Mai war einer ihrer Lieblingsmonate. Gnadenlos setzten sich neue, gesunde Triebe durch und verschafften sich Raum. Reckten sich zum Licht, nahmen Regen und Sonne auf, nur mit dem einen Ziel: zu wachsen und zu blühen. Alles Alte, Vertrocknete und Welke durfte gehen.

»Paula, warte.« Friederike kam aus dem Haus der Thomsens und winkte ihr zu. Hieß das, dass sie dort übernachtet hatte, oder war sie erst in der Morgendämmerung dorthin gehuscht?

Was bedeutete es schon? Lass gut sein, Paula, mahnte sie sich. »Ich würde mit Gustav zurück nach Berlin fahren. Bringt ihr uns zum Zug?« Paula erschrak. »Wann denn? Ich wollte noch etwas Zeit mit ihm alleine verbringen. Wieso habt ihr es nur so eilig?«

Friederike wirkte euphorisiert. Schob sich die Sonnenbrille in die Haare und umarmte Paula spontan. »Es gibt so viel zu tun. Ich will die fertig lektorierten Romane auf den Markt bringen. Apropos: Was macht eigentlich dein Buch?«

Paula richtete sich auf, als würde sie gleich eine Hochzeitsrede halten. »Meine Protagonistin hat sich entschieden, nichts zu sagen. Sie lässt alles so, wie es ist. Sie wird mit der Lüge ins Grab gehen.«

»Oh, echt?« Friederike wirkte wie ein begossener Pudel. »Ich weiß nicht, ob die Leser das mögen werden.«

»Muss nicht die Autorin zuerst ihre Geschichte mögen? Für mich ist das ein rundes Ende. Sie hat so viel darüber nachgedacht, alles abgewogen und tada, endlich eine Entscheidung getroffen. So ist das Leben, oder?«

»Ich kenne deine Antwort«, sagte Friederike. »Das Leben ist die Summe vieler Entscheidungen. Guten und schlechten.« Paula nickte zufrieden und überlegte, ob sie nach Hauke und dem Verlauf des weiteren Abends fragen sollte. Auf keinen Fall, entschied sie. Nützte ihr das Wissen irgendetwas? Nein.

Gustav, der ebenfalls seit dem Frühstück unruhig umhertigerte, weil er zurück nach Berlin wollte, hielt sein Versprechen und schenkte seiner Mutter eine Runde Zeit. »Komm mit«, lockte Paula ihn. »Lass uns hoch zum Deich gehen und ein paar Schritte laufen.« Paula visierte eine Bank an und quetschte ihren Sohn auf dem Weg dahin nach seiner neuen Liebe aus. »Werde ich sie kennenlernen?« Paula hoffte auf sein: ja, natürlich, Maman. Doch eigentlich wusste sie es besser. »Nein.« Entrüstet schaute Gustav sie an. Die widerspenstige Haarsträhne zeigte senkrecht gen Himmel. »Es ist alles noch viel zu früh. Ich weiß gar nicht, was ihr für einen Stress macht. Jette und du.« Leichter Wind kam auf und beide mussten die Haare immer wieder aus dem Gesicht streichen. »Lass uns in die andere Richtung gehen, dem Wind entgegen«, schlug Gustav vor. »Da vorne steht auch eine Bank.«

»Gustav. Ich muss ... ich möchte dir was sagen.« Paula erschrak. Sie wusste nicht, wer entschieden hatte, den nächsten Satz so zu beginnen. »Ich habe keine Ahnung, ob es für dich von Bedeutung sein wird oder nicht.« Sie spürte, dass sie die Geschichte jetzt in einem Rutsch erzählen musste, sonst würde sie es nie tun. Ihr Herz galoppierte. Inzwischen war es deutlich windiger geworden und die Idee, auf den Deich zu gehen, war eine blöde Idee gewesen. Sie würde wegen der stärkeren Brise laut reden müssen. Fast schreien. Mittlerweile hatte sie Gustavs volle Aufmerksamkeit und er schien froh zu sein, dass seine Freundin nicht mehr das Gesprächsthema war. »Was ist los?«, fragte ihr Sohn völlig arglos. Er steuerte die nächste Bank an, setzte sich und wartete, dass sie weiterredete. Paula nahm schließlich allen Mut zusammen und schoss die Wahrheit in den Wind. »Hauke ist dein biologischer Vater«, brüllte sie gegen die donnernde Lautstärke an.

Gustav schaute sie an wie eine wiederkäuende Kuh. Frei von logischem Denken, frei von Assoziationsketten. Sie nutzte seinen Schock und erzählte ihm die ganze Geschichte. Während sie redete und redete, änderte sich sein Gesichtsausdruck immer wieder von ungläubig zu entsetzt oder mitfühlend. »Hauke weiß es nicht. Und Thomas wollte von Beginn an dein Vater sein.« Ihr Sohn kaute auf einem Grashalm, stellte das Handy auf lautlos und blickte zum Ende des Horizonts. Als sie alles gesagt hatte, fragte er. »Und? Wann wolltest du mir das eigentlich alles sagen?« Sie verstand die Frage nicht ganz, aber vielleicht war es das Einzige, was er momentan von sich geben konnte. »Eines Tages oder nie«, antwortete sie ihm. Paula sah in aller Bedächtigkeit zu, wie die Nachricht in ihren Sohn sackte. Abwarten, empfahl sie sich. Bedränge ihn nicht. Lass ihm Zeit. Die Angst, dass er sich von ihr abwenden könnte, machte sich bereit. Alles andere könnte sie ertragen, aber nicht das. Bleib da!, beschwor sie ihren stummen Sohn mit stummen Gebeten. Kurz dachte sie an Thomas und wie er es aufnehmen würde, wenn sie ihm später davon erzählte. Puh, das wird wahrscheinlich nicht einfach, dachte sie. Und Jette. Oh Gott, oh Gott. Sicherlich rückt sie wieder an die Seite ihres Vaters, um ihm zu helfen. Das wäre schade, weil es gerade so gut mit Jette ist. Gustav zerkaute den nächsten Grashalm, blickte weiter in die Ferne und blieb stumm. Paula auch. Es war alles gesagt.

»Krass«, begann er schließlich und sie hielt die Luft an. Stopfte die Hände in die Taschen und ließ den Wind die Haare durcheinanderpusten. »Hätte ich gestern Abend nicht etwas merken müssen, wenn ich Hauke, also meinem biologischen Vater, das erste Mal begegne? Irgendeine Form der Verbindung? Aber da war nichts.« Er grübelte weiter. Paula hielt das stockende Gespräch kaum aus.

»Bist du sauer? Enttäuscht? Wütend? Irgendwas? Willst du mich nie wieder sehen? Ich, ich ...« Gustav nahm ihre Hand, als müsste er seine Mutter beruhigen, weil sie eine schlechte Nachricht bekommen hatte. Langsam formulierte er den nächsten Satz. »Eher ein bisschen traurig, dass Thomas mich nicht gezeugt hat. Ich mag ihn nämlich sehr.« Paula atmete hörbar aus und versuchte weiterhin, bei Verstand zu bleiben.

»Thomas wird immer dein Vater sein. Er weiß noch nicht, dass ich es dir gesagt habe. Aber heute werde ich mit ihm reden.«

»Mach das. Gut, dass du ihn für das Vatersein ausgesucht hast. Er war, nein, er ist ein bewundernswerter Vater und falls ich einmal Vater werden sollte, wäre ich gerne wie er.« Paula rührte der Satz sehr, und sie hoffte, dass Thomas das noch einmal selbst von seinem Sohn hören würde. Und immerhin, das waren mehrere Sätze am Stück.

»Aber deine Freundin müsste sich ein bisschen beeilen mit dem Kinderkriegen, oder?«

Gustav hob den Zeigefinger als Zeichen des Stopps. »Liebe Maman. Nicht vom Thema ablenken! Wenn hier jemand ein Problem mit der Zeit und dem richtigen Zeitpunkt hatte, dann bist du das.«

»Hast ja recht. Ich bin schon still.«

Wieder schwiegen sie. Paula dachte, er würde tausend Fragen haben und sie löchern oder beschimpfen. Weder das eine noch das andere passierte.

»Und Hauke weiß nichts davon?«

»Nein.«

»Meinst du, wenn er es gewusst hätte, wäre er bei dir geblieben?« Paula lehnte sich zurück. »Ehrlich gesagt, ich weiß es nicht. Aber wir spekulieren nur und im Nachhinein kann man die Geschichte immer anders erzählen. Damals war mein zweihundertprozentiges Gefühl, dass ich ihn an die Leine genommen hätte und dass er unglücklich geworden wäre.« Den Teil mit der Party, dem Betrug, der Enttäuschung und dem dünnen Steg, der über tosendes Wasser hin zu Thomas geführt hatte, ließ sie komplett aus. Das ging nun wirklich niemanden etwas an. Wieder starrte Gustav über das Meer ins Nirgendwo.

»Lassen wir es erst mal so. Ich muss nachdenken, momentan brauche ich keinen zweiten Vater. Aber Thomas sollte wissen, dass ich es jetzt weiß.« Er stellte sein Handy wieder an. »Wie, das war es?«, fragte Paula und nahm ihm seine Coolness nicht ab.

»Ich schaue mir Hauke gleich noch einmal genauer an. Quasi mit der Brille des Sohnes. Aber ich glaube, er hätte auch kein Problem damit, wenn er es wüsste.«

47

Gustav und Paula hatten nicht bemerkt, dass Hauke längst da war. Der Wind hatte alle Geräusche geschluckt. Sie wusste nicht, was er gehört hatte und so verdattert, wie Mutter und Sohn zu Hauke schauten, musste er den Braten regelrecht riechen.

»Störe ich?« Hauke hatte sich die Kapuze seiner Jacke über den Kopf gezogen, die Hände in den Taschen. »Ihr schaut mich so erschrocken an, als würde mir die Haut in Fetzen am Gesicht hängen. Was ist?«

Paula suchte Gustavs Blick. Er nickte nur, was für sie bedeutete: jetzt oder nie.

»Ich habe Gustav gerade erklärt, dass du sein biologischer Vater bist.« Paula sprang aus großer Höhe in eiskaltes Wasser und hoffte, wieder aufzutauchen.

Hauke schien schneller zu verstehen als sein Sohn. Er hockte sich vor die Bank. »Oh«, war seine erste Reaktion und beide schauten sich an. Gustav sprang sofort in die Lücke der Verwirrung. »Nichts für ungut, aber ich habe einen Vater. Und wir ...« Unsicher suchte er nach passenden Sätzen. »Also wir beide. Ich weiß nicht, wie man das macht, aber ich hätte nichts gegen ein lockeres Kennenlernen.«

Hauke stand auf, nickte, sprachlos. »Den Rest müsst ihr beide klären. Ist es okay, wenn ich jetzt gehe?« Gustav zeigte auf sein Telefon, das schon länger vibrierte, und weg war er. Konnte sie ihn so gehen lassen? Würde ihn diese existenzielle Nachricht nicht aus der Bahn werfen? Paula schaute ihrem erwachsenen Sohn nach. Das letzte Stück rannte er sogar. So, wie es aussah, wollte er wirklich schnell zurück nach Berlin. Zu seiner neuen Liebe. Weg von dieser alten, verworrenen Geschichte.

Nun wiederholte Paula ein weiteres Mal ihre Beweggründe für ihre Entscheidung und hoffte, dass es das vorletzte Mal sein würde. Nur Thomas war sie noch einen ausführlicheren Bericht schuldig. Sie würde gerne einen dicken Punkt hinter die Geschichte machen. Kein halbgares Komma.

Hauke hörte interessiert zu, fragte an manchen Stellen nach, schüttelte den Kopf und starrte, wie eben Gustav, in die Ferne. Es war auflaufendes Wasser und sie konnten zusehen, wie sich das Meer wieder sammelte, aufbäumte. Es würde nur kurz bleiben, um sich dann wieder zurückzuziehen. Was Hauke dachte und fühlte, konnte Paula nur erahnen. Sie hoffte, dass er, anders als sein Sohn, mehr über seine Gefühle sprechen würde.

»Hauke?«

»Bin noch da, ich denke nach.«

»Sag was!«

»Es ist ein Wirrwarr an Gefühlen. Traurigkeit, Freude, Liebe, Dankbarkeit, Wut. Alles wirbelt durcheinander. Aber eins kann ich dir jetzt schon sagen. Hätte ich damals erfahren, dass du von mir schwanger bist, wäre ich wahrscheinlich nicht weggeflogen und ich weiß nicht, ob wir uns nicht irgendwann gehasst hätten.« Er setzte sich zu ihr. »Du hast es aus Liebe so entschieden, das ist mir eben klargeworden. Aus Liebe zu mir und Liebe zu dem ungeborenen Baby. Ach Mensch, Paula.« Er legte den Arm um sie und Paula lehnte den Kopf an seine Seite. »Ich weiß gar nicht, was ich jetzt machen soll«, schob Hauke hinterher. »Da hast du all die Jahre doch etwas von mir in deinem Leben gehabt.«

»Ja, das kann man wohl so sagen. Manchmal war es ganz weit weg, dass du irgendetwas mit unserer Familie zu tun hast und immer, wenn du mir geschrieben hast, war mein schlechtes Gewissen wieder da.«

»Deshalb dein Abwimmeln, dein Sekretärinnen-Modus, dein ganzes zurückgenommenes Verhalten.«

»Ja. Aber jetzt ist es raus. Gustav kann nun selbst entscheiden, was er mit seinen zwei Vätern veranstalten will.«

»Er war gerade ziemlich deutlich mit seiner Aussage, dass er bereits einen Vater hat. Ich wäre auch dafür, alles so zu lassen, wie es ist. Mein Beitrag an diesem Jungen war der geringste.«

»Lächerlich gering«, verstärkte Paula seine Einsicht und Hauke zog sie noch näher an sich heran. »He, he, du Frechdachs. Ich nehme dich gleich in den Schwitzkasten.«

»Was machen wir mit deiner Mutter? Soll sie es wissen?«

»Ach je, daran habe ich gar nicht gedacht. Mein erster Impuls ist nein. Lassen wir alles so. Es würde sie sehr traurig machen. Ich schlafe drüber.«

»Das ist gut. Jetzt muss ich nicht mehr alles alleine entscheiden.«

Hauke und Paula liefen zurück zum Haus. Paula fühlte sich fast so leicht wie als junges Mädchen. Sie hatte einen schweren Rucksack auf dem Deich stehengelassen, den würde sie nicht mehr mit sich herumschleppen müssen. Hauke wirkte nachdenklich, aber weder wütend noch ablehnend. Das war ihr für den Moment genug.

Friederike und auch Gustav waren abfahrbereit, ihre Mutter saß schon im Auto und hupte. Sie wollte die beiden zum Bahnhof fahren. Paula beobachtete, wie Gustav und Hauke sich zum Abschied zuzwinkerten. Als sie Friederike umarmte, flüsterte Paula ihr ins Ohr, dass die beiden Bescheid wussten. Friederike hielt sie in Armeslänge von sich weg und grinste bis zu den Ohren. Sicher würden sie auf der Zugfahrt reden, dachte Paula. Aber wer weiß. Gustav und reden.

Kaum zurück im Haus rief Paula Thomas an. Es wäre unfair ihm gegenüber, wenn sie noch länger warten würde.

Da er nicht abnahm, hinterließ sie ihm eine ihrer ungeliebten Sprachnachrichten.

Hi Thomas, Paula hier. Ruf mich unbedingt zurück, sobald du das hörst. Ja? Keine Sorge, den Kindern geht es gut. Hat das jetzt aufgenommen? Hörst du, es ist ganz wichtig. Bis dann.

Am späten Abend saß Paula in ihrem großen Zimmer und streichelte die Katze.

Im Grunde war jetzt alles auf dem Tisch. Thomas war geschockt gewesen, aber sehr von Gustavs Reaktion berührt, die sie ihm nicht vorenthalten konnte. Bevor er auflegte, fragte er sie: »Meinst du, wir bleiben trotzdem eine Familie? Ich habe doch nur euch.« Paula schluckte.

»Das bleiben wir«, versprach sie ihm. »Immerhin bist du auch Jettes Vater. Aber bitte warte nicht mehr auf ein Liebescomeback mit mir. Wenn du das hinbekommst, könnten wir wirklich gute Freunde füreinander sein. Mit niemandem rede ich lieber über die Kinder als mit dir. Du bist der Einzige, der sie genauso liebt wie ich.«

»Und vielleicht sind wir irgendwann zusammen Großeltern.«

»Naja, da würde ich nicht drauf hoffen. Warten wir's ab.«

»Paula?«

»Ja?«

»Ich habe meinen ersten Roman beendet und Friederike will ihn verlegen.«

»Oh, was für eine tolle Neuigkeit! Glückwunsch. Langsam wird es ein Familienbetrieb. Worüber hast du geschrieben?«

»Über die Stille, Einsamkeit und die Träume der Jugend.«

Paula hielt das Telefon zu nah am Ohr. Es glühte und fiepte schon wieder. »Ach, Thomas. Deine Themen, verpackt im Körper eines alternden Mannes.«

Er lachte. »Erwischt.« Paula freute sich sehr, dass Thomas endlich die heißen Themen angepackt hatte. Sie wusste aus eigener Erfahrung, wie sich das anfühlte.

»Wie sagen wir es Jette?«, fragte Paula.

»Lass mich das machen. Ich war auch daran beteiligt.«

»Sie wird dich wieder als den armen, armen Papa sehen.«

»Vertrau mir. Ich weiß noch genau, wie aktiv ich dich damals um diese Entscheidung gebeten habe.«

»Aber stell mich nicht als Opfer dar, nicht einfach umdrehen.« Thomas lachte.

»Nein, nein. Wir wollten was Gutes, so stelle ich es auch dar. Wir beide.«

48

Jette liebte den Monat Juni. Schon der Klang seines Namens war eine Hommage an diese bezaubernden Wochen. Nicht mehr Frühling, noch nicht Sommer. Juni.

Vor ein paar Tagen war sie in Husum shoppen gewesen und hatte in den kleinen Läden Klamotten genau nach ihrem Geschmack gefunden. Bunt, schwingend und nicht zu eng. Die Hafenstadt vibrierte vor Lust am Leben. Jette hatte sich längst eine Gezeitenapp heruntergeladen. Wilma hatte ihr erzählt, dass es zwei Seehunde gab, die manchmal bei Flut bis zum Hafen schwammen. Jette wollte die beiden unbedingt einmal sehen und fuhr bei sonnigem, windstillem Wetter mit der alten Vespa von Hauke in die Stadt oder zum Dockkoog und eines Abends hatte sie Glück. Sie traute ihren Augen kaum, doch die Begeisterung der anderen Menschen am Hafen bestätigten, was sie sah. Zwei friedliche Schwimmer mit großen Glubschaugen. Mal schwamm der eine vor, mal der andere. Dann wendeten sie im Hafenbecken und schwammen zurück aufs offene Meer.

Die Woche, die sie länger bei ihrer Mutter bleiben wollte, war wie im Flug vergangen und allmählich hatte sie wirklich Sehnsucht nach Pablo und Berlin. Nikolaj erzählte ihr, dass das *Café Morgennest* wieder geöffnet hatte. Vorsorglich hatte er sie beide in den Dienstplan eingetragen. Immer zusammen. Jette freute sich, dass in Berlin das Leben wieder Schwung nahm. Morgen würde sie sich selbst davon überzeugen können.

Heute schien ein Sommertag zu werden. Bereits in der Morgendämmerung zwitscherten die Vögel im Garten so laut, dass Jette am liebsten das Schlafzimmerfenster geschlossen hätte.

»Untersteh dich!«, warnte ihre Mutter im Halbschlaf. Sie hatten das Matratzenlager beibehalten. »Schließ die Augen und nimm das Gezwitscher mit in deine Träume. Was gibt's Schöneres.« Ihre letzten Worte waren nur noch genuschelt. Sie war wieder eingeschlafen. Überall im Garten hingen Vogelhäuser und Nistkästen, kein Wunder, dass es so laut war. Alle Vögel aus Simonskoog und Umgebung schienen sich in ihrem Garten zu treffen.

Jette war hellwach und beobachtete ihre Mutter im Schlaf. Ihr Atem ging regelmäßig und sie sah jung und zufrieden aus. Sie war immer noch nicht beim Friseur gewesen und inzwischen waren ihre Haare nicht mehr halblang, sondern lang. Es stand ihr gut.

Leise zog Jette sich eins der bunten Sommershirts und eine kurze Jeans über. Ebenfalls so leise wie möglich kochte sie Kaffee. Es war erst 6:30 Uhr am Morgen, bis zu ihrer Abfahrt am späten Nachmittag hatte sie genügend Zeit. Genau wie ihre Mutter betrat sie barfuß und mit einer Tasse Kaffee in der Hand den feuchten Rasen. Ging Schritt für Schritt das Grundstück ab, verfolgte das Auffliegen der Vögel, das Heranschleichen von Blacky und setzte sich auf die Bank vor dem Haus. Geduldig wartete sie darauf, dass die Morgensonne ihr Gesicht wärmte.

Inzwischen waren alle abgereist, die nicht in Simonskoog lebten, nur Jolanda war Anfang der Woche neu angekommen. Jette mochte sie sofort, eine zurückhaltende Frau mit einer stillen Präsenz. Eher ein Typ wie ihre Mutter. Sie freundeten sich an und Jette liebte es, mit ihr englisch zu sprechen.

Jolanda war auf ihrer Reise durch die USA von New York bis New Orleans gekommen, dann waren ihre Aufträge weggebrochen. Sie hatte sich darauf spezialisiert, die Buchhaltung von Restaurants zu organisieren. »Das war dein Job?«, fragte Jette interessiert nach. Jolanda lachte. »Ja. Das war mein Job. Ich konnte reisen, brauchte nicht immer stabiles Internet und liebte es, den Überblick zu haben und Ordnung ins Chaos zu bringen. Schon als Kind hatte ich diverse Heftchen mit Listen und Tabellen. Trug meine Einnahmen und Ausgaben ein und übernahm irgendwann unser Familien-Haushaltskonto. ›Jolanda, wieviel Geld haben wir diesen Monat noch für Lebensmittel‹, fragte mich meine Mutter immer. Und tada, ich wusste es.« Jette fand es spannend, dass auch kleine, in ihren Augen unbedeutende Jobs, so viel Befriedigung bringen konnten.

Ungeduldig schaute Jette rüber zu den Hinrichsens. Jolanda sollte endlich kommen! Es war immer noch ungewohnt, dass sie bei Hauke übernachtete und nicht ihre Mutter. Für Jettes romantische Ader gehörten die beiden zusammen. Anfangs hatte sie geglaubt, sie würden wieder zusammenfinden. Doch dem war nicht so. Ihre Mutter machte mehr und mehr ihr eigenes Ding, schrieb an ihrem Buch und lektorierte gerade eine originelle Geschichte, wie sie sagte. Beim Reisebüro hatte sie gekündigt, sodass sie ab sofort frei war. Jette seufzte, sie wüsste auch gerne wieder, in welche Richtung sie planen sollte.

Endlich, da kam Jolanda. Ebenfalls einen Becher Kaffee in der Hand, in bequemen Schlafsachen, und mit offenen Haaren, schlenderte sie auf Jette zu. Sie lächelte. »Ist hier frei, schöne junge Frau?«, fragte sie. Jette klopfte neben sich auf die Bank. »Komm her.« Es tat gut, mit ihr zu reden, steckten sie doch in einer ähnlichen Situation. Dass Jolanda keine Kinder wollte, deckte sich mit Jettes Vorstellung vom Leben.

Beide hatten sie die Köpfe an die Hauswand gelegt, hielten ihre Gesichter in die Sonne, die Augen geschlossen und genossen den beginnenden Junitag.

»Schade, dass du heute abreist.« Jolanda setzte sich im Schneidersitz auf die Bank. Ihre blonden Haare leuchteten wie heller Honig. »Ja, wirklich schade. Aber ich komme wieder. Wie lange bleibst du hier?« Jolanda zuckte mit den Schultern.

»Vielleicht bleibe ich einen Monat oder auch den ganzen Sommer. Je nachdem, wie lange Hauke mich aushält und was seine Pläne sind. Ich brauche eine neue Idee.«

»Ich auch.«

»Gestern Abend habe ich mich im Netz informiert. Es gibt in den USA Travel-Nurses, reisende Krankenschwestern. Sie sind in einer Agentur gelistet und werden überall in den USA eingesetzt. Ich könnte mitbestimmen, welche Aufträge ich annehme und welche nicht und wäre auch versichert. Das könnte meine Idee vom Reisen und Arbeiten finanzieren. Es ist nur ein langer Weg dahin. Aber hey, ich bin noch jung.«

»Das klingt gut. Über einen Job im Gesundheitssystem habe ich auch schon nachgedacht, aber irgendwie macht es da nicht klick.« Jolanda stütze den Kopf auf und schien zu überlegen.

»Ganz grob gefragt. Eher was mit Menschen, mit Tieren oder Technik, Wirtschaft, Forschung?«

»Menschen.«

»Na, die Antwort kam schnell. Das weißt du also.«

»Ja.« Jette wunderte sich selbst über die Klarheit. »Ich habe auch schon über ein Psychologie- oder Pädagogikstudium nachgedacht oder was gibt es noch mit Menschen?«, dachte sie laut. Sie sammelten ihre Ideen und Jette fiel ein, dass ihr Vater gerade an einer Reportage über ein Kinderheim schrieb. Vielleicht hatte er Termine vor Ort und sie durfte ihn begleiten? Froh, diesen seidenen Faden einer neuen Idee zu haben, klatschte sie sich mit Jolanda ab.

Sie verbrachten die nächsten zwei Stunden zusammen, versprachen sich, in Kontakt zu bleiben und verabschiedeten sich herzlich.

Dann wurde es Zeit zu packen. »Darf ich meine Zahnbürste hierlassen?«, bat sie ihre Mutter, die schon wieder in der Küche am Laptop saß. »Was?«, fragte sie, ohne hochzuschauen. »Das Kapitel noch, und dann bin ich durch.«

»Ich lasse meine Zahnbürste hier.«

»Ja, pack sie ins untere Bad. Das obere gehört mir.« Jette grinste, ihre Mutter passte gut auf, dass sie sich nicht überall breitmachte.

»Ein paar Klamotten, die ich nicht mitnehme, packe ich oben in deine Schublade.«

»Nein!« Jetzt hatte sie die Aufmerksamkeit ihrer Mutter.

»War Spaß, Mom. Entspann dich.«

»Ich meine«, stotterte sie. »Du kannst was hierlassen, aber nicht vermischt mit meinen Sachen.«

»In der Garage?«, ärgerte Jette sie weiter und kostete noch ein bisschen das Winden ihrer Mutter aus. Dabei mochte sie es auch, wenn alles im Leben seinen Platz und jeder seinen eigenen Raum hatte. Immerhin hatte sie das Kommando über die Berliner Wohnung. Jette war schon gespannt, was sie alles richten musste.

Endlich stutzte ihre Mutter. »Du veräppelst mich, oder?« Mit einem Satz stand sie auf und tat, als würde sie Jette durchkitzeln wollen. Gutgelaunt jagten sie sich die Treppe nach oben.

»Fühlst du dich nicht einsam in diesem Haus, so ganz alleine?« Jette würde sich hier ein wenig verloren vorkommen. Die vielen Räume, die zwei Etagen, die ebenerdigen Fenster, die Stille im Haus, die Stille im Dorf.

»Nein. Komischerweise nicht. Ich fühle unsere Ahnen, meine Großeltern, meinen Vater, meine Mutter, mich als Kind. Das Haus ist voller Geschichten. Ich bin nicht allein.«

Später am Bahnhof verabschiedeten sie sich mit einer dicken Umarmung, ihre Mutter weinte sogar. »Jette, mein großes Mädchen, du bist definitiv keine Wegduckerin. Du schaust ganz genau hin. Gut so!«, sagte ihre Mutter zum Abschied mit Stolz in der Stimme. »Was meinst du, Mom?« Jette Verstand überhaupt nichts.

»Jette. Eins noch. Dein Vater wird dir in Berlin etwas erzählen. Lass es sacken und dann rede mit mir. Bitte.«

»Du kannst jetzt nicht so seltsame Sachen andeuten und ich muss so lange warten. Ich hasse das.« Der Zug fuhr ein und Jette suchte nach dem richtigen Wagen. »Hier, Nummer zehn. Ich muss weiter nach vorne.« Etwas schneller folgten sie dem Waggon. »Komm schon, worum geht es? Das macht mir gleich wieder Angst.«

»Das soll es nicht. Es geht eher um deinen Bruder und Thomas. Naja, um unsere Familie.«

»Toll, Mama. Das macht es deutlich leichter.«

Der Abpfiff kam, die Türen wurden geschlossen. Jette suchte sich ihren reservierten Platz und machte sich auf den zwei Sitzen breit.

Im Zug rief sie aufgewühlt ihren Vater an.

»Hi, Dad. Mama sagt, du wirst mir etwas erzählen. Ich bin ganz Ohr.«

»Doch nicht so. Ich hole dich ab oder bin schon bei dir zu Hause, falls ich knapp mit der Zeit bin. Dann ...«

Die Verbindung wurde unterbrochen. Jetzt musste sie fast

fünf Stunden warten, ehe sie die Neuigkeit erfuhr. Hätte ihre Mutter bloß nichts angedeutet.

Während der Fahrt versuchte sie, sich so gut wie möglich abzulenken und herauszufinden, worum es gehen könnte. Sie hatte keine Idee.

In Berlin stand Pablo am Bahnsteig und ihr Herz machte einen Sprung. Sie ließ das Gepäck fallen, nahm Anlauf und rannte auf ihn zu. Hüpfte an ihm hoch und küsste ihn überschwänglich. Beide hatten vergessen, dass sie ihre Masken trugen und mussten darüber lachen. Was für eine Zeit. Nach der stürmischen Begrüßung fragte Jette sofort, wo ihr Vater war.

»Ich hol dich ab und du fragst nach deinem Vater? Hallo? Ich bin der wichtigste Mann in deinem Leben!« Pablo haute sich mit beiden Fäusten auf die Brust.

»Ist ja gut, du Gorilla-Oberhaupt. Er will mir was Wichtiges sagen.« Wieder küsste sie ihn. »Natürlich bist du der wichtigste Mann in meinem Leben.« Grinsend gab Pablo zustimmende Grunzgeräusche von sich.

»Dein Vater kommt vorbei. Er sagte, du würdest ihn sonst zur Weißglut bringen mit deiner Ungeduld.«

»Recht hat er«, antwortete Jette.

Pablo nahm ihre Tasche in die eine Hand, den freien Arm legte er um ihre Schultern. »So schön, dass du wieder da bist.« Sie registrierte sein glückliches Gesicht, seine unübersehbare Freude. »Unsere Männer-WG braucht deine führende Hand«, flüsterte er ihr auf der Rolltreppe ins Ohr. »Sodom und Gomorrha zu Hause.« War das ein Witz oder meinte er das ernst? Sie würde es gleich sehen.

Und sie sah es. Pizzakartons quollen aus dem Mülleimer. Es war sogar der falsche Müllsack, Pizzakartons kamen in den Papiermüll. Das flüchtig abgewaschene Geschirr stand auf der Spüle. Wieso hatten sie nicht den Geschirrspüler benutzt? »Was ist das?«, fragte sie Pablo. Sie beide waren allein in der Wohnung. »Gustavs Tasse. Wir dürfen sie nicht anrühren. Jeden Tag brüht er seinen Kaffee in genau dieser Tasse auf. Er trinkt den Kaffee aus, spült die Tasse kurz und stellt sie hin, um sie am nächsten Tag wieder zu benutzen. Er meint, das würde die Umwelt schonen. Weniger schmutziges Geschirr, weniger Einsatz der Spülmaschine, weniger Wasserverbrauch. Kennst ja deinen Bruder.« Obwohl die Tasse vor Kaffeesatz nur so strotzte, konnte sich Jette ein Grinsen nicht verdrücken.

Das restliche Chaos in der Wohnung hielt sich in Grenzen. Nikolaj achtete penibel darauf, das Zimmer ihrer Mutter in Ordnung zu halten. Jette packte ihre Tasche aus, als es an der Tür klingelte.

»Also, was ist?«, fragte sie ihren Vater ohne Umschweife. Sie saßen in der Küche und Pablo wollte wissen, ob er gehen sollte. Ihr Vater überlegte kurz, aber Jette entschied, dass er bleiben konnte. »Wir haben keine Geheimnisse. Ich erzähle Pablo sowieso alles.«

»Stimmt auch wieder«, meinte ihr Vater leicht nervös und nahm sich ein Glas Wasser. Das war also geklärt. Sie wartete.

»Pass auf, Jette. Was ich dir gleich sagen werde, ist sehr auf meinem Mist gewachsen.«

»Okay.«

»Als ich deine Mutter kennenlernte, war ich sofort in ihren Bann gezogen.«

»Thommy, das ist nichts Neues.«

»Aber sie war an mir nicht interessiert.«

»Auch nicht wirklich neu.«

»Doch eines Tages hatte ich meine Chance und ich nutzte sie. Sie war unglücklich, weil eine andere Geschichte mit einem Typen nicht funktioniert hatte. Und ...« Pause. Trinken. Blickkontakt. »Sie war schwanger.«

»Das war's?«

»Nicht ganz. Der biologische Vater von Gustav ist ein anderer, nicht ich. Ich wusste das von Anfang an, wollte aber, dass dieses ungeborene Kind unser Kind ist. Paulas und meins. Ich wollte der Vater sein. Also ließen wir mich als Vater eintragen.« Pause. Ihr Vater lief zum Wasserhahn, schenkte sich erneut Wasser ein. Pablo hatte seinen Blick auf Thomas gerichtet und brach sein Schweigen.

»Heißt das, Jette und Gustav sind eigentlich Halbgeschwister?«

»Korrekt.«

»Gustav ist nicht mein Bruder?« Jette verstand die Welt nicht mehr.

»Natürlich ist er dein Bruder, aber er stammt nicht von mir.« Ihr Vater raufte sich die Haare. »Nur der Samen stammte von jemand anderem.« Mit Daumen und Zeigefinger deutete er eine minimale Menge an.

»Langsam. Mama und du, ihr habt gelogen?« Jette schaute ihren Vater direkt an.

»Haben wir.« Er saß kerzengerade und wartete auf weitere Fragen.

»Krass«, entwich es Pablo. »Aber was bedeutet das jetzt?«, fragte er. Jettes Vater schaute bei der Antwort zu ihr. »Eigentlich nichts weiter. Alles bleibt wie bisher.«

Für Jette ging das zu schnell. »Weiß Gustav es? Und wer ist der biologische Vater? Und wie hat er es aufgenommen und wieso hat Mama es mir nicht erzählt?« Sie hatte tausend Fragen und ihr Vater beantwortete jede davon geduldig. »Hauke? Ihre Jugendliebe? Er ist Gustavs Vater?«

»Ja, der biologische.«

Jette setzte die Puzzleteile zusammen und endlich ergab alles einen Sinn. Das, was sie in Simonskoog schon dachte, dass ihre Mutter und Hauke etwas Besonderes verband. Dass ihr Vater nie die große Liebe gewesen war, aber ein herzensguter Mensch. Fast war sie wieder geneigt, zu viel mit ihrem Vater mitzufühlen, doch überraschenderweise betonte er immer wieder, dass er einen großen Anteil an der Lüge hatte. Dass er es genauso gewollt hatte und keinen Tag missen mochte.

»Ich habe Paula darum gebeten, dir die Nachricht sagen zu dürfen. Es war mein Wunsch.«

Jette hatte zwar keine Fragen mehr, aber auch noch keinen Standpunkt. Außer dem, dass sie Lügen hasste und verurteilte. Und genau das würde sie ihrer Mutter sagen! Als sie alle drei wieder still und in Gedanken versunken am Küchentisch saßen, kam Gustav zur Tür herein. Die dicken Kopfhörer etwas vom Ohr beiseitegeschoben.

»Ist jemand gestorben?«, fragte er ernsthaft und hielt in seiner Bewegung inne. Jette sprang auf und umarmte Gustav. Noch nie war sie so froh, ihn zu sehen.

»Verstehe. Weißt du nun endlich auch Bescheid?« Jette nickte. »Du bleibst mein richtiger Bruder, oder?«, fragte sie ihn.

»He he, kleine Schwester. Keine Sorge: Ich bin und bleibe dein richtiger Bruder.« Jette ließ ihn los und Gustav schaute auf den Küchentisch.

»Habt ihr etwa schon Abendbrot gegessen?«

Pablo lachte zuerst, dann ihr Vater und schließlich stimmte Jette mit ein.

49

Sofort nach Jettes Abreise telefonierte Paula wieder mit Thomas. »Ich habe Mist gebaut. Ich konnte mich einfach nicht zurückhalten und habe ihr eine Andeutung gemacht, dass du ihr etwas erzählen wirst. Etwas Wichtiges, und ...«

»Paula, Paula. Beruhige dich. Alles halb so schlimm. Gleich heute soll sie alles erfahren und dann werden wir sehen.«

Später, kurz vor Mitternacht, erzählte er ihr, wie alles gelaufen war. »Sie wird etwas Zeit brauchen. Ihr war am wichtigsten, dass Gustav ihr richtiger Bruder bleibt. Warten wir ab.«

»Okay, warten wir ab. Danke, dass du das Gespräch übernommen hast und sorry nochmal, dass ich nicht still geblieben bin. Sie wird sicher bald kräftig austeilen, was wir beide für Lügner sind ... Recht hat sie ja. Und sobald sie ihre Wut rausgelassen hat, wird sie sich wieder beruhigen. Ich würde es nicht nochmal so entscheiden, du?« Thomas überlegte. »Ich schon. Dieses Geheimnis hat uns beide zusammengeschweißt und ich fürchte, du hättest mich sonst eher abgeschossen. Ich habe unser Familienleben sehr geliebt. Jeden einzelnen Tag.«

»Ach, Thomas. Habe ich dir jemals danke gesagt?« Durch die Stille spürte sie das Ringen mit seinen Gefühlen.

»Nein«, sagte er. Hatte er jemals vor ihr geweint?

»Danke, dass du immer für mich und die Kinder da warst. Da bist. Danke für deine Liebe. Dein großes, gutes Herz.« Thomas schwieg. Dann hörte sie Rascheln und sein Schniefen.

Allmählich kehrte die Stille zurück in Paulas Leben. Wie ein leichtes Tuch legte sie sich über ihre Schultern, in alle Räume und machte sich auch in ihrem Inneren breit. Immer wieder dachte sie an Friederikes Worte und gluckste dabei vor sich hin: »Nicht schlecht, meine Liebe. Einmal feucht durchgewischt. Jetzt steht alles an seinem Platz und glänzt.« Genauso fühlte es sich an. Einmal feucht durchgewischt. Zwar fehlte noch Jettes Attacke, doch sie war bereit, sich den Gefühlen oder Fragen ihrer Tochter zu stellen.

Wie jeden Abend verknüpfte sie ihr Handy mit der Musikbox, ließ inzwischen die Vorhänge offen und spielte laut die Songs, die sie liebte. Wie immer verschwand Blacky bei dem ersten Klang und schaute Paula vorwurfsvoll an. Die neue Box war Weltklasse. Barfuß, mit ausgebreiteten Armen und wehenden Haaren wirbelte Paula durch ihr Wohnzimmer. Um sich sexy zu fühlen, musste sie nicht mehr halbnackt sein. Es reichte, dass sie tanzte. Nach einer halben Stunde, völlig verschwitzt, drückte sie auf das Pausenzeichen und rief spontan Marten an.

»Moin, Marten Hansen.«

»Magst du tanzen?« Schweigen.

»Jetzt?« Sie hörte das Lächeln in seiner Stimme.

»Jetzt.«

»Gib mir eine halbe Stunde.« Paula legte auf. Am gemeinsamen Tanzen konnte nichts falsch sein.

Ende

Zum Schluss

Auch wenn mein Dankestext dieses Mal klein ist, der Dank ist umso größer.

Danke an Ellen und Daniel Rennen für das hilfreiche Lektorat, das Cover und den Buchsatz.

Danke an Enya Kummer und Eike Guthard für das Aufspüren der Fehler und das Vorablesen.

Ihr seid Gold wert!

Danke an Pascale Schmidt für das Entwirren meiner schrecklichen ersten Klappentext-Entwürfe.

Danke an meinen Mann und meine Tochter für jedes Gespräch, jeden Kaffee, jedes Lächeln.

Und Danke an meine Autorenkolleginnen Lilly R. Weinberg und Lurleen Kleinewig. So schön, dass es euch in meinem Leben gibt.

Wer keine Veröffentlichung verpassen möchte, kann sich gerne in den Newsletter **www.helenabaum.de** eintragen. Ich freue mich über jedes Feedback und jede Mail.

Eure Helena Baum

Printed in Poland
by Amazon Fulfillment
Poland Sp. z o.o., Wrocław

27117203R00181